La reina
de Nairobi

La reina
de Nairobi

Belén Junco

la esfera ⊕ de los libros

Primera edición: febrero de 2024

© Belén Junco Aguado, 2023, 2024
© La Esfera de los Libros, S. L., 2024
Avenida de San Luis, 25
28033 Madrid
Tel. 91 443 50 00
www.esferalibros.com

ISBN: 978-84-1384-758-0
Depósito legal: M. 35.448-2023
Fotocomposición: Creative XML, S.L.
Impresión y encuadernación: Cofás
Impreso en España-*Printed in Spain*

A mi familia, mi gran familia,
el motor de mi vida, mi apoyo, mis confidentes.
Y a mis padres, a los que no puedo dejar de recordar
en cualquiera de las actividades que hago con el corazón.

Son las seis de la tarde. El día ha sido intenso, espeso, poco agradable, y mi cabeza quiere y pide a gritos libertad, aire puro, intimidad, estar a solas, sin nadie.

Aprovecho que todavía hay luz para ir a dar un paseo.

Antes de salir de casa, como siempre, cojo mi teléfono, las llaves, me pongo unos «polvitos» en las mejillas, brillo en los labios y cierro la puerta.

El retocarme me da seguridad, siempre lo hago. Nunca sé con quién me voy a encontrar, o si voy a entrar en una tienda y al mirarme al espejo me voy a ver horrible. Me gusta la buena presencia, me afecta el estar bien, aunque cómoda, y aprecio mucho al que se cuida y se arregla.

Pues bien, este día no es mi día, es una jornada muy difícil. La mañana ha sido pesada en el trabajo y últimamente la relación con jefes y compañeros es bastante complicada por culpa de mi situación personal. Mi carácter ha cambiado, se ha vuelto agrio y triste y ellos lo notan, nunca había sido así.

En la oficina soy buena compañera, me gusta trabajar en equipo, pero también soy de las que intento, por todos los medios, que mi opinión prevalezca, si es que estoy segura de lo que digo, claro. Y si es así, lo lucho hasta el final, vehemente y pasional, como en realidad soy.

Esa manera de ser tan vitalista no siempre me ha dado buenos resultados. A las personas que te rodean no les gusta que tengas tanta seguridad en ti misma. Por el contrario, todo el mundo prefiere la serenidad, el tono suave y pausado, y yo lo intento, pero no siempre lo consigo. Soy apasionada, alegre y me gusta el trabajo, pero sobre todo me gusta hacer lo que creo que se debe hacer.

El debate se hizo eterno y yo defendí hasta el agotamiento mi teoría. Si había sido demasiado intenso hasta para mí, no quiero ni pensar para los demás… La vida me afecta y no puedo separar lo que me hace daño de mi manera de ser, ahora estoy herida de muerte y ellos no tienen la culpa. La tragedia vive en mi cuerpo y en mi alma, no puedo apartarla de mi vida diaria y, por supuesto, no puedo seguir así. Yo soy la que tiene el problema, y yo sola, también, la que tiene que darle una solución.

Por fin pongo el pie en la calle. Con mis deportivas blancas, cómodas y muy *fashion*, mis AirPods y mi música preferida —no puedo vivir sin música—, mi sombrero de ala ancha y una cálida *pashmina* al cuello. Hace frío y me encanta pasear al atardecer, sin tener que hablar con nadie, sola con mis pensamientos. ¡Este sí que es un disfrute solitario que, por supuesto, está apuntado en mi lista de placeres cómodos, sencillos e indoloros!

Siempre he sido una mujer, creo, especial, algo llamativa, dicen que atractiva y con clase, tímida cuando era niña y casi descarada en mi actual madurez, alegre, disfrutona, bastante centrada, que siente pasión por la moda y con una idea clara: hacer de mis errores virtudes y conseguir realizar mis ilusiones.

Pues bien, ahora tengo que centrarme, tengo que conseguir no estresarme tanto en el trabajo, tengo que poner las cosas en orden en mi cabeza pues, está claro, tengo la vida hecha un auténtico lío.

Y esto no es porque sí, esto es por algo importante. Sé que todo lo que me sucede está relacionado con los sentimientos, con mis sentimientos. Relacionado con el amor y, por supuesto, con el desamor. Por eso necesito estar sola, salir corriendo, oír música a todo volumen y nublar mi mente. Las «cosas claras» en este momento son oscurísimas, y mi manera de ser, confiada y sin doblez, no casa para nada con el camino que están recorriendo los acontecimientos. Me han hecho daño, mucho daño, estoy sufriendo y no sé cómo gestionarlo. Me siento débil, herida, acobardada.

Vuelvo a casa y de mis ojos, bajo mi sombrero, se deslizan unas lágrimas que caen por mis mejillas, suaves, despacio, son lágrimas amargas, dolorosas; me acuerdo siempre de él, a todas horas, en cualquier lugar. Le odio, le quiero, le añoro, le amo… Y sin esperarlo y casi sin creerlo, al fondo de la calle, al lado de mi casa, le veo. No lo quiero aceptar, no lo quiero ni creer, pero el acelerón de mi corazón, los síncopes y apneas de mi respiración, y el frío y calor que padezco al verle me dicen que sigue siendo él y, por supuesto, que él es el que no debería ser.

—¿Cómo estás hoy? —me pregunta mirándome por debajo del ala de mi sombrero.

No sé ni qué decir ni qué hacer, moriría por besarle de nuevo, pero también le deseo lo peor. Sé, sin ninguna duda, que con esta persona ya todo es trágico y doloroso, pero sigue ejerciendo una enorme atracción sobre mí, tanto que no puedo ni mirarla a los ojos.

—Ya te he dicho que te quiero lejos. —Le hablo sin poder mirarle a la cara—. No quiero saber nada de ti. En vez de proporcionarme felicidad, cada vez que pienso en ti desprendo dolor y desaliento a borbotones. —Miento, claro, también amor, amor por cada poro de mi piel—. Me has hecho daño, mucho daño, y no estoy dispuesta a ser tu comodín. Has destrozado todo, mi vida familiar, mi trabajo, mi vida personal, mis ilusiones…

—Te he esperado aquí, bajo la lluvia, para decirte que quiero dejarlo todo por ti y que mi decisión de comenzar en cualquier lugar del mundo junto a ti, donde no sepan ni quiénes somos ni lo que hemos dejado atrás, me obsesiona. Solo pienso en eso y en que ojalá tú estés a mi lado. Te quiero con toda mi alma.

¡Ooooh! No puede ser, ¡qué me está diciendo, qué me está proponiendo…! ¡Mi corazón explota! Le quiero de verdad, pero mi cerebro dice que tengo que estar lejos de él. Mi cabeza da vueltas, la taquicardia no me deja respirar y no sé si salir huyendo o abrazarle y marcharme junto a él.

Siempre lo he sabido. Hay miradas que hablan más que los versos de Gustavo Adolfo Bécquer, y miradas que, tras clavarse en tus pupilas, van directas al corazón para herirte de muerte… Pero una muerte que sabe a miel, a fresa, a chocolate y que huele a jazmín y dama de noche.

Ninguna mujer puede decir que no sabe cómo empezó su historia de amor, pues todas somos conscientes del segundo exacto en el que la flecha entró con fuerza en nuestros corazones. Ese momento es tan femenino, que no vale la pena intentar confundirnos y decir «yo no hice nada».

Sí que hice… ¡Le miré y me miró, y ya está! Y la tragedia con sabor a dulce de leche empezó. Pero este amor comenzó, creció y terminó sin poder hacer nada para remediarlo y, confundida, quise demostrarme a mí misma que podía con mi vida y que mi vida era mía, de nadie que no la mereciera, pero estaba equivocada: no era fácil vivir una historia de amor y desamor en un mismo cóctel. Con la fuerza con la que entró en mi vida tuve que sacarle, y esa decisión me hirió sobremanera. Me cambió el rumbo, movió mis cimientos y el derrumbe de mi edificio personal estaba al llegar.

Bajo la lluvia soy feliz. Mi sombrero me protege del agua, pero no de la increíble sensación del fresco goteo sobre mis mejillas.

Miro hacia arriba, quiero sentir la libertad y el bienestar que no tengo. Necesito respirar hondo, aislar mis sentimientos; en realidad, quiero gritar y llorar.

Me siento desgraciada, no soy feliz y creo que no lo voy a ser nunca, y, lo peor, creo que mi desgracia la estoy labrando yo misma por mi férrea decisión de no ser la que no quiero ser.

Llevo los AirPods puestos, pero no pongo música. Me siento mal y, de escuchar algo, quizás pondría el *Réquiem* de Mozart para llorar y llorar y asistir, en mi imaginación, a mi propio entierro o al momento más triste de mi vida. Me veo sola, desgraciada. Sin fuerzas, lloro, lloro y lloro.

Desde luego, no hay nada más femenino que revivir en nuestro interior los peores episodios y regodearnos en nuestra tristeza. Por regla general lo que nos gusta, lo que nos pone, lo que nos conmueve, es dar vueltas a los dramas aumentados por nuestra perversa imaginación, viviendo momentos tan trágicos que nos presionan el pecho hasta no poder respirar. Y eso estaba haciendo yo en esos momentos, en el fondo no quería quitármelo de la cabeza y, por supuesto, de mi corazón. Pero había que dar la cara a la situación; la decisión que acababa de tomar, drástica y dolorosa, era una fractura para la vida que había soñado.

Siempre luchando entre el romanticismo y la razón, acababa de decir un NO con tal contundencia que en el mismo momento que oía en mi interior el eco de mi negativa, me daba cuenta de mi posible error. Pero la sensatez, o el solo hecho de conocer tan enorme traición, me hizo convencerme a mí misma de la necesidad de apartarle de mi vida, de no volverle a ver y, por supuesto, de despreciarle con fuerza.

Y así comienzo una vida sin la persona a la que quiero, con la ilusión perdida y el férreo sentimiento de haber hecho las cosas bien, pero a la vez dinamitando mi gran sueño.

Él me quiso, también quiso a otra, y luego me dijo que a la que amaba era a mí. ¿Qué tenía que hacer?

Ahora, destrozada y agotada de pensar y meditar sobre mi tragedia y de comprender que soy una desgraciada con mucha clase y poca suerte, me propongo comenzar una vida sentimental sin ataduras, sin reglas. Una vida mía, solo mía.

Creía ser feliz con la persona adecuada, estaba convencida de que él era mi vida, quien me hacía reír y soñar, y vibrar y vivir, y ahora me toca intentar ser feliz conmigo misma, acompañada por mis pensamientos, miedos y dudas, y, por supuesto, aparentando que he hecho lo que tenía que hacer o lo que todos esperaban que hiciera.

Todo, todo… menos dar la impresión de que me he equivocado. Y la verdad es que puede que me haya equivocado.

En mi total confusión y en mi deseo de tomar una decisión en el nuevo rumbo de vida que, por fuerza, tengo que tomar, empiezo por meditar qué es lo que mejor hago, o mejor dicho, empiezo por intentar conocer y gestionar mis virtudes. ¿Para qué valgo? ¿En qué destaco? ¿Qué es lo que quiero hacer? ¿Hacia dónde deseo ir? ¿Quiero seguir en mi trabajo o debo dejarlo y alejarme de amigos y recuerdos?

¿Quiero un novio maravilloso, por supuesto rico, y vivir fabulosamente? ¿O, por el contrario, me voy a dedicar a buscar el amor sin nada a cambio, el limpio pero pobre o el intenso pero simplón? No sé, quizás después de lo vivido, de lo ingrata que me parece la vida, de la poca confianza que he desarrollado hacia el género masculino, me veo más disfrutando de maravillosos viajes, ideal vestida, con maletas de Vuitton y de aeropuerto en aeropuerto o de playa en playa. Algo tan sofisticado y superficial que me haga olvidar la tragedia sentimental en que me encuentro metida.

Me apasiona el mundo de la moda, dicen que tengo buen tipo y soy resultona. Creo que voy a echarle un órdago a la vida e intentar hacer lo que me gusta y disfrutar, disfrutar, olvidarlo todo... Sin pensar en el amor.

Y es entonces, mientras me encuentro en mi pequeño y elegante apartamento de Madrid, ya sin ataduras, hecha un auténtico lío y, por supuesto, sin mi amor verdadero, cuando compruebo que me enfrento a una enorme decisión. ¿Dejo mi trabajo? ¿Sigo en la empresa? Sí, ¡tengo que dejarlo! Va a caer como una bomba, pero lo dejo. Lo que sé seguro es que así y aquí no puedo seguir, hay demasiados recuerdos, demasiados reproches, demasiado amor, demasiada traición.

Hoy aquí, en mi pequeña casa, en mi soledad, lo he decidido... ¡Lo dejo todo a cambio de nada!

1

—Pero ¿qué insinúas, que te vamos a dejar marchar con todos los planes que teníamos contigo? »El que habla, claro, es mi jefe—. Hemos confiado en tu palabra y hemos invertido en ti como un proyecto de nuestra empresa. No son momentos para hacer estupideces. ¿Qué es lo que quieres, cambiar de aires, de país, de trabajo o de vida?

—Francamente, no lo sé. Creo que estoy en un mal momento y lo que tengo claro es que no puedo continuar aquí.

—OK. Vivimos en la más absoluta globalización. Estamos dispuestos a que sigas con nosotros, aunque no sea de forma presencial. Confiamos en tu criterio, en tus habilidades y en tu valentía con los proyectos. ¿Has pensado adónde quieres ir?

Y sin pensarlo dos veces y ante mi propio asombro y el de mis compañeros, sale por mi boca…

—¡África! Cualquier sitio de ese maravilloso continente.

—¿África? ¡Sí tienes que estar mal…! ¿No prefieres Nueva York, Shanghái?

Niego con la cabeza.

—Vale, de acuerdo, te daremos esa oportunidad. Solo tenemos que buscar el sitio adecuado, donde tengamos oficinas y con suficiente wifi para estar a tope con nosotros. Queremos, ya que te vas, optimizar y cambiar tu forma de trabajo. A partir de ahora serás investigadora y la mejor asesora para nuestras inversiones.

Eres fabulosa con los números y, desde luego, también con las estrategias. Confiaremos en ti. No nos defraudes.

Y yo, por supuesto, con la boca abierta. No podía creer ni lo que había dicho ni, naturalmente, lo que estaba oyendo.

De ese continente solo conocía la parte más romántica y melodramática de la maravillosa película *Memorias de África*. Siempre quise ser Karen Blixen y encontrarme allí con el atractivo cazador blanco Denys Finch Hatton. Por supuesto, a este, a Denys, no lo habría dejado marchar ni por la tragedia que estaba viviendo en estos momentos… ¿O sí?

Asombrada con lo que acababa de vivir en el despacho de mi jefe, sorprendida por la poco meditada petición, empiezo a pensar en mi suicidio profesional y a creer que no soy una persona que pueda volver a vivir el amor. Empiezo a desconfiar de mis habilidades para tal arte y, sobre todo, no me fío nada, nada, de mis rápidas decisiones tantas veces contrarias a lo que debería beneficiarme.

Pero ¡por Dios, qué he hecho! ¡He roto con toda mi vida! Tenía un trabajo, una pareja, una casa, y ahora parece que no queda nada de ello.

Puedo, desde luego, echarme atrás, volver a mi cálida monotonía y seguir paseando desesperada bajo la lluvia y con mi sombrero cubriendo mis lágrimas. Todavía estoy a tiempo. No tengo por qué cruzar, tan rápido, la línea de no retorno, pero…

En el fondo me hace ilusión. Siempre he querido vivir alguna aventura, pienso que valgo para ello, que lo sabré disfrutar, soy osada y a veces muy lanzada, pero lo que nunca pensé es que tendría el valor de decidirme. Aunque en realidad no soy yo la que se ha decidido, han sido mis circunstancias, mi desengaño y, sobre todo, mi falta de valentía para volverme a encontrar con él. Quiero poner tierra de por medio y buscar nuevos caminos que me hagan vivir una vida plena.

Y es entonces cuando me veo en mi dormitorio, sola en casa, y abro mis maletas, decidida, y empiezo a llenarlas con mi ropa más liviana, la que creo que me tendré que poner allí. Pantalones cortos, camisetas, sombreros, viseras, deportivas, botas, sandalias planas, un vestido largo y escotado —por si acaso—, pijamas y algo de lencería —nunca se sabe—, gafas de sol, mucha crema protectora e hidratante, desodorante, las medicinas más elementales y mis maquillajes más necesarios. Siempre, siempre me gusta estar con buena cara, presentable.

Supongo, además, que la sabana no es mi destino, pues han decidido trasladarme a Nairobi, donde parece que se está moviendo mucho la economía, abriendo ciertos canales de negocio para mi empresa.

¡Qué loca estoy! ¿Habré perdido la cabeza con esta decisión?

No sé nada de mi incierto futuro pero, en el fondo de mi ser, me hace ilusión abrir mi vida a la incertidumbre, al riesgo, a la aventura… Siento que es mi única salida.

Dicho y hecho. Al cerrar mi maleta me doy cuenta de que cierro, también, el capítulo más importante de mi vida. Los años en que me he realizado como profesional, mi maravillosa vida en Londres, mis amigos, las fabulosas fiestas y, sobre todo, el año en el que conocí, por primera vez, el amor de verdad, en el que le conocí a él. Un amor corto pero muy intenso, maravilloso y pasional, y con un desgarro final que ha cambiado mi vida.

Puerta 069. Destino: Nairobi. Los aeropuertos me encantan. En ellos, mi mente se traslada a lugares fabulosos, desconocidos, apetecibles.

Aunque vaya a un sitio cercano y nada especial, siempre me siento a esperar el embarque y comienzo a analizar a las personas que, con gran ánimo, esperan también la llegada de sus aviones para iniciar su aventura particular. El aeropuerto es un lugar de expectativas, de encuentros, y yo hoy y ahora —casi no me lo puedo creer—, con demasiadas dudas y mucho miedo, me siento en la puerta de embarque 069 destino Nairobi… Todavía me tiembla la voz al repetir ese nombre…

Y es que, además, sé poco de la ciudad, apenas he tenido tiempo de leer sobre ella; es más, creo que si hubiera intensificado mi estudio, a lo mejor no estaría ahora mismo aquí, en este asiento y de los nervios, esperando el momento del embarque.

Lo que sí sé, y quizás por eso estoy aquí, es que me resulta muy romántico por tantas películas y novelas que se han desarrollado allí. Cada una con una historia de amor, una mujer como protagonista y un hombre, interesante y libre, como seductor.

Mientras pienso en todas estas cosas, preocupada y casi desquiciada por mi decisión, veo a mi lado a una mujer leyendo. Me gusta su presencia, me parece interesante. Se la ve, creo, independiente, segura de sí misma. Ella no va muerta de miedo ni nerviosa como yo, por lo que me atrevo a preguntarle:

—Perdona, ya has estado en Nairobi, ¿a que sí? Te veo relajada y el destino, a mí, me pone de los nervios.

Levanta la vista, sorprendida.

—Sí, por supuesto. Estoy volviendo a mi casa, a mi vida. Llevo bastantes años viviendo allí y regreso tranquila, claro. Y tú, ¿por qué estás nerviosa?

—Es mi primera vez en África. Voy a instalarme en la capital de Kenia y no sé con lo que me voy a encontrar.

—Tienes miedo, ¿verdad?

—Mucho. Estoy bastante desorientada y con mucho desasosiego, por eso me he atrevido a preguntarte, aunque también estoy con ánimo, pero el desconocimiento me hace ver las cosas de manera exagerada. Lo bueno, muy bueno, y lo malo, malísimo… Tan pronto imagino mi apartamento en un lugar inseguro y terrorífico, como pienso que voy a estar en un lujoso *penthouse* con vistas fabulosas al mejor parque de la ciudad. Soy una pura contradicción.

—Te entiendo. Los comienzos no son fáciles… Y allí, francamente, pueden ser dificilísimos.

—Oh, ¡no me preocupes más! ¿Qué me voy a encontrar? ¿Por qué me dices eso? —exclamo asustada y convencida aún más de mi error.

—Bueno, pues tendrás que tener las prevenciones de siempre. Como es natural, la noche no es muy segura, debes tener cuidado de no llegar después de que se ponga el sol. Más allá de las siete de la tarde nada bueno podrás hacer fuera de tu casa o de la de algún amigo. Y si estás de visita o invitada a cenar, te recomendaría que también te quedaras a dormir.

¡Por Dios, qué me está diciendo! En realidad, lo suponía, pero cuando te lo cuentan antes de llegar, te dan ganas de no subirte al avión y tirar todo, nunca mejor dicho, por la borda.

—Pero no te preocupes. Yo también tuve una primera vez, un primer día, y aquí estoy, volviendo a mi hogar. Para mí fue un nuevo despertar, una nueva esperanza, y, sobre todo, encontré paz, mucha paz y mucho amor.

—Oh, ¡gracias, Dios mío! Menos mal que te escucho decir algo esperanzador. Creo que no me llega el aire a los pulmones, casi no me salen las palabras. En estos momentos, mi lucha interior está siendo excesiva. Pero ¿sabes qué te digo?, que también estoy deseando llegar y comenzar. Basta ya de miedos e inseguridades. Si me he decidido a esto, seguiré hasta el final. Y no te preocupes, te prometo no ser la causa de tu dolor de cabeza con mis preguntas e inseguridades. Por favor, cuéntame cosas, tal como son. Yo las iré acumulando y clasificando y, te digo ya de antemano: si me quieres como tu nueva amiga, estaré encantada. Para mí te has convertido en lo más cercano a la persona más querida y deseada.

Me ha salido del alma esta terrible frase, estoy desesperada por poder disfrutar de su compañía.

Ella me contempla entre conmovida y en *shock*. En realidad no nos conocemos de nada, pero yo la necesito tanto que pienso que es la mejor persona que podría tener a mi lado. Y, claro, ella me mira sonriendo pero con recelo. Supongo que tendrá dudas de si soy un auténtico coñazo o, por el contrario, si podría convertirme algún día en una buena amiga.

Por fin embarcamos, nos espera un vuelo directo de casi nueve horas de duración. Mi vida también se embarca en este avión rumbo a lo desconocido. Atrás dejo una familia destrozada, mi estado de bienestar, mi bonita casa, mi trabajo, amigos, restaurantes y bares, y, sobre todo, dejo el amor, un amor con desenlace tan turbulento que me ha hecho hasta tener vértigo. Sin duda estoy cerrando el capítulo más importante de mi vida, y el siguiente está por escribir.

Sandra, que así se llama mi nueva y admirada amiga, es una mujer con bastante estilo, tiene la gracia natural del que ha nacido y vivido con clase. Su educación no es forzada, sino suave, sus exclamaciones sutiles y sus risas, comedidas. Nada en sus movimientos y sus palabras es al azar.

Viste con mucha elegancia. Ella es de las que van a África con vestido camisero de florecitas, cinturón de piel y deportivas con «la estrellita», las más *cool*. No le falta el sombrero y su bolso es de una piel natural tan fina y bella como el conjunto de esta hermosa mujer. Cola de caballo, piel cuidada y poco maquillada, y unos llamativos ojos realzados por un *eyeliner* muy bien dibujado.

En cambio, yo, que, vuelvo a repetir, siempre me he considerado muy a la moda, pues he ido de tópica y me he colocado para viajar la típica sahariana, con bermuda en tono beis y botas de campo… Vamos, como si me fuera ya a un safari, y al verla a ella tan perfecta, lo mío parece más un disfraz, como salida de la mismísima película *Mogambo*.

Pues bien, primera lección: en África también existe el estilo. Esto se pone, por lo menos, interesante. El aspecto de Sandra me dice mucho de mi futuro incierto y pienso que hasta puede llegar a gustarme.

Sandra y yo no coincidimos en los mismos asientos. Casi mejor, pienso, hubiera sido un poco pesado para ella. Tengo que cuidarla como si fuera un tesoro. Nada de agobiarla con mis dudas y miedos. Mucho mejor intentar darle la impresión de que puedo ser una buena compañía y que le puedo aportar algo.

En este momento el piloto se presenta por el altavoz y nos comunica que vamos a despegar. ¡Ya está! Ya comienza mi reto y creo, y no sé por qué, que me encuentro mucho más animada, con nervios pero esperanzada.

En mi asiento no tengo a nadie a mi lado; muchísimo mejor, en un viaje largo merece la pena descansar y el solo hecho de tener a alguien indeseado me altera la tranquilidad. Dejo mi bolso en el asiento libre, no molesto a nadie, cierro los ojos y me pongo a pensar en «mi episodio central». En el capítulo que ha cambiado el rumbo de mi vida.

Pepe es un hombre superatractivo, quizás demasiado, de esos que te da hasta miedo pensar en estar con él por la dificultad que puede llegar a tener la convivencia. Es divertido, culto, le gusta bailar y le fascina la música, como a mí. Sus gracias son reídas por todos, sus bromas encantan a la gente y las palabras malsonantes las dice con tal simpatía que parecen las idóneas del diccionario para reflejar una divertida situación.

En sociedad, Pepe es un diez, te da seguridad ir con él, siempre queda bien y es, por supuesto, el invitado más esperado en las reuniones. Además es muy, muy guapo; bueno, quizás la palabra no sea guapo, pero eso le convierte en mucho más interesante. Viste, casi siempre, *casual*, pero le gusta vestir bien, las chaquetas le sientan como un guante, está delgado y sus pantalones, de pata más bien estrecha, los ajusta a la cintura con un cinturón de piel de gran calidad. Sus zapatos son también un reflejo de sí mismo, muy clásicos y muy típicos, en color negro o burdeos, y nunca le falta el pañuelo de seda en la chaqueta. Huye, casi siempre, de las corbatas, se sabe atractivo y le gusta más la camisa desabrochada en su primer botón. Francamente, su presencia no deja indiferente a nadie y a mí, por supuesto, me cautivó.

Todavía recuerdo el día, mejor dicho, la noche en que le conocí, la noche en que cambió del todo mi vida. Estábamos tomando unas copas con amigos del trabajo y él llegó por sorpresa. Y sí, él me miró y yo le miré. Y a partir de ese momento mis nervios demostraron a todo el que me conocía que algo me estaba sucediendo, que no era la misma, que mis palabras no tenían sentido y que mis ojos ni se centraban ni apenas eran capaces de mirar de frente a nadie.

Pepe, claro, lo notó, se dio cuenta y, con desfachatez, me sonrió.

2

Llego herida a Nairobi, muy herida, pero también con la esperanza de romper con lo que tanto me duele.

Encontrar a Sandra en el aeropuerto me ha dado alas para
pensar que todo no iba a ser tan malo y que, quizás, pueda tener
una vida distinta y apetecible. Una vez desembarcadas me despido
con la ilusión, le digo, de volverla a ver. A ella la espera un precioso Mercedes con su mecánico uniformado; a mí, un señor bona-
chón y gordito que porta un cartel con mi nombre.

La ciudad no me sorprende. La esperaba casi tal como es;
he leído algo sobre ella. Impresiona ver tantos rascacielos en
medio de África. De hecho, la visión es extraña. Allí, lo que
apetece ver, por lo menos a mí, es la inmensidad de la sabana,
pisar su tierra roja y encontrarte de frente a una hermosa jirafa,
lógico, ¿verdad? Pero no, aquí estoy pisando asfalto, y por cierto no muy limpio, y con mujeres, hombres y niños rondando
de un lado para otro. El caos es el dueño de la ciudad, y a pesar
del enorme desarrollo que se aprecia, se nota que es una urbe
sin terminar, inacabada, y que, junto a esos altísimos edificios
que pudieran ser un reflejo de prosperidad, las personas, en su
mayoría, viven en precario sin saborear todavía las mieles del
progreso.

Y este abanico de sensaciones las estoy viviendo gracias a las
bondades de mi empresa, en el interior de un estupendo coche

con un simpatiquísimo mecánico que se desvive por explicarme cada rincón y movimiento que se produce a nuestro lado.

Vamos despacio y eso me ayuda a fijarme bien. Han pasado solo un par de horas desde mi llegada y ya sé que mi cuerpo y mi mente quieren ir tierra adentro, que no me va a quedar otro remedio que empezar mi vida en Nairobi trabajando para mi empresa, pero que me están entrando unas ganas locas de conocer y vivir con pasión la llamada de África.

Y por fin llego al que, a partir de ahora, va a ser mi nuevo hogar. Frank, que así se llama mi chófer, señalando con su mano el edificio, me dice que hemos llegado, me acompaña al ascensor con la maleta y me indica que suba al noveno piso; me da las llaves y se despide con una agradable sonrisa. Sin duda a él le hace gracia, y yo me quedo, en cambio, sin respiración.

Subo en el ascensor asustada, todo es distinto a lo vivido hasta ahora. El edificio es bueno, está limpio y parece en buenas condiciones, pero su olor especial, casi caribeño, entre húmedo y rancio, te da idea del lugar en que voy a vivir a partir de ahora.

Al entrar en el apartamento, lo primero que me parece es frío, muy frío —no de temperatura, claro—, casi diría que desolador. Suelos blancos de mármol, pocos muebles y de madera oscura, y luces de techo en tonos amarillentos. Poca calidez, algo tropical y con muy poco gusto, y veo una silla y me siento en ella sin respiración. El encontrarme bien en la casa donde vivo para mí es elemental; la decoración me apasiona y sentir confort al llegar a casa es lo que más aprecio. No sé qué pensar. Empieza a darme vueltas todo…

¡No me gusta cómo es el lugar ni lo que parece que me espera! Me imagino sola entre estas cuatro horribles paredes o andando por las calles que hemos atravesado con el coche, y me siento muy insegura. Maldigo el minuto en que pedí mi traslado a África, pues creo que no me entendieron. Debí decir: ¡a cualquier sitio menos a Nairobi! En estos momentos solo pienso en volver a ver a Sandra, mi tabla de salvación. No la conozco de nada, solo de unos largos minutos, pero es lo más parecido a un familiar cercano.

En ese momento suena el timbre. Alguien llama a la puerta y no sé qué hacer. Me quedo bloqueada, todo me da miedo, pero no me queda otra que abrir. Acerco mis ojos a la mirilla y veo a un hombre con buena pinta, pongo la cadena de seguridad y al abrir, el hombre, con una ligera sonrisa, me dice en un tono ceremonioso:

—Perdone que la moleste. Le traigo esta tarjeta de parte de la Embajada de España. Solo era eso, buenas tardes.

Oh, ¡las noticias vuelan! ¿Quién les habrá dicho que ha llegado una nueva española a este lugar? Saben que estoy aquí y me invitan a una recepción en la Embajada, lo que me anima bastante, sobre todo por el hecho de no estar sola la primera noche. Quiero conocer a gente, necesito estar con gente, salir de aquí, no me siento bien entre estas cuatro paredes. La verdad es que nunca me imaginé tan agobiada. Era una mujer independiente desde hacía tiempo, acostumbrada a vivir sola y, por supuesto, a viajar sin depender de nadie, pero Nairobi no me traslada nada de confianza. Ni sus calles, ni su ritmo, ni sus gentes.

Solo quedan unas horas para la recepción y me doy cuenta de que me tengo que arreglar y que he traído muy poca ropa, y, no sé por qué, pero quiero estar espectacular. Debo salir a comprarme algo. Nunca imaginé que tendría mi primer encuentro social tan pronto.

La primera impresión es importantísima y no pienso parecer la deprimida e histérica españolita que, por mal de amores —seguro que ya lo han comentado—, llega desesperada a un raro destino donde olvidar y llorar sus penas.

Y cogiendo mi bolso bandolera y con la fuerza que da la rabia por lo que me está tocando vivir, salgo de mi rancio apartamento y me tiro a la calle a buscar algo con lo que impresionar.

La ciudad me confunde, es un ir y venir de gente sin control. Algunos van vestidos con traje —pocos—; otros, con indumentaria de trabajo *casual* y sin pretensiones, y los más, bastante dejados a la inercia del país: pantalones fresquitos y camisas de colores vivos, entre africanos y caribeños. Y yo, todavía vestida de Diana cazadora, miro y observo todos los escaparates buscando algo que ponerme, algo favorecedor y rompedor, algo especial… No encuentro nada, lógico, y me decido a ir a una especie de mercadillo y buscar algo del país, algo de color espectacular y hacer así un homenaje a la tierra que me recibe y de la que espero tanto.

Dicho y hecho. Es en un tenderete callejero donde encuentro una falda larga en vivos colores fucsia y verde. Tiene una abertura muy larga que me ayudará a hacer con un poco de descaro un «Angelina», y por blusa veo un pañuelo de gran tamaño que, anudado al cuello y dando una vuelta por la cintura a la altura de mi ombligo, podría dejar la espalda al aire, consiguiendo así un conjunto bastante impresionante. ¡Perfecto! Me lo llevo, estoy feliz. Creo que la niña tontita y depresiva que acaba de llegar va a dar un giro a la opinión de todos cuando me vean entrar con gran seguridad y demasiada presencia.

Vuelvo a mi apartamento. Estoy poniendo muchas expectativas en esta reunión en la Embajada. Me encuentro tan sola que quiero conocer a alguien, o a muchos, que hagan de mis comienzos aquí un camino mucho más llevadero de lo que me imagino. ¡No puedo desaprovechar esta oportunidad!

Delante del espejo de mi nuevo cuarto de baño —no me gusta, es amarillo, amarillo, me dan miedo los insectos y no quiero pensar si alguno me va a visitar—, empiezo a maquillarme y a ponerme lo más atractiva posible.

En el fondo no sé lo que espero ni lo que quiero. Quizás se puede hasta pensar que deseo conquistar a alguien nada más llegar. Me estoy tomando demasiado en serio este cóctel y lo de arreglarme y gustar, algo que hasta ahora no me había parecido importarme —de ahí mi pequeña maleta— y ahora me importa en exceso. Sin duda es el miedo a la soledad.

La verdad es que me encuentro fantástica con este conjunto que me he sacado de la manga. Es favorecedor y colorista. Es un homenaje al lugar, pero también femenino y atractivo. Y sin tardar mucho más, me coloco mi collar dorado favorito y unos pendientes de aro favorecedores al máximo. Sandalias altas de tiras y bolsito rojo de mano. Y con los nervios a flor de piel, bajo al coche que ya me espera en el portal.

Nunca antes había pensado lo que puede significar una sonrisa, un apretón de manos, un abrazo o una mirada de cariño, y en estos momentos todo eso y más lo quiero dar, pero, sobre todo, lo quiero recibir. Sentirse sola no es agradable, y sentirse sola en el interior profundo de África casi, diría, me da terror.

Con esas sensaciones y cuando estoy con el alma compungida y los nervios en el corazón, el coche frena despacio y mi mecánico, diligente y educado, sale del vehículo para abrirme la puerta con una elegancia tan exótica que me hace levantar la cabeza como si fuera alguien y salir del coche con una actitud casi de película.

De repente comienzo a conocer una nueva versión de mí misma. Nunca me hubiera imaginado con semejante *look* llegando a la residencia del embajador de España en Nairobi. Necesito gustar, quiero gustar. ¡Voy a gustar!

Subo las escaleras como si fuera una novia. Nerviosa, las piernas temblando y casi con lágrimas en los ojos, me viene a la memoria, como en una moviola, mi vida en Londres, mi bonito y acogedor apartamento, mis paseos al atardecer. Y también pienso en mi amor, en mi desamor, en la causa de todo.

Sé que en este momento comienza una nueva etapa en la que tengo muchas expectativas puestas. He dado un paso casi suicida y ahora necesito encontrar con carácter de urgencia el cariño de alguien, la amistad y la cercanía de quien quiera acercarse a mí.

Entonces alargo mi espalda, respiro hondo y entro por la gruesa puerta de madera que comunica con la preciosa residencia de nuestro representante. ¡Y ya está! Ya he entrado, ya me están mirando… Nadie me conoce, a nadie conozco y me late el corazón con tal fuerza que creo que me voy a desmayar.

La vista casi perdida no me deja definir las caras de los que, en este momento, me analizan de arriba abajo. Supongo que soy la única nueva y, por tanto, algo digno de mirar, analizar y, ¿por qué no?, criticar. Debo de parecer un pajarillo perdido pues, ligera y con una enorme sonrisa, se acerca a mí una mujer de cierta edad que me saluda con gran educación y, sobre todo, mucha simpatía.

Oh, el embajador es embajadora, y esta mujer me abraza con cariño y calidez. ¡Se lo agradezco tanto!

—Querida, no sabes la expectación que nos provoca a todos tu incorporación a esta tierra tan apasionante. Quiero que sepas que, desde este momento, puedes contar con nosotros.

Mientras ella habla, miro a mi alrededor para ver cómo son mis nuevos «amigos», la gente de la que espero tanto sin conocerla y a la que, a su vez, mi llegada produce tanto interés.

Las mujeres me analizan de arriba abajo. Creo que les extraña y, al mismo tiempo, les gusta mi original atuendo. Los hombres, de otra manera, lógico, no dejan de examinarme.

Seguramente les intriga qué es lo que ha venido a hacer una chica joven con cara de niña bien a un sitio como este. Creo que nadie en sus cabales, y menos sola, puede elegir un destino tan desconcertante.

Ahora, cuando empiezo a pensar de qué hablar con la señora embajadora, una voz conocida, la única que podía conocer, me interpela:

—Pero ¡qué casualidad y qué maravilla volver a encontrarnos aquí!

Es mi compañera de viaje, la mujer en la que vi la primera cara amable del nuevo país donde voy a vivir.

—¿Os conocéis? —pregunta la embajadora.

—Sí, de hace veinticuatro horas.

—Oh, ¡qué suerte volver a verte, Sandra! Eres casi una obsesión para mí. Por un momento, cuando nos separamos en el aeropuerto, creí que no nos volveríamos a encontrar.

Sandra me mira sonriendo y con asombro.

—Pero ¿qué llevas puesto? ¡Qué original! Nunca habría imaginado un *look* tan local y a la vez europeo. Comienzo a conocerte y me empiezas a asombrar. Pero ¿no eras analista en una multinacional? Me encanta la fuerza que le has dado a tu atuendo y cómo has sabido captar desde el primer momento la energía de este país.

—Bueno, ha sido una pura suerte. Cuando recibí la invitación salí a la calle a buscar algo y este conjunto es lo que conseguí en media hora de búsqueda por las calles y mercadillos.

—¡Es fascinante! —me dice mientras me mira asombrada.

Me lo dice una mujer que comienza su temprana madurez —más o menos cuarenta años— con una elegancia poco habitual. Se podría decir que algo minimalista, lleva un sugerente y sencillo vestido en seda color crudo, sin mangas y escote en uve, y unas largas y finas cadenas doradas. Su estilo me cautiva. Sin duda es la más glamurosa: clase a raudales y apostura serena, casi inmutable. Está claro que para impresionar en Kenia no hace falta disfrazarse de keniano o de Diana cazadora. Sandra me lo vuelve a demostrar.

—Sandra, ¿crees que ha sido de mal gusto venir así a la recepción? No he traído nada de vestir y lo primero que se me ocurrió fue salir y hacer un homenaje a la ciudad que me recibía con los brazos abiertos, utilizando indumentaria local, adaptada a mi estilo.

—Todo lo contrario, es una maravilla, es bastante impresionante. Creo que has comenzado genial con tu entrada triunfal llevando los colores atrevidos y llamativos de esta tierra. Desde luego no has dejado indiferente a nadie y, además, has demostrado tener carácter, que aquí se necesita y mucho.

—Oh, Sandra, qué tranquila me dejan tus palabras.

Cuando se acerca el camarero y me ofrece una copa de champán, alguien me la da de su mano sin que yo pueda llegar a cogerla de la bandeja.

—Me encantaría conocerla. Creo que podríamos ser buenos amigos.

Mi atractivo e interesante interlocutor desconocido me deja impresionada. Le miro y me impacta. Su voz tiene carácter y sus silencios son divertidos por sus miradas.

—¿Por qué cree eso? No nos hemos visto nunca y, puesto que acabo de llegar, mi estado de ánimo es de prevención y desconfianza con todo el que se me acerca.

Sonríe con la descripción que hago de mí misma.

—Bueno, más entretenido será el camino. Presumo que según se describe será difícil invitarla a cenar mañana, ¿correcto?

—Pues sí, correcto. Creo que para que eso ocurra tendrá que pasar tiempo…, vamos, como un millón de años.

Vuelve a sonreír. Creo que duda de mis afirmaciones y yo misma desconfío de ellas. En realidad estoy diciendo lo que creo que tengo que decir, aunque en mi interior compruebo que me alegro al oírle hablar y me da confianza gustar a alguien tan apuesto y educado.

Después de este apasionante encuentro, la noche se convierte en un ir y venir de personas que, expatriados como yo, se ofrecen para enseñarme la ciudad o que quieren saber por qué una chica sola y sin familia ha decidido trasladarse a vivir alejada de todo y sin aparente necesidad alguna. Al fin y al cabo ni soy médico cirujano, ni presidenta de una ONG, ni hay nada por lo que una joven analista financiera tenga la obligación de estar allí.

Pero en breve empiezo a darme cuenta de que las noticias vuelan y que algunos compañeros míos de Madrid habrán comentado mi reciente ruptura y mi incapacidad para seguir viviendo rodeada de recuerdos. Y también soy consciente de que no llevo más que unas horas, y Nairobi se presenta como un lugar que me ilusiona y me intriga. No sé cómo encarar aquí mi vida, pero empiezo a pensar que mi cambio podría ser un acierto, algo me dice que me podrían ocurrir cosas interesantes.

Me centro de nuevo en la recepción. De todos los que estamos en el cóctel Sandra es, desde luego, la reina del lugar. Su manera de estar, la admiración que produce en todos y el dominio de la situación, todo me crea expectación e incógnitas sobre su intensa vida aquí. Una española sola y destacando en una sociedad bastante difícil y distinta a la nuestra.

Me aproximo a ella, quiero intimar más, pues casi sueño con estar cerca en su día a día, y aunque imagino que pertenece a una clase social alta, yo estoy muy acostumbrada a desenvolverme bien en esos círculos. En mi vida en Londres hice un auténtico máster en ese tipo de sociedad.

—Sandra, me encantaría volver a verte. Mañana comienzo a trabajar, pero aunque no quiero molestarte, no puedo dejar de pensar en que, después de mis horas de trabajo, vuelvo sola y desolada a mi amarillento apartamento… —y le hago un gesto entre triste y horrorizada.

Sandra sonríe, no le pilla de sorpresa. Imagina mi necesidad de compañía y creo que le parece bien. Posiblemente piense que tengo algo que le apetece conocer, o por lo menos, no le soy indiferente.

—De acuerdo, pero yo no resido en la ciudad, soy de las expatriadas en toda regla. Vivo pisando la tierra roja que Kenia nos ofrece. Es una casa algo solitaria, no del todo, claro, pero donde te impresionará estar.

—Oh, ¡maravilloso! Eso es lo que de verdad esperaba. Creo que no veo el momento de llegar allí y tomarme un té al calor de la chimenea…, porque tendrás chimenea, ¿no?

—Sí, sí, claro que tengo chimenea, y cada tarde se enciende no solo para dar calor, sino para completar el ambiente de hogar que tanto me gusta tener.

—Oh, Sandra, creo que en este momento eres en lo único que pienso. No me gusta donde vivo y no sé si querré trabajar en el décimo piso de un rascacielos, en pleno Nairobi y frente a un ordenador. Todavía no me he incorporado y ya estoy pensando en dejarlo. Creo que no he venido a África para eso.

—Bueno, bueno, no te precipites. Aquí la vida tampoco es fácil y creo que la estás idealizando porque tu cabeza necesita aferrarse a algo más bello, a algo por lo que pienses que ha merecido la pena la decisión que tomaste, ¿es así?

—Completamente. Qué bien lo has definido. Estoy aquí por un desgarro interior, por un *shock* sentimental. Sé que algo imaginabas. Tuve que romper con todo y no volver a ver a nadie más, y, aunque no te quiero presionar, ahora tú eres lo más parecido a la más deseada compañía.

—De acuerdo, nos vemos, pero no pienses que yo soy tan vehemente como tú. Mi vida me la planteo más fría con respecto a los sentimientos.

—No te preocupes por mí y mi manera de ser. Mil gracias. Me adaptaré a la tuya. Pero una última pregunta: ¿has visto al hombre que se me ha acercado antes? Es simpático, muy atractivo, me ha invitado a cenar…

Sandra cambia de semblante. Algo más seria de lo habitual, me dice bajando el tono de su voz:

—Ten cuidado. Es interesante, pero complicado. Le irás conociendo poco a poco. Espero que no te haga daño.

Al oír estas palabras me quedo preocupada. ¿Qué puede haber querido decir?

Intrigante le he notado; atractivo, mucho, pero ¿hacerme daño? Sería lo que me faltaba.

Me despido de todos y casi en *shock* llamo a mi mecánico, que ya está esperándome en la puerta.

Cansada, plena, pero algo preocupada, me meto en el coche. Frank me habla en un limitadísimo inglés, aunque intenta ser amable y, la verdad, lo consigue. A la vez que me dice que está para ayudarme en lo que necesite, miro con enorme interés e intriga las calles de esta ciudad sin ley. Ya me avisaron de que de noche, a partir de las siete, cuando oscurece, ni se me ocurriese ir sola a casa, y en ese momento siento un enorme escalofrío que recorre todo mi cuerpo.

¡Estoy sola y tendré que subir a mi apartamento sola también!

Al llegar decido hacerle a Frank mi primera petición.

—Frank, ¿podrías acompañarme y subir conmigo al apartamento? Estoy bastante nerviosa, me invade cierta inquietud a lo desconocido, ¿te importa?

Él me sonríe, a lo mejor lo esperaba, y con un amable gesto me abre la puerta y hace el signo de ¡adelante, tranquila!, y respiro hondo...

Subimos juntos en el ascensor y al llegar saco mis llaves y abro la puerta. Frank está a mi lado sin decir una palabra, enciendo la luz y entramos los dos juntos.

En mi mente se acumulan sentimientos y en este momento todos son de rechazo. No me gusta nada, nada, mi apartamento, no es acogedor, no es femenino, es impersonal y la decoración deja mucho que desear. En cambio, para Frank es fabuloso.

—¿Lo ve, señorita? Todo estar en orden, correcto y sin problemas. Tener una preciosa casa en la que ser muy feliz. ¿Quiere algo especial de mí?

—Sí, por supuesto. Quiero que mires todos los rincones y debajo de la cama. Soy muy aprensiva y no me encontraré a gusto hasta que la revisión sea completa, por favor.

Frank ríe. Para él es todo fantástico, precioso y seguro, y le entiendo; espero que también él me entienda a mí.

Nos despedimos con mi enorme agradecimiento, que también aprecia él, y sin dejar pasar un minuto, cierro la puerta con la llave y el cerrojo de arriba. Compruebo varias veces que por allí no es posible que pase nadie y comienza mi primera noche en mi desconocido destierro.

Mi habitación es casi una celda de monasterio. Austera, sin apenas detalles, pero por lo menos la cama es grande, y ahora es lo único que necesito.

Me tiro con fuerza y cruje el colchón. Evidentemente no es de los mejores que he probado, pero eso no me importa. ¡Lo feliz que sería yo ahora mismo en esta misma habitación y con este colchón si estuviera con la persona adecuada, si estuviera con él!

Los ojos se me llenan de lágrimas, creo que quiero llorar… y lloro sin un final. Echo de menos sus abrazos, sus caricias y sus agudos comentarios sobre nosotros y nuestra relación. Vivimos poco juntos, pero para mí se convirtió en mi vida. Feliz, feliz, solo lo he sido con él, y la sensación de querer lo perdido es agobiante y casi insoportable.

Y así me quedo dormida, sin cambiarme, sin quitarme mi precioso conjunto étnico que tanto ha gustado y sin desmaquillarme. He tenido muchas sensaciones nuevas y gracias al agotamiento entro en la catarsis del sueño y empiezo a disfrutar de la felicidad de la inconsciencia.

3

Tenues rayos de luz del amanecer entran por mi ventana y me dan directamente en la cara. Me despierto y, como con un resorte, me levanto sin saber dónde estoy, descolocada. Miro las paredes de color amarillo pollo y el pequeño espejo enfrente de mi cama en forma de sol de enea trenzada.

Veo mi cara, ¡qué horror!: los ojos manchados de negro, sin desmaquillar y con el rímel desparramado por mis pómulos por el llanto descontrolado de la noche anterior.

Es entonces cuando me doy cuenta de que me enfrento a mi primer día de vida normal o, por lo menos, a mi primer día de mi nueva vida.

Tras la sanadora ducha, empiezo a ver las cosas de otra manera. Sacudo mi melena dándome unos retoques para que el pelo tenga movimiento. Me pongo mi crema hidratante, unos ligeros polvitos en la mejillas y brillo en los labios y, para entrar con energía y seguridad en mi nueva oficina, decido ponerme de nuevo la falda de la noche anterior, pero con una blusa ancha anudada a la cintura, mucho más *sport*, unas deportivas y, por supuesto, un bolso bandolera, cruzado, donde meter todo lo necesario para pasar un día que preveo incierto.

Cojo el móvil y mi ordenador portátil y me dirijo al ascensor para enseguida encontrarme con Frank… ¡Oh, Frank! Por ahora él es el único hombre en mi vida.

Su sonrisa me tranquiliza y me da ánimos —en él parece que puedo confiar, pienso—, y, tras un gesto de complacencia, entro en el coche y sin prisa me lleva al lugar que tanto insomnio me produce, tanto temor: a mi nuevo trabajo.

Con poco entusiasmo y mucho miedo escénico, subo a la planta décima donde me esperan mis nuevos compañeros y mi jefe. Entro despacio, miro a mi alrededor y compruebo que es un espacio luminoso, poco cuidado pero con ambiente relajado. Muchas mesas, ordenadores, colegas con los cascos puestos para no oírse unos a otros..., muy cosmopolita, se adivina diversidad y me gusta. El cambio va a ser total y podría venirme muy bien.

Solo doy unos pasos cuando me topo con un compañero bastante amable que me saluda en un perfecto inglés —es inglés nativo, claro—, y con mucha educación y sonrisa cercana me anima a seguirle a su despacho.

¡Vaya! No es un colega, es mi jefe, o uno de mis jefes.

—Bienvenida a tu nuevo trabajo. Soy Gregory. Vienes muy bien recomendada desde España y Londres, y nos sentimos bastante impresionados de que hayas elegido este destino tan distinto de lo habitual. Estamos felices de poder contar contigo.

—Si quiere que le sea sincera...

—Por favor, tutéame.

—OK, si quieres que te sea sincera estoy despistada y algo dubitativa. No sé si ha sido una locura, pero seguí un enorme impulso de mi corazón y decidí que esta tierra sería, seguro, donde podría encontrar o buscar un futuro distinto para mi vida.

—Tranquila. Si te sirve de consuelo, y no creo equivocarme, todos los que estamos aquí hemos llegado también después de un enorme y desconocido impulso.

—Oh, me tranquilizas mucho.

—Venga, mucho ánimo. Si quieres nos ponemos manos a la obra, te voy presentando a tus compañeros y te acerco a tu mesa de trabajo. Seguirás instrucciones desde España, pero contaremos contigo para crear sinergias importantes de trabajo. Hemos comprobado que con personas como tú podemos impulsar nuevas áreas de negocio uniendo los dos lados del mundo. Aunque parezca casi imposible, te encuentras en estos momentos en un sitio estratégico de la economía mundial.

Dicho y hecho. Gregory hace una pequeña e improvisada reunión y así, poco a poco, voy conociendo una parte del que va a ser mi nuevo mundo. Un mundo que me sobrepasa y del que apenas conozco nada.

Tras estos rápidos saludos, me siento con premura en mi mesa y empiezo a conectarme con Madrid. Saludo a todos mis excompañeros en una *call* y, emocionados e intrigados, se interesan por mí y por mi primera impresión.

—Pues no sé qué deciros. Lo que siento en estos momento es ¡que os echo muchísimo de menos!

Todos se ríen, claro, todos menos yo. Me estoy planteando muy seriamente si es esto lo que me apetece hacer, si para esto he llegado tan lejos.

Enfrascada en este pensamiento, se me acerca una chica rubia, quizás nórdica o norteamericana, que parece muy amable. Se presenta y, con una sonrisa, me pregunta por mi falda.

—La he comprado ayer en un mercadillo. No tenía nada para ir a un cóctel y me la puse con un cuerpo un poco atrevido y unas sandalias altas. No sabes el éxito que tuve.

—No me extraña. A mí también me ha llamado muchísimo la atención. Puesta como la llevas tú, con esa blusa anudada a la cintura y deportivas, más me parecía un *look* de Dolce & Gabbana. Tienes mucho estilo. Me encanta.

De nuevo vuelve a gustar mi forma de vestir, y hasta yo misma me pongo a pensar si no podría ser esta mi nueva y principal línea de trabajo, si no podría, de alguna manera, unir estas dos culturas por medio de la ropa.

Siempre me ha gustado mucho la moda, de hecho en Madrid mis amigas a menudo me pedían que las aconsejara, que las ayudara para conseguir *looks* diferentes. ¿Podría ser que, sin saberlo, tuviera un don especial?

Me empieza a divertir la idea y, desde luego, no la echo en saco roto. Cualquier cosa que me saque de aquí…

Desde mi primer minuto en la planta décima de este edificio entre moderno y descuidado, he sabido que no quería este lugar para trabajar. Sin ninguna duda me han bastado veinticuatro horas para saber que, ya que he buscado un lugar nuevo donde recuperarme de mis heridas, también quiero algo nuevo para renovar mi mente y mi alma. Algo que me llene, me divierta y me alegre la vida, y volver a pasar dieciocho horas frente a un ordenador, francamente, ya no me atrae.

Con esta idea, pero sin obsesionarme, paso la mañana y salgo a comer dando un pequeño paseo por las calles y los alrededores de la zona financiera de la ciudad.

La sensación no es idílica. Hay mucho movimiento, bullicio y la circulación es poco ortodoxa. A mí no me gusta, no me llena, no me produce confianza y no me siento segura. No sé qué me ha pasado, pero desde el principio he sabido que mi rumbo va a cambiar.

Pregunto y me dicen por dónde ir a la zona más auténtica de la ciudad. Los barrios con más carácter, los primitivos, donde vivieron los primeros kenianos que se ubicaron aquí y crearon la ciudad de Nairobi.

La gente es alegre, simpática, sonríen sin parar y están deseando hacerte un favor a cambio de un dólar que les saque del apuro del día. Son agradecidos y divertidos. Les gusta mucho la música y vayas por donde vayas suenan notas que levantan el ánimo, que casi te obligan a bailar sin saber y, por supuesto, sin querer.

¿Que para qué voy allí teniendo en cuenta que me han dicho que cuanto más cerca de estos barrios más peligro encontraré?

Pues parece que me he obsesionado con hacer algo diferente, algo que me llene y me divierta, algo que me conecte a la gente de aquí y, sobre todo, algo que me haga distinta y especial. Y aquí estoy, buscando con curiosidad y algo de prevención tiendas de telas, de ropa local, de trajes típicos de la zona. Me apasionan los llamativos colores que utilizan y sus mezclas explosivas.

Callejeo sin parar y me doy cuenta de que los edificios han cambiado, que son más bajos, más pobres, más auténticos, y, sin duda, más peligrosos. Y por fin me doy de bruces con un mercadillo donde se mezclan tiendas y tenderetes. Entro en una de ellas, casi parece una cueva, muy descuidada, con olor a humedad tan agobiante que pienso que no se ha aireado en meses…, o quizás nunca.

Allí encuentro a una mujer enjuta, muy delgada, mayor y desconfiada. Me mira con sus enormes ojos y no pregunta nada. Yo, en cambio, empiezo a entusiasmarme con lo que veo… Metros de telas cuyo color me fascina. Blusas anchísimas, sin forma, pero enseguida empiezo a pensar cómo quedarían con un ligero cambio, sobre todo en los cuellos. Faldas anchas, casi como pareos. Pregunto y me contesta que son para hombre, para realizar sus bailes de agradecimiento o de bienvenida.

¡Son de hombre! Y yo ya me veo a mí misma con una puesta, anudada a la cintura y con un top negro. Me estoy entusiasmando con solo pensar en mi nueva ilusión.

Pero empieza a caer el sol y recuerdo con horror la recomendación de Sandra. Creo que la tengo grabada a fuego en mi cerebro: «Cuidado con estar fuera de tu casa cuando llega la noche». Y sin esperar un segundo, le digo que quiero dos faldas, dos camisas y dos vestidos de mujer, que más parecen sábanas de fabulosos colores.

Pregunto por el total y ella por fin me sonríe. Creo que le parece casi milagroso que en un día, en unos minutos, llegue a su tienda alguien que se lleva, quizás, lo que vende en un mes.

Con una vocecilla entrecortada y una maravillosa mirada, me dice: «Cincuenta chelines»; una auténtica ganga. Le pago feliz, le aprieto sus ásperas manos y le digo, como puedo para que me entienda, que volveré y a por mucho más.

Regreso a la *city* con rapidez y algo de angustia. Estoy feliz, pero empiezo a comprobar que el sol desaparece y la luz se va convirtiendo en mucho más tenue. Tengo suerte y, casi por un milagro, encuentro el camino y llego a las puertas del edificio de mi trabajo. Allí me espera mi queridísimo Frank. Él se asusta al verme venir de las afueras de la *city*. No sabe qué llevo bajo el brazo y me abre la puerta del coche con celeridad y gesto preocupado.

—Mal hecho, señorita. No es bueno estar sola por calles desconocidas. Siempre decírmelo a mí.

Tiene razón, parece que me estoy volviendo loca y que tengo demasiada prisa por saber qué voy a hacer para cambiar mi rumbo. En el fondo, sé que he hecho mal, pero siento mi corazón lleno de esperanza, y eso hace tiempo que no lo percibía. El corazón siempre ha sido mi motor y espero que lo siga siendo, es el que me hace vibrar, vivir, amar… y sufrir.

—Frank, por favor, ¿puedes acompañarme a casa de nuevo? ¿Subes conmigo y me ayudas a comprobar que todo está correcto?

—Claro, señorita. Yo soy su hombre.

Sonrío y me sonríe. Veo su rostro por el espejo retrovisor.

Frank me gusta. Es gordito y no muy alto. Tiene cara de buena gente, es tranquilo y pienso que quiere ayudarme de verdad… ¡Ya le tengo cariño!

Subimos a mi apartamento. Él entra primero y esta vez, como todavía no es noche cerrada, compruebo de nuevo que «mi casa» no tiene remedio. Tengo que hacer algo; no me gusta, no estoy cómoda. Me pondría ahora mismo a pintarla y bajaría de nuevo a buscar algún mueble que le dé algo de carácter a semejante habitáculo.

—Gracias, Frank. No sabes cómo me ayudas. No sé cuándo me acostumbraré a venir sola a casa.

—Señorita, no preocupar. Yo estar aquí siempre contigo.

Y con una sonrisa se lo agradezco en el alma. Se me llena el corazón de gratitud hacia esta persona bondadosa que, sin conocerme y solo por trabajo, me está trasladando tanto cariño.

—Bien, Frank, buenas noches. Nos vemos mañana a la misma hora. ¿OK?

—Sí, señorita. OK.

Cierra la puerta con suavidad y me lanzo a cerrar con llave y a correr el cerrojo de arriba. La seguridad me obsesiona y la soledad en Nairobi todavía me produce terror.

De nuevo estoy sola. Sola con mis miedos, pero ya con una enorme ilusión. Lanzo mis compras a la cama y empiezo, frente al espejito de la pared, a mirarme mientras doy vueltas alrededor de mi cuerpo al vestido-sábana que tan fabuloso puede quedar en fiestas y cócteles.

Definitivamente, quiero empezar a crear algo que sea mío. Siempre me ha gustado vestir, pero ahora quiero embellecer y adornar a mujeres como yo y que vivan aquí.

Sin darme cuenta, y envuelta en la fuerza de los colores africanos, me voy quedando dormida sobre la cama. Me duermo sola, sin pastilla, sin miedos, agotada, casi feliz, o por lo menos contenta.

Es un avance importantísimo. Por primera vez creo que empiezo a despojarme, capa a capa, de muchas de las amarguras que me han traído a este lado del mundo. Comienzo a creer en mí misma, a pensar que hay otra mujer desconocida dentro de mí, a gustarme cada día más y, sobre todo, a no pensar cada segundo en él.

4

Comienzo el día sin temor, sin miedos, con una sensación de plenitud. Y miro a mi alrededor como queriendo empaparme de mi hogar. El sol empieza a asomarse por mi ventana y uno de sus rayos, con la fuerza del que acaba de nacer, se fija en la pared de mi dormitorio y con su especial energía revitaliza el tono y vuelve con fuerza a desagradarme sin medida el color que me acompaña día y noche. Parece una tontería, pero la estética me importa, y mucho. Me abrigan las sutilezas, me acompañan los adornos y detalles, y me visten los colores. Decidido: si no me cambio de casa pronto, por mi honor que pinto yo misma, con estas manos, todo el apartamento y le doy un toque distinto a estas cuatro paredes que van a dar cobijo a mi vida.

Me visto deprisa, pero también me arreglo. A partir de ahora, quiero dar una imagen especial, crear en torno a mi manera de vestir un halo de admiración. Quiero empezar a testar si valgo para ello; en realidad creo que sí valgo y eso me emociona. Y así, con ánimo renovado, van pasando los días, las primeras semanas…

Una mañana bajo corriendo las escaleras. ¡Ya no cojo el ascensor! Y tras las puerta de cristal veo a mi mecánico con el coche esperándome.

—Buenos días. Usted ser otra hoy. ¿Pasar algo? ¿Una buena noticia?

—No, Frank, la buena noticia soy yo… Me siento bien, mucho mejor, y tú tienes que ver mucho en ello. Gracias a ti voy y vengo segura y relajada, y me haces sentir bien en mi casa. Siempre te estaré agradecida.

Él me sonríe, abre la puerta y hace un gesto entre el orgullo y el cariño. Yo lo noto y se lo agradezco tanto…

En ese momento suena mi teléfono y aparece el nombre sagrado, el más deseado, el único que me interesa en este momento —y, por cierto, no es el de Pepe; ya es algo—: es Sandra, la bella, la independiente, la enigmática. En Sandra pongo, se puede decir, casi todas mis esperanzas sociales y de vida, pues hasta ahora no he podido o no he sabido relacionarme con nadie más.

—Buenos días, Sandra, ¿qué tal? Esperaba esta llamada con tantas ganas que ni te imaginas la ilusión que me hace.

—Te la debía, y aquí estoy. ¿Te gustaría venir a casa esta noche a tomar algo, una cena para dos?

—Ooooooh, ¡me vuelve loca! Allí estaré. Iré con Frank, que me acompañará después de vuelta a casa y me da mucha seguridad.

—No hará falta. Quédate a dormir y mañana por la mañana te puede recoger para volver al trabajo.

—OK, maravilloso, no solo me convences, me encanta el plan. Allí estaré.

Empiezan a sonar en mi cerebro *Las cuatro estaciones* de Vivaldi, el concierto para violín. Saltan las notas en mi cerebro, una a una, alegres, chispeantes, vitales. De este encuentro espero mucho. Espero amistad, una copita con música de fondo, una conversación, el sentirme acompañada, unas risas, una despedida cordial. Parece casi una cita, ¿verdad? Pues no, en realidad es la soledad del cuerpo y del alma. Es el desasosiego, es el miedo que he tenido lo que hace acuciante esta reunión. En la vida, lo poco es muchísimo según las circunstancias en las que te encuentres, y a mí, en este momento, pensar en tener una amiga me parece lo más.

Y así, casi en una nube, llego a las oficinas. Estas me atraen poco, muy poco. Antes de empezar ya sabía que esto no era lo que buscaba, pero tengo que reconocer que gracias a mi trabajo puedo estar aquí e intentar buscar sensaciones y caminos nuevos.

Entro intentando de nuevo llamar la atención un poquitín. Hoy he recogido mi melena en una cola de caballo, muy estirada, el pelo casi pegado al cuero cabelludo. Las gafas que he elegido no son cualquier cosa… para Nairobi, claro: estilo «ojos de gato», muy Hollywood años cincuenta y de carey, muy chics. Unos grandes aros como pendientes y los labios pintados en un llamativo tono rojo oscuro. Imposible no mirarme.

Y mientras voy llegando, mesa a mesa, a mi ordenador, noto las miradas: las mujeres, de arriba abajo; los hombres, asombrados. Ni bien ni mal, asombrados y mucho. Y comienzo con mis estrategias, mis *calls*, mis reuniones, que me gustan y que me reconfortan, pero no me entusiasman.

Estoy deseando que den las tres de la tarde y empezar el camino hacia lo desconocido: a casa de Sandra. Me apetece tanto, tanto, que creo, a lo mejor, que me podría defraudar… ¡No, por Dios! Sería una gran decepción. No sé por qué he puesto todas mis esperanzas en esta relación.

Terminado el trabajo, vuelvo al coche y, a solas con Frank, que con mucha práctica recorre los caminos hacia la granja, comienzo a pensar en lo que he dejado atrás y me da un fuerte escalofrío que me recorre toda la espalda, cada vértebra. Lo he abandonado todo: mi casa, pequeñita, agradable y personal, mi familia y mi entorno, pero, en este momento, algo me está pasando que hace que me encuentre bien. Quizás soy demasiado optimista.

En mi cabeza van pasando, como en un desfile virtual, prenda a prenda, un sinfín de faldas, pantalones, blusas…, hasta bolsos exóticos hechos y diseñados por mí para personas de aquí. Sería apasionante y casi la única manera de poder abandonar mi trabajo.

A la vez pienso que me espera Sandra y seguro que me tendré que abrir en canal, que querrá saber por qué está aquí una chica como yo, tan preparada, pero urbanita por los cuatro costados, nada aventurera —a priori— y seguramente con grandes rasgos de sufrimiento en mis ojos.

Frank me comenta en su parco inglés que «soy una privilegiada», que a casa de Miss Brown no es fácil ir, que toda la sociedad de Nairobi querría estar hoy en mi lugar.

Oooooooh…, pero qué suerte tuve al encontrarla en el aeropuerto. Supe desde el principio que ella podría ser la clave del éxito de mi nueva aventura.

Y pasamos por carreteras algo estrechas, circunvalando granjas de la zona, y llegamos al lugar donde el mapa de Frank dice que doblemos a la izquierda. En ese momento, a lo lejos, se ve la entrada a una granja con una preciosa puerta en la que se lee: «Ya has llegado». Me impacta sobremanera… ¡Quiere decir tanto esa pequeña frase! Ya he llegado…, ¿adonde quería?, ¿donde seré feliz?, ¿donde está mi amor? Ya has llegado…, y creo que sí, ya he llegado al principio de mi vida en África.

Con los ojos abiertos sin parpadear y el corazón casi «taquicárdico», voy contemplando cada metro de tierra rojiza que nos da la bienvenida a este lugar tan maravilloso. Y a lo lejos veo la casa y, ¡oooh…!, me quedo muda. Es la versión de la casa de Karen Blixen —mi adorada Karen—, pero con un punto más sofisticado. Algo inglesa, sí, pero guardando la armonía del lugar. No veo el momento de entrar. Seguro que todo es ideal.

Es de una planta, pero se la ve amplia y generosa. Sus tejados tienen caída hacia los porches y sus ventanas, las típicas bow windows inglesas, cubiertas de enredaderas, me trasladan a una calidez tan esperada que me urge la necesidad de conocerla.

El camino de gravilla blanca cruje al paso ralentizado de las ruedas de nuestro coche. Es un sonido excitante, señorial, me produce placer llegar despacio al primer lugar bello e importante desde que me encuentro en Nairobi.

Entonces, me pongo con celeridad mis polvitos en los pómulos, me pinto los labios con un *gloss* berenjena y me coloco mis sofisticadas gafas para hacer la entrada lo más impactante posible —empiezo a pensar que a lo mejor tengo cierto complejo por mi obsesión por epatar—. Y Sandra me mira y no le pasa desapercibida mi curiosidad… Me espera en la pequeña escalera de piedra mientras el coche termina de realizar el giro en la rotonda de la entrada, y al bajarme abre sus brazos para recibirme al tiempo que, con una sonrisa, me alaba mi *look* tras observarlo con descaro.

—No sé cómo lo consigues, pero siempre me asombras. Me encanta tu estudiada sofisticación. Es muy alegre y nada convencional en estas tierras. Bienvenida a mi casa, que hoy, por fin, también será la tuya.

La contemplo y me doy cuenta de lo increíblemente bella que puede ser una persona con una piel cuidada y etérea, casi de porcelana. Sus ojos azules se abren con fuerza al hablar y sus labios, grandes y gruesos, no son de los que sonríen con facilidad, cualidad quizás que la hace más atractiva y enigmática.

—Sandra, quiero entrar ya en tu casa. ¡Estoy loca por verla! Date cuenta de que las últimas semanas he vivido entre cuatro paredes de un color amarillo huevo que me tortura.

—Por supuesto. Pasa y mira todo lo que tú quieras.

Al entrar palidezco. Toda la estancia es un salón amplísimo con varios rincones distintos. Dos sofás blancos, dos butacas de cuero desgastado, lámparas de mesa con grandes pantallas y alfombras étnicas de la zona en colores tierra, fuego y cúrcuma. Y, al fondo, como imaginaba, una chimenea encendida junto a un sofá chéster de cuero que pone el broche de glamur al salón más distinguido que nunca pude imaginar en el corazón de África.

Y mi anfitriona, con su suave y reposada voz, me saca de mi embeleso y, sonriendo, me indica que nos sentemos en uno de los mullidos sofás cercanos al calor del hogar.

—He preparado una limonada para darte la bienvenida. Mejor que empecemos nuestro encuentro serenas y relajadas. Las burbujas, si te parece, vendrán más tarde.

Y río con fuerza. Me encanta la perspectiva de este *tête à tête* sin tapujos y en directo. Voy a tener que hablar, que abrirme más de lo que me hubiera gustado, lo presiento, pero, desde luego, ella también, y por sus últimas palabras creo que lo sabe, lo espera y no le disgusta.

—Bueno, querida, ¿qué te parece? ¿Cumple la casa con tus expectativas o no llega a ser lo que esperabas?

—Ohhh…, estoy fascinada, me llega muy al alma. Es casi un sueño. Posiblemente sea la casa más auténtica y apetecible que haya visto jamás. Date cuenta que para mí es el primer sofá, la primera chimenea, la única mesa que veo desde hace semanas, y con sabor de hogar. Pero es que imagino que no es solo un hogar. Traslada tantas sensaciones que me dan escalofríos cuando pienso lo que has podido llegar a vivir aquí. Por alguna causa noto mucho amor, desamor, cultura, tesón, glamur, risas, lágrimas… No me hagas mucho caso. Soy bastante fantasiosa, aunque en mi entorno es famosa mi facilidad para imaginar hechos reales.

Sandra entonces cambia su rictus. Ella que, aunque no sonríe en exceso, estaba relajada y feliz, ahora se retrae de tal manera que corta la conversación y me dirige con su mirada hacia el sofá chéster frente a la chimenea. Me doy cuenta de que he dicho algo que la ha incomodado.

—Perdona, Sandra. Soy muy abierta, hablo sin filtro y quizás he ido demasiado lejos o demasiado rápido. No me gustaría incomodarte, disculpa mi osadía.

—Bueno, pues empezaremos de nuevo. Estoy encantada de conocerte más y, sobre todo, de que estés junto a mí, hoy, en mi

casa. Desde luego, has acertado en muchas cosas. Entre estas cuatro paredes hay mucho amor, amor en cada pieza que ves, en cada
adorno, en cada objeto. Todos ellos son recuerdos cargados de
sentimientos. He sido muy feliz aquí.

Se entrecortan sus palabras. Intuyo mucho en esos silencios,
y al instante veo una foto de ella con la princesa de Gales y, tras
mi asombro, aprovecho para cortar ese momento de inesperada
tristeza de Sandra.

—¿Cómo la conociste? Es una mujer que siempre me ha
impactado. Cuanto más leo sobre ella, más me confirma que fue
una mujer con mucha fuerza, llena de valores humanos, y que
tuvo que reinventarse para seguir siendo ella.

—Pues así fue. Era una persona maravillosa, bellísima. Tuve
la suerte de conocerla y de compartir grandes momentos con ella.

Y al oír esto, en mi interior se produce una explosión. Si
Sandra ya me encandilaba con su aspecto y su intrigante manera
de ser, ahora ya no sé qué pensar. Me parece que he caído en un
lugar lleno de magia que me aportará sensaciones increíbles, como
las que en este momento siento. Al instante es ella la que con un
ligero roce en mi brazo me despierta de una especie de embeleso.
La miro y no puedo menos que reconocerle:

—Sandra, déjame decirte una cosa que me sale del corazón.
Si me dejas, yo seré una amiga solícita y generosa, pues creo que
lo que tú me puedes ofrecer es mucho más de lo que nunca
podría esperar.

Ella me mira con asombro —casi parece una declaración de
amor—, quizás hasta le dé miedo tanto apego sin conocernos.
Tengo que intentar ser más fría. Y decido cortar la ligera tensión
producida por mi comprometida frase con un pequeño obsequio
que llevo en el enorme bolso que cuelga de mi hombro.

—Mira, Sandra, lo que te he hecho. —Le enseño una especie
de top con la espalda al aire y cuerpo suelto por delante en una
tela naranja y roja arrebatadora—. No te lo he contado todavía,

pero desde la fiesta en la Embajada en que me «disfracé» con ropa típica y tuve cierto éxito, estoy muy ilusionada con la idea de hacer algo de moda a la europea, pero con estas maravillosas telas que me han enamorado desde el primer día.

Sandra abre el paquetito y despliega la blusa con mucho mimo y gran curiosidad. Noto que le gusta nada más verla. La sostiene entre sus manos, se la pone por delante. Se acerca al espejo y con una gran sonrisa —esta vez sí sonríe—, me dice:

—Tienes un don, muchacha. Ya nos quedamos impresionados el otro día con la preciosa falda que llevabas, pero es que este top es una prenda encantadora. Tiene mucho gancho… —Y vuelve a mirarlo sin hablar y con detenimiento—. Creo que me lo pondré esta noche para la cena. Habrás traído tú también algo parecido, ¿verdad? Puede ser muy gracioso que las dos vistamos de nuestra nueva diseñadora.

Mi reacción es casi de incredulidad. Una cena, ¿a solas?, ¿con más gente? Pero no tengo ni que preguntar…

—Les he dicho a unos amigos que vengan a darte la bienvenida. A uno le conoces de la Embajada, es Philippe, el atractivo y galante caballero que, por supuesto, se te acercó con ánimo de todo. Te prevengo, es peligroso. El resto, un matrimonio de una granja cercana a esta y una buena amiga, Christine, todo un fenómeno en nuestra sociedad que te hará mucha gracia. La soledad que yo también he vivido aquí, sí, yo también me he sentido sola, a veces te hermana con desconocidos y eso es lo que me ha pasado a mí con estas maravillosas personas que he tenido la suerte de conocer. Vivir sola no es fácil, bueno, es francamente difícil en un lugar como este. Y aunque me sobran personas que me ayudan y son de toda confianza, conversar en el mismo idioma y disfrutar juntos de nuestras costumbres te da siempre una dosis de fuerza necesaria para seguir. Pero ¡no se hable más! —se interrumpe ella misma—, acompáñame, que te enseñaré tu dormitorio. Si quieres cámbiate, ponte cómoda y te refrescas.

Y con mi pequeña bolsa de viaje en manos de un mayordomo de impecable uniforme, nos dirigimos a las habitaciones por
un precioso pasillo abierto a un patio donde se disfruta del sonido
de los pájaros en los árboles y donde veo un mono negro con
larga cola blanca dando saltos de una rama a otra.

—¡Por Dios! No lo puedo creer, ¿monos en tu casa?

—Bueno, es que son libres, y van y vienen como y cuando
quieren. No les tengas miedo, son ya como de la familia, además,
por la noche te acondicionarán bien tu cuarto para que esté todo
en orden y no tengas «visitantes».

Uffff… No sé si podré dormir… Y entonces abre la puerta.

—Aquí lo tienes. Estás en el dormitorio que llamamos Diana, pues es aquí donde durmió la princesa de Gales cuando estuvo con nosotros.

Mi corazón se pone a palpitar y, casi sin poder centrar la
vista, veo y admiro la estancia: no podría ser más maravillosa.
Tonos blancos, beis y tierra. Una preciosa cama con dosel, almohadones grandes blancos y con anchas puntillas que dan al lecho
un toque muy palaciego; un espejo dorado frente a ella y una
chaise longue colocada al lado de la puerta que da al jardín, desde
donde se puede ver la enigmática sabana tras los cristales. Es tan
maravilloso que me quedo sin voz y sin poder articular palabra.

Sandra se da cuenta del efecto tan grande que hace en mí.
Desde luego, para una persona a la que le gusta la moda, el diseño y la decoración de este lugar no podría ser otra cosa que una
explosión de sensaciones. La belleza de un dormitorio entre
inglés y africano y los aromas perdidos en la estancia de la princesa más querida de la historia. ¿Es posible que esto me esté
pasando a mí?

—Sandra, no quiero parecer excesivamente curiosa, pero
déjame que te pregunte por ella.

—Lo entiendo. Era maravillosa. Vino cuando ya estaba separada. Creo que por su amor a África, que después les inculcó a sus

dos hijos. Aquí se sentía libre, era difícil que fuera fotografiada. Fue feliz entre nosotros.

Todo me alucina. ¡Qué increíble! El romanticismo novelado empieza a entrar a borbotones en nuestra conversación.

—¡Qué preciosidad lo que me cuentas! Es romántico y me acerca tanto a ella… Yo también, y no sé por qué, me estoy enamorando a pasos agigantados de este maravilloso lugar.

Sandra me interrumpe.

—¿Te refrescas y vamos a dar una vuelta por el campo antes de cambiarnos para la cena? Si te parece, te espero en el salón. ¿Sabrás volver? Cruzas el patio junto a tus amigos los monos y al fondo, tras las columnas y las cortinas, estaré esperándote.

Y entonces me quedo sola en tan fabuloso lugar. Me alucinan las experiencias que estoy viviendo, también las que creo que puedo llegar a vivir. Me da miedo la noche y el momento de la conversación en que Sandra me pregunte —no he vuelto a hablar de mi desgracia desde que dejé Madrid—, pero estoy dispuesta y preparada. Quiero empezar a cerrar esa etapa, pues creo que he encontrado un camino, inesperado e inseguro, pero que me apasiona.

Y tras una rápida ducha en el precioso cuarto de baño con lavabo y bañera con patas de metal y llamativa grifería dorada, me pongo mis botas de campo con calcetines con vuelta, mis bermudas y una camiseta blanca a la que doy un toque personal con un trozo de tela keniana a modo de fajín y anudado con un llamativo lazo. Vuelvo a poner así mi seña de identidad. Me coloco mi pequeño bolso bandolera, meto en él mi teléfono para hacer fotos y, por supuesto, *gloss* y polvitos. Cruzo el precioso patio-jardín y vuelvo a ver al habitante del árbol, que me mira mientras come algo que mantiene entre sus manos. No sé si me acostumbraré… Si no fuera porque voy a dormir sola, sería un detalle exótico que disfrutaría mucho más.

Al llegar al final del corredor, abro los cortinones, de grueso lino pesado, y veo a Sandra hablando con un empleado al lado de la mesa donde, seguro, cenaremos esta noche. Se aprecia en toda la casa que la anfitriona es detallista y con mucha clase. Su gusto, además de innato, es fascinante. Seguro que la mesa y el menú no nos dejarán indiferentes…

—Sandra, ya estoy.

—Vamos, no nos entretengamos más. Enseguida caerá el sol y tendremos que volver para recibir a nuestros invitados.

Y, decididas, vamos hacia un coche cuatro por cuatro, descapotado y típico de safari aparcado junto a las escaleras. Empieza la aventura y yo me entrego a ella.

Sandra conduce deprisa. Conoce bien el terreno y no le es ajena ninguna piedra ni bache que pueda hacernos incómodo el recorrido. Durante nuestro paseo por la sabana, vemos algún herbívoro y muchas aves. Sandra me comenta cada especie y me enseña a relacionar al animal con el hábitat. Nada es porque sí en África. Todo tiene una razón.

—¿Cuánto tiempo llevas aquí? —le pregunto—. Se te ve muy segura en todo lo que haces y no parece que ya te pueda sorprender nada.

—Son ya muchos años, y me enseñó a amar África el hombre más maravilloso del mundo. Creo, o mejor dicho, lo supongo, que tú has llegado hasta aquí por desamor. Yo, en cambio, vine por amor.

Cuando la oigo decir esas palabras, se me corta la respiración.

—¿Lo has intuido o es que ya traía rumores tras de mí?

—Ambas cosas. En el aeropuerto, cuando te conocí, eras como una gacela herida. Tus ojos trasladaban una tristeza profunda. Lo imaginé al poco de hablar contigo. Después, cuando la embajadora me invitó, coincidí con una persona que conocía tu llegada por profesionales de tu empresa. Fue fácil atar cabos. Pero, si te parece, nos sentamos en el porche cuando regresemos y, si quieres, comentamos, y si no quieres, lo dejamos; me apetece conocerte por ti misma, no tengo que saber mucho más de ti.

Agradezco enormemente esas palabras. Me dan seguridad. A Sandra lo que le importaba de mí no es mi pasado ni mis circunstancias, sino mi presente y mi futuro, y en eso coincidimos.

Al volver de nuestro breve paseo, o por lo menos así me lo ha parecido entre la belleza que contemplo y nuestra intensa conversación, pasamos por un pequeño poblado. Sandra es conocida y aseguraría que querida por sus habitantes. Los saludos y sonrisas de los kenianos así lo confirman.

—Son kikuyus, la etnia más numerosa de Kenia. Es una población digna de admirar. Su carácter es alegre y feliz a pesar de que, como ves, sus casas son auténticas chozas hechas con excremento y cañas.

—Pero son bellísimos —le contesto—. Son elegantes y su indumentaria me parece de lo más atractiva. Sus abalorios me encantan. Tengo que conocerlos mejor, ya sabes que en el poco tiempo que he estado aquí me he convertido en una enamorada de estos *looks* tan increíbles.

Y por fin le sale del alma una ligera carcajada.

—Me hace gracia la pasión que le pones a las pequeñas cosas. Pero tienes muchas razones para confiar en tu intuición, lo que he visto hasta ahora merece la pena.

Desde luego, no me podía haber dicho nada mejor. Sus palabras entran por mi arteria aorta directas al corazón. Ya estoy preparada, creo, para empezar la nueva versión de mi vida. Solo me falta darle forma y buscar los apoyos necesarios. ¿Es posible que a los pocos días de mi llegada me esté dando cuenta de que mi vocación es otra? Pues parece que sí…

Al bajar del coche ya en la casa, se nos acercan, ladrando, varios perros que con alegría reciben a su ama. La rodean, le lamen las piernas y ella les hace cosquillas en las orejas. Todo parece perfecto, un guion de película de amor y lujo… Aunque el amor, por ahora y ya que no hay ningún hombre a nuestro lado, no es el ingrediente más importante.

Nos sentamos al llegar a su bonito porche. Un sofá de enea con cojines color cúrcuma junto a una pequeña mesa donde ya se encuentra colocada una bandeja de plata, una jarra de cristal, de Sèvres, y unos vasos altos que nos incitan a beber con premura la refrescante limonada.

—Quedémonos un momento. Quiero que vivas la tranquilidad que respiro aquí a diario. Si conectas con esta sensación, seguro que te sentirás más cerca de esta tierra y serás más feliz en poco tiempo. Cada mañana y cada tarde dedico unos minutos a mirar al infinito, aquí sentada, con mis perros, respirando hondo, echando raíces, absorbiendo los olores y los sonidos de los animales que nos rodean. Vivo aquí en plenitud. No quiero ser solo una huésped. Desde que vine, mi marido me enseñó a ser una más de este maravilloso mundo.

Mientras la escucho, intento hacer lo que ella dice. A mí se me encoge el alma emocionada. Me parece casi irreal el haber encontrado a una persona con esos valores tan peculiares.

—Pero, Sandra, si no es indiscreción, ¿a qué te dedicas aquí, tú sola?

—Pues a vivir, que no es poco. Si permaneces junto a nosotros el tiempo suficiente, verás que vivir aquí es igual de apasionante que complicado, e igual de bello que difícil. Cada día hay una sorpresa, no siempre mala, pero tampoco todas buenas.

En ese momento se acerca el mayordomo, que deduzco es kikuyu también. Habla en un terrible inglés entrecortado por palabras gikuyu, su idioma, que Sandra entiende, y así concretan la hora de la cena y los últimos detalles que desea estén escrupulosamente realizados.

Después, a solas las dos, nos quedamos en silencio. Relajadas, con los ojos cerrados, descansando, meditando, como si nos conociéramos de toda la vida.

5

Cuando entro en el salón después de darme una ducha y arreglarme, la estampa es tan maravillosa que parece de otra época.

La estancia está iluminada por decenas de velas que titilan y producen un aroma cálido y embriagador. La chimenea encendida también ilumina la zona de estar, y la mesa, ¡ay, la mesa!, es la más bonita que haya imaginado nunca. Un centro de plata con frutas exóticas la decora y, a su alrededor, velitas en vasitos en un fino cristal transparente.

La vajilla, sobre manteles individuales de lino blanco que destacan sobre la madera de caoba, es de porcelana, seguro que de Limoges, con filo dorado y las iniciales en la parte superior. La cubertería, de plata, y las copas altas de distintos tonos y peanas gruesas, de fabuloso cristal.

No tengo palabras para expresar la delicadeza extraordinaria que ven mis ojos.

Sandra desde luego es única, y yo, una chica del montón que ha tenido la suerte de su vida al conocerla en la sala de embarque del aeropuerto de Madrid.

Es en este momento de embeleso cuando aprecio que los invitados, a los que no conozco, se fijan sin disimulo en mí y sonríen con amabilidad y cariño. Eso es porque Sandra les ha hablado ya de mí y, lógicamente, bien.

Supongo que pensarán: «Pobre niña abandonada», o algo así, pero también aprecio cierta admiración.

La anfitriona se acerca a mí y en tono íntimo me dice: «¡Impresionante! ¡Estás espectacular!», y me sonríe.

Esta noche me he puesto el único vestido de fiesta que traje en mi maleta. Es negro, muy lencero, pero elegante. Tiene una especie de pequeña cola y en la espalda un gran escote sujetado por finísimos tirantes. Pero para destacar, para seguir con mi idea, he convertido una de las camisas grandes de hombre keniano que compré en el mercadillo en una especie de batín ancho que fluye alrededor de mi cuerpo, cayendo por los hombros de manera que se intuye mi exagerado escote, pero sin enseñarlo del todo. Una fina cadena de oro rodea mi cuello y en mi mano solo he colocado una sortija grande, dorada, muy exagerada y que da al *look* un toque muy sofisticado.

—Querida, te presento a los Roberts. Son un matrimonio muy querido para mí. Me han ayudado a sobrevivir y ser feliz aquí.

Ella se adelanta sonriéndome y me alarga su mano presentándose.

—Hola, soy Rose y tengo que decirte que me tienes loca con tu *look*. Ya me habían avisado del efecto que produces, pero es evidente que la realidad supera las expectativas.

—Mil gracias, Rose, me alegran tanto tus palabras. En estos momentos es una afición y una pasión, que espero se convierta en una realidad en no mucho tiempo.

La señora Roberts me da una buenísima impresión. A su marido, aunque amable, lo encuentro más introvertido, de buen aspecto, pero creo, no sé por qué, que es de menos preparación o nivel social que su esposa.

Al lado, una mujer vestida con pantalones muy anchos y blusa semitransparente, algo masculina y con bastante clase, se nos acerca divertida.

—Pero bueno, ¿qué veo aquí? Una cara nueva y joven, muy joven. Bienvenida a estos lares. Soy Christine, quizás la amiga más especial de Sandra. No todo el mundo me entiende, pero como tú lo hagas, lo pasaremos bien juntas.

Por favor, pero ¡qué divertida! Es abierta, desenvuelta, independiente, muy segura de sí misma. Supongo que soltera o divorciada. Y al minuto es ella misma quien se define.

—Te adelanto que estoy divorciada, ¡y tres veces! —exclama divertida—. Es lo primero que te digo para resumir mi vida en una pequeña frase, que además es la frase que todo el mundo utiliza para resumir mi vida. Comprenderás que no me he aburrido y que tampoco he sido muy feliz, ¿no crees? O quizás sí —y se ríe de sus propias palabras.

Christine me acompaña por el salón mientras un mayordomo, de blanco impoluto, nos ofrece champán. Las dos sonreímos y brindamos con un ligero toque de nuestras copas y, sin decirnos nada, nos sentamos frente a la chimenea.

—No me tienes que decir nada —asevera Christine—, tú estás aquí porque has cerrado una etapa dura de tu vida y has pensado que este lugar te ayudaría a sobrevivir...

—Bueno, algo así...

—Pues puede ser que lo consigas, pero vas a tener que ser muy fuerte. Aferrarte a lo que te merezca la pena, y saber qué es lo que quieres hacer será imprescindible. Si no, sola, trabajando frente a un ordenador, a pesar de que sea en una gran empresa, no te va a ser suficiente. Esta maravillosa tierra exige mucho, pero si se lo das, ella te lo devolverá.

—Christine, y tú, ¿a qué te dedicas? Por cómo me hablas deduzco que llevas ya tiempo aquí.

—Sí, más de quince años ya. Tengo una casa cerca de aquí. Vine con mi segundo marido desde Londres a vivir una aventura. Quizás también a fundir nuestro dinero, irresponsable y frívolamente, y eso hicimos, pero para mí fue un antes y un después en mi vida. Mi marido se volvió y yo me quedé.

—Qué maravilla, eso es tener seguridad y personalidad.

—O es tener una nueva ilusión que meses más tarde se convertiría en mi tercer marido —ríe divertida—. Está claro que tampoco acerté, que tampoco me fue bien, porque, como me ves, estoy sola y sin nadie a mi lado, pero con el tiempo, te aseguro, ya no necesito a nadie.

—Pues yo no es que no necesite a nadie, es que en este momento me aterroriza pensar en una relación seria o en algo parecido al amor.

—Uf, cómo has sufrido, criatura.

Por supuesto, no contesto. Casi diría que mis ojos, inundados por un acuoso brillo, le hablan sin palabras.

—Vale. Dejémoslo. Vamos a disfrutar de la noche.

En ese momento se acerca Sandra. De nuevo me sorprende su innata elegancia. Deslumbrante con una falda larga de satén rojo, me ha hecho los honores luciendo el top con espalda al descubierto que le regalé a mi llegada.

Y Christine se fija en él y de inmediato hace grandes exclamaciones:

—¡Me chifla el cuerpo que llevas, Sandra! Deduzco que es idea y obra de nuestra querida invitada, ¿no es así?

—Sí, por supuesto. Yo también estoy fascinada. Ya estoy viendo una colección de moda keniana desfilar en París o Milán.

—Me estáis ruborizando. Pero si os soy sincera, es lo que en este momento me obsesiona. Si me dejáis unas semanas, os podré enseñar algo más. Estos son pequeños detalles que he realizado manipulando vestidos y camisas del mercadillo. Solo les he dado pequeñas puntadas para unir un lado con otro y dar cierta forma a lo ya hecho.

En ese momento entra por la puerta el atractivo galán que conocí la primera noche en la Embajada.

Vestido de blanco casi crudo, camisa desabrochada solo en su primer botón y pañuelo azul en el pequeño bolsillo superior de la chaqueta. En sus manos, unas preciosas flores. Es un *bouquet* en tonos suaves y delicados. Un delicioso ramo que entrega a Sandra a la vez que besa su mano.

Exhibe sus maneras de galán, y si tengo que ser sincera, no decepciona en nada. Todo lo contrario, crea a nuestro alrededor enormes expectativas.

—Philippe, qué amable siempre. Coge una copa de champán y brinda con nuestros invitados. Sabes que hoy nos reunimos para dar la bienvenida a una joven mujer que ha llegado, esperemos, para quedarse y alegrar nuestras vidas.

En ese momento me mira sin disimulo, aunque ya lo había hecho antes de refilón, y, alzando su copa, me hace una especie de sutil inclinación y con una sonrisa, dice:

—¡Bienvenida de nuevo! Y enhorabuena también, pues te tengo que decir que nadie, hasta ahora, había entrado por la puerta grande en nuestra pequeña comunidad que con tanto esmero cuidamos. Sandra es nuestra gran anfitriona, pero diría mucho más, es el alma de nuestro pequeño círculo, y a ella la has cautivado.

Tiene razón. Nunca habría imaginado estar viviendo una historia como esta en un lugar como este. Parece mentira, es como ser protagonista invitada de una gran producción. Y, de pronto, un precioso niño de color se acerca a Sandra. Ella, solícita, le atiende, le sonríe y le besa la mejilla. El niño, con total naturalidad, recorre el salón y después desaparece con uno de los perros a su lado. A mí me extraña, pero al ver que para todos es normal, no me atrevo a preguntar nada. Prefiero que los acontecimientos vayan sucediendo y no ser la típica preguntona impertinente.

Sandra nos invita a pasar a la mesa. Cada servicio tiene en una tarjeta nuestro nombre escrito con tinta dorada. Así nos es fácil sentarnos y comprobar a quién tenemos a nuestro lado. Somos cuatro mujeres y dos hombres, por lo que, está claro, ellos presiden mientras nosotras ocupamos los centros de cada lado. Philippe está a mi derecha. Sin duda, una atención más de mi anfitriona, dando por hecho que su conversación será mucho más interesante que la de su amigo y vecino.

—Sandra, creo que nunca he estado sentada en una mesa tan maravillosamente vestida.

—Pues prepárate a vivir nuevas sensaciones —apostilla Philippe—. En esta casa se ha recibido a lo más granado de las cortes europeas y, como habrás visto en una fotografía, la princesa más admirada del mundo disfrutó y vivió aquí grandes experiencias.

—No he querido preguntar nada hasta ahora pero, ya que lo mencionas, me intriga muchísimo saber cómo era Diana en privado. Como princesa, a mí me marcó, la admiraba y me gustaba mucho.

—Pues como persona era un ser único y casi divino —afirma Sandra—. Qué mala suerte tuvo. ¡Qué manera de irse tan trágica y prematura! Diana nunca debió morir así. Eran el momento y el lugar inadecuados. Se merecía, si tenía que marcharse, que hubiera sucedido en alguno de esos lugares del mundo a los que acudía para ayudar a los demás. Creo que de esa manera su desaparición habría tenido un final más romántico, habría sido un broche de oro, en vez de estar rodeada de investigaciones, detenciones, rumores y sinsabores para sus hijos.

—Qué razón tienes —interviene Rose—. Nunca lo había pensado, pero es cierto que los que tuvimos la suerte de conocerla sabemos que no se merecía ni el escándalo que se quiso hacer de su relación con Dodi ni las dudas sobre el accidente.

—¿Y estuvo aquí sola o vino con sus hijos?

—Vino sola y a descansar después de la visita que hizo a Nelson Mandela en Sudáfrica. Diana se enamoró de este continente y quiso conocerlo en profundidad. Y yo fui una mujer afortunada al poder ser artífice de ese enamoramiento por estas tierras.

—Sandra, siempre te agradeceré que además de acogerme en esta preciosa velada, me permitas dormir en la habitación que utilizó la princesa. Nada más entrar me pareció que había un halo especial y un aroma embriagador.

Escucho a Philippe reír.

—Cómo sois de románticas las mujeres. Si no te llegan a decir nada, no hubieras notado ese aroma y ese halo. Diana era preciosa, espectacular, divertida, pero sin duda una mujer de carne y hueso que no querría dejar ni aromas ni estelas después de su muerte.

—Claro, y tú hablas con conocimiento de causa. Tú, ya sabemos, la quisiste conocer en su lado más humano o más terrenal, por llamarlo de alguna manera. Pero, por favor, no vuelvas a insinuarlo, a las mujeres no nos agrada que se jacten de ello.

Sandra es la que, con tono bastante serio, corta al macho alfa. Philippe recoge el guante y, acto seguido, cambia de conversación.

—Sandra, ¿llevarás algún día a nuestra amiga a conocer tu mejor puesta en escena?

A mí se me agrandan los ojos en ese momento.

—Por desgracia, nuestra querida invitada mañana tiene que trabajar en Nairobi. No olvidéis que es una prestigiosa consultora del mundo financiero. Te pega tan poco ser un cerebrito de inversiones…

—Ya, ni yo misma puedo creer cómo me ha cambiado la vida…

Ahora se me encoge el alma al pensar que dentro de unas horas tengo que dejar esta preciosa casa, a esta maravillosa anfitriona y volver a mi triste mesa y a mi frío ordenador. ¡Y en Londres mi trabajo me encantaba!

En ese momento, el mayordomo me ofrece, servida por la izquierda como debe ser, una especie de sopa fría de tomate y albahaca. Maravillosamente presentada con hojas frescas, la sopera es una pieza única de porcelana con flores en tonos rojos y ribete dorado. Es que estoy en una cena increíble, y decorada de manera más increíble todavía.

Por supuesto, su sabor y su textura son magníficos. Es una receta con reminiscencias italianas por el uso de esa planta aromática, y así se lo pregunto a Sandra.

—Sí, es una receta de mi familia. Mi madre tuvo durante muchos años un cocinero italiano y todavía recuerdo algunas de sus recetas más fáciles. Esta sopa fría siempre me gustó, y aunque no soy buena cocinera, he sabido trasladarla a mi cocina con facilidad.

Con cuchara de plata, despacio y con cierta timidez, me la acerco a la boca. Solo el aroma ya me embriaga. Es francamente exquisita.

Más tarde, y en una preciosa bandeja de plata, grande, muy grande, un ave fileteada nos es servida acompañada de una espesa salsa, casi crema, y uvas dulces para resaltar su delicado sabor.

—Sandra, desde luego, qué afortunados somos de ser tus amigos y de poder compartir estos momentos tan únicos en el centro de África. El mundo entero conserva en sus retinas el momento en que Meryl Streep, interpretando a la baronesa Blixen, sirve una preciosa cena a sus invitados, dos apuestos cazadores con los que, después, vivirá una historia increíble. Cada vez que me invitas, intento parecerme en algo al apuesto Robert Redford, y siempre vengo con la ilusión de poder encontrar entre tus vajillas y cristalerías un amor tan apasionado como el que vivieron ellos —dice con entusiasmo Philippe, quien, terminando esa frase, pletórico, me mira a los ojos y me sonríe con una intención más que clara.

Sandra lo aprecia y enseguida contesta.

—Philippe, me pareces insaciable… ¿No has tenido ya bastante?

El tono de Sandra no es afectuoso con su amigo. Ni en este momento ni en ninguno. Quizás se le nota que algo ha ocurrido entre los dos, o quizás lo que se aprecia es que no ha pasado nada y alguno querría que pasara. Cualquiera de las dos opciones ha podido hacer que la reacción de nuestra anfitriona sea tan cortante y fría.

—Bueno, yo veo la vida a través de los ojos y del corazón. Mi suerte ha sido poder vivir de esta manera, y no voy a negar que me gusta y que abuso de esa particularidad. Pero soy así, no lo puedo remediar.

Ahora recuerdo uno de mis pensamientos tras cortar con el hombre al que amaba con locura. Pensé que a partir de ese momento no miraría a los ojos a ningún hombre, solo su cartera. ¡Qué frivolidad! Pero tengo verdadera necesidad de divertirme y olvidar. Quizás Philippe pueda servirme…

Le miro, le sonrío y algún mensaje lanzo que le dejo mudo, no solo a él, sino también a Sandra y a sus vecinos y amigos. La mesa se queda en silencio, y yo me quiero morir.

Terminada la cena, me acerco a Sandra. Ella no lo espera.

—Siento lo que he hecho. Creo que lo habéis notado todos, pero es que es una consecuencia loca de mi situación personal. Mi mirada a Philippe no ha sido auténtica, porque no siento nada por él. Sandra, todo viene porque cuando se me desgarró el corazón pensé que nunca más me enamoraría y que solo miraría a los hombres por su acaudalada cartera, una tontería, como comprobarás cuando me conozcas más. Y cuando él me ha mirado, me he acordado de ello y me ha salido del alma contestarle con un gesto de complacencia.

—No te preocupes, pero el día que le conociste te lo advertí: cuidado con él, puede hacerte mucho daño. Me enfada que lo intente también contigo. Aunque eres una mujer con mucha personalidad y fuerza, no creo que todavía estés curada de tus heridas, y él lo sabe. Lo intuye. Sabe que estás aquí para sobrevivir a un enorme dolor, y sabe que eres una pieza fácil.

—Sandra, te lo agradezco. He hecho el ridículo más grande, lo sé, pero es que también quiero divertirme, no pensar en mi desgarro. Me has ofrecido estar en este lugar tan embriagador y crèo que cualquiera de nosotros, si se nos pone algo a tiro, podríamos hacer una estupidez.

—Pues no se diga más. No hagas nada que te pueda perjudicar, pero divirtámonos. Bailemos y brindemos de nuevo con champán, y ¡que comience la fiesta!

En ese momento salimos todos al porche. Luces de velas encendidas, flores en las dos mesas y el sofá con cojines color cúrcuma que parecen estar pintados de fuego.

La música comienza a sonar desde unos altavoces de alta tecnología. Philippe me coge por la cintura y noto su mano en el escote de mi espalda. Un suave escalofrío me sacude hasta llegar a mi sien, produciéndome un enorme placer.

Philippe no me gusta, claro, por supuesto que no confío en él, pero aunque le haya comentado a Sandra que me equivoqué con mi mirada, creo que en breve me voy a volver a equivocar…

Y entonces le rodeo yo también con mi brazo y nos ponemos a bailar como en un sueño, mientras suena bajo las estrellas la romántica y sensual canción «Dream a Little Dream of Me», en la versión de The Mamas & The Papas.

Con cada nota, yo arrastro mi cabeza mientras muevo mi cintura y disfruto de cómo me lleva Philippe. Estoy segura de estar medio escandalizando a nuestros compañeros de cena, pero es que a mí me hace falta algo así.

Philippe disfruta también. Como buen seductor, sabe lo que yo necesito en ese momento. Mientras canturrea a la vez que me desliza feliz por este porche convertido en pista de baile, me siento como una loca ansiosa por perder la memoria y quizás también la cabeza.

Pero antes de que eso ocurra, Sandra se acerca a mí, me coge de la mano y me susurra al oído: «Ven conmigo y descansa». Yo recojo el guante, la entiendo, pero ya no me disculpo, solo se lo agradezco con una sonrisa.

—Perdonadme, por favor. Quizás he perdido un poco la compostura. No he querido dar una impresión equivocada, pero creo que estoy consiguiendo todo lo contrario.

Suena una gran carcajada de Philippe mientras los demás sonríen tímidamente, con la duda de saber en realidad quién soy.

—Creo que os debo una disculpa.

—¡Ni se te ocurra hacer esa estupidez! —exclama mi galán.

—No, Philippe, te lo agradezco. A ti te hace gracia, y yo he sido unos segundos feliz olvidando, por fin, ciertos sinsabores que no vienen al caso. Tengo que agradecer a Sandra todo su apoyo, y no quiero parecer una mujer frívola y voluble, porque no lo soy. Aunque también agradezco muchísimo vuestra comprensión, ya que por unos minutos he conseguido ser, de nuevo, una persona feliz.

Y Christine, que estaba observando en silencio, sale al ruedo y, con voz rotunda, exclama:

—¡Pues yo te entiendo! A veces la presión es demasiada y si es una mujer la que se desinhibe y se divierte, entonces hay que pedir disculpas.

—Bueno —añade Sandra—, pues te entendemos. En el fondo hemos sentido bastante envidia de cómo te movías, de cómo sentías la música, de cómo lo vivías. Momentos así son tan necesarios en la vida…

Oh…, ¡bravo! Las mujeres que me acompañan son mujeres de verdad, realizadas, empoderadas, respetuosas y, por qué no, también vividoras.

—Pues no se hable más y brindemos por esta bella invitada que parece estar enamorándose de nuestra vida. Ojalá encuentres aquí lo que buscas, tu futuro o tu presente, pero que el tiempo que estés aquí seas feliz —exclama Christine mientras me sonríe con picardía.

Y después de esos instantes de tensión, todos nos relajamos. Seguimos tomando champán y escuchando música, esta vez una sutil melodía. Y poco a poco sucumbimos al agotamiento y nos despedimos con la intención de vernos pronto, en otro momento, en otro lugar, pero en África.

Al quedarnos solas, Sandra me coge del brazo y me susurra:

—Quedémonos aquí un rato, ¿te apetece?

Temblando por la presión que se avecina, le contesto:

—Por supuesto.

—¿Se pueden saber tus intenciones? —me dice suavemente y sonriendo—. Me tienes desconcertada. Tan pronto pareces un alma perdida como cambias y te conviertes casi en una Mata Hari. Y que conste que no te estoy juzgando por el hecho de ser mujer, pero es que te avisé sobre las intenciones de Philippe.

—Lo sé, Sandra, y siento muchísimo si me he metido entre vosotros dos. No sé si tenéis algo en común en la actualidad, pero lo que es seguro es que lo habéis tenido y que todavía te duele. Pero es que yo estoy deseando vivir la vida, sin pensar, sin lamentos, sin dolor.

—Nada más lejano, querida. Ni hay ni hubo ni habrá nada romántico entre los dos, pero ¿por qué crees que no te producirá dolor?

—Pues porque Philippe no me gusta nada. Es un hombre en apariencia divertido, mordaz, galán y seductor, fabuloso para el momento que estoy viviendo… ¿Y por qué no piensas que la que le puedo hacer daño soy yo?

Ríe forzada.

—No es un hombre fácil. No sabemos a qué se dedica en realidad. Vive de maravilla, en soledad, viste con llamativo gusto y sus maneras son exquisitas. Pero es comentario de todos que algo raro existe en su vida. Algo que no nos cuenta y que crea desconcierto. Él es un alma libre, pero todos creemos que está atado de pies y manos a alguien o algo que es lo que le ha traído aquí. A mi marido le creaba bastante inquietud.

—Pero ¿me quieres decir que podría ser espía o algo así?

—Pues a lo mejor. A mí también me parece difícil que a nuestro lado, en nuestro grupo de amigos, tengamos a alguien así, pero ¿por qué no?

—¡Qué maravilla, Sandra! Ya es lo último que me imaginaba, tener amistad con un espía. Por cierto, ¿de dónde?

—Ni idea. Pero, bueno, dejémoslo. Vamos a dormir, que mañana tendrás que volver a trabajar temprano.

—Por favor, no me lo recuerdes. No estoy nada convencida de seguir en mi trabajo. Han sido amabilísimos conmigo, pero cada vez creo más que les he utilizado para venir aquí sin intención de continuar con ellos. No puede ser que con solo algunas semanas ya sepa, con seguridad, que no quiero seguir. Me siento como encarcelada en ese pequeño apartamento de color amarillo tan intenso que me tortura, y, sobre todo, estoy convencida de que en la vida solo hay oportunidades auténticas de vez en cuando y que yo podría haber encontrado una.

—Con los trapos kenianos, ¿verdad?

—Exacto. Desde el primer día, sentí como un flechazo y una facilidad especial para utilizarlos con un gusto diferente al que tienen aquí. ¿Crees que estoy loca?

—Un poco sí. Las intuiciones hay que trasladarlas a números reales...

—Y yo eso lo hago a diario, pero con empresas de los demás. Con posibles negocios para fondos sin rostro y sin corazón, donde solo cuentan los números y los beneficios, no los sentimientos de quien los realiza.

—Bien, dicho así es más bonito, pero no mucho más práctico.

—Tienes razón, pero te aviso, Sandra: cuando pienso en volver a mi apartamento me dan ganas de salir corriendo. Yo ahora sé que no he venido a Kenia para hacer lo mismo que hacía en una oficina casi idéntica a la que tenía en Europa. Yo quiero vivir la experiencia africana a fondo.

Y tras la conversación, en la que me desahogo con Sandra sobre mis deseos, nos vamos cada una a nuestra habitación. Traspaso los cortinones que separan el salón del frondoso patio pidiendo por favor que no aparezca ningún «visitante» inesperado. Haciéndome la valiente, miro de frente y camino sin hacer ruido hasta que entro en mi cuarto.

Al abrir la puerta compruebo los destellos del fuego de la chimenea. Oh, ¡qué maravilla! Es de no creer esta aparente normalidad ante tanta exquisitez. Desde luego, Sandra es una gran anfitriona con detalles sofisticados. Y entonces pienso que ella también tiene una vida, seguro, apasionante. La casa, la decoración, la cena, sus amigos…, hasta el pequeño niño de color que apareció en el salón unos minutos solo. Todo todo tiene un halo especial, como lo tiene, desde luego, dormir en la misma cama en la que en su día lo hizo la princesa de Gales.

Pero ¿qué he hecho yo para haber tenido esta suerte?

Y así, con mi top de encaje y pantaloncito corto a modo de pijama, me introduzco en la cama más gustosa e increíble que hubiera podido soñar. Los cuadrantes con tira bordada me acogen como si me dieran un cálido abrazo y yo, a pesar de que mi corazón palpita pletórico, me relajo y me entrego a los brazos de Morfeo invadida por un sueño embriagador.

6

Es a la mañana siguiente cuando me doy cuenta de todo lo que ha cambiado mi percepción de la vida. Yo misma considero que soy otra. Tras estar solo veinticuatro horas en esta casa, me creo poseedora de un tesoro intangible que tengo que cuidar, y mucho. Sandra es mi tesoro y a partir de ella comenzaré a plantearme mi nueva vida. Aunque sin incordiarla y, por supuesto, sin atosigarla, considero desde este momento que ella será mi epicentro y que sus recomendaciones serán tan valiosas para mí como la Biblia.

—Buenos días, Sandra —le digo al verla sentada en el porche saboreando un té caliente y un *cake*.

—¿Qué tal has dormido? ¿Has descansado? —me pregunta.

—¿Y quién no lo haría? En una habitación tan maravillosa, con la chimenea encendida, el ambiente calentito… Ganas me dieron de quedarme despierta toda la noche recordando cada minuto de la increíble cena de ayer, pero caí rendida en tus suaves sábanas blancas.

—Estupendo. Entonces he conseguido lo que quería. Después de la pasada noche, no me queda otra opción que confesarte que me pareces una mujer original, inteligente y sorprendente. Me gusta mucho tenerte entre nosotros y quiero que nos consideres, a partir de ahora, muy cercanos a ti.

Se lo agradezco con una sonrisa y un gesto cómplice, casi sin creer su generosidad para conmigo. Y en ese momento escuchamos cómo un coche se acerca a la puerta de la casa, despacio y sigiloso, sobre la gravilla de la rotonda.

—Oh, no… Ya está aquí mi querido Frank. Tengo que dejarte. No sabes cómo lo siento. ¿Podré volver a tu casa? ¿Nos veremos pronto? Oh, Sandra, creo que te necesito mucho, en serio. —Se lo digo en un tono casi de súplica.

Sandra sonríe. Me entiende, pero seguro que piensa que la intento acorralar o algo parecido.

—No te preocupes. Estamos en contacto por teléfono. Ahora tienes que centrarte en lo que quieres hacer, y no olvides darme novedades.

Nos damos un abrazo y entiendo que sus palabras son un «hasta luego», o un «vuelve cuando tengas clara tu vida». OK, lo entiendo. El problema es mío, pero… ¡la necesito, y mucho!

Entro en el coche tras sonreír a mi simpático conductor y ocupo el asiento de atrás a la vez que le doy el último adiós con la mano a Sandra, y me quedo pensativa y en silencio. Creo que hoy voy a empezar un nuevo capítulo y, aunque puedo parecer imprevisible, lo que sí sé es que no voy a seguir en el trabajo. No sé si será fácil o difícil, pero que hoy comienzo un nuevo recorrido es un hecho.

Al llegar a mi despacho me parece que ha pasado un siglo de ayer a hoy. He vivido una vida tan distinta que sin dudarlo dos veces me dirijo al despacho de mi jefe. Tengo que hablar con él enseguida, mientras tenga mi decisión en caliente. Siempre he sido así, mi corazón es mi propulsor, para bien o para mal, y aunque sé que las decisiones importantes hay que tomarlas en frío, sé también que si quiero seguir aquí, en Nairobi, no puedo continuar detrás de un ordenador.

Y sin casi respirar, entreabro la puerta de su despacho.

—Gregory, buenos días, ¿puedo hablar contigo?

—Claro, pasa. Estaba deseando tener una conversación más tranquila contigo.

—Pues no sé si va a ser lo que esperas.

—Creo que sí —me dice mientras me sonríe desde detrás de la pantalla de su ordenador.

—No puede ser que lo sepas… —exclamo incrédula.

—Por supuesto. Lo traías escrito casi desde el primer día, y algo, muy al principio, motivó esta decisión que me vas a presentar hoy. ¿Me equivoco?

—No, para nada… No puedo creer que sea tan transparente.

—Pues sí, llevas poco tiempo con nosotros, pero desde el principio eres ajena a lo que te rodea. Además, tienes como una contradicción en tu rostro, se te ve casi feliz, o mejor dicho, a gusto en estas tierras, pero no te has motivado nada en el trabajo. Vas haciendo ciertas cosas, cumples con las mínimas expectativas, pero no te introduces en nuestro entorno y no profundizas en los *deals*. Sabemos por tu currículo que eres una profesional muy capaz y de mucho prestigio. No tengo duda de que me vas a presentar tu dimisión o me vas a pedir un tiempo de excedencia. ¿Es así?

—Exacto, Gregory. Me di cuenta desde el primer día. Creo que me he enamorado de Kenia, pero de lo que estoy segura es de que no me atrae seguir trabajando en lo mismo que dejé en Madrid y Londres. Vosotros habéis sido tan amables conmigo que quiero dejar claro, muy claro, que espero seguir siendo vuestra amiga, pertenecer a vuestro círculo, pero si me das alguna solución favorable la aceptaré para empezar aquí una nueva ilusión.

Gregory me mira entre divertido y con mucha curiosidad.

—Pero ¿cómo es posible que te lances a una aventura en este lugar que a todas luces no es el más idóneo para una mujer sola y europea, y, por supuesto, recién llegada?

—Ya, si tienes razón, pero lo que no sabes del todo es cómo vine y lo que me hizo llegar hasta aquí. Y solo pensar en mi nuevo proyecto me hace vivir y vibrar, y eso, en estos momentos, es oro puro para mi equilibrio.

—De acuerdo. Estás muy segura y no soy quién para objetar nada. Solo te digo, y no me equivoco si te aviso, que te esmeres en cuidar tus amistades, tus relaciones. Este lugar es muy exótico y puede ser algo romántico, pero te aseguro que también es difícil y peligroso.

—Sí, lo imagino, lo he apreciado en su calles, pero mi vida anterior no me interesa ya para nada. De hecho, sé que lo que en este momento estoy haciendo es debido a ese capítulo de mi vida, con lo cual lo peligroso, en principio, no me asusta, y lo romántico, no lo quiero.

Y de forma rápida y aparentemente fácil seguimos hablando Gregory y yo, y decidimos plantear mi rescisión de contrato de la manera más idónea para las dos partes. Él se va a ocupar de comunicarse con Madrid y de decirme lo que me ofrecen.

Todavía no necesito dinero, tengo ahorros, aunque para la inversión que pienso hacer, para encontrar un lugar adecuado para vivir y trabajar, voy a necesitar bastante capital. Solo pensarlo me da escalofríos, pero también sonrío sin querer. Me hace feliz, y hoy, ya mismo, empezaré a dar forma a mi nuevo proyecto.

Tras esta conversación, y sin mediar palabra, recojo lo poquito que hay en mi mesa y salgo, sigilosa, por la puerta. No quiero despedidas ni tener que dar explicaciones. Deseo volver a verles a todos, pero cuando ya no haya nada que explicar. Cuando solo haya una realidad que conteste a todas sus preguntas.

Abajo me está esperando Frank, al que he llamado hace unos minutos. Su mirada refleja desconfianza.

—¿Pasar algo malo? ¿Señorita estar mal? ¿Yo llevar a casa?

—No, Frank. Estoy bien, muy bien. Estoy nerviosa y estoy feliz. Me acabo de despedir del trabajo y quiero que me lleves, por favor, al sitio más cercano donde vendan pinturas de pared.

—Pero, señorita, si se ha despedido yo ya no poder trabajar para usted. Mis jefes no dejarme y yo ya no tener que estar con usted.

—Claro, Frank, ya he pensado en eso también. ¿Por qué no vienes a trabajar para mí? Te necesito más que a nadie en estos momentos. Estoy sola y conozco a poca gente.

Frank me mira con los ojos muy abiertos. Diría que sus orejas también están más abiertas de lo habitual. Su cara refleja estupor. No le salen las palabras, tartamudea en su medio inglés.

—Pero, señorita, ¿y el coche? Es de la empresa.

—Claro, no te preocupes. Yo te pagaré lo mismo que cobras ahora, y mañana mismo compraremos un coche para nosotros. Tengo muchas ideas, pero la primera, la que no pienso dejar de hacer realidad hoy, es pintar mi apartamento de otro color. Me quita el sueño entrar de nuevo en ese cubículo amarillo pollo.

Entonces Frank sonríe. Creo que ha decidido quedarse conmigo y arriesgar. La oferta se la hace una persona a la que conoce desde hace solo un par de meses, pero entre Frank y yo ha nacido un vínculo, y él lo sabe.

—OK. Yo llevarla a una droguería, su dueño ser mi amigo. Allí ver qué necesitar para pintura urgente.

Le sonrío casi entre lágrimas y le abrazo por sorpresa. Por fin tengo a alguien junto a mí. Lo que acaba de hacer Frank es un absoluto acto de amor, y yo siempre, siempre, se lo agradeceré. Junto a él me siento segura y parece que nada malo me puede pasar si está a mi lado. Y mucho más tranquila y con la cabeza llena de sueños, me relajo en el asiento del coche. Veo pasar a nuestro lado a mucha gente; el caos, como todos los días, es total, pero a mí hoy me parece perfecto. He decidido que este es mi lugar —la indecisión me atormentaba— y por ahora esta será mi ciudad, aunque espero que por poco tiempo.

Al llegar a la tienda, Frank le habla al propietario en gikuyu, y este nos comienza a traer cubos y brochas gordas para pintar, lijas para alisar las paredes y una escalera para llegar a los techos. Es entonces cuando me pregunta qué color quiero de pintura y, lógicamente, le pido muestras de los que tiene. El pobre muchacho me trae los botes. No tiene muestras, solo unos cuantos tonos que me enseña sonriendo como si se tratara de un tesoro. Para él es mucho, pues sin duda es la mejor droguería del barrio, pero para mí son tan escasos que no sé por cuál decidirme.

Y al ver los botes me vienen a la cabeza los tonos de Armani Home, siempre tan elegantes y neutros, y entonces pienso en mezclar azul marino y negro con algunas gotas de blanco. No sé qué tal quedará, pero creo que conseguiré un tono que me dará placidez y serenidad.

Al tiempo le digo a Frank si conoce alguna tienda de muebles, y, sonriendo, susurra:

—Señorita, yo no comprar un mueble en mi vida. Vivir simplemente —quiere decir con sencillez— y tener muebles de nuestras familias antepasadas.

—Bien, pero sabrás dónde puedo comprar, por ejemplo, una mesa. No hace falta que sea bonita, solo una mesa y telas, necesito telas.

Entonces Frank, hombre acostumbrado a llevar a personas extranjeras a sitios especiales, exclama:

—¡Oh! Yo saber, yo saber…

Y con una enorme sonrisa que deja al descubierto su blanquísima dentadura, nos vamos hacia el coche, metemos todas nuestras compras en el maletero y ponemos rumbo hacia un lugar llamado deseo.

—Señorita, yo llevar al mejor mercado de la ciudad. Es el Village Market y lo que no estar allí, no existir en Nairobi.

—Fabuloso, Frank, vamos allí, perfecto.

Y me va contando que ese mercado se inauguró hace unos años, que se encuentra en el barrio Gigiri, el más acaudalado de la ciudad, y que en él hay muchas tiendas y restaurantes, que a la inauguración fue lo mejor de la sociedad keniana y extranjera, y que es centro de reunión para compras y almuerzos de las clases más pudientes.

Y con la expectativa de llegar y encontrarme tiendas maravillosas tipo Becara, me pongo a anotar en mi teléfono todo lo que necesitaría en un principio para vivir cómodamente y convertir esas cuatro paredes en lo más parecido a un hogar. Y empiezo a recordar mi preciosa casa de Londres. Lo feliz que fui allí, lo feliz que me sentí cuando conseguí la decoración que me apetecía, las reuniones y copas entre amigos que allí celebraba…, y mi vida con él, el amor de mi vida.

Al llegar, Frank me despierta de mi letargo y de mis pensamientos. Al mirar a mi alrededor y ver tantas y tan bonitas tiendas, me entusiasmo. Lo que no creía que encontraría nunca, estoy viéndolo ante mis ojos. Un espectacular centro comercial con multitud de plantas y cascadas, y hasta un río artificial que le da un estilo exótico y muy africano, y alrededor de estos selváticos jardines, numerosos y preciosos comercios nos dan la bienvenida.

Encontramos casi de todo: una mesa alta, para empezar a trabajar, de madera veteada clara y tallada por los artesanos locales. Me parece una joya perfecta para mi pequeño apartamento, al que, desde ahora mismo, lo veo por primera vez como «mi casa». También sábanas blancas, algún cuadrante y pequeños cojines para el sofá. Frank parece un porteador llevando todo hacia el coche.

Antes de irnos le invito a comer. Entre las numerosas tiendas he visto algunos restaurantes.

—Frank, en este momento lo dejamos todo y entramos aquí a comer algo, puede que, si no, me desmaye y tú, supongo, también.

Él se ruboriza.

—No, señorita. Yo no poder comer con usted.

—¿Quién lo ha dicho? Ya trabajas para mí, y no seremos socios, pero a partir de hoy eres lo más parecido a mi mejor amigo.

Entramos en una cafetería. Un café —en Kenia el café es delicioso—, unos bollos, zumos… Todavía no me gusta mucho la comida local y prefiero no equivocarme.

Diez minutos sencillamente maravillosos, sin hablar; nos sonreímos y reponemos fuerzas.

Al llegar a casa subimos todo en el ascensor. Frank, que siempre me ha abierto la puerta para comprobar que todo estuviera correcto, hoy lo hace para entrar a trabajar. Con los botes de pintura en sus manos, las brochas debajo de los brazos y las llaves como puede entre sus dedos, abre y da un empujón con el pie para así poder tener el espacio necesario.

El sol, que entraba por las ventanas, nos ciega con su fuerza realzando el color amarillo de las paredes. En ese momento Frank me mira y sonríe. Acaba de entender el porqué de mi obsesión por cambiar la pintura.

Y nos ponemos manos a la obra sin apenas respirar. La enorme ilusión de, por fin, haber dejado el trabajo y empezar a vivir de otra manera se la contagio a mi querido «empleado». Sin perder tiempo, me pongo un pañuelo en la cabeza, hecho con tela local, unos pantalones cortos y descalza cojo los pocos muebles que hay y junto a Frank los coloco en el centro para así empezar a lijar y alisar las paredes del salón…

El suelo es de mármol blanco, me gusta, y para protegerlo pido a Frank que consiga unos plásticos o papeles, que por supuesto no tenemos. Pero lo que sí hay son los envoltorios de nuestras recientes compras. Desempaquetamos todo y en perfecta conexión tapizamos el suelo con los papeles de distintos colores y texturas. Encima colocamos los botes de pintura, los abrimos y comienzo a hacer mi mezcla intuitiva. Sobre la pintura azul, algo de blanco, no demasiado, para conseguir un tono gris, ni muy claro ni oscuro, y añado un poco de negro. Efectivamente, mi intuición se acerca a lo que sale. La pintura conseguida es un tono neutro, bastante Armani, que cuando empiezo a dar brochazos en la pared se mezcla con el cemento convirtiéndose en un tono muy apetecible y con clase.

—Por favor, ¡me encanta! Frank, ¿te gusta?

Él sonríe, también está feliz con su pañuelo de vivos colores en la cabeza y una camisa grande y amplia, de las que compré hace días en el mercadillo.

—Menos mal que esta casa es pequeña. En algún momento tendremos que dejar de pintar, ¿no te parece? —comento tras dos horas de intenso trabajo, aunque en mi interior espero que me diga que no, que mejor continuamos.

—No, señorita, mejor seguir por lo menos para terminar esta habitación, así usted mañana tener donde trabajar.

—Mil gracias, eso es lo que quería oír.

Y sin apenas hablar, brochazo a brochazo, y casi exhaustos, conseguimos al atardecer terminar mi pequeño salón. Me encanta en ese tono tan moderno y sereno.

Como las ventanas están abiertas y la temperatura es fabulosa, la pintura se va secando con bastante rapidez. Acercamos el sofá a la pared más amplia. Le pongo encima los cojines que he comprado, en color azul marino y tabaco, y por fin comienzo a sentirme como en casa.

La mesa nueva la coloco en el centro y, junto a ella, las dos sillas que ya había en el apartamento. Poco a poco tendré que comprar alguna cosa más, pero para hoy, para mi primer día de independencia laboral, el efecto es de confort.

—Frank, márchate ya a descansar. Estamos exhaustos. Mañana tenemos que comprar, ni más ni menos, que un coche. —Le sonrío con picardía. Sé que eso es lo que más le gusta.

Y así los días siguientes pasan deprisa y sin pausa. No recuerdo para nada mi trabajo anterior, no echo de menos las horas delante del ordenador convirtiendo en realidad sueños empresariales. Esa es la prueba de que no me estoy equivocando.

Días más tarde, encontramos y compramos cuatro butacas con confortables cojines de colores étnicos. Las cortinas de los grandes ventanales del salón las elijo del mismo tono de la pared, haciendo así un monocolor que realza las telas de las butacas. El dormitorio, con la espaciosa cama como principal protagonista, lo lleno de cuadrantes y pequeños cojines, todos en blanco. Por fin logro quitar el espejo de enea, que se lleva Frank, y a cambio pongo toda una pared de espejo envejecido que consigo de un hotel que está cambiando la decoración y al que me ha llevado mi maravilloso y único amigo.

Mi casa ya va siendo mi hogar y, como es lógico, también comienza a oler a mis velitas Jo Malone de Londres, pequeñas y grandes, que coloco por mesas y rincones. Y, por supuesto, también empiezo a entretenerme en la cocina; tengo tiempo para cocinar recetas que me trasladan a vivencias en casa de mis padres, cercanas a mi niñez y juventud, y que me transportan, muy dolorosamente, al recuerdo de mi madre y mi hermana. ¡Por Dios, parece mentira que estemos tan distantes y tan separadas! Las dos viven, por supuesto, pero ninguna de ellas está ahora en mi vida, y cuando lo pienso, cuando lo recuerdo, el corazón se me rompe y la congoja no me deja respirar.

7

—Pero, mamá, ¿cómo puedes pensar que yo lo sabía? ¿Cómo puedes creer que me enamoré de Pepe sabiendo que era el novio de mi hermana? Él es el único culpable. Él, supongo, lo supo desde el primer día que nos conocimos, porque estuvo en casa. Ni tú ni Rebeca me contabais nada sobre el prometido de mi hermana, y, mamá, yo le sigo queriendo, y muero al pensar en él con Rebeca, me vuelvo literalmente loca. Nunca nunca me hubiera acercado a él —gritaba aterrorizada.

Debió de ser el hecho de vivir en Londres y encontrarnos allí lo que hizo que Pepe se fijara en mí por mi parecido con ella. Y sí, la cruda realidad es que Pepe, el fantástico y atractivo galán que todo el mundo admira y que a todos hace sonreír por su simpatía y buena conversación, había enamorado a dos hermanas separadas por el Canal de la Mancha y la poca comunicación.

Rebeca es mi hermana pequeña. Ella vive en Madrid junto a mi madre. Yo en Londres durante unos años en los que por mi juventud y mi alto poder adquisitivo no necesito ni familia ni problemas. Con mis amigos, numerosísimos por cierto, y mi trabajo me siento libre y realizada. El trabajo es duro, pero los fines de semana son tan maravillosos que nadie me hará volver a España. Por lo menos, por ahora.

Desde Madrid mi madre me cuenta que Rebeca está feliz, que ha conocido a una persona especial. Yo no pregunto nada más. Mi hermana es poco comunicativa, poco habladora, le cuesta abrirse a los demás. La conozco y la respeto, y cuando ella y yo hablamos, para nada tocamos el tema sentimental, pues su respuesta de «ya veremos» la conozco y me aburre.

Es más seria, más formal. Todo lo que rodea su vida tiene que tener una razón y un porqué, y por no tener, no tiene ni WhatsApp. Yo, en cambio, siempre he preferido cierta inseguridad y riesgo. Me divierte más no saber qué va a pasar mañana, y mucho menos pasado mañana. En mi trabajo, en cambio, soy muy seria y perfeccionista. Las inversiones de mi banco, el City Group, no dejan ni un ápice al error, con lo que la conjunción de estas dos fuerzas en mi vida es tan apasionante como arriesgada. En el trabajo no me puedo equivocar, pero los fines de semana, en mi vida particular, la vida me gusta inesperada y que me sorprenda.

—Mamá, dime, por favor, ¿cómo se encuentra Rebeca? ¿De cuántos meses está?

—Tu hermana no quiere que te diga nada. No puede soportar la idea de que hayas estado con él, que hayas estado entre sus brazos y que, a su vuelta a España tras cada fin de semana, ella estuviera abrazada a los suyos. Es algo tan cruel y tan sucio que es casi imposible de comentar.

—Sí, sí, lo sé —le digo sollozando—, es deplorable y torticero. Es tan doloroso para Rebeca como para mí, y así lo tienes que ver y entender.

Y es que Pepe, a pesar de lo que le quería, había sido un hombre deleznable, que cuando supo que las dos éramos hermanas no quiso dar la cara y alargó hasta el extremo la relación con las dos.

A veces me pregunto qué necesidad tuvo de tenernos a ambas al mismo tiempo y producirme, sobre todo a mí, que fui la segunda en su vida, este dolor tan enorme que me rompe las entrañas cuando pienso en lo que estamos viviendo.

Llorar amargamente fue lo que viví esos días. Era llorar y llorar por él, por mí, por mi hermana, por mi madre. Con esa desgraciada situación personal, destrozada mi familia y sin poder centrarme en mi trabajo, me trasladé a vivir a Madrid para intentar arreglar las terribles relaciones familiares. El banco lo vio bien, ya llevaba algunos años en Londres y podía permitirme esa opción.

Y dejé Inglaterra, y dejé mis divertidos amigos, y mi vida algo desmadrada, y mi pequeño apartamento en Chelsea, el barrio más apetecible de la ciudad, donde había celebrado las fiestas más deseadas de mi entorno y donde había vivido como en una nube el amor más intenso que nunca pude soñar.

A Londres llegué tras terminar mi formación en ICADE, en la Universidad de Comillas. Mi preparación era bastante considerable y en mis prácticas pude comprobar que me encantaba mi trabajo y me resultaba absorbente. Gracias a algunas buenas amigas cien por cien *british*, me empapé del estilo de vida más elegante y de las clásicas costumbres de la *high society*, sin duda una mezcla explosiva para lograr que cuando les invitaba a mi casa disfrutaran de mi manera de recibir, sofisticándolo aún más al hacerlo «a la española».

Fueron unos años maravillosos con un sueldo formidable, pues, además de la mensualidad, el bonus era siempre tan apabullante que me hacía sentir importante y valiosa. La ciudad era vibrante, multirracial, lujosa, y yo me encontré involucrada en su increíble latido casi desde que llegué.

Y así fue como, tras pasar los dos primeros años compartiendo piso, tuve que elegir entre irme a vivir con otras compañeras a otro lugar o, por el contrario, buscar un pequeño apartamento para mí sola. Opté por esto último, todavía no sé por qué, pero acerté.

No me fue fácil, todo era carísimo, pero encontré una pequeña joya en Oakley Street. Se trataba de la parte de abajo de una vivienda clásica de finales del siglo XVIII. Es decir, lo que alquilé era la zona del servicio y de las cocinas antiguas de una bonita casa con escaleras y barandilla negra, muy típica, donde apoyar la bicicleta y poner unas macetas con geranios rojos tan españoles, y también tan ingleses.

Al entrar, lo que en otro tiempo debió de ser el cuarto de estar del servicio se convirtió en mi salón. Al lado, una preciosa cocina con suelos en blanco y negro, y, por supuesto, con salida al jardín interior de la casa. Un amplio dormitorio con cama de matrimonio, con cuarto de baño, y otro más pequeño completaban lo que, durante años, se convertiría en mi maravillosa casa londinense.

La decoración, mi pasión, entró de lleno en esas cuatro paredes. Papeles pintados en tonos azules con tenues dibujos blancos le dieron al salón un ambiente cautivador y romántico. Un enorme sofá blanco con mullidos almohadones, una *chaise longue* y un típico *puff* para tumbarme en el suelo y escuchar música componían la zona de estar.

Los tonos, todos en blanco y beis, y los cojines dorados y alguno pequeño en azul tenue, le daban un empaque casi palaciego a esa estancia. La alfombra, también beis, superagradable, mullida, gordita, terminaba de dar la buscada sensación de placidez y descanso que tanto me ha gustado siempre.

No tenía pretensiones ni ínfulas, pero conseguí algo mucho más valioso: me encantaba estar allí y a mis amigos les agradaba también estar en mi casa.

¡Qué maravillosos años volcada en mi trabajo y en mí misma, y en mis amigas, y en mis amigos, y en lo frívolo y en lo dramático!

La sociedad de Londres, la joven y diversa sociedad, me recibió con los brazos abiertos. En mi grupo éramos pocos pero bien escogidos. Las chicas inglesas, todas ellas novias de compañeros del banco, me hicieron vivir divertidísimos fines de semana en sus *cottages*, en medio del campo, donde un poco de promiscuidad y mucho alcohol convivían en las largas noches de invierno y en las húmedas noches de verano bajo las estrellas.

Y, de repente, fue durante una velada en el restaurante japonés Nobu, con un vino entre mis manos, y entre risas y bromas, cuando alcé la vista y me encontré con él, y mi cuerpo se paralizó. Fueron unos segundos, pero creo que nunca había sentido con tanta rapidez la flecha de Cupido.

Todavía no le conocía, no nos habían presentado, y cuando sus ojos se encontraron con los míos, comprendí que había caído en sus redes. Él también se dio cuenta y su mirada fue determinante, entre divertido y cínicamente despistado.

Nos presentaron, me dio la mano y me miró a los ojos. Ahora pienso que en ese momento, en ese instante, él tuvo que pensar en Rebeca, en nuestro parecido, o quizás ya lo sabía… Que mi hermana no me comentara nada no quería decir que no le hubiera dicho a él que tenía una hermana mayor en Londres.

Mis amigas se quedaron de piedra. Nunca me habían visto así. Yo, raro en mí, me descoloqué, miré hacia abajo, creo que hasta tartamudeé. Ellas reían, canturreaban, y se dieron cuenta de que en ese momento yo había dado un paso adelante.

Lo primero que me dijo, y ahora le odio todavía más al recordarlo, fue:

—Me recuerdas tanto a alguien… Es como si te conociera de toda la vida.

A mí me resultó un comentario muy manido, de recurso, pero se lo agradecí. Creí que era para empezar una conversación, sin embargo, era la auténtica verdad.

—Quizás tenga una clon. Me encantaría conocerla —dije con graciosa sinceridad.

Entonces le miré a los ojos y acercó su copa a la mía, y, con un ligero toque, brindamos con un gesto lleno de nerviosismo y emoción.

A partir de ese momento, Pepe se convierte en un hombre seductor, amable, muy atractivo… Era un sueño. No dejamos de mirarnos, de sonreírnos, de retarnos en nuestra liviana y casi tonta conversación. Estábamos seduciéndonos mutuamente, lo sabíamos y lo estábamos disfrutando.

Al final de esa primera noche, acercándose con dulzura, me susurró al oído:

—Me encantaría verte mañana.

A mí me explotó el corazón. Desde luego, la química corría por mis venas y me temblaba hasta la voz. Al instante hice un gesto de afirmación a la vez que le sonreí. Le di mi móvil para que me hiciera una llamada perdida. ¡Ya estábamos conectados!

La noche terminó pronto tras la cena y yo volví a casa como en una nube. Nos despedimos sin quedar en nada, pero teníamos nuestros teléfonos.

Mi Uber me llevó a casa, no había tráfico, y al bajar las escaleras de la entrada vi una sombra que me asustó de inmediato. Con voz grave pero animada, le oí decir:

—Estoy aquí, no quiero asustarte, pero no podía esperar a mañana. Soy Pepe.

—Pero, pero ¡eres tú! El susto que me has dado, no tienes perdón… —y reí nerviosa al verle tan cerca de mí.

—No sé qué me ha pasado. No sé qué tienes que me atrae de tal manera que he tenido que venir. Espero, ojalá, que a ti también te haya pasado.

Me quedé paralizada. Quería decirle que sí, que entrase, que me envolviese en sus brazos, que yo también me había vuelto loca…

—No sé qué decirte, Pepe. No sé si debemos… Te acabo de conocer.

—Por favor, qué más da. Somos adultos, podemos vernos, hablar, disfrutar. No te pongas ñoña. No nos conocemos, pero hay algo muy fuerte entre nosotros y quiero saber por qué.

Le miré y la sangre se me agolpó en mi pecho. Temblándome las manos, abrí sin gran seguridad la puerta y encendí la luz.

Al entrar, Pepe se quedó maravillado. Mi casa era un auténtico lugar para la placidez. Sus tenues y neutros colores, cálidos y sugerentes, eran idóneos para la calma y el relax. La iluminación, por supuesto indirecta, provocaba una sensación de armonía, mientras el aroma que se respiraba, gracias a estratégicos palitos con olor a madera y bergamota, producía una atmósfera hechizante y cautivadora… De hecho, todo el mundo me avisaba de que si algún día entraba por la puerta alguien interesante, caería rendido por la fascinante disposición del entorno.

Y así sucedió. Pepe, nada más entrar, no pudo dejar de exclamar:

—*Oh, my God*! Pero si vives en un trocito de cielo.

Y acercándose a mí, despacio, muy despacio, comenzó a subir sus manos por mis brazos, lentamente, mirándome a los ojos, con una leve sonrisa y callado, hasta llegar suavemente a mi cuello.

Yo temblaba y le miraba, y quería llorar, y reír…, y gritar.

Me acarició el cuello y las mejillas, y mis ojos, y mis labios, para acabar acercando su boca a la mía y comenzar a besarme casi sin tocarme, despacio, pero sin dejar de hacerlo. Oía su respiración mientras yo seguía congelada, quieta, de piedra.

Escuchaba cómo mi corazón latía en mi pecho y supe que ya estaba enamorada, o, por lo menos, seducida por ese hombre que llevaba en mi vida alrededor de tres horas.

Entonces me abrazó, me atrajo fuertemente hacia él y me susurró:

—Creo que te quiero. Te deseo tanto… No sé qué me pasa, pero esta noche no puedo separarme de ti.

Seguía sin ser capaz de asimilar lo que me estaba sucediendo y me entregué, sin pensarlo, a lo que estábamos sintiendo los dos. No tenía fuerzas para negarme, ni quería. Y como si hubiera estado antes en mi casa, me cogió de la mano y me llevó hacia el dormitorio. No me opuse, creo que perdí la cabeza, pero me sentía bien, confiaba en él y, sobre todo, era incapaz de ser dueña de mis actos.

—Pepe, Pepe…, pero ¿qué estamos haciendo? No te conozco, no te conozco…

Él entonces se rio, me observó y me comenzó a desabrochar mi blusa blanca de seda con cierta picardía y mucha experiencia. Le miré a los ojos y, sin saber por qué, me relajé, también sonreí y me entregué a mi recién conocido galán, que había llegado a mi vida como un huracán y la había llenado de corazoncitos rojos que revolotean a mi alrededor.

Cuando la pasión dio paso a la sensatez, me volví a impresionar por lo que había pasado. Me desperté, miré de reojo a mi izquierda y allí vi al atractivo y moreno desconocido que horas antes me había hecho perder la cabeza al introducirme en una vorágine de sensaciones que nunca antes había sentido.

No había sido capaz de frenarle ni de frenarme. Lo cierto es que no había querido frenarme. Quise vivir lo que, sin duda, me pareció lo mejor que me había pasado en mi vida.

Pepe seguía dormido, y entonces me fijé más en él. Alto, moreno, con ligeras entradas algo canosas. Su nariz era recta y no muy grande, y su mandíbula destacaba por ser angulosa. Era muy guapo, muy atractivo. Por encima de las sábanas sobresalía un hombro y su brazo. Estaba musculado, en forma, y el resto de su cuerpo supuse que también.

Me levanté sigilosamente. En el fondo me gustaba lo que me había pasado, no sabía por qué, pero algo me unió a él desde el primer minuto en que le conocí.

Me puse mi dos piezas de lencería beis con encaje, me quedaba ideal y supersexi, y fui a la cocina, feliz, a preparar el café. En la pequeña mesa que tenía para comer coloqué mi mejor juego de porcelana, blanco y negro con ribete dorado. Hice unas tostadas que acompañé con mantequilla y mermelada de naranja, y preparé una jarrita de zumo de pomelo que vertí en unos pequeños vasos de cristal tallado.

Entonces, me vi reflejada en el espejo envejecido que cubría la pared de la cocina, y me sentí guapa, especial. Mi pelo, tengo mucha cantidad, se movía a mi paso y mi picardías, muy sofisticado, me daba un toque atrevido a la vez que dejaba ver mis piernas.

En ese momento en que me estaba mirando y congeniando conmigo misma, apareció en el dintel de la puerta, y me quedé muda. Solo llevaba los pantalones puestos y, como imaginaba, su tórax estaba muy musculado, era muy fuerte. Estaba guapísimo y tenía una sonrisa que me llegaba al alma. Al sonreír, le salió un hoyuelo en la mejilla digno de señalar y su mirada me resultó divertida y muy picante.

—¿Estás arrepentida? —me dijo con el rostro más serio.

—No —le respondí sin pensarlo—. Todavía no me lo puedo creer, nunca he hecho nada parecido, pero estoy bien. —Y miré hacia el suelo abrumada y sonrojada.

—Yo estoy emocionado —me dijo levantando mi cara y observando mis ojos.

Yo ya estaba completamente enamorada. Me chiflaba mirarle y me emocionaba escucharle. Se acercó y me besó, y esta vez ya fue con ternura, con amor. Quizás fue nuestro primer beso de enamorados, aunque fuera después de una noche llena de pasión. En ese momento creo que nos unimos de verdad. Yo no sabía nada de él y él nada de mí, pero la química y también la física nos había vinculado en cuestión de horas.

Estaba segura de que le quería, y sabía y apreciaba que él también lo sentía.

Y así comenzamos a vivir una etapa maravillosa y apasionante.

Pepe no vivía en Londres, claro, pero venía fines de semana y alguna vez se quedaba diez días seguidos. En casa, en nuestra casa. En mi vestidor reservé un trocito para sus cosas y en mi cuarto de baño convivieron mis maquillajes con su crema de afeitar y su cepillo de dientes.

Sabía que él no podía vivir en Londres y yo lo asumía con mucha confianza. Él hacía lo mismo: respetaba que yo siguiera aquí y nunca me insistió —ahora lo entiendo— para que me trasladara con él a Madrid. Algo, desde luego, tenía que haber imaginado, no era lo lógico, pero el amor te ciega y no te haces más preguntas.

Mientras terminaba de preparar aquel primer desayuno juntos, Pepe se entretuvo mirando y observando el pequeño salón. Vi cómo paseaba alrededor del sofá, cómo miraba los cuadros, y cómo se fijó en una foto en la librería, la cogió en sus manos, la miró absorto y ahora sé que en ese momento confirmó que éramos hermanas.

Era un retrato de Rebeca, mi madre y yo cuando estuvimos en París. Vi cómo la dejaba sobre la librería y, acto seguido, sin mirarme, me preguntó:

—Es tu familia, ¿verdad?

En ese momento, al escuchar mi afirmación, se dio la vuelta hacia mí y me dijo:

—En la vida todo puede ser una casualidad, y eso es lo que ha hecho que tú y yo nos encontráramos. Así es la vida, y así hay que vivirla, aunque a veces, como nos puede pasar a nosotros, nos parezca mentira.

Y de nuevo me besó, pero entonces su abrazo me transmitió otro sentimiento, quizás con algo de tristeza. Él sabía el porqué, yo en cambio lo tomé como un gesto nostálgico por nuestra cercana separación. Pepe ya me había dicho que ese domingo volvía a Madrid.

Tan fuerte fueron nuestras primeras horas de relación que casi no pudimos ni comer. En realidad, del maravilloso desayuno que preparé solo tomamos el café y el zumo, y ninguno de los dos nos llevamos nada a la boca.

Se interesó por mi trabajo, del que ya sabía algo por nuestros amigos comunes, y ambos nos preguntamos por nuestras familias. Él me habló de sus padres y hermanos, de la ilusión de sus sobrinos y, por fin, exclamó:

—En esa foto estás con tu madre y tu hermana, ¿no?

—Sí, nos parecemos mucho Rebeca, mi hermana, y yo, ¿no crees?

Entonces no aprecié nada. Quizás entendí que su cara respondía más a una afirmación, pero supongo que en realidad fue una especie de sobresalto contenido, o un «tierra trágame», y, lógico, tardó en contestarme. Su mirada se quedó perdida y comprobé que le impactó, pero supuse que se debía a nuestro parecido. Ahora estoy segura de que el día que nos conocimos lo imaginó, y que al día siguiente lo confirmó.

—La verdad es que sí, mucho, aunque parece que tú tienes otra personalidad.

En efecto, acertó de pleno, y lo tomé como una cualidad que él tenía para conocer las personalidades.

Yo estaba feliz. Me vestí con rapidez, pero no dejé nada al azar. Botas de tacón cómodo, falda *midi* con jersey ancho de cachemir y cinturón y pañuelo de Hermès anudado con dos vueltas en el cuello. Mi sombrero no me faltó para completar un *look* que le llamó mucho la atención.

—Pero ¡eres preciosa y una caja de sorpresas! Eres una mujer increíble y muy graciosa.

Yo le sonreí, no podía mirarle a la cara sin sonreírle. Estaba pletórica. Cogí mi bolso bandolera y, agarrando mi sombrero por el ala, le hice un gesto como para indicarle que nos íbamos. Pepe, que vestía como un auténtico *gentleman*, puso el acento español en su *look* con una preciosa chaqueta de ante, al igual que sus zapatos. Era el hombre perfecto y a mí me volvía loca.

Salimos de casa de la mano, riendo, como si nos conociéramos de toda la vida. Le miraba y no lo podía creer. Yo le sujetaba con fuerza la mano, era suave y muy agradable. Los dedos los tenía largos y las uñas, bonitas y naturales. Era distinguido y sabía cómo cortejar a una mujer. A mí me había enamorado.

Nos sentamos en una terracita cercana a Harrods. Hacía un día primaveral, maravilloso, y además no llovía.

—¿Pedimos un sándwich de rosbif?

—¡Me encanta! —le dije. Hasta en eso coincidíamos.

Y Pepe cogió mi mano y me dijo:

—Creo que te quiero desde el momento en que te vi. Lo supe enseguida, fue un auténtico flechazo.

Se puso serio, pero tenía una boca tan atractiva y una manera de hablar tan protocolaria que, impulsivamente, me levanté y le besé.

—Pues yo con este beso ya te he contestado. No puedo remediarlo, no sé qué me ha sucedido. No sé qué voy a hacer ahora sin ti. Soñaré que vienes pronto y me prepararé para tu vuelta. Porque será pronto, ¿verdad? —le pregunté algo confundida, aun sabiendo que no debía presionar.

—¡Ojalá! Haré lo posible por venir cada quince días.

Y como no era cuestión de poner caritas nada más conocernos, lo acepté con resignación. Así, supuse, iba a ser a partir de ahora mi vida.

—Mamá, Rebeca…, estoy enamorada. Bueno, mejor dicho, ¡enamoradísima! —les dije con insultante alegría por teléfono. Cada quince días las tres nos conectábamos en una *call* en la que nos poníamos al día.

—Ya era hora de que estuvieras más centrada y acompañada allí por alguien.

—Mamá, si siempre he estado de maravilla. Aquí en Londres ya soy una más. Mis amigos me cuidan y la ciudad es superacogedora para mí. Y ahora con Pepe estoy feliz, aunque solo nos vemos los fines de semana.

—Oh, por lo que veo se llama Pepe.

—Sí, ¿no os lo había dicho?

—Pues el mío se llama Jose —dijo de golpe Rebeca—. Qué gracia, celebraremos sus santos el mismo día. La verdad es que el nombre no es nada original, y nosotras, tampoco.

Y así comencé, en familia, una relación que me hacía enormemente feliz. Por primera vez eran partícipes de mi desbordante amor y de mi absoluta debilidad por un hombre. Hasta ahora nunca había sucedido así.

Pepe era un hombre para enamorarse de él. Con mucho don de gentes, era el invitado más esperado y el compañero más entretenido. Su cultura era muy amplia e interesante; deportista y siempre en forma, le gustaba y jugaba bien al tenis, entendía de caballos y manejaba con mucha destreza la maza del croquet. Era el novio ideal para vivir en Londres, o en Madrid, o en Perú, o en Abu Dabi. Con él, en cualquier lugar del mundo.

Cada viernes que llegaba a casa, con sus llaves, por supuesto, nuestro hogar y yo le recibíamos con tanto cariño que hasta los sofás le hacían una declaración de amor. El café que le gustaba, la música que le «colocaba», las velas encendidas, el aroma a bergamota y madera. Todo perfecto para que se encontrara como en casa, y yo, así, era feliz.

La primera noche nunca salíamos. Era como una explosión de sensaciones y de sentimientos que chocaban y se convertían en un tsunami. Sabíamos que no nos habíamos equivocado, que éramos una gran pareja. Nos divertíamos, nos queríamos. Él era fabuloso y yo, creo, bastante atractiva. Nos convertimos, lógico, en el perejil de todas las salsas, quiero decir, en los indispensables en todas las fiestas.

—Pepe, nos han invitado los Hughes a pasar el fin de semana en su castillo. Estoy emocionada. ¿Te apetece?

—Si eso es lo que quieres, por mí fantástico. Me encanta ese
matrimonio; son, como todos los ingleses, imprevisibles. Sabes
cómo empiezan sus fiestas pero no cómo acaban.

—Así es, y eso es lo que más me gusta. ¿Qué llevo para la
noche del sábado? Siempre organizan una cena maravillosa. Cada
vez nos vestimos menos, pero sabes que a mí me encanta impactar.

—Pues si es lo que te gusta, lo consigues plenamente... A mí
me asombras cada día, cada minuto...

Y acercándose a mí, me abrazó y me besó como nadie nunca
lo había hecho. También es verdad que nunca había estado tan
enamorada, tan convencida. Y allí, en el mismísimo sofá, rodeados
de almohadones dorados y azules, nos quisimos hasta quedarnos sin
aliento. Mi casa se convertía en una maravillosa nube, y nosotros
dos en los afortunados elegidos para querernos casi en el cielo.

Y con una copa de champán en nuestras manos —siempre
abríamos una botella el viernes por la noche cuando llegaba—, y
después de querernos hasta la extenuación, descansamos abrazados
mientras escuchábamos música. Y, así, poco a poco, nos íbamos
conociendo cada día mejor.

Pepe era ocurrente, tenía mucha gracia al hablar y sus
comentarios siempre eran acertados. Me embelesaba su conversación y podía pasarme horas escuchándole, pero él siempre inte-
rrumpía sus casi monólogos y empezaba con las cosquillas, las
caricias, y volvíamos a querernos. El vaivén de sensaciones regre-
saba a nuestros cuerpos y, como en un tiovivo, perdíamos el control y nos dejábamos llevar. Y así terminábamos, plácidamente,
como en un sueño.

Al día siguiente, y cada uno con nuestro pequeño maletín,
salimos en dirección a Eton, cerca de Windsor. El castillo de los
Hughes estaba entre estos dos maravillosos lugares, próximo a
Londres pero lo bastante lejos para estar en la auténtica campiña.

Al llegar, al fondo del camino particular y tras pasar la verja, imponente, aparecía un edificio precioso, perfecto, ni muy grande ni pequeño. Teníamos la gran suerte de haberlo conocido varias semanas antes y volvíamos encantados. Desde que estaba con Pepe —ya hacía más de un año—, mi vida social también había dado un vuelco. Mi grupo de amigos se encontraba, lógico, en ese círculo, y los más «pata negra» estaban entregados al atractivo empresario español que enamoraba a todas y caía bien a todos. Y yo, orgullosa de él, presumiendo siempre y feliz de tenerle a mi lado.

Por fin llegamos a las escalinatas del castillo y en la misma puerta nos recibió el mayordomo, de los de toda la vida, de los que ya casi solo existen en los hogares de la realeza o multimillonarios del mundo. Sujetó la puerta del coche y saludó de tal manera que al bajarme me hizo sentir como una princesa. Pepe se bajó por la otra puerta y dejó las llaves puestas. Por supuesto, vendría alguien para llevarlo a las cocheras.

Todo estaba pensado y medido para, desde el minuto uno, vivir la experiencia de un día en la vida de la aristocracia británica. Es como si nos hubieran dicho: «Atención, atención, están ustedes entrando en el corazón de lo más *royal* y distinguido de Gran Bretaña. Aquí nada es al azar. Nuestro servicio les hará la vida más agradable de lo que nunca hayan experimentado; nuestras mesas, menús, nuestras copas, serán únicas y especiales; los salones lucirán sus grandes galas; los candelabros sostendrán cientos de velas que iluminarán de glamur la noche; nuestra conversación será divertida, culta y osada, y, por supuesto, las galas serán las adecuadas, el protocolo manda y las mujeres estarán más bellas que nunca mientras los hombres serán auténticos *gentlemen*».

Pues así, con este subjetivo pensamiento, subimos las escaleras de piedra y traspasamos la espectacular puerta de madera. Allí, un segundo mayordomo nos llevó hacia el salón de las chimeneas. No era un cuarto de estar al uso, era más bien un enorme salón con preciosos y llamativos cuadros de antepasados y secuencias de caza;

varias chimeneas permanecían siempre encendidas y a la derecha de la estancia, unas puertas de cristal y hierro por donde se accedía al maravilloso jardín para conseguir una unión increíblemente agradable entre la mansión y la naturaleza.

En ese momento, al vernos, nuestra anfitriona se levantó con su copa en la mano y se acercó rauda a nosotros.

—No vais a creer lo que ha pasado, estamos todos en *shock*… Venid, que os pongo primero una copa. Para ti un Bloody Mary como siempre, ¿no? ¿Y para ti, Pepe?

—Tomaré un *whisky* con un solo hielo, por favor. Parece que la mañana empieza fuerte y prefiero acompañarme de algo potente.

—No lo vais a creer. Hoy venían a pasar el fin de semana con nosotros Lily y John, ya sabéis, los Bedford, y resulta que ayer noche han liado una tan enorme entre los dos que han decidido separarse. Parece que no hay marcha atrás y que no pueden seguir juntos. ¡Con lo divertidos y adorables que eran como pareja! Me hacían tantísima gracia… Bueno, a cambio, será Lily la que venga. Ella también merece un apartado, es tan sofisticada y única…

—Pero ¿crees que será la separación definitiva? Estas cosas pasan y se enfrían, y las aguas vuelven a su cauce, como dice el refrán —comenté.

—Parece que en este caso las aguas se han desbordado y que el tsunami arrasó con todo. John ya se ha ido de casa, a un hotel, y ella se ha quedado con los niños, aunque hoy nos acompañará en el almuerzo.

—Pues sí, tendremos tema de conversación y, con seguridad, con todo lujo de detalles. Así es Lily…

Entonces aprovechamos este *impasse* para salir al jardín. Los setos, imponentes, podados con formas geométricas perfectas, y las numerosísimas florecillas en cientos de tonos distintos daban una sensación tan espectacular al momento que abracé a Pepe por la espalda y, muy bajito, le dije:

—No quiero que nos separemos nunca, Pepe. No quiero que nos separemos jamás.

Él se dio la vuelta y me besó la mano de forma tan delicada, tan cariñosa, que creo que Rowina y Harry Hughes, que nos acompañaban en el paseo, se estremecieron igual que yo. Ellos no escucharon lo que yo le había dicho, pero sí vieron lo que él me trasladó con ese caballeroso beso. Pepe era único y yo sabía que todos lo notaban, lo apreciaban y, ¿por qué no?, también me envidiaban. Y a mí eso me encantaba.

Paseamos con los perros mientras esperábamos la llegada de la bella dama, cuando de repente oímos la bocina de un coche. Era Lily en su Jaguar, quien al vernos se hizo notar como más escandalosamente pudo.

Nos acercamos a ella mientras bajaba del coche casi sin frenar y, a la carrera, se abrazó a Rowina con fuerza y se puso a sollozar al tiempo que hablaba con rapidez sobre su reciente desgracia.

—Tranquilízate, Lily. Vamos a casa y te prepararé una copa. Seguro que la necesitas más que ninguno de nosotros.

La saludaron los caballeros y yo le besé la mejilla mientras vi cómo miraba a Pepe. Fue un segundo, o una décima de segundo, pero a mí no me gustó.

Nos sentamos a la mesa en el porche. Hacía un día tan fabuloso que en Inglaterra hubiera sido un insulto no almorzar en el jardín. La mesa, por supuesto, era una maravillosa conjunción de gracia y refinamiento, con el mantel blanco de hilo grueso a juego con las servilletas, que por toda decoración tenían una corona pequeña bordada en dorado con las iniciales de la casa en blanco.

La vajilla era de porcelana blanca, decorada con una preciosa pintura de flores, y la cristalería, copas altas de distintos tonos malvas, rosas y granates con el vaso de agua en precioso cristal transparente. El *bouquet* de flores, a juego con esos tonos, era una auténtica maravilla, mejor dicho, una pequeña maravilla por el tamaño, pero grande por las sabias manos que lo habían creado. La aristocracia inglesa no tiene rival para vestir mesas en los jardines. Es un culto a la belleza sin parangón en el mundo, y esta de Rowina, sin duda, era una clara muestra de ello.

Y así nos sentamos a la mesa. Hasta entonces éramos solo cinco, a la espera del resto de los invitados de la noche. Lily se colocó entre Pepe y Harry, cómo no, y Rowina y yo cerrábamos el círculo. Y en este contexto de elegancia y buen tiempo asistimos, un tanto atónitos, a los comentarios incontenidos de Lily. A John, su marido, no le quedaba tras la comida ni un solo trapo sucio del que no nos hubiéramos enterado. Desde que llegó Lily todo fueron reproches, insultos, traiciones, cuernos…, hasta dejó entrever que había malos tratos. Todo esto, mezclado con alcohol, lágrimas y, a veces, risas incontenidas, hizo que se nos pasara el tiempo casi sin darnos cuenta.

Pero pronto empezó a refrescar y Rowina, como buena anfitriona, nos invitó a pasar al salón de las chimeneas. En ese momento Lily abrazó a Pepe, con ganas, fuerte, muy sugerente, demasiado para los que estábamos allí. Yo me quedé paralizada mientras Rowina me agarraba del brazo como para detenerme. Ella se estaba insinuando arguyendo que tenía frío y que estaba sola, y yo no creía el momento que estábamos viviendo.

Pepe se puso en tensión aunque, hombre de grandes tablas, sonrió por compromiso y con rapidez se quitó la chaqueta y se la puso por los hombros a Lily mientras la forzaba a sentarse en uno de los sofás. No dejó opción a más cercanía, pues vino hacia mí como un resorte y, pasando su brazo por mis hombros, me besó tiernamente en la mejilla. A partir de ese momento me cambió el humor. Excusándonos por el lógico cansancio del viaje, subimos a nuestra habitación para descansar.

Pepe se puso a la defensiva. Yo no paraba de hablar y decir improperios sobre Lily y su habilidad para cortejar al prójimo, en este caso, a mi prójimo. Y de repente salió por mi boca lo que nunca antes creía que diría.

—¿Y por qué no nos casamos de una vez y así acabamos con todas estas «señoras» que creen que pueden acercarse a hombres sin compromiso? Nunca me lo pides, nunca lo hablamos… Parece tabú. ¿Es que no te apetece vivir conmigo todos los días de la semana y todos los meses del año? A las personas que nos conocen ya les extraña que, después de más de un año, no hayamos ni hablado ni comentado nada sobre esa lógica intención.

Noté que Pepe palidecía. No tartamudeaba porque estaba mudo. Le fue imposible decir nada. Su silencio fue largo y cruel.

—Pero ¿es que pasa algo? ¿Tienes algún problema para que no podamos ni charlar sobre un tema tan natural como el que te estoy planteando? ¿Acaso tienes una esposa y una familia paralela a nuestra relación?

Y entonces me puse a llorar con desconsuelo. Él seguía sin decir nada. Su silencio era claro; parecían lógicas mis dudas y con su reacción no me quedó más remedio que intuir una terrible realidad. A veces no hacen falta las palabras ni expresar lo que se siente para dejar muy claro lo que sucede. Tuve que aceptar que algo sucedía y que Pepe no tenía ninguna intención de aclararlo.

La habitación era un sueño, una maravilla. La chimenea, pequeñita y con la leña encendida, creaba una atmósfera cautivadora, y yo le miraba desde la cama mientras él, sentado en la butaca y con la cabeza hacia abajo, fumaba uno de sus tres pitillos diarios en mangas de camisa, con tirantes, pantalón oscuro y su arrebatadora personalidad.

En la atmósfera, el aroma de una vela perfumada, encendida por la anfitriona, creaba un ambiente increíblemente sensual. En ese momento solo quería abrazarle y olvidar lo que habíamos vivido, la discusión, lo que yo pensaba y lo que él no me había dicho, pero la realidad era que Pepe seguía sin hablar.

—¿No vas a decirme nada?

—Mira, mi vida, ¿por qué no lo dejamos y lo hablamos en otro momento? Puedo entender lo que me dices y también que te haya molestado la descarada insinuación de la pobre Lily, pero déjalo ya y vivamos esta maravillosa noche en este lugar tan increíble. ¿No te das cuenta de que no es el momento después de una discusión acalorada? Parecería una obligación para mí hacerte aquí y ahora una solemne petición. Pequeña, te quiero con locura y lo sabes...

Eso era lo que deseaba oír. No quería enfadarme con él, no quería perderme una sola noche junto a él, y, por supuesto, quería abrazarle y besarle sin esperar un minuto más. Entonces Pepe desabrochó el cinturón de mi batín y deslizó sus manos por mis hombros de manera que la seda resbaló por mi espalda. El corazón comenzó a latir con gran ansiedad y la taquicardia apareció tan abrumadora que estaba claro que él era el hombre de mi vida. La sensación fue tan fuerte que decidí que mejor olvidar y vivir. Le quería, nos queríamos, y punto.

Bajamos las escaleras de la mano, sobrecogidos por lo vivido; éramos demasiado pasionales, y notábamos y sabíamos que estábamos hechos el uno para el otro. De repente, yo ya había olvidado todo y me volvía a sentir la mujer más privilegiada del mundo.

Entramos en el comedor y noté que los invitados —algunas parejas habían llegado para la cena— nos miraron de arriba abajo sin disimulo. Esa era una sensación muy agradable que percibíamos siempre cuando llegábamos a algún lugar; éramos una gran pareja. A Pepe y a mí nos hacía gracia, nos llenaba de orgullo y siempre, siempre, nos apretábamos la mano como diciendo: «De nuevo, lo conseguimos».

Rowina se levantó y me apartó del resto.

—Querida, ¿qué te pongo? —me dijo, aunque en realidad lo que quería era preguntarme y hablarme de lo sucedido.

—Estoy disgustadísima —dijo en tono bajo—. Ahora creo que Lily podría ser la causante de su separación. Me ha parecido de una osadía y una desvergüenza llamativas. La insinuación elegante nos molesta, pero la podemos respetar por el valor de los gestos y las palabras bien utilizados, pero la insinuación forzada y descarada es impresentable.

—Bueno —le dije—, ya lo he asimilado y ya lo hemos arreglado. Casi prefiero olvidarlo teniendo en cuenta que a la protagonista la tengo aquí, frente a mí, y sin ningún tipo de arrepentimiento.

—Para mí que ha bebido, y me parece que sigue bebiendo. Lily no tiene arreglo, y lo siento. Algún día se encontrará con alguien que no reaccione como vosotros, sin vuestra educación, y se liará bien gorda.

Entonces vi a Pepe que me miraba incómodo, como sin saber dónde sentarse ni con quién hablar, por lo que me acerqué, casi emocionada, y le dije:

—No te preocupes, mi vida, disfruta de la noche. Te quiero.
—Y le besé con suavidad en los labios.

Pepe era simpatiquísimo. Siempre reía y hacía reír. Sus historias las contaba con tanta pasión que se convertía en el centro del grupo. Él lo sabía, pero como era un gran conversador y, además, muy culto, disfrutaba llevando la voz cantante. Para él era lo natural, pero para los demás resultaba el amigo ideal que salvaba cualquier fiesta o reunión por muy aburrida que fuera. Pero esa noche no era el caso. Pepe y yo bailamos, muy juntos, mientras escuchamos «Fly Me to the Moon», de Frank Sinatra. Nos gustaba a los dos y nos movíamos con tanta armonía que se notaba un poco de envidia en el resto de nuestros amigos. En esos momentos nos olvidábamos de todo y de todos, y nos convertíamos en uno solo. Es la sensación más sublime y romántica que creo se puede tener.

Al día siguiente y con el pretexto del viaje de Pepe de vuelta a Madrid, decidimos marcharnos tras el desayuno. Lily no era capaz de mirarnos a la cara. No sabía cómo subsanar el daño o, por el contrario, cómo limpiar su honra y honor. Nosotros no hicimos caso a su aparente arrepentimiento y decidimos que no hay mejor desprecio que no hacer aprecio.

Nuestra querida anfitriona nos acompañó al coche y nos agradeció nuestra buena reacción.

—Sois fabulosos. Sois, desde luego, la pareja perfecta. Guapos, divertidos, románticos y extremadamente educados. Millones de gracias por venir. Nos veremos pronto.

Y así abandonamos la campiña inglesa para de nuevo adentrarnos en la gran ciudad. Cuando llegamos a mi pequeña casa, nuestra casa, nos pareció de nuevo un maravilloso remanso de paz, aunque yo, con mi personal guerra interior, no había depuesto las armas.

Pepe se marchó temprano y, ya sola en la cama, sonó el teléfono.

—Hola, hija mía, ¿cómo estás? —Quien me saludaba era mi madre, que, con tono fuerte y diría que feliz, me hablaba así—. ¿Qué te parecería si Rebeca y yo te vamos a ver este fin de semana? Tu hermana va a estar sola y yo estoy deseando ir a Londres. Sueño con conocer tu casita y vivir la adorable puesta en escena tan inglesa que dices que has conseguido.

—Hola, mamá. ¡Qué bueno, me encanta! ¡Qué ilusión! Así podréis conocer a Pepe, que seguro vendrá el próximo fin de semana. ¿Y Jose podrá venir también y así nos conocemos todos? Yo les busco un buen hotel cerca de casa y tú te quedas con nosotros aquí, ¿te parece?

—No, no cuentes con Jose. Rebeca me ha dicho que este fin de semana, de nuevo, se tiene que volver a marchar y que podíamos aprovechar para ir a verte.

—Lástima, pero tú sí conocerás por fin a Pepe. Te va a encantar, mamá. Es mucho más de lo que nunca había pensado que encontraría. Creo que hacemos muy buena pareja y que volverás a Madrid tranquila de verme tan feliz. Ya verás.

—Perfecto, hija mía. Llegaremos el jueves por la tarde, así aprovechamos para ir de compras a Harrods, a pasear y, por supuesto, saca entradas para un musical que todavía no hayamos visto aquí.

8

Comenzó esa semana con las ganas por volver a ver a mi madre y mi hermana —hacía casi un año que no pisaba Madrid; era de locos, pero era verdad— y la zozobra que producía en mi interior el largo silencio de Pepe cuando le pregunté por qué no hablábamos nunca de vivir juntos. Lo que le dije, que podía haber parecido exagerado en ese momento, empezaba a ser una obsesión. ¿Tenía algo que ocultar? Suponía que no, ese tipo de historias no son típicas en pleno siglo XXI, cuando vivimos con libertad nuestras emociones y sentimientos.

Pensaba que si hubiera estado casado me lo habría dicho al principio de nuestra relación, se hubiera separado de su mujer, si era lo que quería, o habríamos dejado de vernos, eso es lo natural. Por lo tanto, no creía que ese fuera el problema, pero que había un problema era casi seguro. Podría haber sido también que estuviera en contra del compromiso formal, pero, pensaba, también me lo habría dicho, lo habríamos comentado y punto. Podíamos vivir juntos sin ningún papel o contrato. No sabía qué pensar, pero no me había quedado tranquila al verle tan callado, con la cabeza hacia abajo y sentado en la butaca mientras yo le pedía a gritos una explicación.

Y así, entre mi trabajo, apasionante, aunque cada vez estaba más al límite de inversiones y estrategias, y la espera de la llegada de mi familia, la semana se me pasó volando.

Llené la nevera con lo mejor que pude encontrar para mamá y Rebeca: zumos de frutas, fresas, kiwis, aguacates..., preparé un rosbif que, debo decir, lo bordo; pepinillos para acompañarlo y algún tipo variado de lechugas y tomatitos cherry. Compré leche desnatada y un poco de crema para preparar algunos platos especiales, y, como es natural, hice un *cake* muy inglés para nuestros desayunos, ¡eso no podía faltar!, así como unos huevos para freír y el famoso beicon para completar el auténtico *breakfast* inglés. Parece un tópico, pero no había nada que les gustase más a los que me visitaban que un buen té y el típico desayuno, es que no fallaba.

Agotada tras colocar todo en la nevera y cambiar las sábanas de mi habitación para mi madre —por supuesto, puse las de tiras bordadas con cuadrantes a juego—, me fui a mi armario y pasé delante del de Pepe. ¡Qué ropa tan ideal tenía! Siempre colocada a la perfección: su chaqueta de ante beis —me acercaba a ella y podía oler todavía su colonia—, los pantalones de franela gris, zapatos abotinados de piel picada y, claro, un Barbour preparado para la cotidiana lluvia de nuestra ciudad. Al lado, un pijama de rayas y una bonita bata de seda azul marino con ribete blanco. Quizás todo en exceso clásico, pero a él le iba tan bien ese estilo...

De repente sonó mi teléfono. Ya era tarde y me extrañó, pero era Pepe y me alegré.

—Hola, mi amor, estaba pensando en ti en este momento. Acabo de pasar por el vestidor y me he dado de bruces con tu preciosa ropa, con el pijama y la bata, y me ha dado mucha morriña. Separarme de ti me mata, cada vez lo llevo peor. Menos mal que ya estamos casi en fin de semana... Por cierto, mañana llegan mi madre y mi hermana Rebeca, por fin las conocerás. Estoy deseando que llegue ese momento. A mi madre le vas a encantar, de eso no tengo duda, y por supuesto a Rebeca, que la pobre viene sola. Jose, su pareja, no la puede acompañar, así que será un fin de semana rodeado de mujeres, no te importa, ¿verdad?

—Pequeñaja —así me llamaba casi siempre—, es que no voy a poder acompañaros, y me hubiera encantado. Tengo que ir a Nueva York por cuestiones de trabajo. Sé que te hacía mucha ilusión, pero no ha sido posible cambiarlo. No sabes lo que lo siento. Hablaremos el lunes, así no te incomodo en estos días.

—Pero ¿cómo me haces esta faena? Ayer, cuando hablamos, ¿no sabías nada?

—Pequeña, lo entenderás todo cuando, juntos, te lo pueda explicar. Las cosas no siempre son como queremos y, por supuesto, este es uno de esos momentos.

Le noté serio, preocupado, sin la vitalidad con la que acostumbraba a animarme cuando algo se torcía.

—¿Te pasa algo? Te encuentro raro.

—No, mi vida. Solo quiero que sepas que te quiero con locura y que lo único que me gustaría en esta vida sería estar contigo siempre, eternamente. —Le sentía algo triste o quizás compungido.

—Bien, bien, vamos a dejarlo. Yo también te quiero, lo sabes, pero no me gusta que me preocupes, y ahora mismo me has dejado fatal.

—Tú solo tienes que saber que mi amor está por encima de cualquier cosa y que eres, sin duda, la mujer de mi vida.

Terminamos la conversación con un «el lunes hablamos», pero a mí me resultó todo muy preocupante. Al día siguiente me presenté en el aeropuerto a las tres de la tarde. El avión de Iberia fue, como últimamente es costumbre, puntual.

Veinte minutos más tarde mi madre y Rebeca salían por la sala 1. Las vi de lejos y admiré su presencia. La verdad es que tienen un fachón. Mamá estaba divina, con su media melena rubia, deportivas y una chaqueta con cuello de piel ajustada a la cintura que le daba un aspecto juvenil muy chic. De su mano llevaba su maleta Vuitton y un *shopping* de la misma firma creando un bonito bloque de viaje que le imprimía mucho *charme*.

Rebeca era una verdadera monada, alta y tímida en su manera de vestir y de andar, pero que no dejaba indiferente a nadie. Nos parecíamos, pero nuestra manera de mirar, de movernos y, sobre todo, de hablar era muy distinta. Ella es delicada y yo, creo, más segura de mí misma y más directa. Ella es callada, introvertida, especial, y hasta un poco rara en sus afectos, y yo un libro abierto con los sentimientos a flor de piel.

Las abracé a las dos con fuerza. Nuestra relación no era muy cercana ni cotidiana, pero, por supuesto, nos echábamos de menos, yo cada día más. Ellas estaban juntas, aunque cada una vivía en su casa, pero se acompañaban y se ayudaban, y, sobre todo, se entendían a las mil maravillas. Para mamá, Rebeca lo era todo; además de coincidir en gustos y aficiones, no tenía a nadie más en su día a día y la adoraba, o, mejor dicho, la idolatraba.

Salimos del aeropuerto exultantes y felices. Era un reencuentro deseadísimo y casi sorpresa, pues no fue ni preparado en el tiempo ni organizado por nada especial. Nuestro Uber nos esperaba a la salida y cuando ya estábamos las tres en el interior del coche, nos echamos a reír mientras nos abrazábamos de nuevo.

—¡Qué maravilla que estéis aquí! Y, además, no va a llover... Va a ser un fin de semana para recordar.

—Bueno, cuéntanos, ¿ya ha llegado Pepe? Tu hermana y yo estamos deseando conocerle.

—Qué va, mamá. Al final no puede venir, ha tenido que marcharse a Nueva York. A él también le hacía una ilusión enorme, o por lo menos eso me decía, aunque también ha podido ser una huida hacia adelante. El pasar un fin de semana con tres mujeres, novia, suegra y cuñada, puede poner nervioso a cualquiera.

—Oh, pero qué lástima, era una ocasión única. Bueno, en otro momento será. Nosotras tenemos muchas cosas que celebrar, entre ellas que estamos de nuevo juntas, y va a ser, por otras cosas, inolvidable.

Y así, encantadas, nos dirigimos a casa mientras hablábamos como lo hacen tres mujeres que se conocen y tienen mucho que contarse.

—Pero no me digas que no es casualidad, Rebeca, que nuestros novietes se llamen igual. Yo es que me caía de la risa cuando me enteré.

Rebeca era callada, siempre discreta y muy sutil en sus afirmaciones, tenía una conversación pausada e inteligente. Catedrática de Arte en la Universidad Complutense de Madrid, era maravilloso escucharla cuando, juntas, íbamos a algún museo: nos colocábamos delante de uno de los principales cuadros y me comentaba, con todo lujo de detalles, la intención del pintor ante el lienzo, por qué retrató a dicha dama, la razón por la que la vistió de negro y el sentido de algún objeto en un rinconcito del cuadro, insignificante para la mayoría, y, en cambio, terminaba siendo la causa de la tragedia o de la alegría de la protagonista. Cada uno de los lienzos, si ibas con Rebeca, tenía vida propia. Se quedaba enfrascada ante la obra de arte y, a pesar de conocerla de maravilla y de haberla visto en numerosas ocasiones, se le notaba que vibraba de nuevo como una adolescente ante el chico que le gusta.

Pero esa tarde, cuando la vi viniendo hacia mí con su maleta en la mano, la encontré distinta. No supe concretar de qué se trataba, pero le vi un aura especial, una sonrisa inequívocamente feliz.

En el taxi se lo comenté.

—Rebeca, cuéntame qué te sucede. Te lo noto, sé que te pasa algo y, por cierto, bueno. Estás guapísima, mágica, tienes algo nuevo en la sonrisa y me miras como queriendo decirme algo. Te conozco bien. ¿Qué es? ¿Te vas a casar? Venga, por favor, ¡habla ya!

—Y reímos las tres con tanta fuerza que hasta el conductor sonrió mirándonos por el retrovisor.

Y fue mamá la que no pudo seguir callada y exclamó:

—¡Rebeca está embarazada! Espera un niño y yo, por fin, por fin, voy a ser abuela.

—Oooooh, por Dios, pero ¡qué maravillosa noticia! —exclamé—. Dame un abrazo, hermanita. Te quiero mucho, muchísimo, y deseo que seas muy feliz. Esto tenemos que celebrarlo por todo lo alto. Te he notado distinta desde que te he visto en el aeropuerto, más guapa, más bella, más todo. Pero, por favor, ¡vas a ser mamá!

—¡Y tú serás tía y, por supuesto, madrina! —dijo feliz Rebeca.

Estábamos las tres pletóricas. Entonces entendí el porqué de la visita relámpago e inesperada a Londres. Una visita que, aunque suene extraño, nunca habían hecho antes.

—¡Qué pena que no esté Pepe para presentároslo! Hubiera sido un fin de semana completísimo, porque estoy segura, muy segura, de que os va a gustar. Él me enamoró, bueno, mejor dicho, me hipnotizó en el primer minuto que le vi, y a vosotras os va a pasar igual.

—¡Qué exagerada has sido siempre! —exclamó mamá—. Mira tu hermana, lo discreta que es hasta en el momento más feliz de su vida. Sois tan distintas que si no fuera porque tenéis muchos rasgos iguales, no pareceríais hermanas.

—Bueno, qué queréis, yo soy así, espontánea, abierta y quizás un poco loca. Pero os quiero muchísimo y… ¡voy a ser tía!

Y en ese momento nuestro coche frenó junto a la barandilla negra de mi casa. Al verla, mi madre hizo un gesto de complacencia. Se notaba que la calle le parecía bien y que la entrada, tan inglesa, tan clásica, también.

—Mamá, Rebeca, acabáis de llegar a vuestra pequeña casa londinense. —Y con un gesto con el brazo y media reverencia, les di paso para que bajaran las escaleras.

El corazón me explotaba de nervios y felicidad. Sabía que les iba a encantar y estaba ilusionadísima porque, por fin, entraban en mi pequeño pedacito de cielo. Abrí la puerta y el aroma a mis velas nos dio la bienvenida más cálida que se pueda esperar. Encendí las luces indirectas y, al instante, las dos al unísono exclamaron:

—Oooooh, por Dios, ¡qué monada, qué preciosidad, qué acogedor!

Y mi madre me abrazó emocionada.

—Hija, qué feliz me hace verte aquí, instalada tan bien, independiente y demostrando lo valiosa que eres en tu complicado trabajo.

—Mamá, ven a mi cuarto, tú dormirás aquí, en la cama que he vestido con mis mejores sábanas. Y este es tu armario. Ahora te deshago la maleta, tú no te preocupes de nada.

—¿Y esta ropa es de Pepe? —me dijo al verla colgada.

—Claro, mamá, mira qué chaqueta tan ideal… Es muy atractivo y tan, tan interesante… Somos muy felices y a él esta casa le tiene cautivado. Se siente pletórico aquí, lo noto y me encanta.

—Hija mía, sí que te veo enamorada, mejor dicho, enamoradísima.

Y en ese momento oímos un ruido atronador. Algo se había roto en el suelo a la vez que Rebeca gritaba como nunca pude imaginar que lo hiciera un ser humano. Un alarido de terrible dolor invadió las paredes tan relajantes de mi preciosa casa. Era el sollozo, el lamento de un animal profundamente herido.

Mamá y yo nos quedamos de piedra. Salimos corriendo. A varios metros de nosotras se encontraba mi bella hermana con los ojos abiertos, con la mirada fija, como en *shock*, sin poder hablar, sin moverse y con un marco de fotos, que había colocado el día anterior, donde Pepe y yo posábamos, abrazados y besándonos, en una de nuestras excursiones por la campiña inglesa. No podía ser verdad, pero lo era. La tragedia había entrado como un vendaval en mi casa y todo, todo se destruía en pedazos.

—Pero ¿qué te pasa, Rebeca? ¡Háblame, por favor, háblame!

Y Rebeca no era capaz de articular palabra, y se separaba de mí y se abrazaba a mi madre con desesperación. Mamá consiguió llevarla a la cama y allí empezó a gritarme que me fuera.

—¡Fuera, fuera! —me gritaba con la fuerza que solo tiene la locura.

No entendía nada, estaba confusa y llorando. Comencé a dar vueltas por el salón. De repente, la casa me parecía terrible, me asfixiaba la falta de aire. Pero ¿qué he hecho?, ¿qué le pasa a mi querida hermana?, me preguntaba. No podía entrar en la habitación, no sabía qué estaba pasando y empecé a sentir náuseas, mi cuerpo reaccionaba con fuerza a la confusión y la tragedia.

Al cabo de un rato, que a mí se me hizo eterno, salió mi madre del dormitorio con los ojos llenos de lágrimas y, sin mirarme, empezó a recoger su chaqueta y la de Rebeca, el bolso...

—Mamá, ¿qué le ocurre a Rebeca? ¿Qué nos está pasando? ¡Dime algo ya, que me estoy volviendo loca!

—Por favor —me dijo dándome su teléfono móvil—, ponme con Iberia, que tu hermana y yo nos volvemos ya mismo a Madrid. No podemos estar ni un minuto más en esta casa o Rebeca podría perder el bebé que espera. Se encuentra asfixiada, sin fuerzas y no creo que se vaya a tranquilizar pronto.

—Pero ¿qué ha pasado? ¿Qué está pasando?

—Siéntate, hija mía. Pepe, tu Pepe, en realidad es Jose, la pareja de tu hermana, el padre de su bebé, su novio desde hace tres años..., su pareja desde hace dos y el hombre de su vida.

Al oír semejante afirmación, comenzó a darme vueltas la cabeza, sentí cómo me mareaba y me dejé caer sobre la butaca. No podía fijar la mirada, diría que me había quedado ciega, sin poder ver nada, todo se había convertido en oscuro y las palabras de mi madre, que seguía hablando, resonaban a lo lejos, sin claridad.

Entonces, mi madre me agitó la cabeza a la vez que gritaba:

—¡Mírame, abre los ojos, reanímate! Por favor, no me hagas esto tú también ahora. No sé qué hacer. Oh, pero ¡qué desgracia!

Y así es cómo la traición y la mentira de un hombre dividieron a una familia unida y más o menos feliz.

Rebeca se marchó sin querer mirarme a la cara. No quiso hablarme, salió de la habitación para meterse en el taxi que las devolvería al aeropuerto, con destino Madrid. Mamá me dio un beso y con un casi inaudible «ya hablaremos» se fue y me quedé sola y destrozada. Era muy duro e increíble lo que había pasado.

Cogí del suelo la fotografía de Pepe y mía, la que había sido el detonante del descubrimiento, y la tiré de nuevo y con fuerza. ¡Qué gran canalla, miserable y traidor! E iba a ser el padre del hijo de mi hermana, el padre de mi sobrino. Era terrible. Y, tumbada en el sofá, lloré sin parar mientras me revolvía y acurrucaba al sentir un auténtico dolor físico en mi pecho y en mi corazón. Era demasiado cruel lo que estaba viviendo, era inesperado, increíble, inhumano y casi nauseabundo. Además, mamá y Rebeca me habían tratado como si fuera culpable, sin haber hecho nada contra nadie, solo ser la víctima de un hombre que, seguro, supo desde el minuto uno que iba a desencadenar con su acción más dolor del que nunca podría haber imaginado. Un hombre al que quiero con locura, el hombre de mi vida.

Absorta, sentada en la cocina, me doy cuenta de que las patatas se están quemando. Su intenso olor me aleja de los tan tristes y crueles recuerdos de los momentos vividos en Londres. Y de nuevo me encuentro sola, triste, sin saber si he hecho bien trasladándome a África y, por supuesto, sin ganas de seguir haciendo mi primera tortilla de patatas en Nairobi, ese manjar maravilloso que me ha trasladado a pensar en los míos, en mi infancia, en Rebeca…, en Pepe.

Desde que sucedió aquello no he vuelto a ver a mi hermana, ella no quiere. Siempre supe que era especial, pero nunca la imaginé tan férrea y fría. Me está resultando muy duro, y tengo que reconocer que a mí también me produce rechazo lo sucedido, pero en cambio quisiera abrazarla, llorar con ella, quizás hasta consolarnos. Las dos hemos sido vilmente engañadas, aunque Rebeca no pueda menos que hacerme culpable de su tragedia. Ella va a ser mamá y se quedó embarazada cuando Pepe estaba con las dos, ¡es espeluznante! Debe ser muy duro pensar que el padre de su niño es un ser despreciable, pero al que amamos las dos, todavía, desesperadamente.

Y, lógico, con estos pensamientos me vengo abajo. Por el solo hecho de hacer una tortilla de patatas, tan familiar como española, en mi pequeña cocina, y cuando me encuentro por primera vez tan feliz, entro en bucle sin analizar el cambio tan drástico que he dado y al no saber si ha sido para bien o la decisión fue tomada presa de un impulso desmedido y poco meditado. En este momento, todo mi optimismo y energía de estas semanas en las que he vivido un sueño, caen como el telón del escenario de mi vida y contemplo a una mujer joven, atractiva, inteligente, pero absolutamente desgraciada. Así me veo a mí misma. ¿Sigo queriendo a Pepe? ¡Por supuesto, y con locura! Cada día le recuerdo, le añoro, le necesito… ¿Volvería con Pepe? Creo que no, pero maldigo esta decisión que me hará tan infeliz para siempre.

Deprimida por mis recuerdos, miro a mi alrededor y lo que hasta hace un par de horas me parecía un gracioso apartamento pintado de un elegante tono y adornado con telas de fuertes colores, ahora me parece frío y solitario; al volver a recordar mi casita londinense, odio haberla abandonado. Me sacaron de allí, como quien dice, a la fuerza. Fue tal el terremoto que sufrí que los cimientos de mi vida temblaron y se rompieron en mil pedazos de tal manera que no recuerdo ni el momento en que decidí trasladarme a Madrid ni el inconsciente coraje de dejar todo el bienestar y la posición que había alcanzado allí. Sin duda ese capítulo de mi vida en Londres, quizás el más importante, terminó en unos minutos, o más bien segundos. Fue tal el *shock* que padecí que el estar viviendo aquí, en Nairobi, en estos momentos, en otro país, en otro continente, es consecuencia de una decisión postraumática poco meditada y, quizás, poco acertada.

Me acuesto en la cama, que esa misma tarde veía tan bonita, como quien se tumba en un camastro frío y sin personalidad. Comienzo así una noche difícil, triste y en soledad, y es en este momento cuando me doy cuenta de que, tras abandonar mi trabajo en Nairobi, que me conectaba a Madrid y Londres, he cortado también el nexo de unión con mis raíces, con mi familia, con mis amigos. Y siento miedo, mucha tristeza... Me siento muy sola.

9

—¡Buenos días, Frank!, ¿qué tal has descansado?

—Bien, claro. Yo siempre dormir bien, pero hoy mejor todavía. Soy feliz por comprar el nuevo coche. ¿Vamos ya, señorita?

Frank acaba de llegar a casa con una gran sonrisa. A él le hace feliz estar conmigo, se lo noto, lo aprecio y me conmueve que esté con tanta ilusión. Pienso que aunque solo sea por él, al que he convencido para dejar su trabajo y venirse conmigo, estoy obligada a reaccionar, olvidar e ir hacia adelante.

—¡Claro que sí, Frank! —le digo haciendo un esfuerzo para parecer optimista.

Y juntos salimos del apartamento y dejamos el edificio de piedra blanca y ventanas oscuras para ir a la búsqueda de un taxi que nos acerque al lugar que, con antelación, ha investigado mi antiguo mecánico y ahora amigo.

Llegamos al concesionario con el dinero en metálico, como Frank me ha avisado, y salimos de allí con un bonito cuatro por cuatro blanco del que, parece, podemos fiarnos de que esté en buen estado. Nairobi es famoso, creo, por la dificultad de encontrar vehículos en condiciones, pero Frank ha ido a un concesionario amigo y lo ha revisado antes de aconsejarme que este debe ser nuestro coche, y, por supuesto, nuestra «segunda vivienda»: tenemos que recorrer, buscar, visitar y viajar tanto…

Pero la verdad es que me está costando ponerme en marcha. La dichosa tortilla de patatas —que al final no probé—, con su aroma a mi niñez, a mi madre y a mi hermana, me ha sumergido en una especie de depresión, lógica pero atosigante. Me encuentro desubicada, no veo claro qué es lo que hago aquí y, sobre todo, me preocupa cómo volver a acercarme a Sandra, mi única amiga por ahora, ya que los compañeros de trabajo a veces me llaman y nos vemos, pero estamos, como quien dice, a kilómetros de distancia. Sandra es española, ha vivido su experiencia en Kenia y ha sido feliz aquí. Ella es la que puede ayudarme más, seguro, pero no tengo noticias nuevas.

Tengo que reaccionar si quiero permanecer cerca de ella, pienso con lógica. Tengo que ofrecerle una amistad que le convenga, que le merezca la pena. Tengo que aportar algo a su vida para que me incluya a mí en ella. Tengo que impresionarla o hacer que me admire por algo. No puedo convertirme en la típica frívola, porque ella no lo es, pero estar a su lado y al de su variopinto grupo de amigos me apetece muchísimo, pues es lo más parecido a lo que yo tenía en Londres, y, francamente, lo necesito.

Eso pienso mientras voy en el coche, absorta, cuando, como para empezar a reaccionar, le digo a Frank que necesitamos un lugar donde trabajar, donde poder cortar y coser mis diseños, donde dar rienda suelta a la especie de pasión que nació en mí nada más ver las maravillosas telas de los kenianos.

—No preocupar por eso, señorita. Donde yo vivo hay una casa semidestruida y poder arreglarla. No es un buen barrio para usted, pero yo siempre acompañarla, no dejarla sola.

Y dicho y hecho, tras comprarnos el coche, y sentados los dos en él como si de nuestro nuevo salón se tratara, nos dirigimos a su barrio, llamado Mukuru, donde el común denominador son chabolas en mal estado, la mayoría, aunque otras, las menos, un poco más dignas. Mi compañero de fatigas tiene una de estas últimas, gracias a Dios.

Él está feliz, pues me va a presentar a su esposa y familia, y cuál es mi sorpresa cuando descubro que Frank tiene ni más ni menos que ocho hijos. ¡Ocho!

—Pero, Frank, ¿cómo no me lo habías contado? ¡Es increíble! Estas familias ya no se ven por el mundo.

Él sonríe y me enseña su blanca y enorme dentadura, y haciendo gestos con sus manos y sus brazos, parece invocar, divertido, a su dios y a todos sus santos. Y entre risas y asombro, entramos en su chabola de madera, con placas de uralita en los techos, pero limpia y decorada con florecillas que crecen en latas de conservas que hacen de tiestos. Allí nos recibe una mujer bella, muy bella. Algo gruesa pero armoniosa, con su melena recogida en un gracioso moño y vestida de los colores de esta tierra tan asombrosa.

—Señorita, le presento a Moury, mi esposa.

Ella sonríe mientras sostiene en sus brazos a un bebé y unos niños pequeñísimos le agarran sus piernas sentados en el suelo. Detrás, unos adolescentes, altos y guapísimos, me saludan con una sonrisa, y lo mismo hacen tres niñas, también mayorcitas, que se acercan a ver con detenimiento mis pantalones cortos y mis piernas blancas y desnudas. Les hago gracia y ríen sin disimulo.

Nos sentamos en unas sillas, solo hay tres, alrededor de una mesa cubierta por una preciosa tela típica del lugar. La habitación es un todo en uno. Se ve una especie de pequeña cocina y una chimenea alrededor de la cual se sientan los hijos en el suelo, supongo que para comer o estar allí durante el día. Todo es muy sencillo y escaso, pero se les ve limpios y sanos. No cabe duda de que Moury es una mujer que vale mucho.

La bella y sonriente Moury se dispone a servirnos unos vasitos de chai, el clásico té keniano hervido durante horas en leche y azúcar. La bebida es calórica y dulce, pero resulta agradable por compartirla con esta joven y numerosísima familia.

—Frank, eres una persona muy afortunada. Tienes una familia preciosa.

—Sí, es verdad. Moury ser mujer muy buena y sonriente. Ella es una mamá graciosa y una esposa obediente.

—Pero, Frank, las esposas no tenemos por qué ser obedientes. ¿Ella te obedece cuando tú le pides algo?

—Claro, señorita. Aquí las mujeres no ser como tú. Aquí mucho mejores y más cariñosas.

—Bueno —río—, ¿por qué crees que yo no soy cariñosa?

—Porque tú no necesitar vivir con un hombre, y ella sí. Entonces ella ser buena y obediente.

Con este mensaje de machismo puro y duro empiezo a pensar que habría que cambiar bastantes cosas. Se les ve felices, tranquilos, aunque supongo que es mucho más feliz Frank que Moury, quien, sin duda, es el motor del hogar.

—Bueno, Frank, puedes decirle a tu esposa que le agradezco muchísimo su recibimiento y su chai, y que la felicito por vuestros hijos. Son todos preciosos.

Y con una gran sonrisa de ella y con sus niños alrededor, como si se tratara de una camada, nos despiden en la puerta de esta casa tan agradable como desoladora.

Cuando salimos me fijo en los alrededores: son sobrecogedores. Numerosos jóvenes nos observan a lo lejos entre la curiosidad y la osadía. Se les ve muy a la defensiva; algunos tienen buen aspecto, otros parecen víctimas de la droga. Son jóvenes sin perspectivas de vida, desorientados.

—Frank, aquí hay bandas de delincuencia organizada, ¿no es así?

—Claro, señorita. A mí preocupar mucho mis hijos. Si no tener trabajo ni estudios, ellos encontrarán aquí a malas personas.

—Pues no podemos permitirlo. No podemos dejar que eso suceda. ¿Te parecería bien si trabajaran con nosotros? Al principio ganarán poco, pero si el negocio va bien, a ti y a tu familia también os irá bien, te lo prometo.

Y Frank, sin poder reprimirse, se pone a reír mientras las lágrimas le saltan de sus grandes ojos. Ríe y llora a la vez, y yo me

siento tan tan bien que en este momento creo que supero la
depresión y la soledad, y encuentro un importante motivo por el
que vivir allí. La familia de Frank me ha cautivado y, a mi manera,
la acabo de adoptar como mía.

Mukuru, que en gikuyu significa «valle o cantera», va a ser, a
partir de ahora, el lugar de mi trabajo. En menos de un año he
pasado de la City de Londres a la Castellana de Madrid y de allí
a este lugar, donde más de cuatrocientas mil personas residen haci-
nadas, en grave situación de pobreza y con poca esperanza de vida.
Sin pensarlo y meditarlo, me voy a instalar aquí para trabajar en
mi nueva empresa. Muy fuerte, ¿verdad? Pues la sonrisa de Frank
y mis ganas de mirar hacia delante, y nunca hacia atrás, se acaban
de convertir en el auténtico motor y gasolina de mi actual vida.
¡Ay, si me viera mi amiga Rowina desde su castillo de la campiña
inglesa!

Los días pasan y nosotros no paramos de trabajar en la especie de
fábrica-chabola que, cerquita de la casa de Frank, hemos alquilado
para empezar a dar forma a mis sueños. Lo primero, y junto a sus
hijos, fue desalojar la pequeña nave de basura y excrementos que
se amontonaban en el suelo, de jeringuillas de pobres drogadictos
que seguro hallarían la muerte quizás allí mismo, y de ratas e insectos que se movían con placidez como si fuera su mismísima casa.
Nunca había visto nada igual ni creí, por supuesto, que yo me iba
a encontrar en un lugar así, trabajando junto a un hombre de
color, casi desconocido, y con su joven y poco preparada familia.

Pero mi realidad actual es esta y así lo comprendí cuando, por
fin, acepté en mi interior que tenía que salir adelante en el rumbo
que, acertadamente o no, había elegido. Era un rumbo decidido a
la fuerza, una decisión muy visceral, pero al fin y a cabo, elegido
en libertad. Y poco a poco, día a día, van surgiendo problemas,
pero también ilusiones.

Al cabo de dos semanas, la deplorable nave parece hasta bonita con la pintura color verde agua con la que he decidido dar un toque cálido y alegre a las paredes. En el centro, una enorme mesa de madera de la zona, fuerte, gruesa, oscura, muy segura. A un lado, una estantería con cientos de hilos de colores que he pedido por Amazon y que me acaban de llegar; me parecen maravillosos, auténticas joyas para el sitio en el que me encuentro. Y, por supuesto, dos máquinas de coser con las que dar forma a mis diseños, aunque tengo que reconocer que nunca las he utilizado, no tengo la menor idea, pero estoy segura de que no será difícil y lo conseguiré. Hasta el mismo día que llegaron las máquinas, a mí me había gustado dar puntadas y hacer pequeños arreglos y cortes que rejuvenecieran la ropa que tenía en casa. Que se me da bien coser es un hecho casi desde adolescente, pero de ahí a convertirme en diseñadora y fabricante hay un largo tramo.

Frank se siente exultante. Creo que para él esto es algo tan ilusionante que se ha convertido, quizás sin quererlo, en el auténtico motor emocional del proyecto.

Yo hasta ahora he tenido que sacar fuerzas de donde no tenía. Ya estaba convencida, pero mi depresión ha estado aflorando para hundirme en pensamientos nocivos para la alegría. Frank, en cambio, no ha parado, ha estado cogiendo el coche para ir sin demora a por lo que necesitábamos de droguería, carpintería…

Él organiza y manda a sus dos hijos mayores y, por supuesto, a su obediente mujer, cosa que me crispa y le reprocho siempre que le oigo. De acuerdo que estoy en un país todavía poco desarrollado, donde la mujer no tiene apenas derechos, pero delante de mí no va a humillarla, desde luego que no. Y Moury, cuando me escucha reprenderlo, me sonríe, aunque no entiende todavía bien mi inglés, pero el idioma del respeto lo entendemos todos, y las mujeres todavía más si cabe. No necesitamos palabras; con el tono, solo el tono, sabemos si el trato es el idóneo, y Moury lo sabe y me lo agradece.

Y es así como mi sueño comienza a ser una realidad. Todavía no hemos hecho ningún patrón, pero la empresita tiene la forma adecuada para dar frutos. Cada tarde, cuando llego agotada a mi pequeño apartamento de color gris azulado, me pongo a imaginar y diseñar blusas, tops, pantalones largos, cortos, faldas con vuelo, pareos… No paro con el lápiz y el papel creando divertidas y originales prendas que me proporcionan el momento más dulce del día, aunque tengo que decir que cuando llega la noche, cuando me acuesto, siento auténtico vértigo solo con pensar en la aventura en que me he metido y en mi incierto futuro en esta tierra de nadie.

10

—Mamá, ¿qué tal Rebeca? —Esa es mi primera pregunta tras armarme de valor y llamar por teléfono a Madrid. Me obsesiona saber cómo se encuentra mi hermana, embarazada ya de ocho meses y viviendo con mi madre tras la ruptura con Jose.

—Rebeca está mal. ¿Cómo quieres que esté? Hace justo siete meses vivía feliz en su apartamento, con una pareja que la adoraba y esperando la llegada de su primer hijo. Ahora está destrozada tras un engaño terrible, viviendo con su madre y sin poder salir del oscurísimo túnel en el que se halla. Qué quieres que te diga…

—Lo sé, mamá, sé que es como una pesadilla, pero tienes que conseguir que coja fuerzas. Va a nacer el bebé y ella sigue sin enfrentarse a la realidad. Yo también estoy fatal, pero he decidido romper con todo en un lugar desconocido y donde nada me recuerda a él, aunque sienta un injusto destierro al no poder estar junto a mi familia, como si yo hubiera sido la culpable de tan increíble situación.

—Mira —apostilla mi madre—, no sigas por ese camino. No quiero volver a escuchar tus circunstancias personales. Rebeca no te quiere volver a ver y yo tengo que apoyarla, vivo con ella.

—¿Y lo encuentras lógico, mamá? No hay derecho a recibir este trato que me estáis dando. No sabéis lo que es estar aquí sola, sin esperanza de un arreglo entre mi hermana y yo y, por supuesto, sin Pepe, al que te recuerdo que yo también quería y al que todavía quiero, y por el que también fui engañada.

—Sí, lo sé, pero ¿y cuando nazca el bebé? ¿Imaginas lo que será para tu hermana verle la carita si le recuerda a Pepe?

—Pues no sé, mamá. ¡Ni que la hubiera violado! El niño no tiene ninguna culpa y será un bebé precioso. Desde luego, creo que ella tiene en este momento más que yo, aunque no cabe duda que también es duro y cruel. Pero te digo que si yo fuera ella estaría feliz de tener para siempre al menos un maravilloso recuerdo del amor de mi vida. En cambio, yo no tengo nada de él ni nada que me recuerde a él, solo la traición.

Y entonces me rompo, y las lágrimas y los sollozos me dejan solo con un hilo de voz para despedirme de mi madre. Ella ha tomado partido y me parece muy cruel. Es durísimo ver que en Madrid no quieren saber nada de mí. Rebeca ha decidido que me borra de su vida y mi madre justifica tal decisión por causas graves de salud —el embarazo—, y no le va a llevar nunca la contraria a pesar de que la denostada sea su otra hija. Desolador e incomprensible.

Está claro que me he convertido en una mujer absolutamente sola, y debido a mis circunstancias personales, no logro hacer amistad con nadie. Todos son simpáticos, agradables, muy correctos, pero yo necesito comprensión y, sobre todo, un alma amiga. En estos momentos no tengo a nadie que se preocupe por mí ni que me quiera ni que me eche de menos. Triste resultado sin haber hecho nada malo. En vez de recibir ayuda por los daños sentimentales y psíquicos sufridos, tengo que aguantar y sufrir el desprecio y la lejanía de los míos. A veces pienso que se hubieran merecido que me marchara con Pepe a algún lugar del mundo, sin nadie, solos, a vivir nuestro fabuloso amor y nuestra enorme pasión, como él me pidió. Pero no, en vez de eso, fui consciente de la gravedad de los hechos, de la pena de mi hermana y de mi desgarro interno, y decidí romper con todo. Ojalá el tiempo me dé la razón. Espero no llegar a pensar alguna vez que me equivoqué con esta decisión que era la correcta.

Cada mañana me recoge Frank en nuestro coche frente a mi portal. A diario bajo cargada con bolsas en las que guardo mis bocetos de la noche anterior y muestras de telas que voy encontrando en tiendas locales y típicas de la ciudad. Poco a poco me voy haciendo con contactos de representantes textiles, a los que, además de hacerles los pedidos, les enseño mi pequeña fábrica y les pido que me hagan publicidad.

—Buenos días, Moury, ¿qué tal habéis descansado?

Moury era una belleza de ébano, labios gruesos color fresa y enormes ojos tan oscuros como el chocolate. La dulzura de su sonrisa me relaja y me hace sentir como en casa; poco a poco empieza a ser imprescindible en mi vida. Por su edad no podría ser mi madre, aunque sí mi hermana mayor. Noto que ella sabe que necesito cariño y cada día, cuando nos encontramos cerca la una de la otra, me coge la mano y me la besa con un cariño tan cálido y tan tierno que me llega al alma. Quizás esos pequeños detalles me están sanando de mi depresión y tristeza continuada. Moury siempre me dice, en un inglés patético, claro: «A ti pasar algo, tú no ser feliz».

Juntas comenzamos a cortar patrones —yo tengo bastante idea, pues como siempre me ha gustado la moda, antes de irme a Londres hice unos cursillos de diseño— y a especializarnos en coser a máquina. Las dos, frente a frente y en nuestra chabola-fábrica, nos entendemos a la perfección, a pesar de que todavía no podemos mantener ninguna conversación. Nuestro trabajo empieza a tener una buena dinámica. Trabajamos duro, pero también cantamos. Los kenianos son muy alegres, les gusta cantar y bailar, y yo siempre me apunto a hacerlo con ellos.

Por la mañana, cuando llego, ya está limpio y recogido lo del día anterior. La familia de Frank se ocupa de que esté todo ordenado, como a mí me gusta, y, sobre todo, como tengo planificado para organizar el trabajo en cadena. Somos pocos, muy pocos, pero nuestro entusiasmo va *in crescendo* de tal manera que casi no paramos ni para comer.

Las niñas de Frank también se han integrado en el equipo y, tras acudir a la escuela, vienen con la comida que su madre les ha preparado en su casa. Casi siempre con una vieja olla, en cuyo interior hay sabrosos estofados con curry o coco; otras veces es arroz el plato estrella, con salsas muy vistosas y de fuertes sabores. La comida me va agradando poco a poco. Me resulta extraña y tengo que reconocer que, al principio, me producía cierto rechazo. Pero solo mirarlas a ellas, y ver los enormes ojos de Moury fijos en mi cara para ver si me ha gustado, me hace esforzarme hasta conseguir que me parezca comestible, y en ocasiones, diría, hasta sabrosa.

Y los días pasan y también las semanas, y sigo sin noticias de Sandra, ni de mi madre ni de mi hermana. Mi teléfono solo suena para tratar pedidos o envíos de trabajo. No tengo vida personal, no tengo amigos y está claro que estoy utilizando mi trabajo para olvidarme de todo y conseguir que se vayan curando las heridas.

Por fin tenemos nuestras primeras prendas terminadas. Pantalones anchísimos, muy masculinos, largos y con la cintura baja, con ligeros tops que se abrazan al cuerpo por una lazada en la espalda dejando los hombros al aire. ¡Ideales! Todo me lo pruebo yo. Ponemos música local y, mientras cojo un pantalón y anudo la blusa al cuello, bailo al son de las alegres notas africanas: Moury ríe y me enseña algún paso exótico y sensual.

Una falda larga, con bastante vuelo y movimiento, de fiesta, en colores naranja y azul Klein, se convierte en la prenda estrella. La unión de ambos tonos es fuerte y asombrosa, como asombroso es el resultado. Y faldas cortas, mini, y blusas anchas, también

muy masculinas, que anudadas a la cintura dan un aspecto deses-
tructurado muy original. Y todo, todo nos lo probamos las hijas
de Frank y yo frente a un gran espejo que nos sirve para comprobar el resultado y para hacer pequeños desfiles con nuestros
diseños.

Amelie y Julia, que así se llaman, son ideales. Altas y delgadas,
todavía un poco niñas, pero con medidas de modelo. Solo por ver
cómo disfrutan cambiándose de ropa y cómo se miran en el espejo felices y asombradas, ya todo vale la pena.

Les enseño a desfilar —bueno, más o menos—, a hacerse
colas de caballo con sus rizadas melenas, a moverse con delicadeza, a sentarse con cierto estilo, a disfrutar de la ropa y del arte de
mezclar colores y prendas. Cada día vuelven más rápido de la
escuela y cada vez nuestra comunicación en inglés es más fluida y
dinámica. Poco a poco se están convirtiendo en mi única familia
y, a pesar de que me da algo de miedo intimar, me relaja estar
junto a ellas y percibir la calidez de su cariño a la vez que siento
satisfacción al comprobar que alguien me necesita.

Y, por fin, un día me levanto decidida pensando que si el
teléfono no suena, lo voy a hacer sonar yo. Voy a ser, por supuesto,
yo la que llame a Sandra y, además, lo haré ahora mismo. Ya tengo
algo que ofrecerle, ya tengo algo de qué hablarle, ya tengo algo que
enseñarle, ya puedo, por qué no, presumir de haber hecho algo
interesante en Kenia. Ya no soy solo una cara guapa con cerebro
inteligente y corazón roto. Ahora puedo demostrarle que mi sueño tiene un presente y, aparentemente, también un futuro.

—Sandra, ¿cómo estás? ¡Tenía tantas ganas de hablar contigo!

—Oh, qué feliz me hace oírte, mi querida y bella amiga.

—Noto que su voz no es fuerte; no es un hilo de voz, pero ha
cambiado en sus entonaciones.

—Sandra, te encuentro distinta, ¿te pasa algo?

—Cómo me conoces a pesar de lo poco que hemos estado
juntas. Sí, no estoy bien, por eso no te he llamado.

—¡No me digas! Y yo pensando en ti todos los días y esperando que sonara el teléfono… No te he querido llamar antes
porque pensaba que no tenía nada que ofrecerte ni comunicarte
nada que te pudiera interesar. No te quería molestar y hoy, por
fin, me he decidido a hacerlo.

—¿Y ya tienes algo que contarme?

—Por supuesto, no puedo aguantar más: quiero que conozcas
mis avances en mi proyecto. ¿Puedo ir a verte?

—Aquí estoy, y me harás muy feliz. Te espero a cenar esta
noche, pero ven pronto, por favor, ahora me retiro temprano…

—Y noto un nudo en su garganta y un suave y preocupante hilo
de voz.

Llego en mi coche. Por primera vez he conducido sola mi cuatro
por cuatro fuera de la ciudad. Me gusta muchísimo la sensación,
me siento independiente, nueva, más poderosa, libre y convencida de que en Kenia puedo ser feliz. Parece mentira que algo que
llevo haciendo desde los dieciocho años, aquí, en este país, en este
continente, resulte algo tan extraordinario, pues no son muchas
las mujeres que se atrevan a hacerlo, y menos solas.

Cuando subo las escaleras de esa casa maravillosa que tanto
me cautivó el primer día, no está en la puerta esperándome su
bellísima anfitriona. Me resulta extraño, preocupante. Atravieso el
hall y en el salón, en el sofá en que brindamos la noche que allí
nos reunimos con sus amigos, me encuentro a Sandra sentada,
serena pero desmejorada. La saludo, la beso y me siento a su lado.
Sé que algo le pasa y que puede ser grave.

—Sandra, por Dios, ¿qué te sucede? ¿Estás enferma? Tienes
mala cara, te encuentro sin ánimo y muy cambiada.

Sandra me coge la mano y, apretándola fuerte, exclama:

—Tengo cáncer, querida, y llevo tres semanas con el tratamiento de pastillas de quimio bastante fastidiada, por eso no has

tenido noticias mías. Si como me decías cada día pensabas que por qué no te llamaba, yo cada día estaba deseando llamarte para decirte lo que me está sucediendo. Desde el primer momento me he sentido muy a gusto a tu lado, eres joven y muy abierta, y te echaba de menos. A mi amiga Rose no he querido preocuparla con mis molestias y darle la lata, ella tiene mucho que aguantar con su marido. Y Christine, oh, mi loquita y divertida amiga, ella no tiene capacidad para soportar el sufrimiento —dice sonriendo.

—Pues aquí me tienes a tu lado, Sandra. Desde el momento en que te conocí en el aeropuerto te adopté como mi única posible amiga. En mi pensamiento solo estabas tú como mi tabla de salvación. Sabes que estoy aquí por una ruptura sentimental y la soledad que he sentido desde el primer día solo la paliaba cuando pensaba que algún día volvería a tu casa, que de nuevo nos reuniríamos en una de tus maravillosas cenas y que, alrededor de tu increíble mesa, me introducirías otra vez en tu círculo y en tu pequeña pero cerrada sociedad, que me parece inalcanzable.

—Te entiendo, querida —susurra—, sé de lo que hablas. Quien más quien menos lo hemos sentido igual que tú, pero tienes que saber que aquí, en nuestro círculo, como lo has llamado, has producido una sensación maravillosa y que el gracioso *affaire* que tuviste con Philippe, que tanto te preocupó, fue un momento de frivolidad también necesario en nuestras vidas. Cada vez que te imagino bailando en el porche al son de la música, sigo sintiendo bastante envidia —y sonríe levemente.

—Cómo me gustan tus palabras, Sandra. Me atormentaba que pensarais que había llegado a vuestras vidas una mujer sin criterio ni educación. La verdad es que todo fue fruto de mi desesperación particular. Me embriagué con la música y el champán, y me encontré en los brazos de Philippe como en una nube. Desde luego, por qué no decirlo, fue uno de los pocos momentos divertidos desde que llegué aquí, hace ya más de cinco meses. Pero ahora la principal eres tú. Dime, te vas a recuperar, ¿verdad? Te veo afectada, triste, pero estás también bellísima.

—Sí, sí. Es que en estos momentos estoy en pleno tratamiento y no me encuentro tan bien, pero es el último ciclo. El día que nos conocimos en el aeropuerto volvía de la última revisión médica. Ya sabía mi diagnóstico desde hacía tiempo, pero todos los médicos me han asegurado la curación, me han dado grandes esperanzas. Lo hemos cogido a tiempo, muy a tiempo. Es malo, pero no malísimo, y lo vamos a vencer, ¡por supuesto!

—Así me gusta, Sandra. Eres tan fuerte en todo que no me cabe duda de que así será, y además aquí me tienes para lo que necesites —le comento con pena, pero trasladándole grandes dosis de ánimo.

—Con tu compañía me basta —exclama—. Por ahora lo que necesito es tranquilidad, medicinas y buenas ondas a mi alrededor.

—Pues te cuento, Sandra. Ahora tienes que ayudarme. Mi pequeña empresa va hacia adelante. Mi sueño de hace un par de meses tiene visos de realidad. Te gustará saber que trabajo a diario en una chabola del barrio de Mukuru… Sí, Muruku —le digo ante su mirada de asombro—. Allí he alquilado una casa deshabitada, sucia, muy poco atractiva, pero que en estos momentos está en plena producción de mis primeros diseños. ¿Recuerdas a mi mecánico de la empresa? Pues Frank trabaja para mí y, aunque no es mi socio, es mis pies y mis manos. Y su familia, su esposa y sus hijos, mis más cariñosos colaboradores. Entre todos hemos conseguido comenzar una ilusión, y creo que lo estamos logrando. Ellos están, si cabe, más emocionados que yo misma.

—Pero qué me dices… ¡Qué alegría! No podía imaginar que lo lograras.

—Bueno, no he logrado nada de beneficio. Todavía todo son gastos. Dejé mi trabajo en la empresa, no lo podía soportar. Me parecía una pérdida de tiempo estar en Kenia, en África, y hacer la misma vida, casi, que la que hacía en Londres o Madrid. Me aburría, me recordaba lo que había dejado atrás, no estaba motivada, y ahora, tras pasar una crisis depresiva aguda, me encuentro mucho más centrada y feliz.

—Bueno, bueno, me dejas maravillada. Estoy deseando ver tu trabajo.

Y así, charlamos y charlamos casi hasta la madrugada. Ella florece con cada mensaje mío, y yo no la dejo que se venga abajo cuando me cuenta su actual situación. Cenamos un menú ligero pero maravilloso. Por primera vez desde que estuve en su casa, pruebo algo con sabores y aromas a mis raíces. La crema de verduras es un auténtico manjar, cálida, deliciosa, presentada de forma ideal en una taza de porcelana inglesa, y con unas gotas de nata que le proporcionan un toque de alta cocina. Y el *roast beef*, tan magníficamente cortado, en su jugo, con tomatitos y berros, pepinillos y un sabroso puré de patatas caliente que me hace imaginar que estoy en el cielo.

—Sandra, qué cena tan maravillosa, por un momento he creído que se me saltaban las lágrimas con los sabores de la crema y la carne. ¿Sabes que he tenido un gran bajón por hacer una tortilla de patatas en mi casa? Sí, sí, es verdad. —Sandra sonríe—. Oler ese aroma dulce de la cebolla y la patata juntas me hizo recordar lo que había dejado en España. Fue trágico, Sandra. Por supuesto, no probé la tortilla y, por supuesto también, no he vuelto a cocinar nada caliente. —Y las dos reímos por fin relajadas, como dos españolas que comprenden y conocen ese aroma del que le hablo.

—Bueno, querida, ¿quieres descansar ya? ¿Nos vamos a nuestras habitaciones y mañana seguimos?

—Perfecto. Ahora soy yo mi propia jefa y no tengo por qué volver al alba para llegar temprano al trabajo.

—Es curioso ver cómo has cambiado. Te encuentro mucho más serena, ya no pareces un pajarillo desorientado con ganas de salir volando sin rumbo… Siempre vi en ti un potencial especial, desconocido pero apreciable en tu manera de actuar. Ahora soy yo el cervatillo herido y creo que te necesito mucho más que tú a mí.

—Pues dime, ¿qué quieres que haga por ti? Estoy deseando servirte de algo y así poder estar más a tu lado.

Sandra se pone más seria de lo habitual. Comprendo que se va a sincerar sobre algo que le preocupa ante su enfermedad. Me coge la mano de nuevo, se incorpora para volverse hacia mí y poder mirarme a los ojos, y sin esperar ni coger aire, comienza a hablar de forma pausada.

—La vida puede parecer lo que no es, y ese, sin duda, podría ser mi caso. Cuando tú me conociste, no hace ni cinco meses, yo te tuve que impresionar, ¿verdad? En una casa preciosa y con amigos agradables y preparados… Por supuesto, no me extraña nada. Lo cierto es que gozo de una situación muy estable, envidiable, con una casa tan maravillosa que cada día doy gracias a Dios por la suerte de tenerla, y seguro, seguro, que doy la impresión también de ser una mujer fuerte y controladora. Es verdad, muchas veces puedo serlo y, sobre todo, parecerlo, pero en el fondo soy una mujer terriblemente sola, y solo algunas veces feliz.

»La vida ha sido generosa conmigo, pero también cruel y devastadora. Aquí, a Nairobi, llegué por amor, lo contrario que tú. Me vine con el hombre de mi vida, inglés de nacimiento y al que conocí durante unas vacaciones en la costa francesa. John era mayor que yo, acababa de terminar la carrera y estaba de vacaciones en Montecarlo con su grupo de amigos. Yo, en cambio, acababa de cumplir veinte, estaba con mis padres y coincidimos en el mismo hotel.

»Nos alojábamos en uno precioso de cinco estrellas. A lo mejor lo conoces. Se llama Hermitage. ¿Has estado alguna vez? Es tan maravilloso… Esa fabulosa entrada con las orquídeas salvajes más altas y hermosas que haya visto nunca, adornando, en altísimos tubos de cristal, la gran mesa napoleónica dorada en el *hall*; o la cúpula acristalada bajo la cual una enorme escalera te acerca al primer piso, donde se encuentra uno de los comedores más increíbles en los que haya estado, con terraza con balconada blanca encima del precioso mar Mediterráneo. Y fue allí, en ese hotel, donde nos miramos por primera vez y donde también empezamos a querernos por primera vez. Fue un amor instantáneo. Nos encontramos en uno de los sofás de la entrada, nos vimos, hablamos y quedamos para vernos esa misma noche.

»Y desde ese momento no nos volvimos a separar. Mis padres casi mueren del disgusto, pues decidimos, tras los primeros meses, venirnos a vivir aquí, a Nairobi, a Kenia. En el fondo era como si me escapara de casa con un hombre al que no conocía demasiado. Pero no lo dudé, no quise separarme de él, estaba segura, pero para mi madre fue un soberano disgusto que no superó hasta el día que celebramos, como ella quería, nuestra boda.

»África, como podrás comprender, fue para mí el auténtico cielo. ¿Te imaginas venir a la aventura a este precioso lugar con tu pareja cuando el amor está en lo más álgido? Todavía, y ya hace diez años, no encuentro las palabras para describir lo que sentíamos los dos.

»Juntos nos establecimos en esta casa, propiedad de sus padres, para hacer de ella una preciosa granja al más clásico estilo de los antiguos colonos. No nos gustaba para nada parecer jóvenes y modernos. Queríamos seguir con las costumbres casi victorianas. Nos gustaba pasear por las plantaciones de té comprobando cómo crece la cosecha. En ocasiones nos ataviábamos como nuestros agricultores y nos dedicábamos a plantar pequeñas hojitas, una a una, bajo el calor y la humedad, y en la tierra roja de estos maravillosos lugares. Por las tardes nos encantaba coger el coche y acercarnos a una especie de terraza natural de la sabana donde la puesta de sol te hace creer que estás en el cielo. Allí cenábamos muchas veces, solos, sobre un mantelito, los sándwiches que más nos gustaban. Fue una vida intensa e increíble en la que también hicimos grandes amigos.

»Rose era nuestra vecina. Su terreno linda con este, y para mí ha sido una tabla de salvación en numerosísimas ocasiones. Cuando no sabía cómo encontrar alguna medicina, cuando John se marchaba a Inglaterra y me quedaba sola, cuando perdí a mi hijo, mi único hijo, el que nunca llegué a tener en mis brazos, allí estaba ella, Rose, un alma limpia y generosa a la que siempre he agradecido su amistad.

»Christine, tan distinta, es el perejil de todas las salsas, es la amiga que siempre hace falta tener, la que te alegra las veladas, con la que te ríes y bromeas con anécdotas frívolas y subidas de tono. Y finalmente está Philippe, al que también conoces y con el que has tenido una especie de *affaire light* cortísimo, y del que no logro fiarme todavía, a pesar de los años. Ya te lo comenté la noche que le conociste, él tiene un instinto cautivador muy potente, y no puede conocer una mujer bella y no poseerla, y, desde aquí mismo te aviso, tú estás ya en su lista de prioridades.

—Sandra, qué vida tan apasionante y qué suerte haber vivido con tu verdadero amor tanto tiempo. Pero ¿qué le paso a John? ¿Cómo fue?

Entonces Sandra se entristece, o más bien se pone seria, y, meditando sus palabras, como esforzándose para poder hablar, empieza a contarme el capítulo más cruel de su vida.

—Fue una mañana en pleno Parque Nacional de Amboseli. John se había convertido en un gran abanderado de la defensa del elefante y fue un luchador muy activo contra los cazadores furtivos, pues aquí, en Kenia, como sabes, no se puede cazar, la ley lo prohíbe y sanciona duramente. Pues bien, gracias a su trabajo y al de otros compañeros, consiguieron controlar la caza furtiva en esta zona de África, y de dieciséis mil elefantes que había en este país, pasaron a ser más de treinta y cuatro mil. Para él era su mayor logro, se sentía muy orgulloso de lo conseguido y de su trabajo. Por fin había logrado que esos maravillosos animales vivieran felices y tranquilos en la sabana. Les conocía bien, muy bien, y fue a morir por los golpes y la embestida de uno de ellos. Es casi imposible de creer.

»Cuando me enteré me volví loca. John los conocía muy bien. Era un hombre muy respetuoso con ese animal, y con todos los animales, claro, y además cumplía a rajatabla con los protocolos de seguridad que hay que seguir para estar cerca de ellos. Todo sucedió, según contó Philippe, que estaba con él, en cuestión de segundos. Por lo visto, John bajó del coche para enseñarle a una mujer que iba con ellos la belleza del lugar y la apabullante presencia de los paquidermos. John cometió un error y se adelantó a la mujer como una muestra de valentía, y fue cuando sufrió la terrible embestida que acabó con su vida.

—Pero ¡qué horrible, Sandra! No puedo imaginar cómo debió de ser tu dolor. ¿Y quién era la mujer?

—Terrible, mi querida amiga. Me dijeron entonces que era una representante de un organismo oficial, aunque luego llegaron noticias escabrosas de una posible relación entre los dos. Yo nunca la vi, nunca la conocí, pero Philippe se encargó de describírmela con todo tipo de detalles, y, por supuesto, sus insinuaciones con John y las debilidades de mi marido con ella. Fue tal el *shock* que sufrí que perdí el bebé que esperaba. Fue tal la tragedia, que estuve meses sin querer hablar, sin levantarme de la cama, sin dar un solo paso. Y en ese tiempo, además de mi personal, al que considero de mi familia, fue Rose la mano cálida y el hombro amigo donde llorar. Comprenderás ahora que lo que te he dicho sobre mi falsa sensación de felicidad es cierto.

—Oh, Sandra, estoy sobrecogida. No sé qué decirte. Qué dolor tan grande has tenido que superar… Perder a la vez a tu marido y a tu hijo. No creo que pueda haber nada más espantoso que a lo que tuviste que enfrentarte… Y ahora esto.

—Esta enfermedad no es ni más ni menos que el resultado de mi tragedia, seguro. Los médicos me han dicho que el cáncer está íntimamente relacionado con el sufrimiento y que puede aparecer años después.

—Oh, por Dios, pobre Sandra.

Y sin que ella me lo pida y de la manera más natural, comienzo a relatarle mi historia, mi particular pasión y mi dolorosa «crucifixión». Según le voy contando, Sandra acerca sus manos a su cara, se tapa a veces los ojos y otras los abre, grandes y enormes, demostrando pavor y asombro. Me da la mano, me la aprieta, me acaricia la mejilla… Sabe que estoy sufriendo al contárselo, está todavía muy reciente y las heridas, por supuesto, no están cerradas.

—¿Y ya ha nacido el bebé de Rebeca? —me pregunta casi con estupor.

—No sé nada, Sandra. Mi madre, la última vez que hablamos, me dijo que mi hermana le ha prohibido decirme nada y que ella lo va a cumplir, que no la llame, que no provoque un enfado con mi hermana. Vamos, que han roto totalmente conmigo, y lo encuentro tan injusto… A Rebeca la puedo entender, no sabe manejar tan desagradable situación con criterio, pero ¿mi madre? ¿Por qué no es capaz de comprender que yo también he perdido al amor de mi vida y por razones dolorosísimas, humillantes y terribles?

—Por Dios, no podía imaginar nada igual. Sabía que sufrías por amor, que estabas desconsolada, pero es que las características son muy particulares, muy excepcionales. Muy desagradables.

—Sí, Sandra, ha sido desgarrador, además me quedé sin el control de mi vida. Mi hermana y mi madre se apartaron de mí, dejé a Pepe *ipso facto*, abandoné mi trabajo en Londres para acercarme a mi familia en Madrid y ver si lo podíamos arreglar. Y, por supuesto, dejé mi preciosa y pequeña casa inglesa y mi bonita manera de vivir. Todo todo, en un solo día, en cuestión de minutos, saltó por los aires.

—¿Volviste a ver a Pepe?

—Sí, claro. Cuando llegué de nuevo a Madrid él me localizó. Tuvo la osadía de mandarme flores a casa. Me llamaba por teléfono y me enviaba mensajes suplicando mi perdón. Estaba claro que me quería, o por lo menos lo parecía, pero yo no podía volver con él a pesar de ser lo que más hubiera deseado. Siempre he pensado que a lo mejor esa decisión fue un error y que lo que tenía que haber hecho, después de ver la reacción inquebrantable de mi hermana y mi madre, era haberme ido con él, o venir aquí juntos y comenzar una nueva vida…, no sé. ¿Crees que me arrepentiré?

—No, no, creo que has hecho bien. Seguro que si le hubieras escuchado te habría dado muchas razones, pero lo que hizo no tiene ninguna explicación. Evidentemente se enamoró de ti, y lo que debería haber hecho es dejar a tu hermana y contarte a ti la terrible coincidencia. No digo que fuera fácil, pues a lo mejor creyó que tú no lo aceptarías, pero estar con las dos y dejar embarazada a Rebeca es muy, muy fuerte.

—Oh, Sandra, cómo me gusta habértelo contado. Desde hacía tiempo quería hacerlo. Poder compartirlo con alguien de tu capacidad es para mí un auténtico regalo. No lo he podido hablar con nadie. Es tan desagradable y difícil…

—Lo sé, o mejor dicho, lo imagino. Es muy complicado controlar semejante situación cuando todos los protagonistas son para ti tan queridos. Ha tenido que ser muy difícil. Ahora entiendo que abandonaras todo y vinieras a estas tierras tú sola, casi a la deriva. Pero bueno —y de repente cambia de tono como para desestresar el ambiente, y me coge de la mano—, por lo que nos hemos contado esta noche, lo que sí es cierto es que somos dos mujeres un poco desgraciadas.

Y por primera vez ríe abiertamente. Desde luego, ha sido una noche muy especial, difícil, triste, pero también renovadora. Yo también río, y con ganas.

—Desde luego parecemos dos mujeres muy infelices, y sí que lo somos, o mejor dicho, lo hemos sido. Sandra, ¿te digo una cosa?

Hoy, esta noche y en este mismo momento, te confirmo que me he liberado de muchas cosas. Aunque Pepe siempre estará en mi corazón y será mi asignatura pendiente, ya parece que he superado la opresión y la falta de seguridad con la que he tenido que convivir estos últimos meses. Ahora sí que puedo decir que he comenzado una nueva vida aquí, y cuando veas lo que estoy consiguiendo con «mis trapos», te vas a sentir orgullosa de mí. Esta noche comienzo a vivir de otra manera. Ya no tengo nada que ocultar, ni miradas llenas de dudas e incógnitas. Sí, he sufrido mucho por amor, por traición y con desgarro, pero Sandra, ahora, y si no te importa, tú te conviertes en mi familia, y también Frank y su mujer y sus hijos. Creo que ya tengo raíces. África ya es mi presente y mi futuro. Aquí está mi vida. —De nuevo habla mi antiguo optimismo.

Y nos fundimos en un cálido abrazo las dos. Creo que lo queríamos hacer desde hacía tiempo, pero nos faltaba esa confesión que nos habíamos hecho. A partir de ahora podemos ser grandes amigas y construir un camino juntas, o volar por separado, pero nuestras vidas, nuestro pasado, no nos separará, por el contrario, nos unirá, de eso estamos seguras.

11

A la mañana siguiente desayunamos en el porche.

De nuevo la mesita pequeña parece sacada del mismísimo Buckingham Palace. Platos y tazas de porcelana inglesa decorada con pequeñas flores, la tetera a juego y una jarra de leche pequeñita de plata. El *cake* con nueces, exquisito, y un zumo de naranja y maracuyá que levanta el ánimo y las fuerzas.

—Sandra, ¿has descansado bien? ¿Has logrado dormir? Te encuentro mejor que ayer por la noche, aunque es lógico, pues el cansancio del día te tiene que afectar todavía, ¿no es así?

—Sí, así es. Cada hora que pasa del día voy perdiendo fuerza y es como si se me escapara la vida, pero estoy contenta de volver a estar contigo. Creo que vamos a hacer muchas cosas juntas y que cuando, por fin, termine con el tratamiento, te podré ayudar también con tu nueva empresa.

—¿Te apetece venir ahora? Te llevo yo en coche y luego comemos en algún restaurante del centro. Te vendrá bien ver gente, y a mí ni te cuento… Hace semanas que no hago otra cosa que trabajar.

—OK, de acuerdo, aunque lo de la comida no sé si podré. Ya te he dicho que me canso rápido, pero contigo me apetece todo. Eres tan animada…

Y dicho y hecho, nos damos una ducha rápida y quedamos en el jardín, en el que tan pronto te encuentras con un pequeño facocero como te da un susto el mono al que le gusta mirar todo lo que sucede a su alrededor. Ya es mi segundo despertar en esta maravillosa casa y empiezo a cogerle el gusto a encontrarme con estos curiosos visitantes.

Y cuando abandono mi habitación y cierro la puerta, veo al fondo a Sandra, mucho más delgada que la última vez, pero siempre tan bella, dándole un beso al niño de color que tanto me llamó la atención la primera noche. Sandra se agacha, le acaricia la cara y con enorme dulzura besa al pequeño, que le mira con sus enormes ojos y le sonríe.

La escena me intriga, pero creo que todavía no debo indagar sobre quién es o cuál es su procedencia. Lo que sí parece es que la relación es diaria y estrecha. A mí me parece casi de madre e hijo, aunque eso está claro que no es.

—Querida, no te he preguntado por tu habitación… Que sepas que a lo mejor le cambio el nombre por el tuyo. La princesa Diana solo pasó una noche allí y tú ya llevas dos —dice riendo.

—Oh, ¡qué dices, por favor! Nunca le quites ese fabuloso y misterioso nombre a esa habitación. Es casi como entrar en un santuario precioso y perfecto para el más elegante de los descansos.

Y con buen humor y mucho ánimo nos dirigimos al coche. A mi coche. ¡Qué felicidad!

Vamos las dos hablando en mi cuatro por cuatro, juntas, felices. De repente, me doy cuenta de que mi vida ha cambiado. Ya no es la misma, y no es que no piense en Pepe, en mi madre y en mi hermana, es que ya no me hace tan desgraciada el hecho de estar sin ellos. Empiezo a ser feliz sin depender del amor, aunque sea duro decirlo, y comienzo a intentar dar amor a los demás. Además, me impresiono a mí misma por el hecho de ir conduciendo mi propio coche por carreteras y caminos de Nairobi, ir dominando una situación difícil por el lugar y hasta algo peligrosa por el desconocimiento. Me estoy convirtiendo en otra persona, o quizás soy la misma pero con atributos que dormían en mí y que ahora están aflorando a la vida.

Y así llegamos al barrio de las chabolas donde, ¡oh, osada de mí!, he instalado mi pequeño taller.

—Pero muchacha, ¿cómo te has venido aquí? Llevo viviendo casi doce años en Nairobi y no he pisado nunca estas calles. Me dan un miedo espantoso. ¿Estás segura de lo que hacemos?

—Tranquila, segura no estoy, pero sé que aquí se está desarrollando algo interesante y precioso. Ya estamos llegando… Bueno, ya hemos llegado.

Y detengo el coche justo al lado de mi casita, de mi nave, de mi oficina, de mi taller… Ahí están todas mis ilusiones. En ese momento, Frank, al oír el coche, sale a recibirnos. Ya le había dicho por teléfono que estábamos a punto de llegar.

—Oh, señorita, ¡cómo ir sola a casa de la señora Sandra! Nunca más hacerlo usted sola, yo llevarla, por favor.

—Frank, no te preocupes. Fui de día y hemos vuelto de día. Todo correcto.

—No, señorita, todo correcto no. Todo mal, muy mal. Aquí haber mucho peligro para una dama —y mirándonos añade—, y para dos, también.

Sandra no sale de su asombro. Ve, por primera vez, a una mujer mucho más segura, encantada y animada.

—¿Pasamos, Sandra? Me parece increíble que te esté enseñando algo hecho por mí en esta tierra.

Y, abriendo la puerta con delicadeza, pasamos despacito. Nada más entrar vemos que nos están esperando Moury y sus dos bellas niñas. Las paredes verde agua dan al entorno un tono inesperado y todo está tan limpio, tan correcto, que llama la atención.

Dos mesitas con nuestras máquinas de coser a cada lado, en el centro una amplia mesa para el corte de las telas, un gran espejo en la pared y, al fondo, nuestros diseños —pantalones, faldas, blusas…— nos esperaban colgados en perchas para enseñárselos a la primera y más esperada visitante. Si a Sandra le gustan, ya tenemos mucho hecho. Ella es todo un referente en la sociedad extranjera y también local.

—Pero, por Dios, ¿qué es esto? Qué lugar tan encantador.

—Me mira incrédula y luego se fija en las niñas, en los diseños, en Frank, en Moury… Todo está, la verdad, espectacular. Todavía nuestras prendas son muy poca cosa, pero creo que se aprecia lo que podemos llegar a hacer con un poco de suerte y mucho trabajo.

—¿Quieres que te hagamos un pequeño desfile? —río con ganas—. No te preocupes, lo hemos preparado, claro. Amelie, Julia, ¿os apetece? —Y las dos, felices, ríen a la vez que afirman con un gesto que están encantadas—. ¡Pues adelante!

Y casi sin respirar, Moury y Frank nos ponen unas sillas y, con la música que otras veces nos ha servido para trabajar, empiezan las niñas a moverse por la nave con bastante estilo. Desfilan despacio, como les he enseñado, nos miran serias y con la barbilla alta, y dan la vuelta con tanta gracia que es imposible que no te gusten. ¡Hasta a mí misma me parece una colección fabulosa!

—Oh, querida, pero ¿cómo has podido hacer todo esto en apenas un par de meses? Es precioso y tan, tan glamuroso, a la vez que africano. Creo que has conseguido una colección graciosa, atractiva y con mucha clase. Lo quiero todo, me encanta. Bueno, mejor dicho, quiero todo lo que me pueda poner, pero me chifla.

Y Frank y Moury ríen y se abrazan… Para mí es importante, pero para ellos es vital. Él ha dejado su trabajo y ha apostado por mí, todo un mérito si pensamos que me conocía bastante poco.

Sandra me mira incrédula, no entiende muy bien mi relación con esta familia.

—Sí, Sandra, ellos para mí lo han sido todo. Han creído en mí, han trabajado desde la nada conmigo y me han recibido en su casa, que, exceptuando la tuya, es el único hogar que he conocido en muchos meses. Si te digo la verdad, yo ya les quiero y les necesito como algo mío.

Sandra no sale de su asombro, no sabe qué decir ni cómo reaccionar. Al estar más débil, todo le afecta más, y hasta le resbala alguna lágrima por sus mejillas.

—¿Qué te sucede, Sandra?

—Nada querida, es que me has emocionado, bueno, me habéis emocionado. Os veo tan felices, movidos por las ganas de conseguir un sueño, que me resulta conmovedor.

—Bueno, bueno… Frank, a la señora le ha encantado todo y eso es lo mejor que nos podía pasar. Ahora sí que se nos abrirán las puertas de la sociedad de Nairobi.

Después enseñamos a Sandra la casa de Frank. Tan sencilla, tan limpia, pero tan pobre. Moury nos hace un delicioso café y lo tomamos sentadas en las únicas tres sillas de la casa. Frank nos mira de pie mientras nosotras charlamos y Moury sonríe.

Noto que Sandra también se está enamorando de esta familia. Es lo lógico, y yo tengo la suerte de tenerles junto a mí.

A partir de ese día empezamos una carrera desbocada por hoteles, cafeterías, casas privadas… En todos los sitios que nos ha conseguido Sandra, allí nos vamos a presentar nuestra colección. Yo, por supuesto, siempre voy lo mejor vestida posible para hacer, a la vez, propaganda de nuestros diseños. Sé que me he convertido en mi mejor publicidad y poco a poco se habla de mí en ciertas esferas de la complicada sociedad de Nairobi.

Y las prendas gustan, a veces muchísimo, sobre todo a las expatriadas, a las extranjeras que ven cómo las telas de los kenianos se pueden transformar en objetos de culto con detalles atractivos y sexis. Los pedidos empiezan a ser reales y ya podemos comenzar a trabajar sobre seguro.

Los días pasan volando y por las noches, en mi pequeño apartamento, lo que menos hago es dormir. No paro de hacer números, balances de mi inversión. El dinero por ahora no me falta, pero tengo que empezar a ganar algo en los próximos dos meses o me veré en problemas.

Pago dos alquileres, el apartamento y el taller —la nave es muy barata, pero la pago—, también los sueldos de Frank, Moury y las bonificaciones a sus hijos por su ayuda, tan valiosa como necesaria. El coche, la gasolina, las averías, la compra de material, telas, hilos, la electricidad —que al principio no había en la nave—… Todo, todo depende de mí, pero estoy encantada.

De repente, y casi como si volviera a vivir mi primera noche en Nairobi, recibo otra carta de la Embajada española. De nuevo nos reúne la embajadora en su residencia con motivo de la llegada de una delegación del Ministerio de Comercio.

Por favor, una fiesta, ¡una fiesta! Me tengo que arreglar, tengo que preparar un *look* fabuloso. Estoy hecha un horror y quiero estar espectacular. Y de nuevo quiero a toda costa impresionar y divertirme. Comienzo a pensar que se está convirtiendo en una obsesión o en un complejo de inferioridad.

Llevo un par de meses casi sin mirarme al espejo. Mi pelo está siempre recogido y tengo por costumbre ponerme en la cabeza un pañuelo de nuestras telas anudado en la nuca. Me hace más limpia y, por qué no, añade carácter a mi imagen con mi nueva marca. Los vaqueros cortos se han transformado en mi uniforme de trabajo, y las deportivas y sandalias, en el calzado inseparable que me resulta más cómodo.

Ahora, y pensando en la fiesta, saltan todas mis alarmas femeninas y me pongo a pensar qué me pongo y quién podría echarme una mano para arreglarme. En Nairobi ya he hecho muchas cosas, conozco bastantes comercios, pero peluquerías o centros de estética ninguno.

—Sandra, ¿qué tal estás hoy? ¿Cómo te encuentras? Llevo unos días como una loca y no he podido llamarte, pero hoy me alegra decirte que todas tus iniciativas han resultado magníficas. Nos llueven los pedidos, y de personas muy competentes y fiables. Mil gracias.

—Cómo me alegro. Llevo pensando mucho tiempo en ello, me tienes todavía en *shock*.

—Pues cuando quieras vuelvo a tu casa. Para mí es como ir al cielo. Perdona mi pregunta, pero ¿recibiste la invitación de la Embajada?

—Sí, claro, pero no sé si ir. Me tengo que cuidar y, además, todavía estoy cansada. Todo va bien, muy bien, pero no sé si me apetece.

—Vente conmigo, por favor. Si quieres te recojo, nos arreglamos en tu casa y volvemos juntas con Frank. Pero necesito que me asesores. No conozco ninguna peluquería y tengo la melena más salvaje que la de las propias leonas.

—Bien, pues quedamos en casa y le diré a Pinky, mi peluquera, que venga y nos arreglamos aquí.

—Oh, maravilloso. Eres un auténtico ángel.

Por fin mi problema estético parece que se arregla y, además, será un trabajo a domicilio. No hay duda de que me ha tocado la lotería con mi amiga, la fascinante señora Brown.

Con Moury decido hacerme algo especial para esa noche, quiero impresionar. Vuelvo a encontrarme atractiva, vuelvo a sentir eso que sentimos las mujeres cuando nos reconocemos con fuerza. A pesar de no parar de trabajar, mi carácter se amolda a las nuevas circunstancias y mi autoestima crece cada día más, y eso es como vitaminas para la piel. Las mujeres sabemos cuándo somos fuertes, cuándo dejamos de ser frágiles, y yo, por fin, empiezo a ser fuerte.

—Frank, por favor, necesito más metros de tela del modelo España —es la que más me gusta, por eso le puse ese nombre—, y si te acercas al mercadillo donde está el puesto de los abalorios y collares, tráeme el más grande, el más llamativo. Verás lo que vamos a hacer...

Y Moury sonríe y él, feliz, coge las llaves del coche y nos deja a las dos en el taller mientras terminamos uno de los pedidos conseguidos en un desfile que hicimos en la urbanización más *high* de Nairobi. Todas todas las mujeres se mostraron emocionadas por el hecho de poder llevar nuestros pantalones cortos o nuestras camisas masculinas. El éxito, por lo menos local, es claro. Ahora nos queda salir un poco del círculo para echar a andar de verdad. Mi estrategia de negocio, acostumbrada a las grandes sumas de la banca internacional, es casi ridícula, pero es mía, solo mía, y esa es una sensación tan agradable y única que, en este momento, no la cambiaría por ningún sueldazo de escándalo. Estoy viviendo sensaciones tan nuevas y potentes que me producen grandes dosis de buena energía y adrenalina.

Pero sigo sin noticias de Madrid, y esa ausencia emocional me provoca todavía nostalgia y dolor. Por las fechas en las que estamos, el bebé de Rebeca y Pepe —qué duro es decir esta frase— ya habrá nacido. Mi primer sobrino, mi único sobrino es también el hijo de mi gran amor, de mi amante, de mi todo. Sin duda es lamentable, espeluznante, pero la vida me ha puesto en esta situación y no tengo más remedio que, tras las lágrimas y el dolor, volver a sonreír y a vivir. Y, por supuesto, no las volveré a llamar, y no es por soberbia, no, es que por fin me he convencido de que no quieren saber nada de mí, que mi presencia las altera y hasta mi voz por teléfono las descoloca. Increíble pensar que una familia aparentemente unida está ahora en semejante situación. La realidad supera la ficción y mi historia ya no es ni de película, es de peliculón.

—Moury, ayúdame a cortar una falda larga, algo abullonada, con un poco de cola y muy ajustada a la cintura. Va a ser la bomba…Ya sabemos mis medidas, tenemos que cortarla y hacerla muy rápido. Mañana es la recepción en la Embajada y yo voy a hacer una buenísima publicidad de nuestra empresa.

Y nos ponemos la música alta, muy alta, cantamos a la vez que cortamos e hilvanamos, y me pruebo la falda cada dos por tres. Tiene muy buena pinta, voy a destacar entre mis compatriotas, y el resto de invitados preguntará quién es la mujer que la llevaba y quién la ha hecho. He pensado ponérmela con un top sin tirantes muy ajustado, casi como un vendaje en el pecho, en color blanco y con los abalorios que me va a traer Frank del mercadillo. Un *look* elegante y algo sexi, y aunque mi intención es provocar, tanto a hombres como a mujeres, en estos momentos para nada me veo con otro hombre a mi lado, busco únicamente una provocación exterior, como si de una puesta en escena se tratara. Pensar en estar ahora con alguien es lejano y difícil de creer, sobre todo porque sigo enamorada, pero no cabe duda de que el juego de la atracción sin compromiso es un placer divertido y necesario, y ya empiezo a estar preparada. Comienzo a pensar que no se le puede hacer un feo a los placeres sin profundidad y eso es una muestra de que estoy curando mis heridas, por lo menos las más superficiales.

—Sandra, ¿cómo estás, querida? —le pregunto mientras entro en su casa con mi falda entre los brazos, recién planchada y sin querer arrugarla ni rozarla.

—Estoy bien, muy bien… Los efectos de esta última sesión ya están superados y aunque todavía me faltan fuerzas, cuánto te agradezco que me arrastres a esa fiesta. Si te parece, deja todo en «tu habitación» y te espero aquí para almorzar.

Y sin pensármelo ni un minuto me dirijo a través del patio a la habitación Diana. Al pasar, saludo ya con una sonrisa a los monos, que me miran con ojos casi humanos y que ya —¡cómo he cambiado!— me parecen hasta simpáticos.

Al volver a entrar en el dormitorio, el aroma de la vela perfumada con la leña encendida me traslada a mi casa, a mi hogar.

Es tan importante para mí esta sensación que hasta se me saltan las lágrimas; son sensaciones sanadoras, casi medicinales, que me dan equilibrio y me ayudan a no perder la esperanza en un futuro mejor.

Dejo la falda con cuidado sobre la cama, abro el maletín para sacar el top blanco y que no se arrugue, y cojo de su interior un pequeño regalo que le he traído a mi querida anfitriona.

—Sandra, qué maravillosa casa tienes, cada vez me gusta más y cada día haces que me sienta más cómoda. Eres tan generosa conmigo… —y le entrego, con un fuerte beso en la mejilla que me sale del alma, el pequeño regalo que le traigo.

Sandra se emociona al recibir mi cariñoso beso, ella sabe que es de auténtico cariño y agradecimiento, y es que ya la quiero. Es mi hermana adoptada, la hermana que he perdido, y en este momento, al verla delgadita y algo desamparada, comprendo que mi labor principal ahora es cuidarla como si fuera mi auténtica hermana; quizás lo que no me dejó Rebeca que hiciera con ella, lo podré hacer con Sandra.

—Pero ¿qué me has traído? ¿Otra «marca de la casa»? —sonríe.

—Sí, así es. Yo me he hecho un llamativo collar para esta noche y para ti he pensado que dos brazaletes te quedarían ideales, cada uno en un brazo, muy llamativos pero con clase.

—Bueno…, me encantan. Pero qué sorprendente eres. ¿Los has hecho con abalorios de los masáis?

—Claro, son de ellos, pero manipulados para «occidentalizarlos» un poco. Si te fijas, te he puesto los cristalitos de color rojo, que para los masáis es el color de la valentía, y también blancos, color que representa la paz, la pureza y, sobre todo, la salud. Dicen que la asociación del blanco con la salud viene de la leche de vaca que la tribu bebe para mantenerse saludable, y lo que más deseo para ti es salud, mucha salud, valentía para afrontarlo y paz.

Y de nuevo Sandra se emociona, y, por supuesto, yo también. Creo que nos necesitamos mucho y nos estamos dando cuenta de los estrechos lazos que están naciendo entre nosotras.

—Siéntate, querida, que pronto vendrá nuestra peluquera, y como sigas así me vas a hacer llorar. Aquí nadie, nunca, ni en mis peores momentos, que los he tenido, me ha visto llorar, siempre lo he hecho, y mucho, pero en mi cuarto, sola, no me quedó otra opción.

—Bueno, pues ya es hora, no pasa nada porque lloremos juntas, aunque es bastante mejor reír, y también lo vamos a hacer y mucho.

Y así comenzamos el breve pero exquisito almuerzo, que su mayordomo nos sirve con tanto protocolo que te hace sentir como una auténtica reina.

—Esta crema de pepino es exquisita y además muy inglesa. Me hace recordar mis años allí, los fines de semana en los Cotswolds, con mis amigas tan británicas y originales.

—No me digas que conoces esas tierras… Allí tiene una casa impresionante la familia de John. Es la típica de la zona, tan preciosa, tan agradable, con su tejado puntiagudo, en Bibury, uno de los pueblos más bellos de Inglaterra… Qué curioso que hayas estado allí con tus amigas. A mí me trae recuerdos increíbles de mis primeros años de casada… ¡Qué tiendas de antigüedades tan fantásticas…! Mucho de lo que ves aquí, alguna vajilla, algún mueble, lo compramos en tiendas de esos pueblos tan divinos. El buen gusto y el costumbrismo más distinguido conviven con el campo y la naturaleza con total normalidad. Vacas, ovejas y caballos pastan en los jardines de cada casa. Aquí tengo rincones impregnados del sabor de los Cotswolds. Qué tiempos tan maravillosos… Por cierto, a lo mejor conociste allí a mi cuñado, el hermano de John.

—Ni idea, hubiera sido genial. Me presentaron a mucha gente, no lo recuerdo… Las fiestas eran divinas… Cómo lo pasábamos… Con el frío que hacía y nosotras encantadas con nuestros vestiditos de tirantes y sandalias, como si estuviéramos en España en el mes de agosto. Qué manía tienen las inglesas de salir medio desnudas en las noches de viento y lluvia. Es increíble…, pero, claro, yo terminé haciendo lo mismo.

—Lógico, aunque yo, como ya fui casada con John, no tuve que ceder tanto a esa moda. Robert, mi cuñado, siempre nos quería llevar a sus fiestas. Él, durante una gran temporada de su vida, fue muy juerguista, iba de una a otra, pero nosotros preferíamos quedarnos en casa. A John le gustaba disfrutar más de las mañanas en el campo y de las noches junto a la chimenea.

—Pues a lo mejor nos conocimos en Inglaterra y nosotras sin saberlo, Sandra…

—No sé, yo te recordaría, y supongo que a Robert no te lo presentaron. Seguro que si hubierais coincidido te acordarías de él. Es muy, muy atractivo, muy singular, porque es algo bohemio, pero muy *british* a la vez. Un hombre especial, un auténtico galán. Él y John se parecían en el físico, aunque menos en su manera de ser.

—Bueno, te recuerdo que por entonces yo estaba con Pepe y para mi él era el hombre más atractivo del mundo.

Y de repente el niñito pequeño se acerca a Sandra y, tras darle un beso, le dice:

—Mamá, ¿me dejas ir con Susu a ver ordeñar las vacas, por favor?

—Sabes que no me gusta, que está lejos y que tardarás en volver, y yo hoy ceno fuera de casa.

—Pero, mamá, por favor…

—Está bien, pero volved antes de la seis de la tarde. ¡Prométemelo!

—Te lo prometo. —Y feliz la vuelve a abrazar con fuerza.

Yo no le digo nada, pero me quedo tan de piedra que, lógico, Sandra me lo nota.

—Sí, querida, es mi hijo, mi auténtico amor en esta vida, o mejor dicho, ya mi único amor.

—Pero... —balbuceo.

—Sí, ya sé, lógicamente no es mi hijo natural, pero le quiero como mío. Le encontré tras la brutal muerte de John, estaba solo, sin madre ni familia que le atendiera, y supe que su familia sería yo. Él me hizo seguir viviendo y volver a ser feliz. ¿No crees que si no hubiera sido por algo tan fuerte yo no habría continuado aquí sola? Quizás habría vuelto a España..., no sé qué habría hecho. La granja no es mía, es del hermano de John, yo solo tengo el usufructo de una parte. Vivo aquí gracias a que Robert es una persona fabulosa y que al verme feliz con el pequeño John no dudó en decirme que considerara la casa como mía. Este niño me ha anclado a Kenia, aunque le estoy educando a la inglesa y a la española, también conocerá todas las costumbres de las personas que le dieron la vida. Nuestro color es diferente, pero nuestros corazones están muy unidos. Somos una familia.

—Y le quieres como si fueras su madre, ¿verdad?

—Querida, él me da la vida, es mi única razón para luchar como lo estoy haciendo. Es mi ilusión y mi obsesión. Es mi esperanza y mi heredero, por supuesto. Si él es feliz, yo también lo soy. Aquí, en esta casa, he organizado una delicada malla, creo que bien tejida, para que sea dichoso y se eduque como también a John le hubiera gustado. El hijo que perdí se fue con mi marido, casi a la vez me dejaron los dos, y a este pequeño lo encontré días después. Dime si no es un mensaje claro y rotundo. O me lo mandó John o mi hijo, o si no fue esta tierra, África, la que me obsequió, en forma de bebé, con la razón más potente para quedarme y continuar luchando.

—Es impresionante, Sandra, no sé qué decir, pero sin duda es un precioso motivo para seguir adelante y, sobre todo, para ser feliz. Es lo que yo le decía a mi madre cuando, en su última llamada telefónica, me echaba en cara todo lo sucedido. Mi hermana, Rebeca, por lo menos tiene en sus brazos un hijo, y además un hijo del hombre al que amaba, por muy sinvergüenza que fuera. Yo en cambio me he quedado absolutamente sola, sin él, sin niño y sin familia.

—En eso te doy toda la razón, creo que tu situación es la peor, por lo menos ahora, aunque en un futuro podrás encontrar a alguien y ser madre junto a él.

—No sé qué decirte. Me siento insensible al amor. Ni me apetece ni lo considero. En este momento veo a los hombres como quien ve estatuas, no me interesan… Gracias a ti he encontrado un cariño parecido al familiar, y mi pequeña empresa me llena de tal manera que tengo el cerebro repleto de vibraciones positivas. El amor, en cambio, todo lo complica, es tan fuerte lo que se puede sentir, por lo menos fue tan fuerte lo que yo sentí, que competiría con lo que estoy haciendo en estos momentos. Ahora no me interesa nada.

—Pues casi es mejor así. Mira, esta noche seguro que Philippe se te acercará, intentará estar contigo y, después de la cena, querrá llevarte a tomar algo, seducirte… Tú eres su nueva «víctima» y, con la franqueza que hay ya entre nosotras, te tengo que poner en alerta. Philippe no es trigo limpio. A mí nadie me quita de la cabeza que tuvo algo que ver en la muerte de John. Que un elefante le embistió puede ser la verdad, pero John los conocía muy bien, nunca se hubiera arriesgado ni se hubiese bajado del coche. Y solo estaban ellos tres. Las piezas no me encajan, mi marido hizo algo que nunca habría hecho en su sano juicio y necesito, de una vez, conocer lo que pasó exactamente.

—Entonces, ¿crees que él tuvo algo que ver?

—Estoy segura. Él o la mujer que les acompañaba, que, por supuesto, ya se encargó Philippe de definirla como una supuesta conquista de John.

—¡Qué mala *milk*! ¡Qué mala persona! Confundirte de esa manera cuando él ya no está y no puedes encontrar respuestas…

—Pues las quiero encontrar. Si tú pudieras en algún momento hablar del tema con él sería para mí de mucha ayuda. Solo por saber algo más, por descubrir alguna razón de la actitud de mi marido ese fatídico día, sigo teniendo amistad con Philippe. Prefiero tenerle cerca y ver su evolución. Aspiro y espero a que algún día sus fuerzas flaqueen y consiga saber algo más.

—Claro, Sandra, por supuesto que lo haré, cuenta con que lo intentaré todo.

En ese momento el mayordomo nos dice que ya ha llegado la peluquera. Maravilloso. Desde luego, esto es vida. Es tan sofisticado que en medio de una tierra inhóspita nos venga a peinar la peluquera que no puedo por menos que reírme con ganas y disfrutar del momento.

—Sandra, tú primero. Si te parece, yo me voy dando una ducha, me lavo el pelo y vuelvo más tarde cuando ya haya terminado contigo.

Y así me marcho después del almuerzo a mi bonito dormitorio. Me ha conmovido Sandra con su lógico interés en saber por qué su marido cometió la imprudencia que le costó la vida. Conocedor y defensor exhaustivo de esos animales, John hizo lo que todo el mundo sabe que está prohibido. No me extraña que la atormente. No tiene buena pinta el asunto.

Tras la ducha en el cuarto de baño de mármol blanco y negro, me tumbo sobre la cama, encima de las preciosas sábanas a juego con los cuadrantes. Estoy empezando a ser feliz en Kenia, me gusta mucho estar con Sandra, ella tiene una vida que roza un lujo muy sofisticado y me encanta. Además, es española, madrileña como yo, y las costumbres y el idioma, aunque casi siempre tenemos que hablar en inglés, nos unen mucho. Se me acelera el corazón por el solo hecho de saber que ya estoy dando trabajo a una familia y que gracias a mi ilusión ellos empiezan a vivir mejor. Ni en mis mejores sueños, cuando cogí el avión rumbo a Nairobi, pude imaginar una vida como la que ahora tengo.

Lo siguiente que siento es un sobresalto… Me he quedado dormida, y por primera vez he descansado del todo. Mi sensación de placidez y relax y, por supuesto, el agradable calor de la chimenea encendida me han inducido un maravilloso y relajante sueño.

12

¿Qué hora es ya?, me pregunto mirando el reloj. ¡Por Dios, es muy tarde! Mi pelo, la peluquera… Salgo del dormitorio a la carrera y allí la encuentro, sentada en el suelo, en la misma puerta de mi cuarto, con un cepillo en la mano.

—Oh, mil perdones, mil perdones. *Sorry, sorry.* ¿Me entiendes?

Ella, una monada jovencita y risueña, me mira asombrada por mi agobio.

—No preocupar, *madame*, no preocupar.

Pasamos de nuevo al cuarto, me siento en una silla frente al espejo y con el secador empieza a dar forma a mi cabello recién lavado. Tengo la melena por los hombros, me gusta ese largo, me parece muy femenino, y además me puedo hacer una coleta comodísima para trabajar.

A las siete en punto dejo mi habitación, la preciosa estancia donde una noche durmió Diana de Gales, y hoy salgo yo vestida como una auténtica princesa.

La falda me queda espectacular, el cuerpo, superceñido, y el impresionante collar de abalorios kenianos, que cubre gran parte de mi cuello y escote, refuerza el *look* convirtiéndolo en un espectáculo.

Mi peinado es una especie de moño alto, muy estirado, y mis ojos verdes están maquillados con kohl negro, el delineador africano por excelencia que transforma mi mirada en la de una

auténtica felina. Nunca me he visto así ni me imaginé ir así.
Me he convertido en poco tiempo en una mujer mucho más
fuerte, arriesgada y atrevida, y creo que me sienta francamente bien.

Cuando llego al salón me encuentro con Sandra, muy delgada, esbelta, elegantísima con un esmoquin blanco y su melena
corta, recta y con mucho estilo. Las mangas las lleva recogidas
hasta el codo y en sus brazos resaltan los dos anchos brazaletes
rojos y blancos que le he traído de regalo. Nunca olvida cumplir
con los amigos, y a mí eso me encanta.

Al verme, no puede por menos que exclamar un «ohhh» que
le sale del alma.

—Pero, querida, ¡eres una auténtica diosa! Nunca vi nada
igual por estas tierras. Aquí hay muchas mujeres con estilo, pero
tú eres impactante y especial. Tu *look* es fabuloso, y tú eres fabulosa también. Qué orgullosa estoy de ti.

—Creo que me he pasado de frenada, como vulgarmente se
dice, pero no me importa. Tengo la sensación de empezar a estar
curada y quiero divertirme y disfrutar, aunque solo sea observando la cara que ponen los invitados al verme. Seguro que, según
voy, indiferente no voy a dejar a nadie. —Me río con ganas y le
hago un guiño.

—Pues vamos a ello, allí nos esperan.

En la puerta de la casa está Frank que, más orgulloso que
nunca, me mira y sonríe mientras nos abre el coche.

—Señorita, cuando le cuente a Moury cómo está la señorita… Qué belleza y qué bonita su falda —y vuelve a sonreír sin
quitar los ojos de mi *look*.

—Frank, hoy vendemos faldas y blusas a todas las mujeres, ya
lo verás.

Y Frank ríe, Sandra sonríe, y yo disfruto.

Cuando llegamos a la residencia de la embajadora, Frank, tan
protocolario como siempre, nos abre la puerta y nos ayuda con su

mano a bajar del coche, y yo me recoloco la falda por detrás para que mi entrada y mi *look* sean perfectos.

Sandra y yo, con nuestras espaldas bien rectas, subimos las escaleras de piedra mientras algunos de los invitados nos miran con mucho interés desde la terraza de la casa, donde se está sirviendo el cóctel de bienvenida.

Las dos, sin hablarnos, sabemos que nuestra intención, o por lo menos la mía, tiene éxito. No pasamos, desde luego, desapercibidas y a mí, lógico, las mujeres me miran anonadadas y los hombres, entusiasmados. A Sandra muchos la conocen, a mí desde luego nadie, solo la embajadora y Philippe, si es que ha llegado ya…

Y sí, ha llegado. Atravesando la puerta, vemos cómo se adelanta y se acerca a nosotras, nos da un beso en la mejilla y, con mucha experiencia, nos acerca su brazo de manera que avanza con las dos formando, orgullosísimo, parte del espectáculo.

—Desde luego, esta entrada es para recordar, es de película. Queridas, estáis divinas. Si vierais la sensación que habéis causado a los invitados… Yo os he visto porque en el interior más de uno me preguntaba quién eran las dos damas que estaban a punto de entrar.

—Sandra —le digo—, esta bienvenida es porque saben que una gran señora está a punto de unirse a la fiesta. Tú eres el espectáculo, tú te mereces todo.

Hago este comentario para que Philippe sepa el cariño que ya tengo a Sandra, lo que la admiro y lo que le agradezco su amistad. Sandra lo aprecia y Philippe lo nota: descubre en este momento que entre las dos hay un lazo especial y fuerte, y que la solitaria expatriada que bailó en sus brazos sin sentido ya no es la misma.

La embajadora viene también a recibirnos. Es una mujer agradable, pero peculiar. De aspecto enjuto y no muy femenina, quiero creer que le caemos bien, pero tampoco estoy segura. Nada más llegar nos informa de la gran oportunidad que supone para el gobierno de España establecer relaciones económicas y de desarrollo, la posibilidad de exportar a Kenia automóviles españoles y transportes de gran tonelaje —camiones, tractores, etc.—, así como contar con el personal adecuado para poner en marcha talleres y pequeñas empresas que creen puestos de trabajo para nuestros compatriotas.

Y llega el momento de las presentaciones y saludos.

En el círculo en el que estamos yo no conozco a nadie, son, por tanto, españoles desconocidos, pero me gusta estar con ellos y que me den noticias cercanas de nuestra querida España. Y de repente alguien se me acerca y se presenta más en privado.

—Me dijeron que podías estar aquí, pero nunca pensé que te vería la primera noche de mi llegada.

Quien así me habla es un hombre de muy buen aspecto y cercano a los cuarenta.

—No te conozco ni por tu nombre ni por tu aspecto. ¿Se puede saber qué nos une? ¿Quién te ha hablado de mí? ¿Quién eres?

—Vas muy rápida, pero yo también. Soy amigo de Pepe…

En este momento creo que me desmayo, su nombre retumba en mi cabeza y se repite una y otra vez. No soy capaz de mirarle ni de decir nada. ¿Un amigo de Pepe? Pero por qué ahora que está todo tan bien… Por qué tiene que volver a pasar lo que ya parece superado. No quiero, me niego a que entre de nuevo en mi vida y me la destruya.

—Bien, pues sí, aquí estoy —contesto cuando recobro el aire y la consciencia.

—Ya veo que no te trae buenos recuerdos. Al contrario que tú, él vive obsesionado contigo, pero no me extraña. Me has parecido, nada más verte, la mujer más bella y elegante que jamás pudiera encontrar aquí, en un lugar tan apartado. Desde luego, Pepe tiene razones para no poder olvidarte. Desde hace tiempo no es la misma persona, no sé qué pasó entre vosotros, pero él tocó fondo.

—Que yo sepa, nadie tendría que conocer mi destino, quiero decir, ninguno de vosotros, quiero decir, él. —Así me refiero a Pepe, pues no puedo repetir su nombre.

—Bueno, Pepe no ha parado de preguntar a personas de tu empresa, colegas del trabajo, y al final supo que estabas por aquí.

Mi corazón me va a mil, la respiración es jadeante y no sé si me he puesto colorada por la congestión o, por el contrario, estoy blanca como la cera por el *shock*.

En ese momento noto una mano en mi brazo. Es Sandra, que se ha dado cuenta de mi situación.

—Querida, ¿puedes acompañarme? Te quiero presentar a unos amigos que están fascinados contigo. ¿Me permite que me la lleve? Ya ha estado bastante tiempo con usted —le dice con gracia al recién llegado de España—. Pero ¿se puede saber qué te pasa? —me dice al oído—. Parece que te vas a desmayar.

—Es que puede que me suceda, aunque ahora empiezo a respirar algo estando contigo. Llévame, por favor, a la *toilette*.

Y allí, las dos, nos sentamos mientras se me saltan las lágrimas y ensanchan mis pulmones oprimidos por el pavor que he sentido, por el amor que todavía, está claro, reside en mi corazón y, por supuesto, por el cuerpo tan ajustado que llevo.

—Sandra, es un amigo de Pepe y me ha dicho que él me busca, que sigue enamorado de mí y que vive obsesionado con volver a verme. Creo que no voy a poder aguantarlo. Es demasiado duro revivirlo.

—Querida, querida, pobrecita… Sí vas a poder, claro que sí. Ahora mismo nos vamos a tomar una copa y vamos a ser las estrellas de la fiesta. Para eso hemos venido y lo vamos a conseguir. Tú tienes que desfilar con tu fabulosa falda y tu collar increíble, y yo voy a celebrar que gracias a ti he vuelto a la vida. Además, ya has demostrado mucha fuerza en otras ocasiones, pues ahora un poco más. Pero ¿es que creías que Pepe te había olvidado? Siendo como ya sé que eres, te puedo confirmar que no es fácil que nadie te olvide, que en su pecado lleva la penitencia, que será un hombre desgraciado y que tú, seguro, vas a ser feliz antes que él.

La miro y me emociono. Sandra es todo lo que puede desearse de una amiga, y es sensible e inteligente, una conjunción de virtudes difícil de encontrar.

Me recompongo, me levanto, me miro al espejo, veo que todavía estoy atractiva y digo:

—Pues vamos allá. ¿Dónde está esa copa? —y reímos las dos mientras nos incorporamos al salón del brazo y divertidas.

Y nada más llegar, un camarero uniformado con una impecable chaquetilla blanca nos ofrece champán. Las dos sonreímos y cada una con una copa en la mano brindamos con la mirada, en silencio, pero con un mensaje claro: juntas, siempre.

Y así va pasando la noche. El amigo de Pepe no se ha vuelto a acercar a mí. Sabe que me ha hecho daño y me ve siempre acompañada o por Sandra o por Philippe, que, como bien vaticinó mi buena amiga, no ha dejado ni un solo minuto de cortejarme y de intentar seducirme, actitud que llega a hacerme hasta gracia, por lo que comprendo que puedo soportar estar a solas con él.

Mis diseños, por cierto, están siendo el éxito de la noche. Todas las damas, entusiasmadas, quieren saber dónde pueden verlos, probarlos, comprarlos, y hasta la embajadora me ha dicho que el director general de Comercio se ha interesado por mi nuevo negocio. Ese dato ha sido un enorme subidón para mi ánimo, tanto que me acerco a Sandra y le digo:

—Como sé que estás cansada, si quieres ya puedes ir a casa a descansar; yo, como habrás imaginado, iré a tomar una copa con Philippe. No me deja ni un minuto y creo que podré disfrutar de este momento con un solo fin: intentar saber algo más de lo que tú me has pedido. El champán ha hecho su efecto, estoy en una nube, y creo que le convenceré de que es un hombre muy atractivo —digo con sorna—, que me tiene hipnotizada con sus experiencias y con su vida. Seguro que caerá.

—De acuerdo, querida, pero no te expongas. Ya sabes que no me fío nada de él. Pero te lo agradezco mucho. Y si puedes, también, diviértete.

Sandra se despide un poco «a la francesa». Hemos sido pocos los que nos hemos dado cuenta de que la gran dama de Nairobi ya no está en el salón de la Embajada. Philippe sí lo ha visto y piensa que es su momento, que la presa está cerca y a solas. Su oficio en el arte del cortejo resulta interesante. Me habla de mis cualidades estéticas: «Bellísima, impactante, atractiva»; de mis cualidades intelectuales: «Inteligente, con chispa, trabajadora»; de mis cualidades sociales: «Simpática, ocurrente», y, por supuesto, de mis cualidades físicas, eso no puede faltar.

Se me acerca demasiado y me habla al oído. Intenta que se rocen nuestras manos y se apoya sobre mi hombro. A mí no me apetece nada, pero disfruto solo por el hecho de saber que allí mismo tengo otro «espía» llegado de España. Luis, el amigo de Pepe, que no me quita ojo y aprecio por su mirada que no puede creer que sea la pobrecita mujer abandonada y traicionada que, no tengo duda, le había descrito mi amado traidor.

Mi *look* triunfa entre mujeres y hombres, pero sobre todo creo que sirve para dar la imagen, que tanto necesitaba, de una mujer con autoestima y fortaleza. Y la verdad es que las apariencias engañan, pues ese día es para mí un chispeante cóctel dulce pero también amargo.

Tener noticias de mi ex me trauma y revuelve sobremanera, pero poder superarlo y destinar el resto de la noche a flirtear me parece glorioso para mi estado de ánimo.

—Querida, nos vamos a tomar una copa a otro lugar. Estoy deseando estar un rato a solas contigo.

Asiento con la cabeza, esperaba la propuesta de Philippe, y le sonrío. Comienza el dulce momento del cazador cazado, o por lo menos eso es lo que yo espero. Él coquetea y yo me dejo querer, pero la frialdad de mis sentimientos me da tal seguridad que creo que Philippe se encuentra algo despistado.

Cuando entramos los dos en el coche, un precioso Mercedes blanco, antiguo, Philippe le dice a su mecánico:

—Por favor, ¿nos llevas al hotel Kempinski? ¿Lo conoces? —me pregunta y niego con la cabeza—. Te va a encantar. Es uno de los más emblemáticos de la ciudad y lo atienden verdaderos profesionales de la hostelería, lo que aquí es todo un milagro. Sus cócteles son fabulosos.

El hotel no está lejos. Nairobi de noche es todo un espectáculo. Sus numerosos y casi inesperados rascacielos, con sus luces encendidas, le dan a la ciudad un aspecto único, pues que a pocos kilómetros, quizás metros, duerman plácidamente elefantes, jirafas, facoceros, leones…, no es algo que suceda en muchos lugares del mundo. La mezcla de sensaciones es explosiva, y la noche, a pesar de no estar con la persona adecuada, promete por su exotismo.

Al llegar, Philippe me ayuda a bajar de su precioso coche. Con delicadeza me da la mano y recoge la cola de mi falda.

—Estás impresionante, tan espectacular y maravillosa que casi no puedo creer que vaya a entrar en los salones del hotel con una belleza como tú de mi brazo.

Sonrío agradecida. Estoy dispuesta a pasarlo bien. Necesito una noche algo loca, quiero disfrutar de la vida, divertirme, reír, flotar… Hacía mucho que o solo lloraba o trabajaba, y mi cuerpo me pide ya algo de felicidad.

Entramos en el precioso hotel Kempinski. Llama poderosamente la atención la elegancia de su entrada, con fuentes iluminadas con sutileza que proporcionan al lugar un aura increíble en la misteriosa noche africana. Cruzamos el bar sorteando las numerosas mesas que rodean una barra circular para llegar a la terraza. Todos nos miran. No somos ni una pareja habitual ni, por supuesto, una pareja normal. Philippe va totalmente vestido de blanco, siempre es así en fiestas o cenas; sin corbata, pero con su clásico pañuelo beis en el bolsillo de la chaqueta. Mi falda, de nuevo, levanta exclamaciones y mi collar, seguro, enamora a todas las mujeres. La sensación es de película. Solo respirar ese aire tan sofisticado me llena los pulmones y el corazón de satisfacción. Necesito un baño de lujo, ya que de amor sé que no va a ser, por supuesto.

Philippe está encantador. Es todo un caballero con maneras de *gentleman* inglés y, a veces, también francés. Es una persona culta y con educación exquisita. Seguro que la velada merecerá la pena.

—¿Te apetece un cóctel de champán? Aquí los preparan deliciosos.

Y con su mano hace un gesto al camarero, que ni se acerca a preguntar. Deduzco que le conocen bien y que no hace falta que diga qué es lo que vamos a tomar.

—Philippe, qué maravillosa terraza y qué jardines tan increíbles. Estaba deseando poder disfrutar ya de algo parecido a lo que acostumbraba en Europa. Te lo agradezco muchísimo, mi vida aquí solo es trabajo y trabajo.

—Querida, no me agradezcas nada, me tienes subyugado. Te estás convirtiendo en una auténtica princesa, y el que está emocionado soy yo pudiendo tenerte a solas y admirar tu belleza. Llevo tiempo intentando verte, pero ni sé qué has hecho ni dónde has estado tanto tiempo.

—Pues trabajando, que es para lo que he venido hasta aquí.

—No digas eso, que sé que traías la mochila del desamor en tu equipaje, ¿a que no me equivoco?

—Bueno, no he venido a hablar de eso aquí y menos contigo. Hoy quiero pasarlo bien, divertirme. ¿Dónde está mi copa, por favor? —digo en alto, riendo, para salir del tema personal y envolver mi historia de misterio y champán.

—Oh, sí, camarero, por favor, nuestras copas —ríe emocionado y pletórico imaginando, supongo, que al buen comienzo le seguirá un mejor final—. Sabes que me cautivaste en nuestro baile en casa de Sandra, ¿verdad? Desde ese día solo pienso en ti.

—Sí que fue algo mágico. No sé qué me ocurrió, pero al oír la música y estar en tus brazos sentí como si volara, perdí por completo el control y me entregué a esos pasos tan inolvidables. Para mí fue como si me inyectaran adrenalina. —Lo miro de soslayo y veo cómo sonríe con picardía y me mira sin ningún pudor. Philippe es el prototipo de hombre arreglado en exceso. Bigote fino, como los de antaño, peinado hacia atrás con gomina y vestido impecable. Francamente, como sacado de una película. Quizás demasiado «actor»—. ¿Desde cuándo conoces a Sandra? —le pregunto mientras doy un trago al delicioso cóctel a la vez que hago con mis labios el gesto más sensual que nunca haya hecho. Philippe me mira y no sale de su asombro.

—Conocí a John antes que a ella. Nuestras familias eran amigas de siempre y además fuimos compañeros de universidad, en Oxford. Era un hombre estupendo, y también tuvo mucha suerte, pues tener a Sandra a su lado le hizo convertirse socialmente en alguien mucho más importante de lo que imaginábamos todos los que le conocíamos.

—Oh, ¿por qué dices eso? ¿Cómo era?

—Pues no sé qué decirte… No era como tú o como yo —y sonriendo me lanza una mirada que destila deseo sexual a raudales—, quiero decir que no era atractiva su manera de ser. Era buena persona, pero no arrastraba a los demás. Su hermano Robert es distinto. Tiene más personalidad, sabe lo que quiere, lo busca y lo encuentra, además es muy atractivo. Siempre he visto la diferencia entre los dos. La prueba la tienes en que John se apoyaba mucho, muchísimo, en Sandra, y Robert sigue solo, soltero, disfrutando de la vida. Es un auténtico galán, muy vividor y con cierto misterio. Nadie sabemos nada de él y eso tiene mucho morbo en nuestro grupo social.

En ese momento hace un gesto al camarero y pide otra copa, y con su mano me sujeta la mía a la vez que me dice:

—No la termines, habrá perdido ya su sabor con el calor. Ahora nos traen otra en su punto —y desliza su mano por mi brazo hasta el hombro. Yo hago como si lo deseara y, aunque no quiero saber nada de él como pareja, mi misión está clara y voy a seguir intentando conocer algo más sobre su relación con John.

—Y erais muy amigos, ¿verdad?

—Bueno, no tanto. John se convirtió aquí, en Kenia, en una celebridad por su defensa de los elefantes. Llegó a presidir una asociación mundial que luchaba contra la caza furtiva de estos animales. Tuvo mucho éxito en su trabajo y se transformó en una persona lejana, engreída, para nada era el John que había conocido.

Comienzo a ver en sus palabras un poco de animadversión hacia el marido de mi amiga y me empiezo a preocupar. ¿Acertaba Sandra en sus intuiciones?

—Sandra sigue enamorada de él, piensa en John continuamente, o por lo menos es lo que me parece. Aunque la conozco desde hace poco, claro. ¿Tú qué crees? Me da tanta pena... —le digo por ver si tiene alguna intención más personal o sexual con ella. Él entonces se cansa del tema y, levantándose, coge mi brazo y, gentilmente, me pide:

—¿Bailamos?

Me levanto y nos dirigimos al centro de la terraza mientras una orquesta toca bajo las estrellas. El olor de las flores, las tenues luces que iluminan el jardín y la preciosa canción melódica de los Bee Gees, «Massachusetts», nos embriagan de nuevo y bailamos juntos y tan bien acoplados que nadie dudaría de que hay algo profundo entre nosotros.

Philippe me sujeta con firmeza la espalda mientras apoya su mejilla en la mía. Nos movemos al unísono, los dos conocemos la romántica y preciosa canción, y disfrutamos como adolescentes bailando. No cabe duda de que se nos da muy bien. En ese momento me lleva hacia él y me dice al oído:

—Arriba nos espera la mejor habitación para ti y para mí, necesito estar contigo, ¿vamos?

Oh my God!, exclamo en mi interior. Esto se tiene que acabar. Y volviendo mi cabeza hacia atrás, empiezo a moverme de un lado a otro haciendo como que estoy mareada.

—Oh, Philippe, estoy en una nube, qué noche tan maravillosa… Estoy muy mareada, he bebido mucho y mañana me espera mucho trabajo. Disculpa, perdón, perdón —comienzo a decir casi sin sentido—, ha sido un día muy largo y he sido una inconsciente… La música, el champán y tú provocáis siempre un efecto muy fuerte en mí. ¿Me llevas a casa, por favor?

No le sienta nada bien. Está claro que me ha traído a este maravilloso lugar para terminar la faena, y él nota que yo no estoy dispuesta.

—De acuerdo, no te preocupes, lo entiendo —dice con su extremada educación, aunque bastante contrariado. Y, de nuevo, llama al camarero y le da instrucciones para que nos espere su mecánico.

Al abandonar la terraza, volvemos a ser el centro de todas las miradas, y entre ellas, en una de las mesas del fondo, veo la cara del amigo de Pepe, que me observa sin pestañear y muy asombrado. La noche, desde luego, ha sido completa para él. Los informes que va a llevar a Madrid serán jugosos, y eso me gusta, me satisface, aunque también me entristece y mucho, pues aunque Pepe no se merezca nada, yo sigo echando de menos su sonrisa, cómo me miraba, lo que nos queríamos…, ¡lo que nos quisimos!

13

—Frank, Frank, necesitamos más metros de tela de todas las seleccionadas. El éxito ha sido rotundo. Qué maravilla… Esta mañana no para de sonar mi teléfono con pedidos de las invitadas de ayer y, sobre todo, con el mensaje del director general de Comercio de España, que quiere invertir en nuestro taller como ayuda a una pequeña empresa española que crea empleo en lugares del tercer mundo. ¿No te parece genial?

—Sí, señorita, estoy feliz y Moury también. La queremos mucho, señorita. Ahora ya creer que nuestros hijos poder estudiar fuera de Mukuru y ser buenas personas, y no morir por la droga o asesinados por bandas.

—Ya, Frank, a mí también me hace muy feliz poder conseguir eso para tus niños. Sabes que os quiero mucho, como si fuéramos familia.

—Sí, señorita, tú ser también mi familia.

Y así, hablando de nuestras felices expectativas, llegamos a nuestro pequeño taller. De nuevo abrazo a Moury. Han sido solo dos días sin verla y ya la echaba de menos. Su sonrisa es clave para mí y su cariño, esencial.

—Moury, ¡hemos triunfado! Nuestra falda ha impactado y ya tengo muchos nuevos pedidos. Además, el *Nairobi News* ha puesto unas fotografías de la fiesta de ayer y salgo en una de ellas, en la que dice: «La bella señorita española que ha creado una empresa textil en nuestra capital lucía una falda diseñada por ella misma y realizada en el barrio de Mukuru».

Moury me abraza, me besa y hasta bailamos sin música, pero con tanta alegría que nos salen los pasos sin pensar.

—Moury, por favor, tienes que enseñarme a bailar así. Me encanta, es fabuloso. ¡Qué ritmo!

Y de nuevo nos ponemos manos a la obra. Todo va fluyendo, el engranaje es perfecto, pero tengo que contratar a alguien que nos ayude a coser, pues hasta ahora solo somos dos y empezamos a no poder con todo. Está claro que lo mío puede que sea el diseño, pero coser a un ritmo profesional no me atrae, no estoy para eso. Y es así como, allí mismo, en Mukuru, el barrio más pobre y peligroso de Nairobi, comenzamos a buscar mano de obra para crear empleo y, sobre todo, esperanza. Es increíble hasta para mí y, por supuesto, para muchos incrédulos que nunca confiaron en mi insistencia, en mi tenacidad, y que no sabían que en este trabajo estaba mi salvación.

Moury me trae a algunas vecinas suyas. Una de ellas ya ha trabajado cosiendo para algunas tiendas, tiene idea del negocio; las demás parecen dispuestas, guapas, muy pulcras, y se muestran increíblemente animadas para trabajar. Puedo pagarles poco, pero para ellas es, por ahora, suficiente.

Y así, poco a poco, nuestro taller empieza a tener ambiente de fábrica. Trabajamos en cadena. No paramos ni un minuto, pero nadie nos quita las risas, la música y los bailes en el tiempo del almuerzo.

A mí me embriaga la ilusión por estar consiguiendo crear algo en Kenia, y Moury se está convirtiendo, sin esperarlo, en la encargada del taller, en el enlace perfecto entre mi gestión y la fábrica textil. Me entiende, conoce mis manías en los diseños y, sobre todo, sabe cómo los quiero. Además, nos prepara la comida diaria, siempre con menús kenianos, y poco a poco voy enseñándole algunas recetas españolas, como la tortilla de patatas —ya no lloro al olerla—, las patatas guisadas y una especie de gazpacho que les encanta.

Su inesperada inteligencia refleja refinamiento en sus gustos, y es inesperada no por ella misma, que es superlista, sino porque nunca había salido de las cuatro paredes en que se había convertido su hogar. Nunca fue a la escuela, a ninguna escuela. Es inteligente e intuitiva *per se*, y además, muy elegante.

A Frank, todo hay que decirlo, no le hace demasiada gracia tanta actividad de su mujer, pero lo va aceptando. Él sabía que había otro mundo más amable y civilizado que les podía esperar a sus hijos si prosperaban, como parece que puede suceder. Frank ha perdido algo de su «obediente esposa», pero solo algo, porque las mujeres en este país son tan laboriosas que aceptan trabajar de día y de noche, y seguir siendo esclavas de su hogar. Lo que tienen que hacer lo hacen, y punto, sin analizarlo, sin pensar.

Y así comenzamos a prosperar. Nuestro nombre va sonando cada vez más, y tanto a Frank como a mí, cabezas visibles del negocio, nos respetan almacenes y proveedores. Por las noches, y ya a solas en mi apartamento, el miedo de antes ya no aparece. Cuando llego a casa, abro las puertas de la terraza de par en par, enciendo mis velitas y pongo música de los Beatles o de Michael Bublé; siempre he sido muy sesentera en gustos musicales. Y tumbada en el sofá, con mi cabeza recostada en los cojines que compré al poco tiempo de llegar, me pongo a pensar en nuevos bocetos, a hacer números y a soñar despierta con que mis diseños se venden en todo el mundo, que las niñas de Frank estudian en una universidad, que Sandra se cura del todo… Y pienso en Pepe, y en mi hermana, y en mi sobrino…, y en mi madre.

—Sandra —le digo por teléfono a mi querida amiga—, necesito conocer algo más de Kenia. Llevo aquí un año y todavía no he estado en un safari fotográfico, ni he visitado las tribus masáis, ni he viajado a las grandes explotaciones de té. Sé menos de Kenia que cualquier turista que solo lleve aquí una semana. Por favor, hagamos algo juntas. Frank dice que viene conmigo, pero claro, no es lo mismo, y ya que te encuentras fuerte y bien, te vendrá también de cine desconectar de todo lo vivido. ¿Te apetece un «Thelma y Louise» pero con mejor final?

—Pero qué loquita estás, querida. Claro que me apetece, y contigo más. Pero no podemos ir las dos solas si queremos que sea un safari de verdad. La zona es complicada y por mucho que la conozca no deja de tener su riesgo. Qué te voy a decir después de lo que le pasó a John…

—Por cierto, Sandra, no dejo de pensar en lo que me dijo Philippe de tu marido. Cada vez estoy más segura de que tuvo algo que ver en el final de John. De ser amigo íntimo, como me dijo, a ponerlo de soberbio e intratable. Creo que hay mucha envidia y venganza en sus palabras, puede que tengas razón con tu intuición. Lo difícil será conocer qué es lo que le hizo cambiar tanto.

—Ojalá encontremos la luz. Me tortura pensar qué es lo que le llevó a semejante insensatez con los elefantes. No pudo ser otra cosa que un engaño, si no parecería casi un suicidio. Es que no tiene explicación.

—Bueno, Sandra, tranquila. Todo llegará, no te pongas nerviosa. Ahora nos toca descansar, disfrutar. Tú has pasado por momentos muy difíciles con tu enfermedad y yo he tenido demasiadas cosas que hacer en mi nueva vida. Tengo tantas ganas de salir, coger el coche, ponerlo en marcha y no saber cuándo volveré…

Y así comenzamos a preparar mi primer viaje por esta tierra que ya tanto amo. Kenia imprime carácter al que lo visita, pero mucho más al que lo vive. Su intrínseca desorganización, sus gentes simpáticas y cantarinas, la sabana, las plantaciones, la música, los colores, los olores, el riesgo, el miedo…, todo es fuerte y, cuando lo asumes, corre por tus venas como una especie de alimento diario. Yo, que vine hasta aquí huyendo e impulsada por la preciosa película *Memorias de África*, estoy feliz y me siento ya una más. Aunque mi vida no sea para nada como la película, seguir aquí me parece casi un milagro. Qué tiempos en Londres, en los Cotswolds, con lady Rowina, en las fiestas más sofisticadas y en los restaurantes *japos* de moda... Ahora me preocupan unas máquinas de coser, unas telas, una chabola y un pequeño apartamento en un rascacielos africano. Mi vida ha cambiado mucho, pero yo también he cambiado. Creo que ahora soy mejor persona, más de la tierra, más de la naturaleza y más de las personas, y eso me gusta.

Al día siguiente, tras confirmar que nos íbamos a ausentar para nuestro viaje, empiezo a organizar todo para que el taller siga el mismo ritmo de trabajo. Los pedidos, todavía pocos, están en marcha. Clasificamos las prendas más urgentes y Moury y yo decidimos cortarlas durante un día entero, pues este es, sin duda, el paso más delicado.

Frank nos ayuda a colocar todo por piezas: a la derecha, los pantalones anchos y largos, las faldas en el centro, las camisas, a la izquierda. Todo lo dejamos bien preparado para el momento de pasar por las máquinas de coser. En este paso Moury ya es la reina. Ejecuta y dirige a las otras mujeres con exactitud. Sabe casi mejor que yo cómo tiene que darse el último toque a cada prenda para que siente de maravilla, como a mí me gusta.

—Moury, por favor, ayúdame, quiero hacerme un *look* especial para este safari. Quiero estar fabulosa. Siempre he soñado con este momento y siempre me he imaginado en el *jeep* con mi salacot blanco para protegerme del sol, unos pantalones por encima de la rodilla, muy tipo colonial, y una camisa ancha ajustada a la cintura por un cinturón de piel marrón.

Naturalmente, también soñaba con un atractivo cazador a mi lado y a ese, ahora, ni lo tenía ni me apetecía nada.

Moury me sonríe. Cada vez entiende mejor mi inglés y nuestros gustos se asemejan de una manera tan total que a veces me produce escalofríos y me hace pensar si yo estaba predestinada a encontrarme con esta mujer tan distinta en todo y, sin embargo, tan parecida también.

Enseguida nos ponemos a ello. Frank ha ido al centro de la ciudad a comprarme el sombrero. Le he indicado que, por favor, traiga dos. Uno será para Sandra y le pondremos un forro especial con una de nuestras telas, quizás en color teja oscuro, casi cúrcuma. Una mujer como ella puede y debe hacerse notar, por lo menos de vez en cuando. Seguro que le encantará.

Acto seguido, y con un lino blanco maravilloso que encontramos con mucha suerte en un almacén, comenzamos a hacer mis preciosos pantalones por encima de la rodilla, anchos, nada ajustados, y con vuelta, lo que les dará un aire masculino que a mí me resulta muy sexi. Haremos tres, pues no es cuestión de pasar apuros en plena sabana si los mancho.

Las camisas decidimos que deben tener un sello particular de la casa y, a pesar de cumplir con el diseño clásico, forramos el cuello por la parte de atrás con nuestras telas kenianas, de tal manera que al levantarlos tengan un toque exótico que las haga originales y femeninas.

Y para las noches, que espero con ardor que sean bajo la luz de las estrellas, pienso que sería precioso hacer, para mí y para Sandra, unos turbantes, casi diademas, fiel reproducción de los que llevan las mujeres masáis. A nuestros pantalones largos y botas altas les daremos así un toque divertido y femenino para las veladas de «solo mujeres» que nos esperan en plena sabana africana.

Cuando le cuento a Moury la ilusión que me hace esta aventura, ella se pone a gemir o, quizás, a rezar en alto haciendo gestos de locura. Tiene miedo de que me pase algo, los locales son muy respetuosos con los animales y con la sabana, conocen sus peligros y no arriesgan. Y es lógico, yo también pienso en esos riesgos, pero me doy cuenta de que tengo ya tan pocos apegos humanos que lo único quizás que me importa es no sufrir; cualquier otra cosa para mí ya no tiene demasiada importancia, prefiero vivir estas experiencias a tope. El abandono sentimental y familiar me ha dado independencia y libertad. Ahora estoy sola, pero voy a disfrutar de sensaciones que no habría imaginado en mi vida anterior.

Llega el gran día. Frank me lleva a casa de Sandra, desde donde partiremos y daremos comienzo a nuestra aventura. Ella se ha ocupado de todo. Vamos con pocos acompañantes, pero muy expertos, para nuestra protección personal y, según me dice, les conoce muy bien pues trabajaron con John durante años.

—¡Sandra, ya estoy aquí, ya hemos llegado! —grito manifestando mi entusiasmo con mi elevado tono de voz y subiendo los escaleras a toda prisa.

—Pasa, querida. Siempre tan alegre… Solo por verte disfrutar y reír me apetece ir al safari.

En su precioso salón están el mayordomo y el resto del servicio sacando todas sus maletas y maletines a uno de los *jeeps*, vehículos de estética retro, aparcados en la entrada de la casa. Sandra, impecablemente vestida, se abraza a su pequeño. Es una estampa curiosa y muy tierna. Sandra muere por ese niño y el pequeño lo agradece con abrazos y caricias en las mejillas de su madre. Ha sido un regalo en su vida, quizás el mejor que nunca pudo esperar en el peor momento de su existencia.

—Bueno, bueno…, os habéis puesto muy emotivos los dos… Que solo nos vamos una semana.

—Tienes toda la razón, pero cada vez se me hace más difícil separarme de él.

—Sandra, perdona, pero te he oído llamarle «mi dulce Kiano». Pero si su nombre es John…

—Sí, así es, pero cuando le adopté era el nombre que tenía. En suajili significa «lleno de alegría», y a mí se me quedó grabado ese significado desde el primer día. Sabía que con él volvería la alegría a mi vida, y así ha sido.

El pequeño John tenía una misión en su corta vida y la estaba realizando a la perfección. No era casualidad que su nombre significara «lleno de alegría».

Y mientras colocan nuestros equipajes, nos sirven una refrescante limonada y unos sándwiches vegetales y de rosbif con mostaza. Qué delicia y qué delicadeza hay en esta casa. Qué exquisita educación la de Sandra, siempre atenta a lo que necesitan los demás.

Hablamos emocionadas, reímos y comentamos las posibles aventuras que deseamos disfrutar. Y digo disfrutar, y no sufrir, pues esperamos sobre todo pasarlo bien y que a las dos nos sirvan para relajarnos y olvidarnos del estrés que hemos vivido por distintas circunstancias.

Y ya, por fin, está todo preparado. El jefe de la expedición nos avisa de que podemos subir a nuestro *jeep* y comenzar el viaje. Vuelven los besos y abrazos de Sandra y su niño, y yo, sin dudarlo ni un minuto, hago lo mismo con Frank. Le abrazo y le doy las gracias por su ayuda y cariño. Él, intimidado por mi impulso, se sonroja —o por lo menos eso supongo— y me hace una pequeña reverencia con su cabeza, muy emocionado.

Sandra está tranquila. Se ha recuperado de su último tratamiento y si todo va bien, será ya el definitivo. Aunque todavía delgada, tiene un auténtico fachón; es lo que se define como una mujer con clase. Su perfecta melena, siempre con un corte recto pero moderno, y sus enormes ojos claros imprimen a su rostro una belleza atemporal. Sandra podría haber sido igual de bella en cualquier época. Sentadas en los asientos de piel del coche, miro su perfil y me llama la atención su fabulosa elegancia. Entonces le digo:

—Sandra, mira lo que te he traído... Que sepas que es exclusivo, igual que este no lo tiene nadie ni lo tendrá. Lo he hecho solo para ti —y le entrego el salacot forrado en tela color cúrcuma.

Sus ojos se iluminan, lo mira por delante y por debajo; le encanta y se lo pone de inmediato intentando verse en el espejo retrovisor del conductor.

—Es maravilloso. Pero qué idea tan fabulosa has tenido. El salacot es mi sombrero preferido, protege del calor y del sol, y este es espectacular, superglamuroso.

Sandra viste de color caqui, y el contraste con el sombrero le da un toque muy especial a su atuendo.

—Me alegro de que te guste. No lo tengo ni yo, y me hubiera encantado hacerme uno, pero he preferido que sea exclusivo para ti.

Mi querida amiga ríe, se lo quita y lo mira; se lo vuelve a poner y vuelve a mirarse en el espejo retrovisor. Está encantada y es que, francamente, le queda divino.

—No es por nada, pero es que estás espectacular. La delgadez te hace más atractiva si cabe. Qué obsesión tenemos las mujeres con los kilos, ¿verdad?

—Desde luego, somos nuestras peores enemigas. Tenemos una psique tortuosa, pero también disfrutamos mucho más de cualquier cosa. La delgadez es muy elegante, sobre todo para la mente femenina. A nosotras nos gustan las siluetas percha, porque en ellas todo sienta bien. Pero a los hombres, por lo menos a la mayoría, las curvas les ponen. Eso es indiscutible.

—Sí, y lo entiendo. Las perchas, como tú bien dices, son menos sexis, los hombres mueren por unas calorías bien puestas. Pero a nosotras lo que nos gusta es poco pecho, algo de trasero y piernas largas, ¡casi nada!

Y así reímos y hablamos mientras nuestros *jeeps* recorren con controlada rapidez los caminos que nos llevan hacia la reserva natural de Masái Mara, donde vive la etnia más famosa de África, los masáis.

Tengo que reconocer que mi corazón late con fuerza. Por fin voy a experimentar, en vivo y en directo, uno de los sueños imposibles de mi vida. ¿Quién no ha vibrado con Meryl Streep y Robert Redford en la belleza de *Memorias de África*? ¿O quién no ha pensado en ser la joven delicada y sensible a la que da vida Grace Kelly en *Mogambo*? Todas las historias cinematográficas rodadas en estas tierras son idílicas y llenas de sensibilidad, y a mí me han dejado una huella tan fuerte que por ellas me encuentro viviendo aquí ahora.

—Sandra, ¿el viaje es largo?

—Sí, más que por kilómetros, unos doscientos cincuenta más o menos, por la dificultad de las carreteras. Algunas veces tendremos unas asfaltadas y estupendas, y otras serán empedradas y de tierra. Esto es África, querida.

Con el teléfono no paro de captar imágenes. Un *selfie* de las dos, otro mío sola, muchos de los paisajes por los que discurre nuestro viaje…

—¿Le mandas a alguien esas fotos?

—No, querida, a nadie. Más me gustaría disfrutar estos momentos con mi madre y mi hermana. Estaba pensando en ello, pero, ya ves, algo tan precioso se quedará solo para mí.

—La verdad, es incomprensible cómo pueden tener tanta seguridad de que su criterio es el acertado. Comprendo el dolor, pero ya has demostrado con creces que tú fuiste otra víctima y que tuviste que expatriarte por la imposibilidad de vivir en la misma ciudad que ellas sin poder veros. Es bastante cruel.

—Terrible, pero es lo que me está tocando vivir. Pienso que creen que lo hice adrede, que tanto Pepe como yo sabíamos lo que estaba sucediendo… No sé, es que no tiene explicación.

—Pues ¿sabes qué te digo? Mándame por favor a mi teléfono todas esas fotos. Para mí son importantísimas. A partir de ahora comparte conmigo tus experiencias.

—Qué ideal eres, lo haré hoy mismo, y las de mañana, y las de toda la semana. A mis amigas de Londres tampoco se las quiero mandar. Conocen bien a Pepe y puede que le vean de vez en cuando. No quiero que nadie tenga una imagen mía que pueda ver él. Quiero desaparecer para todos ellos, los recuerdos son demasiado dolorosos todavía.

—Sigues enamorada de él, ¿verdad?

—Claro, totalmente, por supuesto, ¿y tú de John?

—Completamente.

Una rotunda declaración de nuestros sentimientos sin tapujos, con toda la crudeza, pero con toda la verdad. Sandra y yo ya estamos unidas por muchas cosas, pero sobre todo por la sinceridad.

Y por fin llegamos a nuestro destino. En la puerta del parque nacional nos detienen unos *rangers* que nos saludan y nos miran sonriendo. Por lo visto, todo el que pasa por esa puerta tiene que pagar una entrada por veinticuatro horas de estancia. A nosotros no solo nos dejan pasar sino que nos saludan con maneras militares, firmes y con la mano en la frente. A Sandra no solo la conocen, sino que la respetan y la consideran como alguien muy especial.

Nuestros dos *jeeps* atraviesan la puerta y, tras seis horas de viaje y con el horizonte iluminado por el atardecer, entramos en la inmensidad más famosa del mundo, donde más animales salvajes viven y conviven, donde las puestas de sol se graban en la retina de todo el que tiene la suerte de vivirlas, donde los silencios en la noche te esponjan el corazón y los rugidos de los leones en la oscuridad te encogen el alma.

Me cuesta respirar, la emoción es tan grande que decido cerrar mi mente a todo y solo mirar y llenarme de los olores y de los sonidos del silencio de esta inmensidad tan bella.

Hasta que, de repente, veo unas luces al fondo, a la derecha. Se lo comento a Sandra y ella me sonríe.

—Tranquila, querida. Allí nos espera mi primera sorpresa.

Oh, pero qué maravilla. ¿Qué será? Y minutos más tarde paran nuestros coches en un campamento tan precioso que ni mi imaginación, que es importante, habría llegado a idear.

Los conductores nos abren la puerta del coche. Nuestros cazadores blancos, rifle en mano, nos acompañan a la tienda de campaña, grande, beis, con cortina en la entrada. La leña arde en el
exterior, al lado de una mesa arreglada para la cena, y en el interior
también una especie de chimenea portátil de hierro, en el centro
de la estancia, da calor y color. Dos camas con dosel —más altas de
lo habitual por si por debajo pasan animalitos—, sábanas blancas
perfectamente planchadas y unas pequeñas mesillas de noche con
lámparas de gas. Nada puede superar esta belleza. Lo puede haber
igual, pero mejor, imposible. Y a cada lado, dos cuartos de baño,
uno con bañera —increíble—, el otro con ducha de suelo de
madera de teca, espejo y un lavabo con grifería dorada.

Voy hacia donde está Sandra y la abrazo. Sin palabras, en
silencio, con fuerza. Tengo mucho que agradecerle y quería que
lo supiera. Ella me separa, me mira y sonríe.

—Lo vamos a pasar genial —dice—. Va a ser inolvidable para
las dos. Para mí también es, casi, como la primera vez. Hace
mucho que quería hacerlo, pero no me atrevía por los recuerdos…

Nos cambiamos de ropa y nos refrescamos. Ya por la noche
nos ponemos el turbante masái, como una diadema, que he llevado
para nuestras cenas. Reímos y nos divertimos como solo lo saben
hacer dos amigas, dos mujeres, sin ningún hombre al lado. Solo el
género femenino sabe lo que quiero decir. No es que no les necesitemos a nuestro lado, es que sin ellos encontramos también una
felicidad especial, divertida, insustancial, pero muy apetecible.

Sentadas las dos en la pequeña mesa, con una carne asada en
las brasas perfectamente emplatada en una preciosa vajilla, algo de
ensalada y verduras, me invade una sensación cautivadora no solo
por el mágico ambiente creado, sino también por la tensión de la
noche en plena sabana. La copa de vino, de Rioja, por supuesto,
hace los estragos necesarios para disfrutar de tan increíble ambiente.

A veinte o treinta pasos de nosotras, nuestros cazadores
blancos y dos *rangers* vigilan la posible cercanía de animales sal-

vajes. En Masái Mara conviven los cinco grandes: el león, el elefante, el búfalo, el leopardo y el rinoceronte. Santo cielo, la preciosidad del lugar y la emoción del riesgo es auténtica adrenalina en vena.

—¿En qué piensas, Sandra? Estoy tan anonadada que no puedo ni hablar. Y te encuentro algo pensativa.

—Pienso mucho, mucho, en John. En las ocasiones que vine aquí con él, en lo románticas que eran para nosotros estas noches en el Masái Mara y también en la rabia que me da su manera de morir, en las características ocultas que tiene todavía su tragedia. El resultado de la investigación oficial fue «accidente por imprudencia», y, francamente, nunca, nunca lo creeré.

—¿Y nadie estaba junto a ellos, nadie lo pudo ver?

—Sí, sí, por supuesto. Nuestro servicio de vigilancia se echó las manos a la cabeza. De hecho, el cazador blanco salió detrás y llegó a disparar al elefante, pero llegó tarde. De la embestida, John saltó por los aires y cayó ya sin vida. El golpe del animal fue lo que le mató.

Oírla contarlo en este entorno es pavoroso. No me extraña que el lugar le recuerde la tragedia.

—Bueno, pues entre tú y yo conseguiremos saber algo más, pero ni hoy ni mañana ni en toda la semana vamos a ser ni espías ni investigadoras. Esta noche vamos a cantar y a disfrutar. Ahora mismo pongo música, pero música que nos anime, no quiero el *Réquiem* de Mozart. ¿Te parece bien Michael Bublé? Escucharemos las más animadas, no las románticas.

Y recostadas en las butacas plegables de madera y enea, y alrededor de la leña encendida, disfrutamos del final de la noche con nuestras copas de champán, cantando y riendo como dos adolescentes.

Algo maravilloso me está ocurriendo, algo increíble estoy viviendo: soy la coprotagonista de una aventura con el lujo y el riesgo como protagonistas.

He descansado bien, quizás demasiado bien para el lugar en el que nos encontramos. El champán y la confianza en la vigilancia me hicieron relajarme de tal manera que ni pensé por un minuto en la posibilidad de que algún animal no deseado entrara en nuestra tienda de campaña. Al despertarme, he respirado hondo, feliz como si estuviera viviendo un sueño, y me he dado una ducha rápida y reafirmante; he dejado la maravillosa bañera para la tarde.

Me visto de auténtico safari, casi de Diana cazadora, no me falta detalle, y me dispongo a salir a desayunar. Nada más abrir las cortinas, la fuerza del lugar me deja sin aire. Qué maravillosa sensación, qué paisaje tan único y grandioso: la tierra roja cubierta por hierba y espigas junto a los baobabs, los árboles de la sabana que, como preciosas esculturas, adornan el horizonte y lo convierten en majestuoso. Este árbol centenario me tiene enamorada ya desde hace tiempo, tanto, que hasta hice investigaciones sobre su belleza y singularidad antes de emprender el safari. Le llaman también «el árbol plantado al revés», pues más parece que la copa sean las raíces encima de un hermoso tronco, alto, grueso, imperioso.

Las fotografías más bellas de África casi siempre son las de preciosas y altísimas jirafas bajo la sombra de estos mágicos árboles. Pues bien, hoy, yo misma, voy a desayunar bajo sus ramas. Sandra ya me espera sentada mientras habla con uno de nuestros vigilantes. Todo parece de auténtica película.

—¡Qué bien has dormido! A punto he estado de despertarte, pues si queremos ver animales, cuanto antes salgamos, mejor. Pero estabas tan a gusto, tan relajada, que no he podido hacerlo. Ahora desayunaremos y empezaremos nuestra excursión cuando buenamente podamos. No hay estrés, solo buenas vibraciones y mejor humor.

Y mientras me comenta esto, uno de sus empleados, vestido con bermudas y camisa beis, comienza a servirnos el desayuno.

—Sandra, esto es una delicia. Es, es…, es algo tan maravilloso que río y río sin parar.

Huevos revueltos con salchichas blancas y pan tostado y, por supuesto, tiras de beicon churruscado como plato principal; café con leche, zumo de naranja y la mejor bollería que te puedas imaginar. Platos blancos, cubertería con mangos de madera y cristalería tallada visten la pequeña mesa colocada entre dos butacas, donde Sandra y yo volvemos a sentarnos al igual que en la cena.

—Sandra, creo que podría vivir contigo toda la vida. Si no fuera porque me gustan los hombres, y mucho, ahora mismo te pedía matrimonio.

—Qué cosas tienes, querida, ¡eres genial! Aunque es verdad que dos mujeres pueden vivir juntas sin ser pareja. ¿Te imaginas a dos hombres solos en la sabana tan felices como nosotras sin hablar de caza ni de mujeres o de fútbol? Claro que no.

Y así, totalmente entregadas, comenzamos nuestro primer día de safari. La sensación de aventura y la ausencia de compromisos creo que le está sentando de maravilla a Sandra. La veo con mejor color, mucho más animada y, por supuesto, entusiasmada con ser la anfitriona de algo tan excepcional.

Y sin perder un minuto subimos a nuestro coche, con el cazador blanco y su rifle bien colocado sentado delante, y con otro *jeep* de seguridad detrás del nuestro. Solo dos mujeres y cuatro hombres. Qué maravilla. No es un auténtico «Thelma y Louise», pero se parece.

A partir de ese momento comenzamos a ver y disfrutar de la presencia de los más bellos animales de la sabana. Los antílopes parecen acompañarnos en nuestro recorrido con sus saltos mientras, de vez en cuando, aparece un magnífico kudú que atraviesa de improviso el camino de tierra y barro. Belleza a raudales y fotografías por doquier. Es la maravillosa sensación de estar cumpliendo un sueño, y es un auténtico sueño lo que estoy viviendo. Además, todo son atenciones por parte de Sandra; me lleva donde sabe que hay algún leoncito pequeño y me cuenta la tremenda actividad de la mamá leona para saciar el hambre no solo de sus cachorros, sino también de su macho, al que tiene que alimentar. ¡Increíble! En esta tierra el género femenino lo tiene complicado.

En el camino tenemos la enorme suerte de ver, también, un enorme rinoceronte blanco, solitario, peligroso, casi jurásico. Siempre guardando silencio sepulcral y con la atención puesta en el rifle del cazador blanco, vemos cómo el enorme mamífero pasta con la tranquilidad del que se sabe poderoso, pues, por lo visto, es uno de los animales más mortíferos de la sabana. Adrenalina, nerviosismo, excitación, estrés… Pasión.

Por fin llegamos a la orilla del Mara, el fabuloso río de la reserva que nace en Kenia y llega hasta el lago Victoria. Estamos en época de migración y Sandra me dice que vamos a asistir a uno de los espectáculos más fabulosos de la naturaleza.

Detenemos nuestros *jeeps* y en el lugar elegido, colocan de nuevo nuestra mesa para el almuerzo.

—Aquí estaremos un buen rato —dice Sandra—, desde aquí tenemos las mejores vistas para un espectáculo protagonizado por los mejores actores que puedas imaginar. Pero mientras empieza la función, si te parece, he preparado algo que creo que te va a encantar.

En ese momento aparecen dos masáis con su llamativo atuendo de colores y enormes collares de abalorios de colorines.

—Oh, por favor, si son mis vestidos —y me echo a reír—. Qué elegancia tiene esta tribu, cómo son de especiales y de sonrientes. Desde mi llegada a Nairobi, me puse a estudiar algo sobre sus costumbres y constaté que la distinción que emanan también es con la que viven.

—Desde luego son fabulosos, como fabuloso es lo que van a hacer ahora. —Sandra sonríe con picardía mientras les pide que se acerquen.

Y de repente colocan a la orillita del riachuelo que tenemos a nuestros pies dos sillas, una junto a la otra.

—Siéntate a mi lado. Quítate el sombrero y suéltate el pelo —dice riendo.

Y sin podérmelo creer, veo que los masáis se ponen detrás de nosotras y con una jarra de metal pintada de blanco, de las desgastadas por el uso, comienzan a derramar agua sobre nuestras melenas. Yo río sin contenerme, muevo mis piernas de arriba abajo demostrando mi emoción, grito... Tras esto empiezan, con jabón o champú, no sé lo que es, a masajear nuestras cabezas de forma lenta y suave, y a la vez comenzamos a escuchar la melodía más fabulosa y emocionante que nunca pudiera imaginar: «Main Title», de John Barry, el tema más característico de *Memorias de África* suena para nosotras en el corazón de Kenia. ¡No puede ser!, pienso con los ojos cerrados. Y mientras discurre el agua por mi pelo, viviendo un momento tan romántico y femenino, no puedo por menos que pensar en Pepe. Qué feliz fui con él, cómo nos quisimos, cómo le quise y cómo me quiso. Y qué vileza tan grande me lo arrebató.

—Pero Sandra, qué más puedo esperar... —Y las lágrimas comienzan a desfilar por mis mejillas.

—Bueno, bueno, no te pongas así, que no es Robert Redford quien nos lava el pelo —dice demostrando que el sentido del humor ha renacido en ella. La calidad humana de esta mujer, tan generosa y detallista, me supera.

—Nunca te podré pagar con nada estas experiencias...

Y así, casi en el séptimo cielo, después del almuerzo y de dar un paseo las dos a solas —bueno, con nuestros guardaespaldas detrás—, llega el atardecer y con él, un sonido estremecedor seguido de una enorme polvareda. Es el momento que esperábamos. La explosión y el milagro de la naturaleza. El ciclo de la vida se cumple con la llegada de cientos de ñus y cebras que migran a otros lugares y que, a gran velocidad, quieren pasar el río para no ser capturados por los cocodrilos, que les esperan al acecho. Los animales saltan como locos, se amontonan, no quieren parar, pues la muerte les aguarda. La mayoría lo logra, otros caen de esta cruel manera. Qué crudeza tan impresionante.

Se va poniendo el sol y los maravillosos rayos caen sobre el horizonte en colores rojo, cúrcuma y fuego. Nuestra seguridad nos apremia a subir a los coches, tenemos que volver sin demora al campamento.

Tras media hora de camino a gran velocidad y dando fuertes botes por los baches y piedras, vemos al fondo, bajo la oscuridad completa, las luces de nuestras tiendas de campaña, una imagen inigualable, muy romántica, increíble.

—Sandra, qué día hemos pasado. Hoy sí que me voy a dar un buen baño en la maravillosa bañera que tenemos en la tienda, ¿te importa? Voy a poner música y con una copa de vino en mis manos, me voy a sumergir para, a solas y con el agua calentita, revivir las maravillas que he almacenado en mi cerebro y en mi retina.

—Haces muy bien. Mañana lo haré yo y hoy me ducharé para dejarte libre el baño. Tómate el tiempo que necesites, estos momentos son relajantes y únicos.

Qué razón tiene. Estos momentos hay que saborearlos. Desnuda, en el agua, con la espuma blanca a ras del pecho y el pelo mojado, disfruto del suave mareo que la copa de vino está produciendo en mi cerebro. Como inyectada con una poción mágica, mi cabeza, apoyada en la bañera, da vueltas mientras escucho *La Primavera* de Vivaldi. Un momento glorioso que, supongo, nunca más volveré a disfrutar, pero me voy a asegurar de que se me quede bien grabado para revivirlo a lo largo de lo que me quede de vida.

14

Termino de vestirme. Esa noche decido ponerme un vestido-camisa suelto hasta los tobillos y con los botones desabrochados por encima de la rodilla. La abertura deja ver mis piernas y también mis botas con calcetines, una mezcla poco ortodoxa, pero sin duda original y también sexi. En el pelo, el turbante que nos une a Sandra y a mí al pueblo masái. Es casi una diadema, muy ajustada, que deja parte de nuestra melena a la vista produciendo una sensación muy elegante.

—¡Qué maravilla, cómo te has vestido hoy! ¿También es tuyo este diseño?

—Por supuesto, todo lo que traigo me lo he hecho especial para el safari, así veo también lo que te gusta y me das pautas de lo que será un éxito.

—Pues anótalo bien, este vestido lo quiero, y sé que va a gustar mucho, seguro.

En ese momento comienzan a servirnos la cena. La noche es maravillosa. Los baobabs, iluminados por la increíble luna llena, parecen auténticas esculturas que se erigen regias en el horizonte. Para empezar, ensalada de tomate y queso *mozzarella* con hierbas aromáticas, aceite y aceto de Módena. Espectacular. Después, un sabrosísimo pollo asado a la brasa con patatitas redondas rehogadas en mantequilla y perejil. De llorar.

Sandra y yo no paramos de hablar, divertidas, pero siempre del presente y del futuro. No queremos recordar el pasado. A las dos nos duele y, sin haberlo acordado, estamos huyendo de meterlo en nuestra conversación. Está claro que queremos disfrutar sin pensar en nada doloroso.

Y de pronto oímos un ruido de motor de coche y a lo lejos vemos dos faros encendidos que se acercan a nuestro campamento con mucha decisión. Los vigilantes se ponen alerta, se acercan a nosotras para protegernos y, con rapidez, nos levantamos para ver quién es o qué ha pasado.

El cazador blanco y los dos masáis le dan el alto antes de llegar a nuestra tienda de campaña. Les vemos que hablan con dos personas, hombres, que se bajan del coche. No hacen ningún gesto extraño, no parecen preocupados y, al minuto, se dan la vuelta y juntos vienen hacia nosotras.

Sandra y yo permanecemos en el más riguroso silencio, absortas, entre el temor y la curiosidad. Y en cuestión de segundos empezamos a vislumbrar a los visitantes. A uno de ellos, casi con seguridad, le conocemos las dos. Su manera de andar, el tono de voz…

—Parece que es Philippe. ¿Puede ser?

—Sí, a mí también me lo parece —confirma Sandra.

Y ya es obvio: él comienza a reír de manera llamativa haciéndonos un gesto muy suyo.

—Chicas, ¿qué creíais, que era Robert Redford? Siento desilusionaros, pero también tengo mi club de fanes —nos dice como queriendo disminuir el *shock* que nos ha producido verle.

—¿Qué tal, Philippe? No te esperábamos. ¿Qué haces por aquí?

—Fui a tu casa a verte y allí me dijeron que habíais comenzado un safari, y, francamente, no había nada que me pudiera apetecer más en estos momentos. —Y haciendo un gesto hacia su mecánico, coge un paquete delicadamente envuelto y se lo da a Sandra.

—Sé que te encantan, y bajo la luna y las estrellas, en este maravilloso entorno, serán más deliciosas todavía.

Sandra abre el paquete mientras le mira. No está feliz de verle y creo que sabe que lo que le trae le va a hacer daño. Cuando lo termina de desenvolver, lo observa como quien ve algo esperado, y musita un «gracias» muy suave, casi sin voz, casi en silencio. Son unas trufas inglesas en una preciosa lata negra estampada con florecitas color rosa y malva. Sandra nos ofrece a los dos. Yo cojo una, Philippe otra, y luego ella la cierra como quien cierra un amargo capítulo de su vida.

—Philippe, estábamos a punto de ir a dormir. Ya hemos cenado, ¿quieres tomar algo?

—Si acaso una copa. ¿Me acompañáis?

Y a nuestras butacas de madera y cuero añaden una especie de *puff* que colocan encima de la alfombra que habían extendido para la hora de la cena.

—Ya veo, Sandra, que has preparado el campamento en la versión más lujosa. Me recuerda al día que vino con nosotros la princesa de Gales. Las tiendas de campaña son las más sofisticadas que tienes, con las cortinas de algodón beis y el suelo de madera de teca. Mucho tienes que querer a nuestra amiga para que la estés agasajando como a nuestra querida Diana.

Quizás por el tono de voz, creo apreciar cierto sarcasmo y mala intención en las palabras de Philippe. Está claro que viene a nuestro lado para incomodarnos, no para hacernos la vida más agradable. Y noto el coraje que le está dando a Sandra.

—Pues sí, Philippe, me está cuidando como a una auténtica princesa. Y además, supongo que Diana estaba acostumbrada, pero yo, en cambio, estoy viviendo un sueño que nunca sabré cómo agradecerle —le digo con sinceridad y el corazón en la mano.

—Claro, querida, como te dije en su casa la primera noche que coincidimos, has sido invitada por la mujer más admirada de estos lares africanos. Ella y su marido, además de por sus familias y por su buena educación, cultivaron el arte de recibir y han sido los mejores anfitriones conocidos en nuestra comunidad.

—Ya imagino que no puede haber muchas personas como ella. Ni aquí ni en Madrid ni en Londres ni en Sebastopol. No creas que soy una especie de paleta venida a más. Todo lo contrario, fortuna no tengo, pero sí puedo presumir de amigos con mucha calidad humana y acostumbrados a dar fiestas fabulosas. Y aun así, Sandra, desde luego, es la reina del buen gusto.

En ese momento, Sandra se despierta del ausente letargo en el que se encontraba desde que había recibido la cajita de trufas.

—Philippe, no digas tonterías, por aquí hay mucha gente, hasta los mismos profesionales de organizar safaris, que no me tienen nada que envidiar.

—Pero, querida, por favor, qué dices… Hasta la misma Diana nos comentó, a solas y sin estar tú delante, que estaba asombrada por el buen gusto y las perfectas maneras de tu servicio. Esa manera de servir la mesa de tu mayordomo, las vajillas y cristalerías, el vino que acompaña tus exquisitos menús, las velitas encendidas y hasta postres, maravillas gastronómicas que nadie podría imaginar que existen en el centro de África, y a las faldas del Kilimanjaro.

—De eso doy fe —exclamo—. Hoy hemos desayunado hasta bollos y cruasanes caseros. Y ya que hemos sacado el tema de la princesa, por favor, decidme, ¿qué os pareció? ¿Cómo era en las distancias cortas?

—Increíblemente bella, querida —asegura Philippe—, distinguida en sus maneras y discreta en sus manifestaciones. Pero, sobre todo, tenía unas piernas largas largas, muy definidas por el trabajo en el gimnasio, muy atractivas, y ella lo sabía. —Y sonríe pícaramente.

—Philippe, no quiero que resumas en su físico lo que era la princesa. Diana no se merece pasar a la historia por su magnífico y extraordinario físico. Diana era bella, pero muy bella de verdad, por fuera y sobre todo por dentro. Todos sabemos que había sufrido sobremanera, y no lo ocultaba, pero lo que había conseguido con ese sufrimiento era convertirse en más humana, más cercana. Le interesaba todo y todos. Quería saber cómo vivíamos aquí y qué es lo que nos hacía felices. También habló, y mucho, con el servicio, visitó a las familias del mayordomo y la cocinera. Quiso comprobar por ella misma cómo vivían las tribus masáis y, aunque le pedimos que no lo hiciera, se introdujo en una de las cabañas donde varias mujeres amamantaban y vivían con sus numerosos niños, por supuesto sin fotógrafos a los que demostrar nada. Lo hizo porque era su manera de ser, abierta, cariñosa, solidaria. Le advertimos del hacinamiento y del olor, a veces insoportable, pero a ella no le importó y disfrutó con esos niños, que terminaron riendo y tumbados en su regazo. Diana era muy, muy especial. Le gustaba la vida y le gustaba vivirla.

—¿Y por qué llegó hasta aquí, a tu casa precisamente, Sandra?

—La familia de John conocía de siempre a sus padres. Mi suegro estudió con el conde Spencer en Eton y desde entonces cultivaron una estrecha amistad. Fue cuando Diana, separada, divorciada y abandonada a su suerte, empezó a redescubrirse y a demostrar al mundo que ella valía, y mucho, y decidió venir a África. Recordarás las imágenes de la princesa con un chaleco en su pecho, una máscara de protección transparente sobre sus ojos, camisa blanca de Ralph Lauren, pantalones blancos y con sus Tod's beis, andar sola y ante numerosísima prensa por un camino de minas antipersona. ¿Lo recuerdas? —asiento con la cabeza, no puedo dejar de escuchar—. Diana vino mucho a África, pero fue en esa ocasión cuando el mundo supo que estábamos ante una princesa increíble y única. Sus caricias a la pequeña niña, Tigica se llamaba, con una pierna mutilada por una mina en la guerra de Angola y la mano tendida al enfermo de sida en un hospital de Londres cambiaron el rumbo de esas dos tragedias de la humanidad. Y Diana tuvo mucho que ver en la toma de conciencia de la sociedad, que miraba para otro lado. Desgraciadamente murió al poco tiempo de estar aquí y no pudo ver cómo Naciones Unidas terminaba la lucha que ella había comenzado prohibiendo la utilización y la fabricación de las minas antipersona.

Escuchar este relato, bajo las estrellas e iluminados solo por velas y lámparas de gas, resulta conmovedor.

—Oh, Sandra, estoy impresionada. Aunque conocemos todo sobre ella, la profundidad de tus palabras sobre sus acciones me ha emocionado. Qué pena que terminara su vida de manera tan trágica e inesperada.

—Ya, querida —en ese momento noto que me hace una especie de señal—, a veces las personas, y también las mejores personas, se van de este mundo por acciones inesperadas. Está claro que ella nunca debió ir en coche sin escolta y a toda velocidad por las calles de París. Igual que John, que, con la experiencia que tenía, nadie podía esperar que se bajara del *jeep* aquel día estando tan cerca de una manada de elefantes.

Y entonces, miro con mucha cautela a Philippe. Sin duda ha acusado el mensaje de Sandra. Su cuerpo permanece rígido, pero su rostro se ha descompuesto. No cabe duda de que podría estar ocultando algo.

El resto de la noche es todo un tira y afloja de Philippe conmigo. Que cómo es que trabajo en un gueto, que qué mal de amores me trajo a Kenia, que quién era el hombre que tanto daño me había hecho, que quién era yo antes de convertirme en la amiga preferida de su amiga... En sus preguntas hay de todo: ¿curiosidad, cotilleo, ganas de hacerme daño, algo de flirteo...? Philippe no es ajeno a nada, pero creo que nunca me perdonará que no subiera con él a aquella habitación del hotel Kempinski en Nairobi.

—Chicos, me voy a dormir, mañana tenemos un día duro. Philippe, ¿vendrás con nosotras el resto del safari? —pregunta Sandra.

—Por supuesto, cuenta conmigo. He venido a eso. No me perdería por nada del mundo las caras y las expresiones de nuestra amiga, la diseñadora de sueños africanos —dice refiriéndose a mí.

—Pues nos vamos, entonces. Siento mucho que no tengas una tienda de campaña solo para ti, tendrás que compartirla con Michael, ¿te parece?

—Por supuesto, no me importa nada.

Y con un tenue adiós nos despedimos. Yo estoy deseando hablar con Sandra, algo me hace sospechar y quiero contrastar si ella también lo ha apreciado.

Nada más entrar en la tienda me hace un gesto de silencio con la mano en su boca. Está claro que también lo ha notado y que no quiere que oiga nuestra conversación. Para Sandra esto es vital. Su mayor sufrimiento desde hace tiempo no ha sido solo el hecho de perder a John, sino que la hayan obligado a creerse que su marido cometió porque sí una infracción tan peligrosa como la que le llevó a la muerte.

Se me acerca y me dice al oído:

—Has notado algo en su rictus, ¿a que sí?

—Por supuesto, Sandra, ahora sé que algo nos oculta y que posiblemente tienes razón.

Sandra se lleva las manos a la cabeza, se toca su corazón y se seca unas ligeras lágrimas que derrama entre la nostalgia y la emoción.

—Sandra, he pensado que podíamos hacer algo. Si quieres lo hablamos. Lo he meditado y, aunque es arriesgado, creo que ahora es el único momento en que podemos conseguir desenmascararle. Como sabes, lo que me extrañó cuando estuve a solas con él fue que hablara mal de John, que no tuviera ni la menor vergüenza en criticar su manera de ser y que hubiera cambiado, por supuesto, a peor. Llegué a pensar que, a lo mejor, lo que le pasaba a Philippe era que estaba enamorado de ti y que por esa razón no había sido capaz de hacer una crítica de tu marido con frialdad y rigor. Pero, Sandra, esta noche me ha parecido que oculta algo más. Estoy bastante nerviosa.

Y, sentadas en la cama, muy cerca la una de la otra, le cuento lo que creo que podríamos hacer. A Sandra le parece peligroso, pero está dispuesta a todo. Está segura de querer hacerlo y yo estoy absolutamente comprometida a ayudarla. Lo haremos las dos, lo intentaremos.

Antes de irme a mi cama, no puedo por menos que preguntarle:

—¿Y por qué motivo unas trufas en una caja monísima te han descompuesto? ¿Crees que no me he dado cuenta?

Sandra sonríe como diciendo «qué bien me conoces», y contesta:

—Es que Philippe sabe cómo hacerme daño, y, claro, lo consigue. Las trufas que me ha dado son las que siempre me traía John cuando volvía de Inglaterra. Era casi como una tradición que todos saboreábamos con un café cuando, ya de vuelta, nos contaba sus avances en su viaje. Philippe sabe que algo sospecho sobre él, y creo que me manda mensajes sutiles para que le tenga miedo.

—¡Santo Cielo! Qué frialdad…

Tengo que decir que apenas he podido dormir. Lo que vamos a hacer es desagradable, forzado, violento, todo lo contrario de como considero que soy. Sandra tampoco ha dormido. Aunque no se lo he preguntado, lo sé porque la escuché moverse sin parar en la cama, daba vuelta a la derecha, luego a la izquierda, sacaba los brazos y luego se tapaba. Yo he permanecido despierta pero más quieta. A mí me resulta difícil lo que vamos a hacer, pero no es trascendental en mi vida. Para ella sí lo es.

—Sandra, ¿estás preparada?

—Sí, ya lo tengo todo. Espero no olvidar nada.

—Has metido todo en la mochila, ¿verdad? No la olvides, por favor.

—No te preocupes, lo sé.

Y las dos, nerviosas pero aparentando tranquilidad, nos dirigimos a nuestra mesa de desayuno. Allí nos espera Philippe. Como siempre vestido de beis; no le falta detalle. Parece sacado de una preciosa película de safaris. Es atractivo, con muy buena pinta, y viste como nadie había visto en Kenia. Sahariana beis, a juego con el pantalón bermuda, bota de cuero de caña alta y, por supuesto, el salacot.

—Buenos días a las dos. ¿Qué tal han descansado mis mujercitas?

La dos nos miramos y sonreímos. Estamos muy nerviosas y esa frasecita nos acaba de descomponer.

—Muy bien, Philippe. Deseando comenzar ya el safari. Hoy es el día de los cinco grandes y no veo el momento... —digo como para destensar el ambiente.

—Pues, rápido, desayunemos y salgamos. Los animales nos esperan con toda su espectacular belleza.

Mientras hacemos esto, Sandra se acerca al cazador blanco para decirle que yo, hoy, llevaré un rifle en mis manos. Que tenemos permiso de caza y que si algún kudú aparece tengo verdadera ilusión en intentar disfrutar del lance. Y dicho y hecho. A los pocos minutos se acerca y me lo entrega con sumo cuidado. Yo lo recojo como si estuviera muy acostumbrada, y también guardo con naturalidad las balas que me entrega con la otra mano.

—Pero, querida, si nuestro safari es fotográfico, yo no he traído ningún arma. Además, ¿tú eres aficionada? No tenía ni idea —pregunta Philippe.

—Me encanta, en España cazaba con mi padre. Lo que más me gustaba era acompañarle a las monterías y esperar al cochino. Eran minutos que parecían horas, la tensión tan brutal y la adrenalina tan apabullante... Así que sí, la verdad, creció la afición en mí.

No todo era mentira, claro, alguna vez había acompañado a mi padre, pero no había cazado en mi vida, aunque sabía cómo manejar y cargar un rifle.

—Pues apunta bien, por favor —dice divertido.

—Eso haré, no te preocupes.

Subimos al *jeep*. Sandra, Philippe y yo nos ponemos en el mismo asiento, detrás de nuestro conductor y de Michael, el cazador blanco. Los tres con nuestros prismáticos colgando del cuello, comenzamos la aventura que esperamos tenga el final que imaginamos.

Avanzamos por senderos, atravesamos riachuelos, y nuestras cabezas chocan de vez en cuando con las copas de las acacias que se cruzan en nuestro camino. Y paramos a ver unas leonas que retozan bajo la sombra de un baobab, y a un rinoceronte pastando en la pradera. Mientras esto sucede, Philippe disfruta explicándonos la manera de vivir de cada animal. Se encuentra en su salsa, por supuesto como macho alfa, hasta que llegamos a la zona que ellos conocen como «de elefantes». Entonces nuestro *jeep* frena despacio, pero casi en seco. El conductor nos hace un signo, hacia la izquierda, como avisándonos de que los elefantes están por allí, cerca. Philippe coge sus prismáticos y empieza a otear los alrededores.

—Creo que veo alguna enorme oreja moverse entre los árboles. Preveo que vamos a ver grandes monumentos.

En ese momento cojo mi rifle, Sandra mete la mano en su mochila y saca una pistola, y poniéndome de pie y apuntando a Philippe a la cabeza, exclamo:

—¡Haz el favor de bajarte del coche! ¡Que te bajes del *jeep*! —grito como nunca lo había hecho.

—Pero ¿qué dices? ¿Estás de broma? Oye, ten cuidado que las armas son peligrosas.

—Muy peligrosas, tan peligrosas como tú.

Mientras, Sandra permanece en silencio, demudada, apuntándole con su pistola, temblando, blanca como la cera.

—¡¿Qué haces, por favor, qué haces?! —dice mientras desciende del *jeep*, abrumado, tropezando con todo.

—Philippe, o nos dices qué paso con John el día de su muerte o te abandonamos a la suerte de la embestida, y sabes que la habrá.

Nos mira con terror mientras yo, a gritos, le ordeno, apuntándole con el arma, que siga hacia adelante, hacia donde están los elefantes.

Él se arrodilla, suplica y llora.

—No quiero morir, ¿qué vais a hacer conmigo? —Y a gritos llama a nuestros vigilantes, pero ninguno se mueve. Sandra les ha puesto sobre aviso. Philippe tiene que sentirse contra las cuerdas. Empezamos a oír movimiento entre los árboles. Philippe también lo oye.

—Por favor, os lo diré todo, os lo contaré todo… ¡Por favor, por favor!

—Cuéntanoslo ya. Estás en el límite —le digo mientras le sigo apuntando con mi rifle,

—Sí, fui yo quien obligó a John a bajarse del coche y dirigirse hacia los elefantes. Hice lo mismo que hoy estáis haciendo vosotras conmigo. John, desde el principio, entendió que yo buscaba su muerte, se dio cuenta enseguida, y susurró tu nombre, Sandra. Y el resto, lo que pasó, ya lo sabéis. Y tuve la mala suerte de que salió perfecto. Estoy arrepentido, muy arrepentido, de verdad. Por favor, dejadme subir, ¡no me dejéis aquí! —grita.

—Pero dinos por qué, por qué querías que muriera.

—Oh, no, no me hagas contarlo delante de Sandra. Sandra, lo siento, lo siento…

—Philippe, te aseguro que ponemos el coche en marcha y nos vamos y te dejamos después de provocar nosotras la estampida.

—John me descubrió, descubrió que me estaba enriqueciendo con la caza furtiva del elefante y, por supuesto, con la venta del marfil. Llevo años viviendo de esta terrible manera, y John lo averiguó. Me lo insinuó muchas veces, hasta que días antes me aseguró que lo sabía y no me quedó más remedio que organizar esta tragedia. ¡Oh, por Dios! Ese mismo día me había dicho que me llevaría a los tribunales. A mí y a Camille. Y en este país la pena es la muerte.

Sandra se desploma sobre el coche, no puede más, llora y llora, y grita contra Philippe:

—¡Lo sabía, lo sabía!

En ese momento, el cazador blanco, que conocía nuestras intenciones —y que lo escucha todo—, lo sujeta y lo lleva al otro *jeep*. Evidentemente, él sí que lleva el rifle cargado, nosotras, lógicamente, no. Ninguna tiene cargada el arma, pero Philippe se lo ha creído.

La vuelta al campamento es muy dura. Los del otro coche, tras dejarnos en las tiendas de campaña, llevan a Philippe a la policía de la reserva. Allí siempre están los *rangers* y en sus manos, y bajo denuncia de posible asesinato u homicidio, se lo llevan a Nairobi. Los vigilantes lo han oído todo y son los primeros en declarar y denunciar. Nosotras lo haremos al día siguiente.

Una vez en el campamento, Sandra y yo no podemos ni hablar. Permanecemos juntas, en silencio, acurrucadas en unas mantas. A pesar de las buenas temperaturas de la noche, tenemos frío, mucho frío.

Sandra llora mientras llama a su marido: «¡John, John!», y mira al cielo. Supongo que está reviviendo el día de la tragedia. Ya no era el día de su muerte, era el día de su asesinato. Ella siempre lo imaginó, y aunque está destrozada, sé que, a partir de ahora, empezará a vivir con más tranquilidad y más segura.

La acompaño a la cama, la desvisto y la tapo con sábanas y una manta que la protegen. Está en *shock*.

Cuando logro tranquilizarla y consigo que duerma, salgo al exterior y respiro el fresco y limpio aire de la noche, y comienzo a llorar sin freno, como una niña, sin consuelo. Ha sido tal la tensión, que por algún lado tiene que salir. No estoy contenta con lo que hemos hecho, y aunque ha sido la manera de descubrirlo, no somos personas acostumbradas a estas situaciones tan terribles. Todavía soy incapaz de comprender cómo he conseguido hacerlo sin desmayarme, cómo he sacado fuerzas para apuntar con el rifle a Philippe.

Me siento en una de las butacas y me pongo a mirar el precioso horizonte keniano. No quiero abandonar este maravilloso lugar con tan amargo sabor. Y enfrascada en la tragedia y en el sosiego de la noche, aparece Pepe de nuevo en mi mente, en mi corazón, y por primera vez me parece lejano, como de otro siglo. Me pongo a temblar, yo también tengo frío, y siento desconsuelo, pero sé que ya soy otra persona y que mi futuro, aunque con mucha tristeza, no está con él. África me ha cautivado, él me ha decepcionado y Sandra ya es mi familia.

15

A la mañana siguiente nos levantamos casi a la vez. Muy temprano, pero, por lo menos, Sandra ha dormido algo.

—¿Cómo te encuentras?

—Mejor, quizás más tranquila, pero con una pena profundísima. Le perdí por culpa de un indeseable furtivo vestido de lord inglés… Y, querida, me llamó, dijo mi nombre antes de morir… —exclama miéntras solloza.

—Bueno, Sandra, ya no lo pensemos más. Tienes que sentirte bien porque, por fin, has descubierto lo que imaginabas. Desde el primer día me dijiste que desconfiara de Philippe, que no era trigo limpio. Hasta te parecía posible que fuera espía, ¿recuerdas? También me dijiste que aparentemente no trabajaba en nada y que vivía a cuerpo de rey. Pues aquí lo tienes, todo al descubierto, todo coincide. Es un vil traidor, un furtivo sin escrúpulos, con el que bailé uno de los mejores bailes de mi vida y con el que a punto estuve de acostarme en un maravilloso hotel de Nairobi. —Y me río. Y miro a Sandra y veo que, por fin, ríe también y se relaja.

Juntas volvemos a casa. Ya no tenemos ganas de seguir. El *shock* producido ha sido demasiado importante. Ni ella ni yo podemos quitarnos de la cabeza aquel momento, cada una con un arma en la mano apuntando al que, tiempo atrás, considerábamos un amigo.

—¿Sabes qué te digo, Sandra? Si quieres, podrías trabajar conmigo en mi pequeña empresa, o por lo menos echarme una mano en la organización de desfiles y presentaciones. Tú eres el centro de la alta sociedad de Nairobi y seguro que te sirve para entretenerte, olvidar y divertirte. A mí me haces mucha falta. ¿Te apetece?

—Oh, déjame pensarlo. Es una bonita oferta, y no parece difícil. Aunque en principio no pueda estar al cien por cien, podemos empezar por hacer una reunión en casa. Para mí, desde luego, es divertido y es lo que más acostumbrada estoy a hacer.

Y de nuevo sonreímos las dos. Volvemos agotadas, destrozadas, pero somos fuertes. Sandra y yo no somos almas gemelas, pero tenemos mucho en común, sobre todo fuerza y creo que nobleza.

En su casa me espera Frank. Le he llamado para que me venga a recoger, aunque nada más llegar tenemos ya a la policía aguardándonos. Como Sandra es muy conocida y activa en causas solidarias, le hacen el favor de declarar allí mismo. Yo también lo hago, y tras nuestro común testimonio nos dejan libres pero con cargos, ya que Philippe nos ha denunciado por acoso y amenazas con armas de fuego. Y es verdad, claro.

Luego nos despedimos. Un abrazo muy, muy fuerte sirve de nuevo para sellar nuestra amistad. Ahora, además de amigas, hemos intimado en el oscuro mundo del crimen, pero estamos dispuestas a borrarlo de nuestras mentes y de nuestros corazones.

—Frank, qué gusto volver a verte.

—Señorita, yo enterarme de lo que tú hacer. Terrible, terrible.

—Sí, terrible, pero necesario. La señora Sandra lo suponía desde hacía tiempo y, sin esperarlo, él apareció en nuestro safari, y allí mismo lo decidimos. Era o ese momento o ninguno.

—Estamos impresionados, señorita. Moury llora y llora. Cree que la han querido matar a ti. No hay quien la convenza de lo contrario.

—Pobrecita. Qué suerte tienes con ella, Frank. ¿Y qué tal ha ido todo?

—Bien, todo bien. ¡Si estar muy poco tiempo fuera!

Y es verdad. El safari iba a durar siete días y al cuarto ya estamos de vuelta.

—Llévame a casa, por favor. Estoy agotada. Mañana, si te parece, me recoges temprano y volvemos al taller con más ganas. Hoy no puedo, estoy rota. ¿Hay algo urgente?

—No, señorita, tranquila.

Y así llego a casa. Subo sola, ya no hace falta que Frank me acompañe. Abro la puerta y tengo una sensación de relax. Por muy sencillo que sea mi apartamento, he logrado darle un toque cómodo. Me ha llegado una preciosa lámpara que compré *online* y la he puesto al lado del sofá. Es de pie, de madera negra y con una pantalla preciosa en tela blanca, con una tira negra y otra cúrcuma que le da un toque acogedor y moderno. Poco a poco la casa está quedando ideal y yo cada día me encuentro más a gusto. En el noveno piso de un rascacielos en el centro de Nairobi vivo sola y me gusta… Muy fuerte, ¿no?

Al día siguiente, todavía impresionada por lo que ha pasado, lo primero que hago es llamar a Sandra para comprobar que está bien. Se encuentra con su hijo en casa, tranquila, reponiendo fuerzas físicas y mentales.

—Cuídate, por favor. Y sí, tranquila, el fin de semana lo paso contigo en tu casa.

Me dedico a ordenar mi ropa y mis cosas, es la mejor manera de olvidar los increíbles momentos pasados. Me convenzo de que lo mejor es no volver a pensar en lo sucedido y esperar el juicio. Con ese ánimo, deshago las maletas y pongo en una bolsa el vestido de botones que tanto le ha gustado a Sandra, los pantalones bermudas y la camisa con el detalle tribal en la trasera del cuello. Son las prendas que más nos han gustado a Sandra y a mí, y las quiero añadir a nuestra colección. En Nairobi están muy acostumbrados a ir a safaris, pero esta ropa con tantos detalles no la han visto nunca, seguro que tendrá éxito.

Después levanto los cojines del sofá, los aireo y abullono. Los coloco por tonos para que queden más coordinados, y a los pies pongo una alfombra de cebra que me han regalado en la reserva, durante el safari. Por supuesto, no la maté yo, pero ya que es un regalo, la extiendo en mi salón y el cambio es fabuloso; el exotismo de esta piel da un subidón a la estancia.

Tras hacer la cama, colocar todos los cuadrantes como a mí me gusta y limpiar un poco las mesillas de noche, me dispongo a darme la ducha que tanto necesito. Bajo el agua recuerdo el momento en la bañera, en medio de la sabana, como algo mágico. Ha sido una experiencia única, casi de película, pero este agua que cae con fuerza sobre mi pelo y mi cuerpo desnudo me está curando, me está sanando, desestresando. Y así permanezco más de veinte minutos sin pensar en nada concreto, pero pensando en todo a la vez. Me parece mentira haber vivido semejante episodio y haber sido capaz de hacer lo que hice. Sigo sin creerlo del todo, pero así ha sucedido. Si lo que quería era tener experiencias extraordinarias, sin duda lo he conseguido, quizás demasiado fuertes. Las indagaciones e investigaciones continúan, y ya nos han avisado de que tendremos que acudir al juicio que se celebrará en unos meses. Todo es como un mal sueño.

Con mis toallas blancas —el color que más me gusta para las toallas—, envuelvo mi pelo y me seco el cuerpo. Mucha crema y un gran masaje para hidratarme bien, y tras desenredar el cabello con el cepillo, decido dejar que la melena se seque sola. No tengo ganas de utilizar el secador. Necesito completo silencio, si acaso algo de música, pero ya es tarde y Frank estará al caer.

Vuelvo al trabajo con renovado ánimo. Preciso rodearme de vida, de alegría, de esperanza, y eso, en este momento, lo tengo en

Frank y en su familia. Ellos vibran conmigo con cada prenda que nos piden, con cada costura que terminamos.

Bajo con mi bolsa y me encuentro a Frank en la puerta y, por supuesto, con nuestro coche, que ya es casi suyo.

—Buenos días, señorita. ¿Descansar bien?

—Sí, Frank, ya estoy como nueva y deseando ponerme a trabajar.

—Eso ser muy bueno. Tener mucho que hacer.

Mientras vamos hacia el suburbio de Mukuru, el teléfono no deja de sonar para pedirme información sobre nuestro trabajo y sobre la posibilidad de verlo.

Llamo entonces a Sandra.

—Hola, Sandrita, aquí estoy de nuevo, y ya me están preguntando cómo y cuándo podrán ver nuestros modelos. ¿Organizamos por fin un desfile en tu casa, te apetece? Se trataría de invitar no solo a tus amistades, sino también al representante del Ministerio de Industria de Kenia. Me he enterado de que están subvencionando a pequeños talleres textiles. Por lo visto, ha decrecido mucho este sector y quieren impulsarlo. ¿Y quién está dispuesta a que la subvencionen? Pues yo, claro, y que me den gasolina, que verán hasta dónde llego. Bueno, hasta dónde llegamos, socia.

Sandra ríe encantada al otro lado de la línea. No para de hablar y de proponerme tal o cual persona: un embajador con su mujer, un director de banco con su esposa, sus amigas de toda la vida, una actriz keniana a la que le gustará vestirse un poco más occidental… La ilusión, desde luego, vuelve a su vida y eso demuestra, entre otras cosas, que su enfermedad ha desaparecido —por lo menos los síntomas— y que el trance por el que acabamos de pasar la ha hecho más feliz que desgraciada. ¡Lo conseguimos!

Al llegar a nuestro taller, Moury está fuera, en la calle, esperándonos. Se abalanza hacia mí, me besa y me abraza. Llora al tiempo que ríe. Yo cojo su cara entre mis manos y, muy despacio, le digo:

—Moury, estoy bien, muy bien. Mírame, estoy entera y deseando trabajar de nuevo contigo.

Abrazadas, entramos en la nave. Qué agradable impresión me da. Todo está reluciente, recogido, las prendas nuevas colgadas en el burro, al fondo, y las mujeres contratadas cosiendo en las máquinas a toda velocidad. Levantan sus ojos, me miran y me sonríen. Se aprecia que están contentas, y eso me gusta muchísimo. Mi experiencia en la gestión del trabajo me dice que, lo primero, lo más importante, es la conexión perfecta del equipo. Buen ambiente, buen ánimo y buen trabajo, solía pensar siempre que comenzaba un negocio y creo que eso lo he conseguido con estas personas tan amables como necesitadas.

—Moury, el vestido abotonado ha sido un rotundo éxito, tenemos que incluirlo en la colección. Y los pantalones y la camisa de safari. A Sandra le han encantado y ella tiene muy definido el gusto. Así que, manos a la obra, tenemos que empezar a cortar y a coser, y, por supuesto, diseñaré algo especial e impactante para el final del desfile. Creo que está muy cerca...

Con un gesto llamo a Frank a mi mesa.

—Siéntate, Frank, que vamos a comenzar una nueva inversión. Cuando he estado en la reserva Masái Mara, dos masáis vinieron junto a nosotras y comprobé que sus telas y abalorios eran, si cabe, más puros, más especiales que los que conseguimos nosotros. Quiero intentar teñir aquí el algodón y que nuestras telas sean también únicas y exclusivas. Los negocios pequeños que más prosperan son los que pueden ofrecer singularidad, los que sorprenden. Tendremos que contratar a dos masáis, preferiría mujeres pues encuentro que están más necesitadas. Comprar los tintes que más nos gusten para nuestros vestidos y hacer de cada diseño algo exclusivo para nuestras clientas. Esto puede ser la bomba, ¿no crees?

—Tú saber más que yo, señorita. Yo siempre creer que pintar telas era de tribus, no de señoritas, pero si te parece bueno…

Me hace gracia. Frank siempre da en la diana. Tiene una capacidad de deducción casi exacta.

Empezamos una nueva etapa en nuestro taller. Moury sabe un rato ya de coser y da el toque chic a mis diseños, y junto a sus vecinas ha creado un equipo triunfal. Frank ha conseguido encontrar a dos mujeres masáis, por cierto espectaculares, que nos están enseñando el arte de teñir las telas de un maravilloso algodón local, nacido en las plantaciones de Kenia, que con un tratamiento especial tiene una terminación maravillosa, dulce al tacto y de aspecto muy natural.

Hemos comenzado a teñir en la misma puerta de nuestro taller. Como trabajamos en un auténtico suburbio, a nadie le importa que estemos en la mismísima calle. Es más, muchos son los niños y madres que se acercan a mirarnos y a cotillear sobre lo que estamos haciendo.

He decidido involucrarme con las masáis en todo. Quiero que sea algo único y excepcional y junto a ellas, tirada en el mismísimo barro —no tenemos aceras—, aprendo a hacer de cada paño una obra de arte. Todo es manual, artesanía pura. Los tejidos los colgamos allí mismo, en una cuerdas que Frank ha colocado a modo de tendedero. Mi imagen es caótica, pero estoy feliz: pantalón vaquero, algo pesquero, camisola de las nuestras ancha y anudada a la cadera, y paño keniano a modo de diadema en el pelo, y, por supuesto, descalza. Manchada con barro, pero intentando estar siempre mona. Eso ante todo.

Salimos, de nuevo, en el *Nairobi News*. Alguien nos hizo a las masáis y a mí unas fotos trabajando en la calle con los tintes y las telas. El titular dice: «Ejecutiva española se enamora de nuestro país y recupera artesanía de los masáis». ¡Toma ya! Qué maravilla de noticia. Yo salgo en las fotos terrible, casi irreconocible, pero ya soy mucho más empresaria que presumida y lo doy por bueno. Me gusta verme trabajando a tope.

Lo que consigue una noticia con un titular humano… Increíble. Llego a tanta gente, tantos y tantos se quieren interesar por mi trabajo, que me veo abrumada y en estado de *shock*.

—Sandra, ayúdame. Se me está yendo de las manos. Tras la fotografía en el periódico, todo el mundo quiere ver lo que hago, todo son preguntas, y sola no puedo manejarlo. Sabes que te necesito. ¡SOS!

—Querida, este es el precio del triunfo. No te preocupes, empezamos desde ya a organizarlo todo. Nos vemos mañana en casa. Tú trae la lista de tus invitados del gremio y yo pongo el glamur y la sociedad a tus pies.

Así empezamos una cadena de trabajo como la que imaginé cuando, en mis mejores sueños, pensaba que podría triunfar diseñando entre el primer y el tercer mundo. Pantalones muy anchos en una tela liviana para las noches más calurosas, con top ajustado en azul intenso, casi morado, sin tirantes; faldas con vuelo pero muy ceñidas a la cintura, largas, en color rojo, muy llamativas, con mucho movimiento al andar, y cuerpo con cuello *halter*, hombros al aire, sexi y elegante. A la vez que preparo mis diseños, me imagino bonitas fiestas en los jardines de las granjas más distinguidas con las invitadas vestidas por mí.

Pantalones cortos y camisolas anchas, masculinas, para mujeres con mucha seguridad; camisas con botones desabrochados estratégicamente que trasladan un aspecto muy femenino y atractivo. El vestido de safari lo preparamos en todos los colores. En Nairobi se viste, también de día, con tonos fuertes. La gama de rojos, naranjas, tejas y cúrcuma es mi preferida. No paramos, estamos todos emocionados y con subidón de adrenalina.

Sandra ha preparado el desfile en su casa con auténtico mimo. Va a ser la fiesta del verano. Las invitaciones han salido quince días antes, enviadas en mano, como los grandes acontecimientos de antes, y ya ha confirmado su asistencia la mayoría.

Solo nos quedan dos días y he dejado para el final el vestido que yo misma me pondré. Quiero teñirlo de rojo, el color que más les gusta a los masáis, el color del coraje, la fuerza y la unidad. Y pienso ponerle, además, unos detalles en amarillo, pinceladas a modo de plumas finas, muy sutiles, solo en sitios estratégicos, como homenaje también a mi patria, a España. Ahora, casi más que nunca, echo de menos a mi madre y a mi hermana. Ellas son mi única familia, mis raíces, mi infancia, mi todo, y no sé nada de ellas. Francamente inmerecido, pienso. Con qué frialdad y severidad han decidido borrarme de sus vidas.

Salgo a la calle, al suelo rojizo, al barro, y con mis masáis comienzo a pintar mi particular homenaje a la tierra que me ha conquistado. Cantamos y reímos a la vez que vemos el resultado. Lo sacamos del balde, lo volvemos a introducir para que el rojo quede más intenso. Estoy disfrutando y con la ilusión a flor de piel. Cuando, de pronto, escucho mi nombre. La voz de un hombre retumba en mis oídos, la reconozco al momento y me pongo a temblar. La respiración se agita, no la puedo dominar, me falta el aire y no quiero mirar hacia arriba y ver su rostro.

Es Pepe…, es Pepe…, y yo me quiero morir.

Sin mirarle y jadeando, agarro por el brazo a Kioni, una de las masáis, y como puedo le digo que avise a Moury; sola no puedo reaccionar. Es tal el *shock* al escuchar de nuevo su voz que se me paraliza el alma. Y aquí me quedo, sentada en el suelo, sujetándome las piernas, acurrucada. No quiero mirarle, siento pavor, no puedo pensar con claridad. ¿Qué hace aquí? ¿Por qué ha venido a verme? Se me viene el mundo encima. Los recuerdos son muy fuertes, los buenos y los malos, mucho sufrimiento que no quiero revivir. Tengo miedo, mucho miedo, pero también hay amor. Creía que ya lo había superado todo, pero por mi reacción compruebo que no.

Llega Moury, se agacha y me abraza. Yo la abrazo más fuerte. También llega Frank y le digo, pues es el único que me entiende bien, que me lleve al taller, que no deje pasar a ese caballero, que no quiero verle. Solo pensar en estar cerca de él me desequilibra. Es demasiado inesperado. No sé qué hacer.

Frank me coge en sus brazos y me pone de pie. Entre él y Moury me ayudan a caminar. Dándome cuenta de mi miserable estado, estiro mi espalda, me recompongo, vuelvo a adquirir mi dignidad, no quiero que me vea derrumbada y destrozada. Y mientras caminamos, oigo decir a Pepe:

—Por favor, solo quiero hablar contigo, necesito hablar contigo. Te quiero pedir perdón, vengo a pedirte perdón. ¡Te quiero!

Por fin puedo llegar a mi silla de trabajo —en ese momento me doy cuenta de que no tenemos ni siquiera una butaca—, tomo un café caliente que Moury me ha preparado y que me reconforta mucho, al igual que su cariño y el de todas. Mientras, veo cómo Frank acompaña a Pepe a la calle y, seguramente, hasta el coche. No le ha dejado acercarse.

Está, como siempre, guapísimo. Me recuerda tantas cosas bonitas, tanto amor… y tanto horror. Pienso en la imagen que ha visto, seguro que le ha impresionado. Primero por el trabajo que estaba haciendo y por el lugar donde lo hacía —nos ha visto en el suelo de la calle, tiñendo las telas y cantando—, y, segundo, importantísimo, por el enorme cariño con el que me tratan las personas que están conmigo. Ahí, en una sencilla silla, con la cara lavada y tiznada de pintura roja, mi melena recogida en una cola de caballo, pantalón corto y camisa de colorines, estaba una de la mujeres más *cool* de Londres, la mujer que él recordaba, rodeada y recibiendo los cuidados de tres mujeres kenianas y un bondadoso caballero de color que demostraba quererme de verdad. A Pepe le ha tenido que impresionar, sobre todo, porque de ese cambio en mi vida el culpable ha sido él, solo él.

Poco a poco voy tranquilizándome, empiezo a respirar bien, a sentirme mejor. Las náuseas se me están pasando y la vida regresa a mi tez, que se había vuelto del color de la cera. Inmediatamente, llamo a mi única amiga, a Sandra, y no tarda ni media hora en venir a recogerme.

—Por Dios, niña, qué mala suerte. Por qué tienes que sufrir tanto, todavía, por ese hombre…

—Sí, Sandra, así son las historias mal terminadas, o las heridas mal cicatrizadas. Lo que es seguro es que al verle me he querido morir. Creo que le quiero todavía. Él me ha dicho que me quiere. Estoy muy confusa, estoy confundida, creía que lo había superado.

Entonces, por fin exploto, lloro con desesperación, el llanto de la tristeza, el llanto guardado tanto tiempo, las lágrimas que me tuve que tragar ante la crucifixión que me hicieron entre todos. Cuando todo sucedió, no pude llorar, no tuve quien me consolara. Ahora estoy entre mis queridos amigos y sus brazos son mi consuelo.

—Bueno, querida, pues ahora mismo te vienes conmigo a casa y nos vamos a dar un baño en la piscina, o mejor dicho, en el lago. Después, disfrutaremos de una deliciosa comida y dormirás una siesta. Frank, por favor, ¿podría usted hacerse cargo de todo?

—Claro, señora Sandra. Todo estar en mis manos.

—Moury —le digo—, por favor, cose mi vestido como te expliqué. Mañana vendré a probármelo y a recoger todo para el desfile. Solo necesito unas horas para recuperarme. Enseguida estaré bien.

Moury me abraza de nuevo, sus dos niñas me ayudan a levantarme y Frank me da un beso en la mano. Desde luego, qué afortunada soy. No cambiaría en estos momentos el cariño de esta familia por nada del mundo.

Y ya en el coche, Sandra, con tono serio, me dice:

—Por favor, no te pongas nerviosa con lo que te voy a decir. Estate tranquila.

—¿Qué es, Sandra? Dime… No me preocupes más.

—Le he conocido.

—¿A quién? ¿A Pepe?

—Sí, a Pepe. Antes que aquí, estuvo en casa, y antes en tu primer trabajo, en las oficinas.

—¡Por Dios! ¿Qué está pasando? Pero ¿qué quiere?

—No lo sé, quiere hablar contigo, desde luego, quiere saber cómo estás, querrá volver contigo, si no, no habría venido hasta aquí.

—Pero ¿cómo me ha encontrado?

—Es fácil, querida. En tu empresa le dijeron dónde vivías, dónde estaba tu apartamento y también que siempre estabas conmigo. Date cuenta de que todo el mundo conoce nuestra relación, además de que el amigo que nos vio en la Embajada le llenó de detalles tuyos describiéndote como una verdadera reina de Nairobi.

Fue el día en que me lie la manta a la cabeza con Philippe para sonsacarle información sobre John.

—Ya, claro, lógico. ¿Y qué te ha dicho?

—Pues que quería verte, que necesitaba verte porque te debía una disculpa. Me ha parecido un hombre muy atractivo, como tú siempre me has dicho. Muy educado. La verdad es una pena, pues creo que podría haber sido tu media naranja.

—Te recuerdo que te ha faltado un adjetivo, el más importante: ¡es un cabrón!

—Tienes razón, solo lo he dicho para que sepas que tú no te equivocaste en la elección. Podría haber sido fabuloso para ti. Lástima el monumental lío en el que te metió.

Llegamos a la preciosa casa de Sandra; qué maravillosa sensación de nuevo. Matú, el mayordomo, nos recibe ágil, educadí-

simo, como siempre. Subimos las escaleras del brazo y Sandra, que
ya ha recuperado el sentido del humor, me mira y a carcajadas me
dice:

—Querida, ¡qué pintas tienes! —Y se pone a bromear—. ¿Y
usted es la atractiva españolita que pasado mañana va a protago-
nizar un desfile? Pues que Dios nos ayude…

Yo me imagino cómo tengo que estar, y me río también a
carcajadas, nerviosa y muy débil todavía, pero me río, y mi cuerpo se vuelve a llenar de alegría.

—Oh, Sandra qué bueno poder estar contigo. Por favor, te
vuelvo a repetir: ¿te quieres casar conmigo? —Y ya las dos nos
morimos de la risa. Mientras atravesamos el jardín de los monos
—ya no me importa si hay alguno mirándome—, hacemos la
broma de «sí, claro, amada mía, contigo me he de casar…», y
entramos en el dormitorio Diana. Como hace calor, el fuego de
la chimenea no me recibe como de costumbre, pero sí el aire
fresco y limpio del ventilador del techo, un precioso aparato de
cuatro aspas que con precisión se mueven a toda velocidad para
dar frescor justo encima de mi cama. Me tumbo como quien
llega al cielo. Sandra se tumba a mi lado.

—Desde que te conozco no paran las sorpresas, pequeña.
A tu lado la vida es divertida y distinta. Quizás demasiado impre-
vista, pero me encanta.

—Tienes razón. ¿Qué más nos puede pasar a ti y a mí? Quién
iba a decir que dos españolitas la estarían montando en Kenia…

—Bueno, ¿qué te parece si nos vamos a bañar al lago? Todavía no te lo he enseñado. En el cajón de la cómoda tienes algún
traje de baño. Ni te duches, hazlo luego. Va a ser fantástico.

—De acuerdo, espérame en la terraza, saldré enseguida.

En el cuarto de baño y frente al espejo, me veo. Sandra no ha
exagerado en nada; quizás, lo contrario: había sido comedida en
sus adjetivos. Estaba patética, y así, ni más ni menos, me había
visto Pepe.

Rápidamente me pongo el primer traje de baño que veo me puede estar bien, y envuelta en una toalla salgo descalza hacia el porche. Las dos nos subimos al *jeep*, y sus perros saltan al asiento de atrás para acompañarnos.

El aire nos daba en la cara, el pelo se mueve al compás del viento y nosotras empezamos a disfrutar, de nuevo, juntas y a nuestro aire. Ya somos almas gemelas. Cuando llegamos al bellísimo lago, lo primero que hago es preguntar si es seguro, si los cocodrilos no campan por sus respetos en estas preciosas aguas.

—Claro que no, si no, no te hubiera traído aquí. Estas aguas riegan nuestras huertas y nuestras plantaciones, pero son puras, limpias. De lejos vienen a beber animales, pero esta zona está vigilada. Hasta tenemos florecillas blancas plantadas decorando la orilla. Vamos, métete sin miedo. —Y corriendo hacia la orilla, tapizada por una especie de hierba salvaje, pero muy cuidada por los trabajadores, Sandra entra en el agua pegando gritos; yo sigo sus pasos. Somos como dos adolescentes que quieren divertirse y olvidarse de muchas cosas: los desamores, las traiciones y hasta un posible homicidio. Muy fuerte.

Por fin, el agua fresca recorre todo mi cuerpo, mi cabeza, mi pelo. La sensación es tan increíble que parece como si un chamán me hubiera dado una pócima sanadora. Buceo, nado, me pongo de espaldas flotando sobre las aguas, mirando al cielo, sin hablar con Sandra, y entonces empiezo a recordar cuando Pepe y yo disfrutamos como niños en otro lago, en otro lugar, en el lago Prince of Wales Pond…

Habíamos ido a Windsor aprovechando un fin de semana. Solos, en mi coche, mi pequeño Mini negro descapotable. Yo, como siempre me ha gustado tanto, imité el *look* de Audrey Hepburn o de Grace Kelly: pañuelo a la cabeza dando una vuelta alrededor del cuello y anudado en lazada por detrás, gafas grandes de pasta oscura, casi negra, y, por supuesto, un bolso de Hermès color cuero.

Pepe llevaba unos pantalones claros, pitillo, camisa azul y su chaqueta de ante beis oscuro, casi del mismo tono que los zapatos. Nos gusta mucho vestir bien y que se note. Todo era maravillosamente romántico.

Él había reservado habitación en un antiguo castillo convertido en hotel de lujo: el Great Fosters nos recibió con todas sus galas. Estar con Pepe era siempre un sueño; trabajaba mucho, luchaba por tener éxito, pero sobre todo le encantaba disfrutar de lo que la vida nos podía ofrecer. Era sofisticado, y ese hotel era solo para personas que, además del lujo, apreciaban los detalles y el buen gusto. Las habitaciones eran amplias, recuperadas y rehabilitadas, con más clase que excesos. Teníamos piscina interior y unos jardines alrededor tan fabulosos que te hacían sentir como una princesa que vivía su amor junto a su príncipe.

Qué pena que no pudiera enviar fotos a mi madre y a Rebeca. Pepe odiaba hacerse fotos, les tenía una tirria especial, y con el teléfono me lo tenía prohibido. Siempre me decía: «Quien guarda su intimidad es doblemente feliz. Quien comparte todo lo que sucede en su vida es que necesita a los demás para ser feliz». Y puede que tuviera razón, por lo menos eso creía yo, y me convenció, aunque ahora sé que fueron otras razones, más escabrosas, las que le llevaron a tomar esa determinación.

El primer día llegamos cansados. Como siempre, le había recogido en el aeropuerto de Heathrow y desde allí habíamos emprendido el viaje a nuestro destino. Subimos a la habitación y descorchamos la botella de champán con la que siempre reciben a sus huéspedes.

Pepe y yo no necesitábamos las burbujas, estábamos enamorados, pero nos gustaba comenzar nuestros encuentros con cierto protocolo. Nos hacía gracia descorchar la botella y poner luces indirectas en la habitación. Uníamos las copas a la vez que nuestros cuerpos; juntos, comenzaban a vibrar. Nos mirábamos a los ojos, sonreíamos, pero no hablábamos. Eran encuentros tan deseados, eran tan largos los quince días que nos separaban, que el fuego ardía con inmediatez; la chispa la llevábamos nosotros y el juego del amor, entonces, se ponía en marcha enseguida. Estábamos hechos el uno para el otro y no teníamos ninguna duda.

Esa tarde fue mágica. La cama con dosel, el balcón abierto a los jardines supercuidados, muy verdes y con flores, y nosotros, los protagonistas, vestidos casi como de película... Y unas copas de champán.

Pepe me llevó a la cama, me quitó el pañuelo —todavía no había podido hacerlo—, la chaqueta, los zapatos... Empezó a hablarme, susurrándome a la vez que se despojaba de su chaqueta de ante. De nuevo estábamos juntos, unidos, éramos solo uno. Nuestros encuentros eran tan románticos, había tanto amor... Él me quería mucho, muchísimo, y me trataba con tanta ternura... Cuando estaba en sus brazos no existía nada más, dejaba de oír, dejaba casi de respirar, y a él le pasaba lo mismo. Cumplíamos con el protocolo del cortejo siempre, nos apetecía, lo necesitábamos, nos salía del alma.

Después, con la tranquilidad y el relax de habernos querido, bajamos a cenar en ese maravilloso castillo victoriano que todavía guardaba algunas reminiscencias de sus mejores tiempos: fantásticos cuadros de sus huéspedes de antaño adornaban las paredes mientras en las altísimas chimeneas ardían gruesos troncos de madera. Dos butacas a los lados y Pepe y yo mirándonos, seduciéndonos, y, por supuesto hablando y preparando nuestra excursión al lago Price of Wales Pond para la mañana siguiente.

—Pepe, por favor, que me vas a ahogar... Pepe, no me hagas cosquillas. No me quites el biquini, por favor, qué vergüenza, nos puede ver alguien...

Y nos hundíamos y nos abrazábamos, y yo, casi desnuda, me cobijaba en sus brazos para taparme. Flotábamos como en una nube y reíamos.

Abro mis ojos de nuevo. ¿Dónde estoy? En Kenia, no en Inglaterra, y estoy sola. Acabo de ver a Pepe en el taller y Sandra me ha traído aquí para recuperarme de mi crisis nerviosa. Pero qué difícil es todo. En otro lago, casi en otra vida, había vivido unos de los momentos más memorables de mi existencia y hoy, tras volver a ver su bello rostro, los recuerdos me abruman y desconciertan. ¿Y después de un año sigo así todavía?

En ese momento, Sandra me despierta del aparente letargo.

—Te he dejado sola con la intención de que asimiles la visita de hoy, y te he visto envuelta en recuerdos, creo, mientras flotabas en el agua. Tienes que empezar a aceptar que Pepe existe, que tiene su vida y que te quiere en ella. Eso sin duda es así, y eso es, precisamente, sobre lo que tienes que decidir.

—No quiero estar con él ni un minuto de mi vida. Es mi gran amor, pero le aborrezco. Solo pensar en su abominable actitud… Estar con mi hermana y conmigo a la vez, saber que iba a tener un hijo con Rebeca e intentar seguir conmigo fue repugnante.

Yo misma me impresiono de los adjetivos que salen por mi boca, pero es la realidad, y seguramente pensar así será lo único que me cure.

—Bravo, así me gusta. Que tengas las cosas claras es lo primero para empezar a actuar.

—Bueno, Sandra, lo que menos tengo es las cosas claras, aunque los sentimientos están tan enfrentados que sé que así no puedo vivir. Me rindo y me entrego a lo que está por llegar, y, por supuesto, sin él.

16

Al volver a casa me voy directa a mi habitación. La cabeza y el corazón van por carreteras distintas y me estoy volviendo loca. Me ducho en el magnífico cuarto de baño que cada día me gusta más, me lavo el pelo; me quedo bastantes minutos bajo la cascada de agua caliente pensando, organizando algo mi vida. Qué guapo estaba, qué impresión volver a verle… Y me ha dicho que me quiere. ¿Querrá volver conmigo, como cree Sandra, o quizás me va a decir que me quiere pero que se casa con Rebeca? ¿Qué habrá pensado al verme con mis empleadas en ese sencillo taller, en una casita de un gueto? Ha tenido que ser muy fuerte para él, ha tenido que impresionarle, pero también ha visto cariño, mucho cariño en esas personas hacia mí.

Desde luego, cómo ha cambiado todo; qué desastre, qué confusión reina en mi cerebro. Pepe, además, conoce mejor que nadie mi vida y sabe que con mi madre mi relación es difícil, que nunca me ha colmado de atenciones y que todo el cariño se lo ha llevado Rebeca, su debilidad, su preferida. Hay tantas cosas que ahora creo entender… Si me marché a Londres fue, ahora lo veo claro, porque no tenía arraigo familiar. A mamá solo le interesaba lo culta que era Rebeca, lo que sabía de obras de arte, de exposiciones… Mis números e inversiones nunca le importaron, es más, creo que hasta le sentaba mal que mi sueldo fuera cada vez más apabullante y espléndido.

Cuando volví a Madrid para resolverlo o intentar acercarme a Rebeca, mi madre objetó que ni se me pasara por la cabeza, que Rebeca no quería saber nada de mí, y ella tampoco. Cruel, ¿no? Muy cruel. Empiezo a ver con más claridad todos los acontecimientos que me han sucedido. Mamá, no sé por qué razón, no me quiere a su lado, no sé si le recuerdo malos momentos o situaciones desagradables. Dicen que soy un calco de mi padre, ¿será por eso? ¿Se llevaban tan mal como para que estar cerca de ella le desagrade tanto? No sé…, otra tragedia. La verdad es que esto que pienso hoy nunca se me había ocurrido, pero puede ser la razón por la que no me ha ayudado, no me ha consolado, ni una palabra de cariño, cuando sabía que también sufría.

Dejo la habitación algo intranquila por tantos pensamientos tóxicos. Por un momento he visto pasar, como en una película, los últimos dos años de mi vida, pero bajo un prisma distinto, como si empezara a conocer a las personas que me han rodeado.

—Sandra, ¿te pongo un *gin-tonic* o prefieres un *Bloody Mary* en honor a John y a su querida Inglaterra? Ya has acabado con las pastillas, ¿no?, ya puedes tomar un poquito de alcohol. Te lo pondré muy suavecito. —Y Sandra sonríe al verme, de nuevo más relajada. ¡Cómo me está ayudando esta mujer a salir de mi agujero!—. Yo me tomaré otro contigo, pero el mío va a ir cargadito, estate segura de que será una bomba. Este cuerpo necesita gasolina —río.

Y así, en el magnífico salón con sofá chéster de piel marrón y butacas de madera tropical tapizadas con preciosas telas blancas, me acerco a la mesa-bar y, tras hacer con la vista una selección de todos los ingredientes, cojo dos preciosos vasos de cristal tallado, altos, anchos, vierto el zumo de tomate, un poco de zumo de limón, vodka —para Sandra, poquito, para mí, consistente—, le añado sal, pimienta, dos gotitas de tabasco y la famosa salsa Worcestershire, mucho hielo y una rama de apio bien turgente. Exquisito.

—Sandra, sentémonos en el porche, quiero que hablemos del desfile y ver el atardecer contigo. ¿Qué te parece tu cóctel? Está suave, ¿no?

—Está delicioso, me encanta, es tan refrescante… Pero no pensarás en convertirte en «María, la Sanguinaria», ¿verdad? No irá con segundas la elección de esta bebida…

—Claro que no —me río—. Ni te preocupes. Has estado acertadísima llevándome al lago, y, aunque ha habido un momento de recuerdos y tristeza, a la vuelta y tras la ducha creo que estoy preparada para afrontarlo y pensar que Pepe está aquí, donde yo estoy viviendo, en Nairobi, que lo he visto, que me ha vuelto a impresionar su cara, su voz…, que mi cuerpo se ha conmovido y estremecido, que me he quedado inmovilizada y aterrada, pero que no le puedo tener junto a mí. Que no es para mí, y que también le detesto por lo que me ha hecho hoy, viniendo a remover mi tranquila vida actual.

—OK, pasemos página entonces, bien dicho. Ese chico no se merece ni una lágrima más. ¿Sabes lo que he pensado para el día de nuestro desfile?

Sandra ha dicho «nuestro», ¡qué emoción! Me conmueve: ya somos dos.

—Cuéntame, por favor, estoy de los nervios por saber cómo será tu puesta en escena. Seguro que fabulosa.

—Pues espero que sí.

—Sandra, pasado mañana tenemos que dar la nota, tenemos que empezar a crear marca. Debemos hacer una presentación con los valores que queremos que la representen: elegancia, belleza, comodidad, exclusividad… Todo esto por supuesto, pero también tiene que ser solidaria con Kenia y sus gentes, y quizás no sea suficiente con explicar que estamos creando puestos de trabajo en la zona más deprimida de la ciudad. Yo me he enamorado de los masáis y si te parece podemos empezar a dar forma a una fundación para enseñar y crear empleo para las mujeres de ese pueblo.

Ellas son las que se lo merecen. Me encantaría ponerle el nombre de Baobab, el árbol que representa la resistencia, la fuerza y la prosperidad, y que vi por primera vez contigo en el safari.

—Estoy de acuerdo completamente, es una maravillosa idea. Me emociona saber que entre las dos tendremos una responsabilidad tan humana y tan merecida hacia estas increíbles personas a las que, después de tantos años, quiero de verdad y sé que ellas también me quieren a mí.

—¡Fantástico! Y tú serás la presidenta —río—. Bueno, ya lo eres, a partir de ahora mismo eres la presidenta de Baobab. ¡Brindemos por ello! —Chocamos nuestros vasos con fuerza—. ¿Sabes qué te digo Sandra? Yo a partir de ahora voy a ser como este cóctel que tenemos en nuestras manos: fría, fría por fuera y fuerte y picante por dentro. —Y nos reímos las dos con ganas.

Llega el gran día. La tarde es maravillosa. La temperatura en Nairobi en el mes de julio es suave y muy dulce. Casi nunca supera los 25 grados y a primera hora de la noche no baja de los 20.

Sandra ha colocado la pasarela en un jardín circular que hay en la entrada de la casa. De esa manera las modelos desfilarán alrededor y muy cerca de las preciosas sillas y sillones donde se sentarán nuestros invitados. Toldos en forma de vela, blancos y sujetos por gruesas cuerdas a la tierra, protegen del sol a la vez que trasladan una luz muy cálida al lugar elegido para el evento más *fashion* de la historia reciente de Nairobi. Flores blancas decoran los bordes del camino por donde tienen que aparecer mis diseños, y al fondo, imponente, una carpa estilo colonial donde se reunirán las modelos al final del desfile.

—Sandra, qué preciosidad, es maravilloso. No puedo más, estoy de los nervios.

—Pues claro, ¿qué creías? Y después del desfile entraremos en casa, y en el porche y en el salón estará preparado el cóctel, que en este momento estamos terminando en la cocina. ¿Nos acercamos a verlo?

—Sí, sí, qué ilusión. Matú estará de los nervios, como yo. Para él también es una difícil puesta en escena.

—Pues sí, lo estamos todos. Todo lo estamos haciendo en casa.

Entramos en la espectacular cocina de Sandra. Es grande, muy amplia, con muebles en color negro y encimeras de mármol blanco; una mesa gruesa de madera oscura en el centro te sorprende con sabrosos manjares. Canapés presentados en bandejas de plata. Un enorme frutero, muy alto, con piñas, mangos, plátanos…, frutas exóticas dispuestas en pirámide para ser objeto del deseo de los invitados. Numerosas jarras de cristal transparente preparadas, en fila, para llenarse de agua fresca con hielo, rodajas de limón y hojas de hierbabuena. Filetitos de solomillo con salsa de grosella, pequeños blinis con salmón ahumado y crema agria, el famoso rosbif de Sandra, en su salsa, con tomatitos, pepinillos y puré de patata. Y al fondo, en bandejas de madera, parecen de caoba, los vasos y las copas para servir champán, cócteles o refrescos. El aspecto de la cocina es de auténtica película, o de revista. Fantástica.

Sandra habla sin parar, se la ve disfrutar de cada detalle como anfitriona.

—¿John y tú hacíais muchas fiestas?

—Sí, muchas. Disfrutábamos llenando la casa de amigos. Nos encantaba recibirles tanto en un almuerzo como en cenas. Aquí han venido los políticos más importantes de Nairobi, también muchos ingleses cuando llegaban para tratar temas de intercambio comercial, y por supuesto muchos de nuestros amigos pasaban aquí días antes de emprender sus safaris. La verdad es que siempre ha sido una casa alegre y dinámica. Lástima que tú la hayas conocido en sus horas más bajas, pero lo de hoy me da mucha alegría. Es como volver al pasado pero aceptando el presente. John ya no está, pero he conseguido tener fuerzas, con el dichoso desfile —sonríe—, para recibir en casa con nuestras mejores galas.

—Bueno, Sandra, yo estoy como viviendo un sueño. Qué bonito está todo, qué suerte he tenido y qué agradecida te estoy. Sin ti, en este momento sería una pobre mujer intentando vender vestidos y faldas en el mercadillo del centro de la ciudad. Y en vez de eso, estoy en la casa más preciosa de Kenia, con la anfitriona más perfecta y a punto de lanzar, por todo lo alto, un negocio increíble, rodeada de glamur y cariño. ¿Se puede pedir más?

De nuevo, en un arranque de amor verdadero, la abrazo con fuerza, acerco mi cara a su oído y le digo:

—Te quiero mucho, muchísimo, creo que más que a mi hermana, y en este momento quizás también más que a mi madre. Sé que es duro lo que digo, pero es así.

Y las dos nos miramos y reímos. Estamos nerviosas y felices.

—Vamos a vestirnos ya, por favor —sugiere Sandra—, que casi no tenemos tiempo para arreglarnos. Espero lucir mis galas como una auténtica modelo. Tengo que hacerte mucha publicidad con el *look* que me has diseñado. La peluquera me espera ya en la habitación. Luego irá a la tuya.

Salimos al patio de los monos. Mis amigos los macacos nos miran cuando nos separamos para, por distintos pasillos, ir cada una a nuestra habitación. Y mientras camino hacia mi cuarto, les escucho y les sonrío; ellos me hablan, me están diciendo algo. Me detengo y miro hacia arriba, a la copa de la acacia donde están mis amigos, y cuando les estoy hablando sobre cuestiones divertidas, alguien se me acerca y me dice:

—Se conocen ustedes, ¿verdad?

Me asusto. No espero a nadie. Miro hacia la derecha, de donde viene la voz. No entiendo bien lo que ha querido decir.

—¿Quién es usted? Me ha asustado.

Increíble. Es un hombre demasiado atractivo, rubio, alto, bien vestido, gafas de sol redondas de carey, muy interesante, francamente interesante, y manejando un perfecto inglés. Vamos, como un actor.

—Pues eso quisiera yo saber también, ¿quién es usted? ¿Marion Cotillard? —me dice sin parar de sonreír, mirándome con bastante interés y demostrando mucho *sex appeal*.

—Mejor le dejo —le digo nerviosa—, me voy a mi cuarto. Tengo prisa. Vaya de frente y detrás de esas cortinas entrará en el salón. Allí encontrará a alguien de la casa. Siento no hacerle los honores, pero no tengo tiempo.

Me he puesto bastante nerviosa, ¡es guapísimo!

—¿A su cuarto? ¿Que se va a su cuarto? No entiendo nada.

—Divertido, me mira de arriba abajo, con guasa, y yo, claro, me ruborizo. Me intimida y me gusta. Qué fachón. ¿Será un invitado de Sandra?

No sé qué hacer. Me doy la vuelta al instante y, con palpitaciones, aumento el ritmo al caminar hasta llegar a mi puerta. La abro, entro y la cierro de golpe, me tumbo en la cama. ¿Qué me pasa? He sentido algo, estoy con taquicardia… Por Dios, ¿estoy viva? Sí, podría estar viva… ¡Qué guapo es!

Estrujo mi cara en las almohadas. Me ha gustado mucho la sensación… Me ha ruborizado, ese chico tan interesante me ha puesto bastante nerviosa. Por favor, qué subidón. La vida es bella, pienso divertida e ilusionada por la recuperación de las mariposas en el estómago. Y deseando volver a verle, me dispongo a vestirme.

Para este día tan esperado no quiero estar maquillada en exceso, sino todo sutilmente perfecto. El vestido es rojo, llamativo, algo corto, por encima de la rodilla, cuello *halter* y hombros al aire. El desfile es por la tarde y no quiero vestirme de noche. Luego, al atardecer, me pondré algo más sofisticado.

La melena la peino recta, sencilla, muy estructurada aunque con movimiento para que los llamativos pendientes masáis luzcan en todo su esplendor. Dos brazaletes en el brazo derecho y ninguno en el izquierdo. El estilo lo he decidido así para que, desde un principio, y solo con verme, se aprecie que las telas kenianas y los abalorios de piedrecitas se unen en perfecta simbiosis con diseños occidentales. Ese es mi lema, y el vestidito corto creo que resume bien este concepto de marca que debemos y queremos conseguir. Este día es un punto de inflexión para mi pequeña empresa, y si quiero convertirla en grande debo dar una imagen potente.

Salgo la primera a la terraza. El ambiente es mágico. Los toldos criban los rayos de sol trasladando una luz muy especial, cálida y dulce, a la zona de las sillas. Las florecillas blancas flanquean la pasarela del desfile y ramas de palmera y de acacia destacan detrás de las butacas para así producir un ambiente todavía más keniano y selvático.

La carpa de estilo colonial ya está custodiada por dos camareros uniformados con chaquetilla y guantes blancos. Al fondo se aprecia el sofá chéster, que Sandra ha mandado sacar de su salón, y algunos cojines sobre las alfombras colocadas en el suelo de madera de teca. Cuadros con fotografías de Kenia, de animales y de preciosos paisajes, adornan las paredes de tela. Es una auténtica maravilla creada por Sandra para mí. Esto sí que demuestra bien su generosidad y lo que para ella es nuestra relación y nuestra unión. Nunca, nunca, tuve tanto apoyo de mi familia, pero ¡cuánto la echo de menos en estos momentos!

En ese instante oigo la voz de Frank.

—Señorita, señorita, nosotros estar aquí. Estar muy emocionados.

Moury está a su lado, impresionante con un vestido capa y unos pendientes que realzan la belleza exótica de esta mujer tan bondadosa.

—Pero, Moury, ¡si estás bellísima! Qué emoción, por favor. —Y Moury ríe, y enseña con picardía y timidez su fabulosa dentadura blanca mientras presume de vestido—. Frank, Moury, hoy es un día grande, muy grande —añado—, y os quiero agradecer todo lo que habéis hecho por mí durante este año. Sin vosotros esto no habría sido posible. Este desfile es obra vuestra también y es un precioso colofón al trabajo duro y constante que hemos tenido que afrontar. Ojalá tengamos éxito, queridos, la suerte está echada.

—Seguro tener suerte, señorita, y seguro gustar mucho. Tú estar impresionante.

Nos abrazamos. Los tres estamos emocionados y no hay ya más palabras. Yo les necesito y ellos ya se han acostumbrado a mis muestras de cariño, y también me abrazan y besan con naturalidad.

—Bueno, basta ya de sentimentalismos. Mañana hablaremos, reiremos y lloraremos. Hoy, a trabajar, que hasta que llegue el cóctel tenemos mucho que hacer. Moury, tú ayudarás a sentarse a las autoridades kenianas. Hablas su idioma y serás una excelente introductora, ayudarás mucho a Sandra a la hora de acompañarles a sus asientos. Frank, por favor, ocúpate de que las modelos y tus dos niñas estén tranquilas, en la sombra, que no pasen calor, que no arruguen los vestidos, y si necesitan algo, que lo tengan. En fin, que estén impecables para el momento más importante. Estoy deseando ver a Amelie y Julia, estarán como dos señoritas, como dos auténticas modelos.

—Sí, señorita, Amelie decir que quiere ser modelo y Julia, diseñadora.

—Pues no sabemos lo que serán, pero lo que sí sabemos es que, a partir de ahora, van a estudiar e irán a un buen colegio. De eso me encargo yo.

Frank se emociona de nuevo. Estamos todo el día con la lagrimita al borde del desbordamiento.

En ese momento Sandra llega al porche. Como una escultural y bellísima mujer, nos sonríe a la vez que se da una y otra vuelta para enseñarnos su precioso vestido hecho a medida en nuestro taller.

Como está muy delgada, le he diseñado un traje *midi* por el tobillo, pero desenfadado, estampado en rojo y azul noche, y con escote bañera. Su cuello largo y fino llama la atención y los huesos de sus escápulas le proporcionan un punto sexi a la vez que la hacen más alta y esbelta. Está fabulosa. Sus ojos verdes y su rubia melena terminan de dar el golpe final a un *look* sofisticado y tan sutil que nos deja con la boca abierta.

—Qué locura, Sandra, ¡cómo estás! Espero que te sientas tan guapa como te encontramos nosotros. Nos has dejado alucinados.

—Sí, estoy encantada. Creo que hacía demasiado tiempo que no vestía de manera tan alegre, ya era hora. Tú, querida, estás tan, tan ideal, que siento decirte que hoy alguien te rondará más de lo que te apetece. Eres, aunque no lo quieras ser, el más deseado trofeo en estos momentos; sin pretenderlo te estás convirtiendo en la reina de Nairobi.

—Pues van apañados, porque yo estoy con el motor averiado, no tengo gasolina ni me funcionan las bujías. —Utilizo estas similitudes para reflejar mi estado de ánimo frente al flirteo.

—Bueno, porque no ha llegado todavía el idóneo. El día que le veas venir, aunque sea de lejos, te darás cuenta de que las puertas y ventanas se abren solas.

—Bien, de acuerdo, pues no tengo ninguna gana. Vamos, me aterroriza.

En ese momento vemos que llega una furgoneta de la que descienden por ambas puertas hombres y mujeres masáis vestidos con sus mejores galas. En realidad son parecidos a los que reciben a los turistas y que salen en los vídeos, y como señal de amistad han querido estar junto a nosotras para apoyar también a sus mujeres, ya que algunas desfilan y otras trabajaban en nuestro taller. Detrás de ellos, la banda de música contratada por Sandra: violinistas, un chelo, algún flautista y un pianista que se dirige con determinación hasta el piano colocado en la carpa.

Como es natural, ya se respira un auténtico ambientazo. La anfitriona y yo intentamos controlar que todo esté en su punto, que las sillas y butacas tengan las tarjetas que con delicada caligrafía a pluma ha escrito la propia Sandra. Miramos también en los *guest bathrooms* comprobando que el jabón, el agua de colonia, las toallas, los peines y cepillos están limpios y en su sitio. Por último, pasamos a la cocina. Y entre una explosión de olores y sabores que nos deja impresionadas, Matú congrega a todos los empleados que, uniformados, hacen fila para que Sandra confirme que todo está OK. Creo que esto ya solo se hace en palacios, hoteles de cinco estrellas y en la casa de mi amiga.

Por fin llega el momento. Moury se acerca y nos dice en un malísimo inglés que empiezan ya a llegar nuestros invitados. Sandra entonces me abraza y me besa.

—Pequeña, comienza tu momento.

—Nuestro momento —le contesto muy emocionada.

Y juntas bajamos las escaleras. Ya muchos de los invitados, sobre todo las invitadas, mueren por ver nuestros trajes y joyas étnicas. Todos nos saludan con extrema simpatía. No cabe duda de que el evento ha levantado mucha expectación, pues por todos es conocido que Sandra siempre ha sido una perfecta anfitriona, lo que mezclado con las andanzas de una loca diseñadora española y un desfile de moda, dan un resultado apabullante. Vienen todos nuestros invitados, nadie nos ha fallado.

Sandra se sienta entre el ministro de Comercio keniano y el director comercial de la Embajada de España; con el pequeño John jr. sentado en sus piernas, da una imagen bella y maravillosa. La embajadora está al otro lado de las autoridades del país y a partir de ahí comienzan a sentarse las amigas de Sandra: Rose, Christine, algunas con sus maridos, otras con sus hijas. Comerciales y representantes textiles arden en deseos de ver de una vez el desfile con sus iPhones en la mano, supongo que esperando apuntar a nuestros codiciados encargos.

Yo permanezco arriba, en el porche, mirándolo todo, disfrutando del ambiente conseguido, casi sin creer lo que estoy viviendo y, por qué no decirlo, haciendo fotos con el móvil sin parar.

Aunque por ahora solo tienen un destinatario, Sandra, seguro que
le harán la misma ilusión que a mí.

Comienza la música, y las modelos empiezan a desfilar una a
una por la preciosa pasarela. La mezcla resulta asombrosa. Algunas
son rubias; otras, kenianas. También están las hijas de Frank y, por
supuesto, no faltan bellezones masáis. Hemos querido demostrar
con ello que nuestros diseños son globales, que quedan bien a
todas las mujeres, que la elegancia no entiende de razas ni colores
y que en Nairobi está naciendo algo bonito, distinto y con mucho
glamur.

Se me caen las lágrimas al verlas desfilar, es muy emocionante. Qué mezcla de colores tan preciosa: rojos, cúrcuma, azules,
negros, dorados… Las telas de los vestidos y pantalones las hemos
teñido con tanta delicadeza que se aprecia su calidad. Son tan
distintas a las del mercadillo que resulta aún más impactante. Los
aplausos constantes demuestran que están gustando y, a la vez, los
comerciales toman notas emocionados. ¿Serán encargos?

Por fin llega el final del desfile y, por supuesto, mi momento. Con cuidado, bajo las escaleras y, temblando, recorro la pasarela mientras recibo los aplausos de los asistentes. Estoy como
flotando, viviendo mi sueño hecho realidad, pletórica, feliz. Casi
ni puedo ver a nadie de la intensidad de mi estado de nervios,
pero busco a Frank y a Moury, me acerco, les cojo de la mano y
vuelvo con ellos a recorrer el camino de nuestro triunfo. Ellos
son mis grandes colaboradores, mi apoyo y mis amigos; si no es
por ellos no habría podido lograrlo. La gente agradece mucho el
gesto, pero me queda todavía algo por hacer. En un rincón de la
carpa recojo un precioso ramo de flores. Respirando agitadamen-
te pero disfrutando el momento, me vuelvo y, paso a paso, me
dirijo sonriendo hacia Sandra. La beso en la mejilla, le sonrío y
le entrego el ramo. Al abrazarla, le digo al oído: «Te quiero
mucho». Y las dos lloramos de emoción. John jr. se agarra a la
pierna de su madre mientras el resto se levanta aplaudiendo y

vitoreándonos. Las modelos nos rodean y los fotógrafos, a los que hasta entonces no había visto, nos piden por favor que posemos para ellos.

Sin duda hemos triunfado. El ambiente es mágico. Está anocheciendo, pero el sol todavía ilumina el momento final. Estamos entre el éxtasis y la felicidad. Y de pronto soy consciente de algo pendiente. Quiero terminar el desfile a solas, y comento:

—Sandra, te dejo unos minutos con todos, quiero alejarme a respirar aire puro, a meditar lo que he vivido, a serenarme.

—Lo entiendo, querida, no tardes. Aquí te espero.

Sola, con mis gafas de sol redondas de concha y mi vestidito corto rojo con finísimas pinceladas amarillas, y mis sandalias doradas, me alejo hacia la explanada natural que bordea la casa. Andando por el camino de tierra roja, miro y admiro el precioso atardecer. ¡Cómo me he enamorado de estos árboles, de estos colores, de estos paisajes…! Es increíble la sensación de tranquilidad y sosiego que me proporcionan. Pero también estoy triste. Mi madre y Rebeca me han dejado un hueco en el alma difícil de llenar. Ya vivo bien sin ellas, me he acostumbrado al silencio del teléfono, pero en mi alma hay una herida sin cerrar, una sensación fría que duele como una punzada en el pecho.

De repente un ruido me hace volver la cabeza y, cerca de mí, tan atractivo como siempre, veo a Pepe. Lo presentía. Su aparición no me ha cogido por sorpresa, lo esperaba, por eso he venido sola hasta aquí. Pensé que el encuentro podría producirse, y así sucede. Sabía que no se marcharía sin hablar conmigo, pero ahora estoy más preparada. Aunque, qué terrible tristeza, qué amargura me invade y qué escalofríos recorren mi cuerpo al verle.

—Hola, Pepe, aquí estoy, te esperaba. ¿Qué quieres de mí? ¿Por qué has venido?

—Te quiero a ti. Estoy destrozado, amargado, solo pienso en ti —me dice mirándome a los ojos, como si fuera una súplica.

—¿Has venido hasta aquí para decirme semejante mentira?

—Es mi verdad, es mi auténtica verdad, es lo que siento —balbucea tras mi severa afirmación, dicha con fuerza y seguridad.

—Claro, es tu verdad. Por fin hablas con propiedad. Pero tu verdad es la mentira más grande que nadie haya podido imaginar. Todo tú eres una gran mentira, además de ser un gran cobarde que no quiso enfrentarse a la realidad.

Mientras le digo estas terribles palabras, mi corazón se conmueve. Pepe escucha erguido pero destrozado. Empiezo a sentir pena por él, nunca le había visto así, pero yo, por fin, me encuentro fuerte para decirle lo que ha conseguido con su traición, demostrándole, además con mis gestos, lo que pienso y tantas ganas tenía de que oyera.

—Supiste desde el primer día que nos conocimos que Rebeca y yo éramos hermanas. Me di cuenta de ello cuando se desató la tormenta en mi casa, el día que vinieron mi madre y mi hermana a Londres. A pesar de saberlo me buscaste en mi casa la primera noche, me cortejaste y me sedujiste sabiendo lo que podría suceder. Allí estaba la foto de las tres, en la librería de mi preciosa casita, que por tu culpa tuve que abandonar. Tú la viste, la cogiste con tus manos, la miraste y después me comentaste que la vida era una sorpresa y, con mucha frialdad, me volviste a decir que me querías.

—Lo sé, lo sé, pero desde el primer momento hubo algo desenfrenado en mí hacia ti. Fue tal la atracción que no pude ni quise valorar las consecuencias. Fui egoísta, pero solo por amor, amor verdadero. Te amo.

—Pepe, ni se te ocurra seguir por ese camino. No puedes decir que me quieres, confundiste el amor con la atracción, si no, no comprendo lo que hiciste. Y ya el hecho de seguir con las dos a la vez ha sido tan desagradable de asumir, tan deleznable, tan horroroso… —En ese momento balbuceo compungida por mis súbitas y lógicas lágrimas.

—Lo sé, me volví loco, y yo mismo me entregué a la mentira. Prefería no pensarlo, pues solo estabas tú en mi mente y en mi corazón. Pero si te sirve de consuelo, casi no estuve con Rebeca mientras tú y yo éramos tan felices. Ella me veía distinto, decía que no la quería, que qué me pasaba, yo intentaba romper, pero no pude hacerlo. Lloraba y sufría. No fui capaz.

—Claro, y surgió entonces el embarazo, ¿verdad?

—Sí, así fue. Yo me quedé tan impactado que ya no supe reaccionar. ¿Recuerdas cuando estuvimos en casa de Rowina y tú me preguntabas por qué nunca te había pedido vivir juntos o casarnos? Era lo que más deseaba, pero me quedé impasible, como un auténtico cobarde, pues días antes me había enterado de que Rebeca estaba embarazada. Allí supe, o quizás imaginé, que nuestro final podría estar cerca, aunque soñaba con que tú y yo podríamos marcharnos lejos, sin dar explicaciones a nadie.

—Claro, pues ya eres doblemente cobarde. Estar dispuesto a dejar a tu hijo, quiero decir, a abandonarlo, no es buen principio para nada. Pepe, es tan terrible lo que has hecho que no puedes justificarte.

—Pero te sigo queriendo, no puedo vivir sin ti. He venido hasta aquí porque estoy dispuesto a lo que sea. Traigo en mi bolsillo de la chaqueta dos billetes de avión a París, para ti y para mí —me los enseña—, y desde allí nos iremos a donde quieras. No te preocupes por el niño, él estará bien atendido, tendrá todo lo que necesite y su madre también, pero yo solo quiero estar contigo —dice con contundencia.

De repente coge mis manos y las envuelve con las suyas. Me quiero morir, mi cuerpo tiembla y la sangre se amontona en mis venas. Respiración totalmente «taquicárdica». Es una mezcla de rechazo y atracción indescriptible.

—¿Lo ves? Todavía sientes lo mismo que yo, mi pequeña. Estás bellísima, preciosa con este vestido de tu colección. Me he quedado tan impresionado con lo que has conseguido aquí, en Kenia. El otro día, en tu taller, creí que me desmayaba junto a ti. Estabas preciosa, alegre, trabajando en algo y con alguien que nunca podría haber imaginado. Te quiero y te deseo tanto...

En ese momento me suelto de sus manos con fuerza y me las llevo a mi cara. Me tapo los ojos y amortiguo el sonido de mi llanto. Estoy así unos segundos, minutos. Qué largo se me hace el tiempo, qué ganas, quizás, no sé, de abrazarle de nuevo.

—Lo siento, Pepe, vuelve a España, a Madrid, y haz las cosas bien con mi hermana y con vuestro hijo, si puedes y te lo permiten. Yo hace tiempo acepté que nunca serás mío y que a pesar de ser yo también una víctima, llevo las de perder. He perdido el cariño de mi madre, si es que alguna vez me lo ha tenido, y por supuesto mi hermana ha desaparecido para siempre. Eso es lo que ha conseguido tu gran verdad.

—No sigas, es durísimo comprobar lo que te he hecho —dice bajando la cabeza—, lo siento tanto, tanto... Creo que nunca sabrás lo que te quiero. Siempre serás la única persona a la que he amado de verdad. Por muchos años que pasen, por muchas personas que conozca. Y tú lo sabes, sabes que nuestra pasión era auténtica, nuestras risas, nuestros encuentros y despedidas.

—Basta. Todo eso lo sé, por eso me duele el alma, Pepe. Márchate, por favor, no podemos alargar más este sufrimiento. Tienes que entenderme.

—Lo haré, pero no sin decirte que el niño tiene tu sonrisa y tu mirada, y que cuando le veo pienso que es nuestro, que nació de nuestro amor. Se parece a ti más que a nadie.

Me quedo helada. Es la primera vez que habla de su hijo. A mi hermana no la nombra, hace bien, sería demasiado doloroso. Me atormenta oírle hablar del niño, pero Pepe, con esas palabras, también asume la situación. Es el fin de una etapa y el comienzo de otra. Creo que, por fin, estoy asimilando mi verdad, estoy convencida, y creo que esta noche podría ser la primera de mi nueva vida. En mi corazón se agolpan con la misma fuerza tristeza, desolación, esperanza y vértigo.

Le veo marchar. Miro cómo camina, de espaldas, despacio, supongo que hacia su coche. Su aspecto sigue siendo perturbador, pero ya no es el mismo para mí. Aunque todavía le quiero, ya se ha acabado, terminado, y puedo vivir sin él. Le agradeceré siempre que haya venido a verme en un día como hoy, pues ha visto cómo vivo, en quién me he convertido y a toda la gente que tengo alrededor y que me quiere. ¿Qué más le puedo pedir a la vida?

17

Vuelvo a la fiesta respirando hondo, una, dos, tres veces. Desde lejos la casa parece de cuento, de película. Luces alrededor de su preciosa estructura de granja inglesa-africana, el sonido de las conversaciones de las numerosas personas que allí se han congregado, música de fondo de la banda y un halo glamuroso, entre dorado y fuego, envuelve todo el entorno.

Saco mi teléfono y hago unas fotografías. Sin duda esto Sandra no lo ha visto, se lo enseñaré y le gustará, estoy segura.

—Sandra, dame un abrazo, amiga mía.

—Has estado con él, ¿verdad?

—Sí, ha venido detrás de mí. No estaba segura de que estuviera aquí, pero lo esperaba. Hemos hablado y por fin he encontrado la fuerza para decirle que se vaya, que me deje, que no vuelva. Estoy triste, Sandra, pero también tranquila.

—Oh, santo cielo, por fin podrás empezar a ser feliz. Por favor, Matú, unas copitas de champán, que esto sí que hay que celebrarlo.

Sandra ríe, baila y goza. A mí me hace gracia su extrema felicidad, nunca la había visto tan natural, tan vehemente y tan atractiva. También ella se quita un enorme peso de encima, quizás un peso excesivo para una mujer que lo está pasando también mal y que encima me tiene que consolar. Pobre Sandra.

—Brindemos por mi queridísima amiga —dice en voz alta levantando su copa—, la joven y atractiva española que hace un año, más o menos, apareció en nuestras vidas y nos cautivó y nos convenció de que con ilusión y tenacidad se puede llegar lejos, que la amistad puede ser el pilar de la existencia, por encima, por qué no, de la familia, y, sobre todo, por el entusiasmo y la alegría contagiosa que tiene y con la que nos hace felices a los demás. ¡Por ella!

Yo río, me hace gracia su entusiasmo. Está pletórica y yo, asombrada.

—¡Por ella! —contestan todos al unísono.

Suena la música y bailamos. Sandra con su pequeño John, yo con Moury y Frank. Amelie y Julia con todos. Estas niñas, desde luego, son las estrellas de la fiesta, están fabulosas.

Los invitados se me acercan, me saludan, me dan la enhorabuena. Hasta mis excompañeros de trabajo de la oficina de Nairobi, que se han trasladado a la fiesta, y mi jefe, el mismísimo Gregory, que me saca a bailar, me confiesan su asombro y su alegría por el éxito de mi intuición cuando dejé el trabajo. Hemos triunfado, y en estas tierras se celebra por todo lo alto las pocas veces que eso ocurre. Y yo, milagrosamente, estoy aquí como protagonista, en la casa más elegante de Nairobi. Cómo puede ser el destino, ¿verdad?

Miro por la balaustrada del porche, abajo, hacia donde están los coches aparcados, y veo a Pepe observándome mientras Nairobi y sus gentes me quieren y me respetan. De pie, inmóvil, sin bajar la mirada. Qué duro para él también. ¿Se lo contará en Madrid a mamá y a Rebeca? Seguro que no.

Con este pensamiento agridulce que une sensaciones extremas entre Nairobi y Madrid, me voy a mi cuarto para cambiarme de vestido para la noche. Un precioso traje largo, con escotazo en la espalda y sostenido por dos finísimos tirantes, me espera colgado en el dosel de la cama. Cuando lo vuelvo a ver, después del desfile, de nuevo me impresiona. Es sencillo, pero con mucha fuerza, en seda azul cobalto. No se ve nada, pero da la sensación de que si se rompe uno de los tirantes, todo, entero, caerá al suelo, y eso, la verdad, es provocador e interesante.

Me vuelvo a maquillar. En mis mejillas pongo unos polvitos de terracota de Guerlain, que son los que más me gustan; los labios, esta vez, rojo Chanel; el pelo, estirado en una coleta alta, y unas gotas de mi perfume preferido. Comienza la noche y quiero vivirla, tomarme el champán más fresco y exquisito —hasta ahora solo he podido brindar y mojar mis labios—, y bailar, reír y no pensar en nada, ni en Madrid ni en Londres. En nada.

De nuevo salgo a la terraza. Está tan animada la fiesta que parece que estuviéramos protagonizando una película. Matú me ofrece una copa. Por fin la tengo entre mis manos. La miro, contemplo sus chispeantes burbujas, cómo suben hacia el exterior; visualizo, a través del fino cristal, el dorado líquido y miro absorta el maravilloso escenario en el que me hallo; gente guapa, diversa, feliz, y me digo: ahora me la voy a beber entera. Y eso hago, pero no de un trago, sino sorbo a sorbo, saboreando cada burbuja, deleitándome en el momento, sola conmigo misma. Es un estado nuevo para mí, y pretendo disfrutarlo y vivirlo apasionadamente. Y mientras así pienso, muevo mi cabeza con los ojos cerrados al son de la música. Mi cintura no para, me gusta bailar y cantar. Las notas entran en mi corazón animándome en mi buscada soledad. Quiero ser feliz, independiente.

En ese momento alguien me da unos golpecitos en la espalda.

—¿Puedo entrar? —me pregunta mientras sonríe con una mirada muy seductora.

—¿Entrar? ¿Entrar adónde? —contesto turbada al ver de nuevo al bellezón atractivo e interesante que me había devuelto las mariposas a mi estómago horas antes en el jardín.

—Pues a tu mundo, a ese mundo que en estos momentos te tiene cautivada. Está claro que estás ausente y disfrutando en exceso de tu soledad. Una mujer tan espectacular no debe estar sola, a eso me niego.

—Ah, ¿no? Pues a mí me encanta —le digo sin ningún rubor mirándole a los ojos y poniendo con los míos un gesto cautivador.

—Te he visto, no podía dejar de mirarte, cómo bebías champán, cómo bailabas sola, ausente de todos y de todo, disfrutando sin disimulo. Casi hablabas contigo misma.

—Así es y así quiero seguir. Me gusta esa sensación —contesto mientras pienso que no he visto nunca a nadie tan cautivador y con tanta seguridad. Se le nota mucha experiencia con las mujeres.

—Si quieres, si me dejas, yo me quedo aquí a tu lado sin hablar y sin mirarnos, aunque me cueste, pues me estás pareciendo una auténtica diosa con ese vestido tan espectacular.

Sonrío. Es cierto que el vestido tiene mucho morbo.

—¿Bailamos? —me pregunta cogiéndome de la mano y produciendo en mí una descarga muy sensual. Y no sé qué decir. Me apetece muchísimo. Ya he tomado otra copa y no sé cómo reaccionar. Nadie nos ha presentado. Es alto, rubio, muy guapo, con mucha clase y su inglés, de nuevo, es perfecto. Me recuerda al de mis amigas pijas inglesas.

—Cómo voy a bailar contigo si no nos conocemos. Nadie nos ha presentado.

—OK. Conozco bien a Sandra y soy inglés. Me gusta África, Inglaterra y, a partir de ahora, España, porque eres española, ¿verdad?

—Sí, claro, alguien te lo habrá dicho habida cuenta de que estás en el desfile de una española emprendedora y loca.

—Efectivamente. Acabo de escuchar de la anfitriona de la casa maravillas de esta bellísima morena española que tanto me recuerda a mi actriz preferida, Marion Cotillard, y que tanto nos ha impresionado con su desfile. ¿No te parece que las presentaciones oportunas ya están hechas? Bailemos, *madame*.

Me coge de la mano, acerca mi cuerpo al suyo, me sujeta por la espalda descubierta por el escotazo y empezamos a bailar. Y al sentir su mano en mi espalda, un escalofrío recorre todo mi cuerpo, todas mis vertebras, me estremezco. Él lo nota y sonríe; yo me pongo colorada, nerviosa, pero eso también me está gustando, es vivir y vivir otra vez. Y de nuevo en esa terraza, en ese porche fetiche para mí, me entrego a la música y a los brazos de un hombre al que apenas conozco. Vuelvo a sentirme viva, atractiva e, inconscientemente, siento atracción. Me encuentro en los brazos de un hombre con personalidad arrolladora. ¿Quién será? Pero está claro que no me importa, y mientras damos vueltas al ritmo de «It's A Beautiful Day», de Michael Bublé, río, me mareo, canto y miro a mi apuesto caballero rubio y fuerte que con tan buen estilo me lleva al son de la música.

En este momento y aquí mismo me estremezco y me prometo darme un tiempo para volverme a enamorar, pues estoy notando las dichosas palpitaciones y apneas. No quiero ni pensar en ello, pero también quiero disfrutar de la vida. ¿Es posible que me suceda algo así cuando, minutos antes, he dicho adiós a mi amor, a Pepe?

Cuando termina la música mi atractiva pareja acerca su boca a la mía y me besa suavemente en los labios. Yo no hago nada, no le demuestro nada, pero no lo rechazo. Le vuelvo a mirar de frente y le sonrío. Rayos y truenos…, ¡me encanta!

Tardo en despertarme. La noche fue larga y el champán ha tenido nocivas consecuencias en mi cabeza. No recuerdo ni cuándo me fui a dormir ni cómo terminó la fiesta, pero me acuerdo de mi baile y sonrío, me acurruco en la cama y vuelvo a imaginarme dando vueltas con mi precioso vestido, el collar larguísimo de finas semillas naturales y mis sandalias doradas. No quiero levantarme, prefiero seguir reviviendo el día de ayer: el desfile, los vestidos, la banda de música, la carpa, los canapés, los aplausos…, y el rubio cañón del que, me acabo de dar cuenta, todavía no sé ni su nombre. Quizás el destino quiera que acabe el capítulo más hermoso y triste de mi vida el mismo día que comienza otro prometedor y nuevo. La empresa se consolida, mi pasión por el diseño crece y, además, he conocido a un rubio desconocido que me ha parecido espectacular.

—Sandra, Sandra, ¿has desayunado ya?

—No, querida, te estaba esperando.

Las dos comenzamos a reírnos nerviosas y con ganas de comentar todo lo vivido solo unas horas antes.

—Sandra, qué fiesta, ¡qué fiestón! Eres una mujer impresionante. Qué tablas y qué manera de recibir. Eres la perfecta anfitriona. La casa estaba preciosa, las luces del salón, el porche, el cóctel… Matú y su séquito estuvieron fantásticos. Fue un auténtico sueño.

—Y tú cómo estabas de espectacular. El vestido corto del desfile me pareció de tal delicadeza que al verte comprendí lo que era una mujer con chic natural. Y por la noche…, por la noche, santo cielo, nos volviste locos a todos, pero sobre todo a mi cuñado, que no tenía nada más que ojos para ti.

—¿Tu cuñado? ¿El rubio cañón es tu cuñado? —Horror, no puede ser, yo flirteando con un desconocido que es su cuñado, por Dios, tierra, trágame—. Oh, Sandra, qué metedura de pata, cómo lo siento. Pero ¿cómo no me lo presentaste? Con él volví a hacer como la primera noche con Philippe, ¿recuerdas?, bailar, beber champán y perder la cabeza. Bueno, solo perder algo la cabeza…

—Lo sé, querida, lo sé. No te preocupes, ya te conozco, pero estuviste muy simpática, muy en tu papel de querer divertirte y olvidarte del resto. Eres única. Te vi con él y pensé lo mismo que tú: hoy lo va a volver a hacer, pero te dejé en sus brazos. Hacíais tan buena pareja…

—Pero ¿y qué habrá pensado tu cuñado de mí? Seguro que de nuevo he dejado una estela de chica facilona e inconsciente, ¿verdad?

—Pues en esta ocasión creo que no. Robert ya se ha marchado de vuelta a Inglaterra, pero me ha dicho que te traslade que siempre recordará esta noche y que eres una persona especial y distinta. Yo le he encontrado bastante locuaz para lo que suele ser él con los adjetivos.

—¿Y ya se ha ido? No me dijo nada, aunque, claro, en realidad no hablamos de nada. Eso sí, bailamos como peonzas, sin parar. Por cierto, tu cuñado baila genial. —Y volvemos a reír al unísono—. Perdona, Sandra, ¿tenemos ya los periódicos? Estoy deseando ver si dicen algo de la mejor puesta en escena de los últimos cincuenta años en Kenia.

—Los estoy esperando. Matú ha ido a la ciudad y le he pedido encarecidamente que nos los traiga. El *Nairobi News* ha cubierto la noticia, lo he visto en el iPad y hablan maravillas del desfile, y las fotos son preciosas, ahora lo vemos juntas.

—Tengo que volver a mi casita, a mi realidad, a mi pequeño apartamento. Debo poner las ideas en orden y, sobre todo, pensar en qué es lo que haré a partir de ahora. El taller, a lo mejor, hasta se nos queda pequeño, bueno, eso si tenemos más pedidos, yo siempre tan optimista. En fin, tengo que organizarme y ver a Frank y a Moury.

—Lo sé, lo sé. Por mucha pena que me dé, lo encuentro lógico. Pero no olvides que yo también soy la presidenta de tu fundación y que podemos empezar a hacer cosas bonitas entre las dos. Yo quiero seguir a tu lado, me das alegría, me das vida.

—¿Sabes lo que pienso? Que todo lo que me ha pasado a lo mejor es porque me esperaba este destino tan increíble. Un cambio tan radical de vida no se hace si no es por algo traumático. Gracias a esa traición te he encontrado, y las dos nos necesitábamos. Ahora tenemos un presente juntas y estamos fraguando un futuro precioso, y además hemos hecho familia.

Sandra me agarra de la mano y me hace un gesto de afirmación, emocionada. En ese momento, John jr. se acerca corriendo a nosotras, se sube en los brazos de su madre y la besa. Yo le hago cosquillas y ríe, lo cojo en mis brazos y le lleno de besos y abrazos. Mi pecho está colmado de emociones. Creo que soy feliz.

—Frank, Moury, ¿habéis comprado los periódicos? Estoy deseando verlos.

—Sí, señorita, los tenemos. Estamos en todos. Ser muy emocionante, Moury estar guapísima. Yo no creer lo que estar pasando.

—Por favor, déjame ver.

Comienzo a hojear el *Daily Nation*, y allí, en las páginas sociales, estamos nosotros, nuestra pasarela, nuestro desfile. Sandra está preciosa y una foto mía con Frank y Moury es maravillosa. Ellos ríen al verse y yo lloro de emoción. Cómo me impresionan las imágenes y los titulares: «Se celebra en la gran mansión de Sandra Brown el desfile de moda más esperado de la temporada». «Nace Baobab, un nuevo estilo en el mundo *fashion*». «Llega a Nairobi la colección más internacional. Baobab, que así se llama, es fruto de la ilusión de una diseñadora española enamorada de nuestros colores y costumbres».

—Por favor, ¡qué bonito todo! Es un auténtico sueño. Mira, Frank, aquí se te ve con tus niñas. Y aquí Sandra está fantástica…

—Sí, señorita, es emocionante, pero la que más brillar ser tú. Estar tan bella…, ¿verdad, Moury?

Moury no deja de mirar los periódicos, cada foto, cada página; se las acerca a los ojos para no perderse ningún detalle.

—Bueno, Frank, tenemos que seguir trabajando. Ya he recibido llamadas de representantes que vendrán aquí, al taller, para hacer su selección y sus pedidos. Y cuando les digo que estamos en el suburbio de Mukuru, se quedan callados, no lo pueden creer, y yo les digo: están ustedes ante un producto keniano y nuestro lugar está, como es lógico, en las entrañas de Nairobi.

—Sí, señorita, ser muy increíble trabajar aquí. Pero tú estar siempre protegida. Yo protegerte, siempre.

—Ya, pero estaba pensando si no sería mejor recibirles en mi apartamento y hacer las reuniones allí.

—Como tú querer. Todo está bien y así aquí dedicarnos más al trabajo. Menos gente, mejor.

Y empezamos a hacer otras muestras de la colección para llevarlas a mi casa. Y organizamos con Moury distintos turnos de trabajo, y contratamos a dos vecinas más para trabajar con más máquinas de coser. Seguimos cortando nosotras, eso es lo más complicado, y las telas, nuestra seña de identidad, decido seguir tiñéndolas a mano. Se han convertido casi en pequeñas obras de arte, como lienzos modernistas de intensos colores.

Mi apartamento cada día me gusta más. Es mi hogar, el ambiente huele a cardamomo y vainilla, la alfombra de cebra y la lámpara nueva le han dado un toque europeo y muy fresco. Cada vez estoy más a gusto, y poco a poco se va convirtiendo en un despacho creativo, en un estudio de diseño. Allí es donde, cada noche, a solas, con la terraza abierta de par en par e iluminada por las luces de los rascacielos vecinos, me llega la inspiración para la siguiente colección. Qué contraste tan impresionante entre la vida en la granja de Sandra y la de la ciudad.

Mi teléfono, ¡oh maravilla!, de nuevo no deja de sonar. Tras el desfile, una locura colectiva ha surgido en la pequeña sociedad internacional de Nairobi. Todas las amigas de Sandra, y las amigas de sus amigas, entusiasmadas, me llaman para saber dónde pueden comprar alguno de mis vestidos.

Finalmente he llevado a cabo lo que hablé con Frank y he trasladado a mi apartamento las citas con los compradores, donde ven los modelos y hacen los pedidos pertinentes. Cada mañana recibo a comerciales y mujeres enamoradas de la colección, el boca a boca está dado muy buenos resultados. Nos hemos puesto de moda y todas quieren, por lo menos, probarse un diseño y llevárselo a casa. Todavía no tenemos tienda y no puedo ni pensar en tenerla. Cada día es una historia nueva, un afán distinto, un reto más. Es divertido y complicado a la vez. He conseguido unir mis dos pasiones: el mundo de la empresa, de las estrategias, de la expansión —muy pequeñito todo todavía—, y el mundo del diseño y de la creatividad, que tanto me gusta desde siempre.

Por la mañana recibo a comerciales en mi apartamento, por la tarde voy al taller y por la noche hago números y pinto bocetos. Es un no parar.

—Frank, ¿qué te parecería si alquilamos la casa de al lado? ¿Podríamos? ¿Vive alguien allí?

—No preocuparse, señorita, aquí todo tener un precio. Yo enterarme y mañana seguro saber algo. Pero, señorita, ¿para qué la necesitamos?

—Pues tenemos que trabajar con holgura, ya estamos apiñados, y me gustaría tener espacio para la bisutería y los collares de semillas, como el que llevé en la fiesta. Todo el mundo me lo pide, es increíble. Debemos aprovechar el tirón y no decir que no a ningún encargo. Los próximos días, quizás meses, van a ser agotadores, pero también apasionantes.

—Yo estar feliz, señorita, y Moury también, y Amelie y Julia. Todos.

—Y yo, Frank, pero tienes que comprender que Moury ya no puede ser la esposa amable y obediente que tú tenías. Ahora tiene demasiado trabajo y me preocupa. Hace la comida para tu familia, para nosotros y para las vecinas que trabajan aquí. Corta los diseños conmigo y tutela a las costureras. Cuida de los pequeños y, como las casas están juntas, no para la pobre. Es un ir y venir. Debemos buscar a alguien para que cuide de tus niños, o quizás una cocinera. ¿Te parece?

—Señorita, la pobre Moury estar muy cansada. A mí parecerme bien cocinera, así Moury podrá estar con los niños.

Y poco a poco vamos planificando nuestra nueva vida. Frank es el empleado y socio ideal. Se mueve bien con los comerciales y, por supuesto, organiza la intendencia de maravilla. Hemos alquilado la casa de al lado y tenemos que adaptarla a nuestras necesidades.

En la limpieza de la segunda casa ya nos ayudaron más personas. Ahora tenemos a las mujeres costureras, a las masáis con las que tiño las telas y a las encargadas de la bisutería, que tanto éxito está teniendo. Ya somos diez mujeres y Frank. Limpiamos en profundidad bichos, ratas, ratones… Todavía no sé cómo me habré adaptado a esto, mucho tiene que ver que estas personas que me rodean son todo amor y agradecimiento. En realidad, ya no echo nada de menos. Hace más de un año que no hablo con mi madre y mi hermana, y Pepe ya no está en mi corazón.

—Sandra, que no te veo nunca… ¿Te apetece venir a mi casita a cenar? —le pregunto por teléfono a mi amiga, a la que desde hace un par de semanas no veo.

—Pues mira, sí. Ya estaba echándote de menos, y a tu locomotora particular, también.

—Pues aquí te espero. Ponte guapa que después nos tomamos una copa en el Kempinski. Lo de la canita al aire tenemos que hacerlo de vez en cuando.

Emocionada ante la visita, me pongo en marcha desde el momento casi de levantarme. La tarea no es fácil pues en Nairobi, como es natural, no se encuentra todo lo que te gusta. Tengo que pensar en materia prima española, o parecida, y en dónde la puedo conseguir. Me decido por un menú poco complicado y sabroso. De primero, un gazpacho de tomate y fresas —a lo mejor no lo conoce nuestra exquisita Sandra y la sorprendo—. Después, de segundo plato, un solomillo Wellington, y de postre, una tarta de manzana, buenísima y facilísima, que me sale espectacular.

Hablo con Frank y nos vamos al mercado a conseguir cada uno de los productos deseados. Cocinar a la española en el centro de África es complicado, pero lo voy a intentar. Hacerse con tomates, fresas, pimiento rojo y manzanas es sencillo, Frank conoce una frutería bastante exclusiva que tiene de todo. Se llama Fruits Raha, es una tienda muy limpia y los productos tienen un aspecto fresco y saludable. El primer plato y el postre, conseguidos. La carne nos está resultando más difícil. Encontrar un buen solomillo de ternera es una tarea casi imposible. Entonces Frank tiene una gran idea. Conoce un restaurante de carne brasileña, Fogo Gaucho, y allí que nos vamos. ¡Lo conseguimos!, por fin podré hacer el Wellington. Lo demás es lo más fácil: harina, que ya tengo, mantequilla, azúcar moreno, una lata de foie, huevos. Fabuloso. Ahora, a cocinar.

—Frank, si eres tan amable me acompañas a casa y me ayudas a subir todo este material. Solo somos dos y parece que voy a dar una fiesta, pero es que quiero deslumbrar a Sandra. Ella es tan perfecta…

Frank sonríe, ya está acostumbrado a vivir y trabajar rodeado de mujeres. Demuestra bastante sensibilidad para entendernos y respetarnos, y, por supuesto, es mucho más avanzado que la mayoría de sus vecinos. Creo que cada día nos admira más.

—Hoy me quedaré en casa. Llámame si hay algún problema y mañana nos volvemos a ver, que nos queda mucho que hacer en el nuevo taller. Podemos pintar las paredes, en esta ocasión de color cúrcuma. Es casi un tono fetiche en nuestra colección. ¿Qué te parece?

—A mí parecerme precioso. Ser un color muy keniano.

Me gusta cómo habla, cómo participa en todo y cómo se entrega a todo. Frank ya es el único hombre en mi vida y, aunque le quiero mucho, eso es un poco triste, pero bueno, qué le vamos a hacer.

Empiezo por preparar el gazpacho. Tiene que estar frío y para eso debo dejarlo en la nevera cuantas más horas mejor. Toma-

tes en gran cantidad, un poco de pimiento rojo, aceite, un poquito de vinagre y fresas. Todo por la batidora, apartando algún trocito de la fruta para decorar.

Después me pongo con el solomillo. Un poco más complicado, pero como he encontrado la pasta de hojaldre ya hecha, la rea-
lización es más corta y fácil. La carne tiene buen aspecto: roja, aunque no demasiado, creo que es de ternera en vez de buey, mejor, así
será más suave. La unto por todos los lados de foie, tiras de beicon
alrededor y luego una crep envolvente para que la salsa de la carne
con el brandi no empape el hojaldre y así permanezca crujiente.

Por último, una rapidísima receta de tarta de manzana. Esta
la hago con tiempo pues el horno tengo que dejarlo libre para
hacer la carne un par de horas antes de la llegada de Sandra. Por
el momento, todo en orden.

Empiezo a poner la mesa. Es la primera mesa bonita que voy
a poner en mi apartamento. Cuando salí de Madrid dejé la casa
como estaba, no quise traerme nada, no sabía si volvería a los diez
días o a los dos meses, pero lo que sí traje en cajas fue mi preciosa
vajilla de porcelana inglesa, mi cubertería de plata y la cristalería
de Sèvres. Me costó mucho comprarlas en Londres y se convirtieron en grandes aliados en las reuniones en mi casa de Chelsea.

Desde siempre me ha gustado decorar las mesas y esta noche
quiero impresionar a Sandra. Limpio la madera de la mesa, algo
deteriorada pues ya se ha convertido en mesa de trabajo, le saco
brillo y coloco blancos manteles individuales de lino fino con mis
iniciales en dorado. Sobre ellos, los bajoplatos de Christofle y la
vajilla de porcelana blanca con dibujos de caza en el centro y
ribete dorado. Es muy inglesa, muy típica, pero me gusta, le da un
encanto especial a las cenas —por lo menos eso me decía siempre
Pepe—, y junto a la cristalería de Sèvres, con copas de distintos
tonos, hace un conjunto muy distinguido.

En el centro pongo una especie de bombonera de plata que
lleno de flores rosas, muy pálidas, rodeadas de pequeñas hojas

verdes; la combinación queda ideal. Y ya, por último, unas velitas
en pequeños vasos de cristal transparente; por supuesto, no tienen
olor, para no disfrazar el aroma de la comida, pero dan un toque
íntimo muy agradable para la conversación. *Et voilà*, ya está mi
primera carta de presentación. Sandra se merece todo, pero es que
estoy deseando demostrarle que además de apreciar lo bonito
—siempre lo hago en su casa—, también sé hacerlo.

Abro la terraza de par en par. Esta percepción de libertad,
en mi noveno piso, me emociona y me hace gracia. A veces
imagino que tras el horizonte de la ciudad están durmiendo
leones, jirafas, elefantes… Nairobi es lo que tiene, quizás lo que
le hace más atractiva: pensar que a pocos metros de sus calles, en
el arcén de una carretera cercana, te puedes encontrar con un
precioso y peligroso animal salvaje. Ya soy capaz de vivir esas
sensaciones y me gusta ver que disfruto con ello. Mis sentimientos se han independizado. No vivo en el pasado, en la nostalgia.
Soy libre.

Ya son las cinco de la tarde, queda poco. Preparo los pequeños
altavoces y la lista de mi iPhone para que no nos falte la música.
Tras poner la carne en el horno, me meto en la ducha. Esa agradable sensación diaria se ha convertido en todo un rito en mi
vida. Al poco de vivir en esta casa, cambié la ducha y puse una
enorme alcachofa de donde sale mucha, mucha agua caliente,
muy caliente, o fría, según las ocasiones. Ahí, cada día, me apoyo en la pared para que el agua me dé con fuerza en el pelo, para
que se deslice por la espalda, para que salte al llegar al suelo y
para que se lleve por el desagüe todas mis preocupaciones y mis
miedos. Me pongo el champú, hago con mis manos gran cantidad de espuma que luego arrastra el agua sobre mis ojos, mi cara,
mi pecho… Es casi una terapia de relax y placidez. Un momento en el que no pienso en nada…, o en casi nada.

Tras esta especie de ceremonia, tan intrínsecamente femenina, me envuelvo en mis toallas de buen rizo de algodón portugués, siempre blancas, y salgo al salón a respirar el aire fresco de la terraza. Qué maravillosa sensación estar sola en mi casa, con ganas de trabajar y con muchas más ganas de ayudar. Hoy hablaré con Sandra de nuestra fundación. Hay que ponerla en marcha y darle vida cuanto antes. Creo que eso nos hará más felices a las dos y, sobre todo, podremos hacer felices a los demás.

Y por fin, ya vestida con un pantalón ancho de seda, con pinzas, muy masculino, y con una de mis amplias blusas con una lazada por delante, todo en blanco, me calzo mis sandalias bajas doradas —las mismas que llevé el día del desfile— y me adorno con uno de mis collares de semillas extralargos. El *look* es muy Coco, muy Chanel, pero también es mío, de Baobab. El pelo, esta noche, lo he peinado suelto, casi despeinado. El aire del secador le ha formado unas ondas muy naturales y lo he dejado así, sin más. Mi maquillaje es sutil, pero, como siempre, la boca bastante llamativa y mis polvitos de terracota en las mejillas.

Enciendo las velas, pongo música y me siento a esperar disfrutando del momento. La casa está radiante, perfecta. Es la primera vez que Sandra viene a cenar a casa y quiero que todo sea maravilloso, es casi como si vinieran mi madre y Rebeca. Oh, Dios mío, ¿nunca voy a superar su pérdida? Parece que no, pero hoy, esta noche, no voy a pensar en ellas, ya no me pone triste su recuerdo.

Suena el timbre. Estoy hasta nerviosa. Abro la puerta con una enorme sonrisa, pero tras el dintel no está mi buena amiga, no es ella, y ver quién es me paraliza. No sé reaccionar, no sé qué hacer, es casi una especie de *shock*. Ante mis ojos me encuentro a Robert Brown, el hermano de John, el cuñado de Sandra, el guaperas rubio y alto con el que bailé en el porche sin parar la noche del desfile. Viene con un precioso ramo de flores en sus manos y su agradable y pícara sonrisa.

18

Me quedo inmóvil, no entiendo qué es lo que pasa. Las flores me tranquilizan: Sandra no debe de estar mal, pues si no vendría con otro mensaje, no las traería, pero no comprendo por qué no está ella.

—Pero, pero ¿tú aquí? ¿Y Sandra? No le pasará nada, ¿verdad? ¿Se encuentra mal? Por favor, dime que está bien…

—Tranquila, tranquila, está bien, es que el pequeño John tiene fiebre y como he llegado hoy para resolver unos papeles de la herencia de mi hermano y algún otro tema del que me he enterado, me ha sugerido que viniera y he preferido hacerlo sin avisar, no fuera que a ti no te apeteciera y lo anularas —dice riendo y con mucha seguridad en sí mismo.

—Pero no entiendo… —digo con cara de incredulidad—. ¿Y ahora cenamos tú y yo solos aquí?

—Si quieres… —ríe con ganas—. Yo he venido encantado. Me diviertes mucho. Vamos, que he venido feliz. Imagino que no será la primera vez que cenas con un hombre a solas…

—No, no, claro —aunque creo que con alguien tan guapo, nunca—. Pasa, pasa. Pero es que mi casa es muy pequeña, no vale nada, es muy sencilla. Para ti, que vienes de los Cotswolds, esto es la casita del jardinero.

—Qué exagerada. Por lo que veo, es una verdadera monada, llena de encanto.

—Pues lo que ves es lo que hay, porque lo que queda es el dormitorio y no pienso enseñártelo.

—Qué directa eres. Perfecto, lo entiendo. Me parece fantástico no verlo, aunque lo imagino, no creas.

En ese momento me pongo colorada. Es el hombre sorpresa.

—Perdona mi reacción. La música que escuchas era para Sandra. No sé qué hacer, ¿la apago?

—No, por favor, me encanta. Vosotras dos es que casi parecéis hermanas, tenéis una relación fantástica, sincera, muy honesta.

—Sí, y cada día estamos más unidas, nos entendemos genial, la siento ya como una hermana, aunque, a veces, en broma le he pedido matrimonio, hubiéramos sido una gran pareja —y sonrío.

—Ya, ya sé —ríe convencido—. Mi cuñada estaba tremendamente enamorada de mi hermano, era un matrimonio maravilloso, y me imagino que tú también has querido a alguien mucho. Se te nota que estás resucitando a la vida, que has dejado atrás una etapa y que África te ha recibido con los brazos abiertos.

—Has hablado de mí con Sandra, ¿verdad?

—Por supuesto, claro. He intentado que me dijera todo lo que sabe de ti, que debe de ser mucho, pero no he conseguido nada. Me habla de tus virtudes, de tu simpatía y de tu asombrosa belleza, aunque eso ya lo he visto —y vuelve a sonreír—, pero de tu vida, nada.

—Sandra es fabulosa, se puede confiar en ella. Perdona, pero por culpa del *shock* no te he ofrecido nada. ¿Quieres beber algo?
—En ese momento empiezo a pensar en la suerte de estar, por primera vez en Nairobi, con alguien interesante y ¡guapísimo!

—Sí, claro, y, por favor, no quites la música, me está encantando. ¿Es tu *playlist*? Pues mira, coincidimos en muchas canciones, podríamos parecernos en bastantes cosas.

De nuevo me pongo colorada. Es uno de mis grandes defectos a la hora de entablar relaciones: no puedo evitar ciertas reacciones físicas, pero también me he vuelto más descarada y ya voy teniendo maneras de contraatacar.

—¿Tú crees? —Para cortar esa conversación le digo—: Ven, vamos a mi terraza, es pequeñita, pero las vistas de este horizonte me tienen enamorada.

Robert me mira con mucha ternura, creo apreciar un tipo de sentimientos hacia mí. De nuevo los escalofríos suben por mi espalda. Comienzo a preocuparme, pero también disfruto con esas sensaciones que de nuevo recibo como un regalo que me vuelve a dar la vida.

—Voy a ver si coincidimos en algo más que en la música —apunta Robert—. Creo que puedo saber algo más de ti, a ver…, te enamora este horizonte de la ciudad envuelto en pequeñas lucecitas…, ¿será porque piensas que detrás de este *skyline* y sus luces alborotadas está la inmensidad de Kenia, sus animales salvajes durmiendo en este momento o haciendo el amor con sus parejas? ¿Es eso o me equivoco?

De nuevo la sangre sube a mis mejillas. Este hombre parece que me tiene calada. No puedo contestar. No puedo mirarle, sigo observando fijamente el horizonte, sin moverme. Esa era la razón por la que me enamoran mis vistas a la nada: es lo más cercano que tengo a mi África soñada. Me recompongo y, sin mirarle todavía, le comento:

—Sí, más o menos, Robert. Yo no quería venir a África para vivir en un rascacielos en medio de una gran ciudad, pero así ha sido y así será, pues por ahora no lo puedo cambiar. Y esta terracita, que es casi un balcón, me acerca, gracias a su altura, al horizonte más lejano. Y sí, claro, pienso en qué estarán haciendo esos preciosos animales, si estarán tumbados debajo de un baobab o de una acacia, o si se acercan, bajo la luz de la luna, a la orilla del río a beber agua o a bañarse con su pareja. No sé, me hace sentir más en África.

Entonces Robert me mira y me sonríe de nuevo.

—Me has emocionado. Nunca nadie había hecho una poesía tan profunda y bonita de una sencilla y simple terraza. Eso solo puede venir de una persona romántica y emotiva. Pero hay algo que me emociona aún más y es que de nuevo… ¡acerté! —dice con una gran carcajada que consigue relajar el tenso ambiente.

Y sí, ha acertado de pleno. Está claro que su sensibilidad nos une. Y aquí, en la terraza, él con un *whisky* y yo con un *gin-tonic*, nos sentamos en dos pequeñas sillas a hablar, más relajados, más tranquilos, aunque no sé por qué estoy cómoda pero también incómoda. No me he preparado para esto.

—¿Estás incómoda con mi presencia?

Uf, de nuevo lee mis pensamientos.

—No, incómoda no, me hace gracia; date cuenta de que llevo todo el día trabajando para recibir a Sandra. Ella siempre me ha acogido en su casa como si fuera mi hermana, y por fin consigo que venga a la mía y, en cambio, me encuentro contigo, cercano pero desconocido. Bueno, no pasa nada, también es que hace más de un año que estoy aquí y nunca he recibido a nadie, y menos a un hombre.

—Sé que no paras de trabajar, eso sí que me lo ha contado Sandra. El día del desfile me dejaste impresionado y todavía no entiendo cómo has podido sacar adelante una colección tan llamativa ni que la hayas producido en el suburbio de Mukuru. Allí ni yo me atrevo a ir.

—Pues yo voy todos los días. Allí tengo el taller, que además acabo de ampliar. Ahora alquilamos dos casitas donde cosemos, teñimos las telas, diseñamos y casi vivimos. Frank, mi mecánico, se ha convertido en mi mano derecha y yo le digo que es el único hombre de mi vida. Me ayuda, hace gestiones, va y viene arreglando todos los temas que surgen de intendencia. Y su mujer, Moury, y yo, cosemos y cortamos cada prenda.

—Parece mentira, te admiro muchísimo, es casi como una película. Lo único que no me gusta es que Frank sea el hombre de tu vida… —dice de una manera bastante «pillina» mientras me mira y sonríe.

De nuevo me turba, me hace gracia y me sonroja.

—Pues sí, lo es. Ahora mismo, es el único hombre de mi vida. Mi padre, al que adoraba y con el que tenía una relación maravillosa, murió hace años, y como estoy sola, sola, sola, pues a Frank le ha tocado ese título. Ahora bien, aunque no tenga hombres en mi vida, en este momento tengo muchas mujeres, queridísimas mujeres que me hacen la vida superinteresante. Sandra, tu cuñada, me ha dado la vida. La quiero más que a mi hermana, no exagero. Ella ha hecho tanto por mí que nunca podré pagárselo, aunque mi cariño lo tendrá siempre. Y después está Moury, la maravillosa esposa de Frank, una persona increíble y cariñosa, inteligente, generosa… Y sus hijas, Amelie y Julia, y mis amigas masáis, las vecinas de Moury… Todas somos mujeres muy distintas pero muy cercanas. Nos reímos y nos divertimos.

—Es increíble oírte hablar de tus amigas kenianas llevando solo un año aquí.

—Sí, creo que he empezado por donde todo el mundo termina. Lo lógico es llegar a Kenia, moverte en un círculo de personas de tu mundo y estilo y luego ir conociendo poco a poco a personas del lugar. Pues yo no, yo al contrario. Desde el principio mi amigo fue Frank, que era mi chófer —y río con ganas, me gusta contárselo—, y mi lugar de trabajo es un sitio abandonado por la humanidad y donde mueren cada día jóvenes por la droga y la violencia.

Robert me mira asombrado y, según lo cuento, me sorprendo hasta yo misma.

—Eres increíble —me dice mientras me observa con bastante admiración y mucha atracción. Por un momento empiezo a pensar que está dando comienzo el llamado «protocolo de la seducción».

—Bueno, ya basta de hablar de mí —digo levantándome y abandonando la terraza—. ¿Pasamos a cenar a mis salones y a mi fabuloso comedor? El mayordomo nos servirá el menú que ha preparado con esmero el servicio. Espero que le guste —añado con sorna a la vez que le hago una reverencia.

Robert se levanta y me sigue a la mesa. Se nota que está feliz y yo comienzo también a estarlo. Algo está surgiendo.

—Pues no hagas bromas. Esta mesa me tiene admirado desde que he llegado. La vajilla y la cristalería son palaciegas y la cubertería de plata creo que por estos lares la tiene poca gente. Eres una caja de sorpresas.

—Ya, ya. Esto es lo único que me traje y lo más valioso que tengo. Me gustan mis cosas y son detalles sin los que no puedo vivir.

Robert está sorprendido. Nos sentamos y le paso el vino, español y de Rioja, por supuesto, para que lo abra y lo sirva.

—Siento no tener servicio, pero es que con Sandra nuestra relación es muy natural y no me importa servir yo misma la mesa. Bueno, de hecho, me habría hecho gracia que hubiera vivido una situación tan ajena a su vida diaria. Ella tiene a Matú, que es una joya, y un servicio maravilloso. Se merece todo.

Me emociono al hablar de Sandra. Me levanto para que no se note y voy a la cocina. Sirvo en mis preciosas tazas de porcelana el gazpacho de fresas, decorado con trocitos pequeños de esta dulce fruta y una hoja de hierbabuena.

—Perdona, Robert, por el gazpacho. Esta era una cena para dos españolas y este plato es muy nuestro, y a ti a lo mejor no te gusta nada.

—Es fantástico, me recuerda mucho a la sopa fría de tomate que hacían en casa. Las fresas le dan un toque exótico muy interesante —dice divertido tras la primera cucharada—. Además, no te preocupes, hoy me gusta todo —sonríe mientras me mira seductoramente.

—Eres muy amable, toma lo poco o mucho que te apetezca —sonrío—, después tienes un plato que parece hecho en tu honor.

Recojo las tazas y vuelvo de la cocina con el solomillo Wellington en una fuente de plata. El hojaldre brilla por la capa de yema tostada en el horno y, por debajo, no rezuma la salsa. Lo he conseguido, está en su punto. Y de acompañamiento, cebollitas francesas caramelizadas y una crema de espinacas. Cuando Robert lo ve no puede creerlo. Me mira con mucha ternura, se aprecia que es un hombre con sensibilidad.

—Pero ¿lo has hecho tu? Es increíble, eres una mujer sorprendente. Creo que ya te lo he dicho un par de veces, pero es que no pensaba que iba a disfrutar de una velada tan glamurosa.

No me podía haber dicho nada mejor. Eso es lo que yo tanto echaba de menos. Hasta ahora mi vida social sucedía en casa de Sandra y, aunque fabulosa, no era «mi vida». Esta noche estoy disfrutando como antes y tengo que reconocer que me está gustando estar sola con alguien del sexo opuesto. Me doy cuenta, de repente, que estar con él me encanta.

En ese momento yergo mi espalda, retoco mi pelo y bajo mis ojos para comprobar el escote de mi blusa. Está perfecto, desabrochados los botones hasta justo el límite, y mi collar de semillas sobre mi pecho. Levanto mi copa de Sèvres, le miro y le sonrío. Me sale del alma. Los taninos del vino han conseguido que me relaje, ya no estoy a la defensiva, y a partir de ese momento Robert y yo no paramos de hablar, de reír, de contar anécdotas. Es un hombre con una conversación muy ocurrente, culto y divertido, y de nuevo tengo que reconocer que es muy guapo. Su pelo rubio le proporciona un aspecto más aniñado y su manera de vestir, tan de la campiña inglesa, completa un *look* muy *cool*, muy difícil de encontrar.

Y mientras hablamos noto cómo me mira, de manera discreta pero sugerente. Yo le contesto con todo mi poder de seducción, me está encantando. El ambiente se vuelve intenso, embriagador. Las velitas siguen encendidas y nosotros, sentados en nuestras sillas pero ya medio recostados, conversamos y gesticulamos mientras inclino mi cabeza hacia atrás. Ha comenzado un flirteo, de eso estoy segura.

En ese momento Robert se levanta, me toma de la mano y dice:

—Coge las llaves de casa y ven conmigo, nos vamos.

—Pero ¿adónde? —Me divierte muchísimo esa sorpresa. Hacía tanto que no sentía nada parecido…—. Espera, voy, voy.

Mi pantalón anchísimo, a juego con la blusa, se enreda con mi collar. Mi pelo se revuelve por las prisas y yo río encantada.

—Santo cielo, qué elegante eres —me dice mirándome de arriba abajo, todavía sin soltarme la mano. Creo morir. ¿Es real lo que me está pasando?

Salimos de casa y entramos riendo en el ascensor. Y yo pregunto como una niña tonta:

—¿Adónde vamos? —Aunque, francamente, me da igual, el momento es increíble. Y de nuevo pienso en cómo es la vida, mi vida. En este ascensor en el que tanto miedo me daba subir sola, ahora bajo con un hombre asombroso, a todas luces un caballero, que me hace reír y sin duda también me quiere seducir.

—Tranquila, pronto lo sabrás, no está muy lejos.

Llegamos al portal y bajamos las escaleras que nos separan de la calle. De la mano los dos, riendo, caminamos hasta su coche, un precioso Morgan verde oscuro descapotable. Por Dios, esto parece un sueño…

—Sube, querida. —Me abre la puerta y me coloco el bajo del pantalón para que no se pille al cerrarla—. Vamos a vivir una experiencia que creo que te puede gustar.

—¿Y tengo que cerrar los ojos? —digo con ingenio.

—No, no, por favor, mantenlos muy abiertos.

Y acelera su descapotable, y el aire nos refresca la cara, el pelo se nos mueve hacia atrás y reímos mientras cantamos «Help!», de los Beatles, a la vez que lo escuchamos en la radio del coche. Una auténtica locura. En este momento me siento muy mujer, muy femenina, muy bella, muy chic. Robert está consiguiendo que sienta todo esto y solo habiendo cogido mi mano para llevarme a su coche.

Alejados de la ciudad, en una carretera bastante oscura y solitaria, de repente frena y apaga el motor, silencia la música y me dice, a la vez que todo mi cuerpo tiembla al no saber qué viene ahora:

—Ves, querida, estamos en el lugar que imaginas desde tu terraza y que tanto te enamora. Este es tu horizonte soñado. A partir de aquí ya hay animales salvajes durmiendo, o haciendo el amor, o recostados, como tú decías, debajo de un baobab. ¿Lo sientes, lo notas?

Yo ahora quiero morir. Cierro los ojos y respiro hondo. Tengo a mi lado a un hombre que me arrebata. No me ha ni rozado con su mano, no me ha besado, no me ha encandilado con bonitas promesas, y aun así estoy rendida a su cortejo.

Robert vuelve a coger mi mano, pero no dice nada, yo tampoco. Los dos, en silencio, estamos viviendo, embrujados, las mismas sensaciones. Es un momento único que no quiero que se termine, no quiero que tenga un final. ¿Será este un amor diferente?

No sé el tiempo que ha pasado. ¿Segundos? ¿Minutos? No sé… Si Robert quisiera, esa noche sería nuestra primera noche. Noto que él está a mi lado, me sujeta la mano con suavidad, aunque de vez en cuando la aprieta con más fuerza. Cada vez que hace esto, sube por mi brazo un cálido rayo que me encoge el corazón.

Y yo que tantas veces he imaginado a los animales salvajes viviendo la noche bajo las estrellas, no puedo ni fijarme en ellos ni oír sus sonidos. A partir de ahora, cuando mire desde mi terraza al horizonte ya no imaginaré lo mismo, desde ahora el sueño será volver a repetir estos minutos o segundos tan mágicos y sensuales junto a él.

Entonces, Robert acerca mi mano a su boca y la besa con suavidad. Despacio la coloca sobre su mejilla, y así está un rato, con los ojos cerrados, hasta que la vuelve a besar y dice mirándome:

—Eres una mujer muy bella, bellísima, por dentro y por fuera. Estoy deslumbrado, nunca había disfrutado de una velada tan especial. Eres absolutamente distinta.

Yo no puedo articular palabra. Con un gesto se lo agradezco, pero sigo con mi cabeza recostada en el asiento de cuero blanco, con los ojos cerrados. El momento es maravilloso. He pensado que Robert me iba a besar, lo deseo, por primera vez vuelvo a desearlo.

A bastante velocidad y con el viento cálido de las noches africanas, regresamos a casa sin hablar, sin música, y, estoy segura, los dos pensando en lo mismo: ha existido electricidad, a punto de que ocurriera un cortocircuito.

Robert me ayuda a salir del coche, abre la puerta y me coge con su mano. Me acompaña al ascensor y allí me besa la mejilla para despedirse mientras me dice al oído:

—Perdona mi beso del otro día mientras bailábamos. Fue un impulso, me salió del alma, pero hoy no quiero repetirlo de la misma manera. Tú te mereces algo mucho más especial, quiero que todo contigo sea tan especial como tú.

Me quedo descolocada, pero le sonrío. Le devuelvo el beso en la mejilla y doy al botón noveno para subir a mi apartamento. La puerta se cierra.

A la mañana siguiente y después de recoger toda la casa, con la mente atolondrada por la intensidad de lo vivido, lo primero que hago es llamar a Sandra.

—Espero que John esté ya bien…

Sandra ríe en el teléfono.

—No me digas que te has enfadado…

—Es que no sé qué pensar, Sandra. ¿Lo hiciste a propósito, lo planeaste? ¿Sabías que iba a ocurrir esto?

—No, por supuesto que no. John tiene fiebre todavía, debe ser un virus porque no le baja, pero nunca quise que fuera una sorpresa. La idea fue de Robert, no fue mía. Él, al saber que yo no iría, se ofreció a ir pero con la condición de que no te dijera nada, y a mí, la verdad, me gustó, me pareció una idea genial. Robert es muy exigente con el sexo opuesto y creo que está fascinado contigo.

De nuevo me pongo colorada, y eso que estoy sola y que nadie lo puede ver.

—¿Pasó algo? Por favor, por favor, cuéntamelo todo —me pide divertida.

—No, no, nada, tienes un cuñado que es un auténtico caballero, pero al principio lo pasé fatal, Sandra, tardé en reaccionar. Tenía tantas ganas de agasajarte en mi pequeña casa…

—Lo sé, querida, lo sé. Robert me ha contado que la mesa era de auténtico palacio y que la cena fue exquisita.

—Bueno, no te lo pierdas, le di el gazpacho que había hecho en tu honor. Seguro que no le gustó nada, pero mantuvo el tipo. ¿Y cómo es que ha vuelto tan pronto de Inglaterra? Antes no venía tanto por aquí…

—Toda la razón, pero esta vez tiene un motivo importante. Se ha enterado por un juez amigo de Nairobi de que pronto tendremos que declarar contra Philippe y que, además, también estamos denunciadas nosotras por agresión con arma de fuego.

—Sandra, me inquieta ese juicio. No me fío de las mentiras de Philippe, y no tengo abogado.

—Lo mismo me ha dicho Robert, por eso se ha presentado tan precipitadamente. Quiere acompañarnos y asesorarnos, y, bueno, él no ha dicho nada, pero te aseguro que ha venido más rápido que nunca para volverte a ver.

—Oh, por Dios, ¿lo crees en serio? Estoy un poco perdida. Juntas hasta la muerte, ¿verdad Sandra?

—Verdad, querida.

Y me quedo pensativa. Aunque desconcertada por el juicio, me ha gustado, y mucho, que Robert no lo pusiera de pretexto para venir a cenar a casa. El hecho de acudir solo, sin más intención que estar conmigo, tal como es, significa que le intereso.

Tardo poco en llegar a mi pequeño taller. Allí me esperan Frank y Moury nerviosos. Cada vez hay más pedidos y tenemos que volver a comprar telas y tintes, abalorios, sombreros… Parece que hemos dado con un estilo apetecible y deseado.

—Frank, avisa a nuestros proveedores de que necesitamos más metros de todas las telas seleccionadas. Además, diles que nos traigan el lino tan fantástico que utilizamos en el desfile. Vamos a hacer toda la colección en ese lino, en blanco y beis, y veréis cómo va a ser fabulosa la respuesta.

—No preocupar, señorita, pero saber que tardan mucho en traer.

—Pues ofréceles algo más de beneficio. Necesitamos responder con rapidez y aprovechar el impulso del éxito. ¡Ahora o nunca!

Mientras, Moury y yo aprovechamos para hablar con nuestras empleadas. Cada vez somos más mujeres y todas están felices de poder aportar algo para sus pobres familias. El barrio es terrible. En muchas casas no hay agua corriente y los niños juegan todo el día al balón rebozados en barro y miseria.

—Moury, tú y yo tenemos que hablar de tus hijos. Yo sé que te preocupan, y mucho, lógico, pero a mí también. A Julia y Amelie, junto con tus tres hijos mayores, las vamos a llevar a un colegio de la ciudad. No pueden seguir aquí, en una escuela donde no progresan como se merecen. Mañana iré con Frank y miraremos a ver dónde pueden matricularse.

En ese momento, Moury me abraza. Llora y ríe, me estruja entre sus brazos y me besa las mejillas.

—Moury, no llores, que entonces lloraré yo también.

Mientras continuamos abrazadas en el centro del taller, levanto la mirada y en la puerta, abierta de par en par, veo una silueta y adivino de quién se trata. Mi corazón, de nuevo, se pone «taquicárdico» y las apneas asoman en mi respiración. Está claro que fría no me deja Robert. Todo lo contrario. Qué maravilla.

—Pero, Robert, ¿qué haces tú por aquí? Este no es un barrio para gente bien —le digo al verle, algo extrañada pero también encantada.

—Desde luego, tienes toda la razón. —Me sonríe mientras me mira, creo, con mucho amor—, así que la primera que deberías salir de aquí eres tú. —Y echando un vistazo a nuestro alrededor, exclama—: ¡No puedo creer lo que ven mis ojos!

—¿Qué ves, Robert?

—Belleza, sobre todo belleza —y me mira embelesado—. Veo a la mujer más bella que nunca haya conocido y en un lugar asombroso. Aquí solo veo belleza.

Me emociono y me turbo. Robert es capaz de ver lo que yo también veo.

—Así es, Robert. Y amor, mucho amor. Estas personas, junto a Sandra, han sido mi vida y se han convertido en mi familia. Les quiero de verdad. Venir aquí me hace muy feliz.

Y entonces viene hasta mí y de nuevo me besa la mano mirándome a los ojos. Qué manera más conmovedora tiene de decirme hola. Le enseño las instalaciones y se ríe a carcajadas. Le hacen gracia las mujeres cosiendo, los espejos, la mesa, los colores de las paredes…

—Pero esto es como un oasis en el desierto… Parece mentira, estoy muy impresionado. ¿Cómo se te ocurrió venir hasta aquí? —Se queda mirándome con mucha, mucha ternura. Yo estoy deseando que me abrace, necesito sentirme entre sus brazos. Me ha conmovido a mí también su emoción—. Quiero abrazarte, ¿puedo? —me dice como adivinando mis pensamientos.

Me acerco a él y sin decirnos nada nos abrazamos, cobiján-donos uno en el otro, cálidamente. Y así estamos varios minutos. Ninguno de los dos hace nada por separarse. No hablamos, no hacen falta las palabras. Es curioso, aquí, en mi sencillo taller, don-de he trabajado y sufrido tanto, también puede estar comenzando una bonita historia, muy dulce, muy distinta. El tiempo lo dirá, pero desde luego algo ha comenzado.

Robert por fin se separa y levanta mi cara hacia la suya, y me mira a los ojos; yo le observo absorta mientras analizo su bello rostro. Ojos azules, pelo rubio, piel muy clara pero curtida por su trabajo en el campo, boca grande y siempre sonriente.

—Cada día me sorprendes más. Creo que ya soy adicto a tus emociones. —Y me acaricia el pelo como una señal de cariño y respeto. Me gusta, aunque empiezo a pensar que quizás me trata con demasiado respeto.

—¿Puedo pasar?

Es Sandra. Me quedo helada. Seguro que le ha parecido que ya hay algo entre nosotros.

—Oh, Sandra, qué bien que has venido.

—He quedado aquí con Robert para hablar contigo del jui-cio. ¿No te lo ha dicho?

—No, no me ha dicho nada. —Le miro y veo que sonríe.

—No me dio tiempo. Acabo de llegar yo también.

Me acerco a Sandra y, al oído, le comento que no hay nada entre nosotros, que la imagen que dábamos la ha podido con-fundir.

—No te preocupes, querida, creo que bebe los vientos por ti. Nunca le he visto así, ni le he visto hacer lo que hace ni estar tan atento con nadie.

—Pero le habrás visto con otras mujeres, supongo —le comento mientras Robert inspecciona el taller.

—Con demasiadas —ríe—. Mi cuñado es un hombre muy atractivo, bueno, ya lo sabes, nunca le han faltado mujeres alrededor y él ha sabido divertirse y exprimir la vida, pero sin compromisos. A John le preocupaba, de hecho decía que no le veía sentar la cabeza con nadie, que estaba solo en todos los lados, en Inglaterra, en Kenia, aunque a la vez muy bien acompañado. Robert venía a pasar largas temporadas a la granja cuando John vivía, a su casa, pues es su casa, y siempre igual: muchas bellezas a su lado y todas, por supuesto, enamoradas y rendidas, pero él sin dar un paso adelante.

—Sandra, ¿no estará enamorado de ti? Mira que esa tragedia ya la he vivido antes, lo de un mismo hombre para dos hermanas. Que tú y yo ya somos como hermanas. Por Dios, que me echo a temblar...

—Pero ¡qué dices! Cómo se te puede ocurrir semejante locura.

—Pues porque la he vivido, y me estás contando que nunca parece enamorarse de nadie, que está con muchas mujeres pero con ninguna a la vez. No sería tan raro lo que te estoy diciendo, ¿no te parece? Mira que me marcho ahora mismo...

—Por favor, querida, puedes tranquilizarte. No te va a volver a pasar. Él y yo no tenemos nada que ver, es que me hace hasta gracia que lo pienses. Siempre nos hemos tratado como hermanos, además, nunca le he visto con nadie como contigo.

—Pepe también estaba conmigo como nunca estuvo con nadie —digo con ironía.

—Pues no te preocupes. Poco a poco lo comprobarás. Veo que te lo estás tomando en serio. Te gusta, ¿eh?

No le puedo contestar. En realidad, no sé qué decirle. ¿Hay algo entre nosotros? ¿Hay algo digno de comentar? Bueno, la realidad es que ya hay mucho: explosión de sentimientos y sensaciones divinas, o por lo menos es lo que me parece.

19

Nos montamos los tres en el coche y nos dirigimos al despacho de abogados que nos defenderá en el juicio contra Philippe. Sandra le va contando con todo lujo de detalles a Robert cómo fue el terrible momento en el que, cada una con un arma en la mano, incitamos a Philippe a ir hacia los elefantes si no nos contaba lo que pasó.

Robert se pone serio, muy serio. El que murió fue su hermano, su único hermano, con el que tenía una relación inmejorable.

—Pero ¿a quién de las dos se le ocurrió semejante trama?

—A mí no, por supuesto. Ya sabes que yo siempre supuse algo, pero nunca hubiera sabido cómo forzarle a confesar.

Robert me mira anonadado. Es muy sorprendente oírlo contar, hasta yo misma alucino.

—Mira, Robert —le digo—, Sandra vivía atormentada. Sabía que era imposible que John, gran experto en la vida y las costumbres de los elefantes, tuviera semejante actitud. Algo o alguien le había tenido que forzar, y cuando Philippe se presentó en el safari pensé que podíamos intentarlo.

Robert medita con la cabeza hacia abajo. Está asombrado, serio y también preocupado.

—Increíble, increíble. ¿Y no pensasteis que se os podía volver en contra? Por no hablar de que en el juicio se podría considerar que vosotras le habéis forzado al amenazarle con armas de fuego.

—Bueno, Michael, el cazador blanco, y los otros acompañantes saben que nuestras armas no estaban cargadas. Mira, Robert, por desgracia a Philippe su jugarreta le salió bien, y a nosotras, lamentablemente para Philippe, también. Tú no sabes lo que Sandra ha hecho por mí, y yo solo podía corresponderla intentando descubrir a Philippe.

Entonces, Sandra me mira y me aprieta la mano. Robert me sonríe, me coge la otra y me la besa. Y yo me quiero morir.

Al llegar al despacho del abogado, Robert nos ayuda a salir del coche, primero a Sandra y por último a mí. Me alarga su mano, acerca su cara a la mía y me dice en tono muy, muy bajito, pero serio y seguro:

—Creo que estoy enamorado de ti.

Me quedo mirándole, de piedra. No sé qué hacer ni qué decir, aunque me aferro con fuerza a su mano. Es tan inesperado el momento... Me estoy mareando, física y mentalmente. El corazón, de nuevo, empieza a palpitar con intensidad, me falta el aire. Yo también le quiero...

—Robert, me estoy mareando —le digo—. Te aseguro que no sé si puedo andar.

Robert sonríe con mucha ternura y me sujeta con tanto cuidado y cariño que todo mi cuerpo se estremece.

—No te preocupes, no me tienes que decir nada. Puedo esperar hasta la eternidad para que me contestes, pero lo que no he podido es esperar a decírtelo. Perdona, el momento no es el adecuado, pero no podía dejar pasar ni un minuto más. Es mi corazón el que ha hablado y, además, lo he sabido desde el día que bailamos juntos en el porche de nuestra casa.

—Robert... —digo solamente, mirándole, y supongo que pálida y estremecida a la vez.

Subimos las escaleras hasta llegar al portal y allí nos unimos a Sandra.

—¿Qué os pasa, chicos?

—Nada, Sandra, estoy un poco mareada. Seguro que la impresión de los recuerdos de aquel día me ha cortado la digestión.

—No me extraña, querida. Es todo muy desagradable. Me da rabia que Robert y tú os estéis conociendo en un momento tan poco oportuno.

Si supiera Sandra lo que acaba de ocurrir... Estoy en una nube.

Robert no se separa de nosotras. Él, que ya sabe casi todos los detalles, es el que lleva la voz cantante. De vez en cuando el abogado nos pregunta a Sandra y a mí, sobre todo quiere saber si nuestras declaraciones coinciden. Cuando ya ha tomado sus notas y seguramente ha llegado a alguna que otra conclusión, se despide aclarando de antemano que tendremos que volver a reunirnos antes de la vista del juicio y que, por supuesto, también deberá hablar con Michael, el cazador blanco, y los vigilantes que nos acompañaron. Robert se pone a su disposición para lo que haga falta, no sin antes preguntarle cómo ve el caso.

—Bueno —nos dice—, no será un camino de rosas, pero no lo veo difícil. Él (Philippe) confesó delante de cuatro personas su intención de conseguir la muerte de John, y aunque sus abogados se apoyen en que estaba sufriendo presión y acoso con armas de fuego, el juez sabe que la verdad es la que ustedes están blandiendo. Y, sobre todo, no hay que olvidar que se ha demostrado que el acusado es un comerciante ilegal de marfil y, por lo tanto, artífice de la caza furtiva del elefante, prohibida y condenada en Kenia.

Así, mucho más tranquilos, abandonamos el despacho del abogado. Sandra de nuevo está conmovida. Ha pasado mucho tiempo imaginando lo ocurrido y volver a revivir la muerte de John ha sido muy duro para ella. Robert lo nota y, con un entusiasmo forzado, pero exquisitas maneras, nos dice:

—Ahora mismo invito a estas maravillosas señoras a comer al sitio mejor de Nairobi. ¿Os apetece que vayamos al Nawinbi o mejor al Kempinski?

Sandra enseguida asegura que en el Nawinbi vamos a comer de maravilla.

—Yo no conozco ningún restaurante de Nairobi. Solo el Kempinski, donde, por cierto, estuve con una persona poco idónea, y algún que otro bar donde he comido con Frank.

—¿Más de un año aquí, entre nosotros, y no conoces nada de nada?

—Bueno, eso tampoco es así. Conozco lo mejor que se puede conocer, y ese lugar es tu casa, Sandra. He sido una de las privilegiadas, por no decir la más privilegiada de Nairobi, y nunca hemos tenido la necesidad de salir a restaurantes ni lugares fuera de tu maravilloso hogar.

—Es verdad, nunca lo hemos necesitado, debemos de ser las dos igual de raras. Pero ahora me está dando penita no haberlo hecho contigo. Qué poco atenta he estado, siempre pensando en mí.

—Y en mí —apostillo—. Somos tal para cual, Robert. Parecemos separadas al nacer.

Robert me mira. A Sandra no la mira, solo me mira a mí, y eso me gusta. Y Sandra sonríe, lo nota también.

—Pues vamos al Nawinbi, seguro que te gustará.

Es un almuerzo maravilloso. Robert de nuevo me enamora con su entretenida conversación, su sentido del humor, sus anécdotas y lo curioso que es en sus apreciaciones. Tiene mucha sensibilidad y se entretiene en contar pequeños detalles que a la mayoría de los hombres les pasan desapercibidos. Además, es guapísimo y tan interesante… Con ese traje beis, camisa de lino blanca y cinturón de piel marrón. Es un hombre de película…, de mi película.

Sandra y yo reímos. Nos encontramos siempre muy bien juntas.

—Lo que no sé es por qué viniste aquí. Sandra no me ha contado nada de ti…

—Claro, es que siempre hablamos de lo mismo —afirma Sandra—: «Hola, cuñada, ¿cómo te encuentras? ¿Qué tal el niño?

¿Y los empleados? ¿Y la granja?». Lo que sí te comenté fue que tu visita coincidía con el desfile que había preparado en casa para una amiga española, ¿lo recuerdas?

—Sí, pero no suponía que tu amiga fuera la mujer más bella y estilosa que jamás hubiera conocido.

Me quedo muda. Sandra abre los ojos con fuerza, ríe y tapa con sus manos su expresión de sorpresa a la vez que da un respingo en la silla. Yo me pongo supercolorada, callo mirando hacia abajo, como una niña pequeña. Desde luego Robert sabe cómo ruborizarme y comprometerme. Las dos nos miramos y nos sonreímos asombradas. En ese momento, y como para destensar la situación, Robert añade sin dejar de mirarme:

—Bueno, y la más valiente y chiflada.

Por fin nos relajamos. Los tres reímos y seguimos hablando, pero ya no es lo mismo. Algo tiene que pasar, y pronto. El cortejo se encuentra en su punto álgido. Él está ya pregonando a los cuatro vientos su admiración y entrega. Yo hago lo mismo, pero sin decir nada, callada, sonrojándome. Cada uno a su manera, pero los dos en el mismo camino.

Entre una cosa y otra, pasamos un día intenso, preocupante por el juicio y exultante por la declaración de Robert. Estoy rendida a este hombre y todavía no tenemos en común más que un intenso abrazo, un beso en la mano, una declaración de amor compartida y unas miradas electrizantes.

Mientras pienso esto, las dos caminamos hacia el coche del brazo de Robert. A Sandra se le ocurre que podemos ir a su casa y cenar en la terraza. Hace un día espléndido y la noche se espera maravillosa. Y yo, que estoy subyugada por el momento vivido, no me siento con fuerzas para seguir fingiendo y no abrazarlo a solas, que es lo que me apetece, por lo que digo:

—Si os parece, yo mejor me quedo en casa. Tengo mucho trabajo, debo centrarme en los nuevos pedidos y pronto en la nueva colección. ¿No os importa?

—Lo entiendo, querida. Es que estamos tan bien los tres juntos…

A Robert le contraría, pero creo que me entiende, se da cuenta enseguida:

—Te llevamos a tu casa ahora mismo, tienes razón. Lo primero es lo primero.

Y ya en el coche Robert me pregunta sobre el taller, Moury y Frank. Le hace mucha gracia esa intensa relación.

—Ya, ya sé que parece casi imposible, pero nuestra relación es de auténtica amistad y muchísimo cariño. Sandra sabe lo que ellos han hecho por mí.

—Desde luego, no puede ser de otra manera. Para ella han sido su mejor y más firme apoyo —dice mi amiga.

—Bueno, Sandra, mi apoyo más firme eres tú. Sin ti no solo no habría podido hacer nada, sino que, seguramente, me habría marchado de aquí. Tú me has dado la vida social que necesitaba, el apoyo empresarial que tanta falta me hacía, pero sobre todo lo has hecho con tanto cariño que ya te considero mi hermana del alma. Yo tengo en Kenia un hogar, Sandra, y ese hogar es tu casa.

—Toda una declaración de amor —exclama Robert.

—Por supuesto. Sandra, ¿a que más de una vez te he pedido matrimonio?

Sandra ríe a carcajadas. Está feliz, plena. Con su cuñado y conmigo parece que ha recobrado también el ambiente familiar que tanto echaba de menos. En ese momento llegamos a mi edificio. Robert me abre la puerta y me ayuda a salir.

—Sandra, ¿me disculpas un momento? Acompañaré a nuestra amiga al ascensor, ¿te parece?

—Por supuesto. Lo daba por hecho, Robert.

Subimos las pequeñas escaleras hasta llegar al portal. Robert me mira, le ha gustado mucho mi vestido con tirantes anchos cruzados en la espalda. Se siente orgulloso. De nuevo me abre la puerta y me acompaña al ascensor. Estamos callados y, creo, los dos temblando. Robert da al botón del piso número nueve y sube conmigo a mi apartamento. En el ascensor me mira y no me suelta la mano, los dos en silencio. Cojo mis llaves y abro la casa. Nada más entrar, en el salón, me sujeta con sus brazos, acerca su cara a la mía y, casi susurrando, me dice al oído mientras me besa en la mejilla:

—Te quiero con el alma, no sabes cuánto. No sé cómo ha sido todo tan rápido, pero es así. Quiero estar contigo siempre. Quiero que mi vida sea tuya y quiero que lo nuestro sea especial, porque tú eres especial. Desearía estar contigo ya, ahora mismo, pero quiero que nuestra primera vez los dos la recordemos como algo único, que se convierta en el comienzo de algo eterno. Estoy loco por ti.

Me abraza con fuerza y junta su cara a la mía, me besa las mejillas, el cuello, pero todo de una manera tan romántica que casi me desmayo. Creo que yo también le quiero. No deseo separarme de él, no deseo que se marche.

—Me quieres tú también, ¿verdad? Si no, no podría seguir.

De nuevo me ruborizo al máximo, le miro…, y él ya ríe abiertamente. No hay necesidad de palabras. Por fin nos besamos, los dos, unidos, como en una nube, conscientes de lo que está sucediendo y entregados a nuestro incipiente amor. No he conocido nada igual. Con Pepe todo fue rápido, explosivo, como si se fuera a acabar pronto, como así ocurrió. Robert es romanticismo puro, un tsunami de sensaciones nuevas. Seguro que esto es el amor verdadero, no puede ser de otra manera.

—Dame tres días y te vendré a buscar. Por favor, no me hagas preguntas, no te imagines nada. Setenta y dos horas, ¿te parece?

Le miro, me pongo de puntillas —es muy alto— y ahora soy yo quien le besa por primera vez. Me sale del alma.

—¿Setenta y dos horas sin vernos? Pero ¿por qué? Es una eternidad. Ahora quiero estar contigo… —casi le suplico como una niña enamorada.

—Lo sé —sonríe mientras me acaricia la cara—, va a ser muy duro, va a ser espantoso, pensaré en ti cada minuto del día —asegura—, pero quiero que sea como mereces. Confía en mí.

Y nos despedimos a la fuerza, aunque seguimos abrazados sin querer separarnos, besándonos. Sandra está esperando abajo y seguro que haciéndose preguntas. Robert le dirá algo, mejor que yo no esté, qué apuro me iba a dar.

Robert se va. Me deja aquí sola, mirando hacia la puerta que él acaba de cerrar. Estoy feliz, quiero gritar y reír y llorar…, pero de alegría. Abro la terraza de par en par y veo cómo el coche se aleja por la avenida principal. Allí va mi amor…

A la mañana siguiente me despierto maravillada por lo que estoy viviendo. Quiero a Robert y él me quiere a mí. Estamos juntos y en el mismo lugar. No me ha dicho que se tenga que ir pronto y que va a dejarme sola cada semana, como me pasaba con Pepe, ni parece que oculte nada. Además, Sandra no nos habría dejado llegar tan lejos si hubiese algo detrás que me pudiera hacer daño. Perfecto entonces. Adelante. Ya solo me quedan setenta y dos horas para…

—Frank —le digo por teléfono—, ¿por qué no venís a casa Moury y tú y hablamos de nuestras cosas y de algún otro tema más que quiero que sepáis?

—Sí, señorita, nosotros ir ahora. ¿OK?

—Perfecto, en casa os espero.

Moury no ha venido nunca al apartamento, por lo que quiero que todo esté impecable. Preparo café para los tres con alguna galleta inglesa de mantequilla que siempre encuentro en el supermercado. Además, zumo de naranja y maracuyá. A Moury le encanta.

Saco mis cuadernos donde todavía, con bolígrafo, y de mi puño y letra, escribo mis notas y dibujo mis bocetos. Abro el ordenador y echo un vistazo a la contabilidad. Como pensaba, o mejor dicho, como sabía, vamos muy bien. Ganamos dinero, el taller consigue ahorrar algo y, después de hacer inversiones de mejora, todavía podemos afrontar algunos extras.

Suena el timbre. Frank y Moury están allí los dos, bajo el dintel, muy sonrientes. Qué grandes personas. Moury entra con los ojos bien abiertos, mirándolo todo, entusiasmada.

—Frank, lo que te voy a decir ahora Moury ya lo sabe, lo hablé con ella ayer: quiero que hoy mismo nos traslademos a los colegios más cercanos para que vuestros cuatro hijos mayores se matriculen y comiencen el nuevo curso en un centro más conveniente para su educación.

—Pero, señorita, tú arruinar…

—No, Frank, yo no arruinar, y tus hijos ya son como míos; además, lo pagará nuestra empresa.

—Pero ¿poder hacerlo?

—Por supuesto. Y no se hable más. Ahora mismo, después de ver lo que haremos para el próximo desfile, nos vamos los tres a buscar el lugar adecuado. Ya he seleccionado algunos que creo que consideraréis conmigo que pueden ser idóneos.

Frank y Moury no lo pueden creer: sus niños en un colegio fuera del suburbio en el que viven. Para ellos es un sueño, para mí un regalo del cielo poder hacerlo.

—Mirad, ¿qué os parece si para la próxima temporada hacemos abrigos-kimono? Son superestilosos y gustan muchísimo en Europa —y les enseño uno de mis dibujos—. Supongo que aquí van a arrasar. No tienen que tener botones, aunque sí un largo cinturón para llevarlo anudado cuando por debajo no se lleve nada.

—¿Nada, señorita? ¿No llevar nada debajo de ese abrigo?

—Nada, Frank —y río a carcajadas.

—Hoy estar señorita muy feliz.

Moury me mira y me sonríe. Ella nos vio a Robert y a mí abrazados ayer en el taller. Solo con eso supo que estoy enamorada. No me dice nada, pero se acerca a mí y me abraza. Moury maneja muy mal el inglés, pero es perfecta en el idioma sin palabras.

Después del desayuno y de enseñarle toda mi pequeña casa a Moury —Frank la conoce muy bien pues la ha pintado y acondicionado conmigo—, nos disponemos a buscar colegios para sus niños.

En todos a los que vamos se nos recibe con cierta prevención. Frank y Moury, parece ser, no son el tipo de familia deseada —pienso que no hay mayor racismo que el que hiere la autoestima—, pero por fin nos decidimos por un colegio bilingüe, de enseñanza anglo-keniana, de educación liberal, donde comenzarán el nuevo curso. La felicidad de mi pareja favorita es de tal calibre que todo el esfuerzo que hemos hecho y que tengamos que hacer a partir de ahora nos merecerá la pena. Solo pensar que sus niños van a hablar un inglés perfecto y a tener una educación casi europea les llena de orgullo.

—Os lo habéis ganado vosotros —les digo— con vuestro trabajo y enorme esfuerzo. Además, ellos son como mis sobrinos. Yo soy su tía española y les quiero casi como hijos. Julia y Amelie van a ser unas niñas que van a destacar muchísimo y, además, parece que les gusta el mundo de la moda. Los chicos, como buenos chicos, solo hablan de fútbol —se ríen—, pero veréis cómo consiguen labrarse un futuro.

Los dos me abrazan. Están emocionados, y no es para menos. En año y medio su vida ha dado un vuelco considerable, igual que la mía.

20

—¡Mamá, que me voy a Londres a trabajar! Por fin he conseguido el puesto en banca privada que tanto quería. Trabajaré en el mismísimo corazón financiero, en Canary Wharf.

—¿Y qué es eso que tanto te entusiasma? Según lo dices, parece el mismísimo palacio de Buckingham.

—Pues a nivel financiero lo es. No podría aspirar a más, ni en mis mejores sueños.

—Bueno, hija, tú siempre con tus altísimas aspiraciones —me dice con tono jocoso.

—Pero, mamá, ¿por qué me dices eso? ¿No te alegras por mí?

—Claro, muchísimo, pero como no entiendo nada de eso, pues tampoco sé qué decirte.

—Pues alégrate y anímame. No todo va a ser el arte y la cultura de Rebeca.

En casa lo único que importaba era lo que mi hermana hacía o quería hacer. A mamá le gustaba lo que ella estudiaba y en lo que trabajaba. Las dos eran más de letras, yo más de ciencias, como papá, y eso siempre había sido como una especie de barrera entre nosotras.

—Pues la próxima semana tendré que ir a Londres a buscar piso, apartamento o quizás una cueva, lo que pueda costearme. Es muy caro vivir allí, ya me lo han avisado. ¿Te apetece acompañarme?

—No, querida, sabes que no puedo dejar a Rebeca sola.

—¿Y a mí sí?

—Tú eres distinta, más independiente, no me necesitas tanto.

—Eso no es verdad, te necesito igual. Estoy cansada de oírte decir siempre lo mismo. ¿Y no será que tu preferencia por Rebeca es de tal magnitud que puede parecer que a mí me rechazas?

—Ya estás exagerando. Siempre exagerando.

Así era mi madre conmigo. Me quería, no lo dudo, pero no era cercana ni tampoco cariñosa. Su debilidad por Rebeca me hacía más independiente y, a veces, hasta me sentía fuera de lugar en mi propia casa. Rebeca decía que eran imaginaciones mías, pero yo sabía que ella lo notaba también y que no le importaba.

—Mamá, ¿qué piensas de mí? —le pregunté un día—. Es que creo que me conoces poco, o mejor dicho, que no me quieres conocer.

—Te equivocas, querida, te conozco fabulosamente, eres igualita que tu padre, en el fondo no parece que hayas tenido madre.

Y lo que podía ser un piropo, a mí me desconcertó. En el tono en que me lo dijo más bien sonó a un grave e insuperable defecto para ella.

—¿Y eso es malo o bueno, mamá?

—Eso es lo que es, y punto. Tu padre tenía muchas cosas buenas, pero también su carácter.

De nuevo me volvió a confundir, no parecía que le gustase demasiado. Creo, más bien, que le desagradaba.

—Mamá, ¿tú querías a papá?

Y allí, en ese momento, me miró fijamente, bajó la cabeza y se dio la vuelta abandonando el salón. La callada por respuesta me supuso un *shock* que no quise ni analizar. Me iba a Londres y no quería ni problemas ni preocupaciones, pero me desagradó sobremanera.

—Rebeca, ¿papá y mamá se llevaban bien? He estado hablando con ella esta tarde y me ha parecido que la cosa no fue muy bien entre ellos.

—Pero ¿cómo me preguntas eso a mí? Yo viví muy poco con papá. Apenas tenía diez años cuando falleció. Tú te acuerdas más porque tenías quince, y eso se nota mucho a esas edades.

Rebeca tenía razón, y francamente sí recordaba algunas discusiones, y que papá viajaba mucho, pero nada más. La vida en casa, los cuatro, siempre me pareció perfecta. Nuestras Navidades eran clásicas y muy cuidadas, aunque es verdad que papá era el más soñador, el más imaginativo. Yo era su ojito derecho, y entre él y yo organizábamos siempre alguna que otra travesura imperdonable para nuestra madre. Ella siempre más seria, más fría, y embelesada con la pequeña Rebeca. Si ahora me preguntaran diría que parecía que se habían repartido los papeles: «Tú con la mayor y yo con la pequeña».

Las vacaciones de verano en Fuenterrabía siempre fueron maravillosas, en la enorme casona de nuestra abuela, rodeados de primos y tíos. Nuestros recuerdos no podían ser más bonitos. Cada mañana, a la playa o a navegar, y por la tarde, a recorrer y subir montañas bajo la fina lluvia de agosto y sin que nos importara llegar empapados y con barro hasta las rodillas.

Éramos una familia con suerte, unida y con posibilidades, pero ahora creo que la carencia del cariño materno era descarada y, por lo tanto, algo cruel. Y lo que es peor, lo sigue siendo ahora.

Al recordar estos pasajes de mi vida mientras voy en mi coche al taller, se me encoge el alma. No sé si es por la preciosa unión de Frank y Moury, o por el momento tan maravilloso y romántico que estoy viviendo y que no puedo compartir con ellas. No entiendo por qué tengo que ser yo la mala. O, quizás, no es eso, sino lo que siempre me ha parecido: mamá no me quiere como a Rebeca. Mamá, por alguna razón, me rechaza.

Los tres días que me ha impuesto Robert pasan con lentitud. Cada hora es larga y tediosa, y nada me entretiene ni me sosiega. Estoy deseando verle. Tenemos tanto que decirnos, tanto que contarnos, tanto que vivir y experimentar juntos… Nos hemos declarado nuestro amor como dos kamikazes se lanzan al abismo sin pensar en las consecuencias. Robert se mostraba exultante, y eso me tranquiliza. No pudo esperar y se declaró en plena calle y por sorpresa. Yo enseguida me di cuenta de que quería estar con él el resto de mi vida, y, de repente, ahora que deberíamos estar más juntos que nunca, me dice que esperemos tres días. No lo entiendo.

—Sandra, ¿cómo estás hoy?

—Bien, guapísima, ¿y tú? Creo que tienes mucho que contarme, ¿no te parece?

—Sí. Oh, Dios mío, no me lo creo, y me da tanto apuro, Sandra… Con tu cuñado, el hermano de John…

—Si supieras lo feliz que me hace. He rezado tanto para que esto sucediera…

—¿Me lo dices de verdad?

—Claro, querida, Robert es un hombre fabuloso, cada día, cada hora te gustará más. Y yo sabía que estabais hechos el uno para el otro. Pero, claro, una cosa es lo que me parecía a mí y otra muy distinta a vosotros.

—Sandra, estoy deseando estar con él, pero no quiere verme por lo menos en tres días. ¿Tú sabes algo? ¿Sabes por qué? ¿Habrá ido a algún sitio a romper otra relación?

—No me extraña que lo pienses —se ríe—. Robert es así, pero no te puedo decir nada, solo que sigue aquí, en Nairobi, no se ha movido, no tiene nada fuera de aquí, que yo sepa…

—Pues te iría a ver ahora mismo, pero, claro, no puedo… Imagínate que coincidiéramos allí.

—No, no, no vengas. Por favor, cumple con lo que te ha pedido.

—No sabes cómo le quiero. Estoy feliz, demasiado feliz. ¿Te imaginas que nos convertimos en cuñadas? Pero si no sucediera, júrame, júrame, que nadie nos separará, ni Robert ni nadie.

—Por supuesto, querida, te lo juro, aunque espero que algún día las dos seamos señoras de Brown —exclama—, eso es lo que más deseo. Se me saltan las lágrimas solo de pensarlo. Si quieres que te diga la verdad, desde el primer momento en que te vi en la sala de embarque del aeropuerto Adolfo Suárez, pensé que eras especial. Una mujer tan moderna, tan bella y tan desvalida como parecías, que me llenó de curiosidad y de ternura, por eso te invité a cenar a casa nada más saber dónde estabas.

—Sandra, esto no parece casual. Cuando te conocí quedé tan fascinada que solo el hecho de saber que tú vivías en Nairobi me dio tranquilidad. La mujer con más clase y más segura de sí misma que había conocido vivía en Kenia, y, claro, pasaste de ser una desconocida a mi posible mejor amiga. Y fíjate dónde estamos ahora.

—Estoy deseando volver a verte, querida, y para cuando eso suceda tendrás muchas cosas que contarme —ríe con ganas—. Ahora solo nos queda a las dos esperar. Y no hablemos más, me pones muy nerviosa. Ni que fuera yo la protagonista de este acontecimiento.

Y, riendo, terminamos nuestra conversación.

Tras las visitas a los colegios y la preparación de la nueva colección ya han pasado las primeras veinticuatro horas. Ahora me quedaré dormida pensando en él y en el final de estos días interminables. Robert es un hombre muy romántico, todos los detalles apuntan a que está preparando algo superespecial, y yo no puedo esperar. Su aspecto de intelectual-aventurero me tiene extasiada. Viste como un auténtico lord con posesiones en África; casi, casi, parece un actor de cine. No me extraña nada que haya tenido tantas mujeres alrededor. Su atractivo no es para nada habitual, estoy tan enamorada…, ¡y solo nos hemos besado una vez! Esto no es de este siglo, no lo podría contar porque nadie lo creería, pero es la verdad. Y así, con Robert en mis pensamientos y en mi corazón, me quedo dormida.

Amanezco bajo el sol que traspasa cada mañana mi ventana. Siempre me han gustado los despertares en Nairobi. Al principio de vivir aquí, me ponía nerviosa el intenso reflejo sobre las paredes amarillo-pollo. Ahora es lo más bello con lo que puedo recibir el día. El sol de Kenia, la Kenia donde está mi hogar, mi familia y ahora mi amor.

Frank viene a recogerme pronto. Me mira y me sonríe más de lo habitual. Siempre ha sido muy cercano, pero nunca se ha extralimitado y hoy le noto, no sé por qué, cara de pícaro.

—Estar hoy muy bella, señorita.

—¿Bella, Frank? Nunca me has dicho ese piropo.

Percibo que se ruboriza, a pesar del tono de su piel.

—Moury contarme que tú estar enamorada. Que el hombre ser muy alto —y ríe abiertamente.

—Pues mira, Frank, sí, es verdad, y Moury y tú tenéis que ser los primeros en saberlo. Estoy feliz, feliz, feliz —y le abrazo fuerte, me sale del alma.

Frank se emociona. No sabe qué decirme ni qué hacer.

—Te lo mereces todo, señorita. Tú ser buena, muy buena. Si él no ser bueno, yo matarlo.

—Pero ¡qué dices! —me echo a reír—. Que yo le quiera no quiere decir que él me quiera. El tiempo lo dirá.

Pero a Frank no le gusta la posibilidad de que eso suceda. Pone mala cara.

—Sí, señorita, yo matarle…

Cuando llegamos al taller, Moury me recibe con un collar de abalorios masáis en blanco, el color que llevan las novias al matrimonio. Las mujeres aplauden y me miran sonrientes. Todo es emocionante, pero también muy confuso.

—Moury, por favor, dile a todas que no me voy a casar. Pero ¿qué creéis?

—Ayer tú besar —me dice en un malísimo inglés.

—Sí, yo besar y estar enamorada, pero no casar.

Pero les da igual. Las masáis se ponen a cantar y a bailar alrededor de mí. Esto se convierte en una fiesta, y cedo y me digo: ¡a disfrutar tú también! Y bailamos, cantamos y reímos, nos abrazamos. Y cada hora, cada minuto que pasa pienso que es una hora y un minuto menos. Y repuestos del momento «boda masái», nos ponemos manos a la obra en el taller. Necesito trabajar, y mucho, no pensar en nada, no pensar en él.

—Frank, ¿ha llegado ya el lino especial que encargamos?

—Sí, señorita, ya estar aquí. ¿Querer cortarlo ya?

—Pues sí, ahora Moury y yo nos pondremos a ello, pero también quiero teñir algunos metros en color cúrcuma y otros en un sobrio beis. Estos modelos van a triunfar. Serán frescos, cómodos, muy ponibles, pero con el toque sexi que tanto me gusta a mí.

Sonriendo, todas mis empleadas dicen a la vez «sexiiiii», y se ponen a reír. Es la palabra que más les gusta que diga, y mucho más desde que Frank les explicó lo que quiere decir. Son muy amables, cariñosas y graciosas, y, a pesar de su pobreza, la mayoría se muestra feliz con su vida, o por lo menos lo parece. Supongo que si les preguntara a cada una por su situación matrimonial, o mejor dicho, sobre el respeto por parte de su marido, la cosa cambiaría, y es que, lamentablemente, están acostumbradas a soportar ese lastre. Es difícil cambiar costumbres ancestrales, pero el hecho de que trabajen, como ahora, fuera de casa, ya es como si hubieran avanzado siglos. Además, Moury también está siendo un ejemplo para ellas. Poco a poco podremos conseguir algo.

Vuelvo a casa. Mañana no voy a ir al taller. Esperaré la llamada de Robert, o un mensaje, un whatsapp… Quiero quedarme en el apartamento preparándome para el gran momento. Pero ¿cuándo y dónde será ese momento?

Me despido de Frank. El pobre ya no es el único hombre de mi vida, y supongo que lo nota. Aunque feliz por mí, seguro que me ve distinta, a mi aire, como en las nubes, y acierta, pues en las nubes estoy.

Subo a casa, abro la puerta y voy directamente a la terraza. Quiero respirar aire puro y mirar a mi horizonte favorito, el horizonte del amor. Robert consigue hacer de cada situación un capítulo para recordar, y con ese, desde luego, lo ha logrado. Ya no me imagino animales al otro lado de la ciudad, ahora me veo en su coche descapotable, en una noche cerrada, de su mano y temblando enamorada.

Abro el armario y empiezo a pensar qué ponerme. Apenas quedan veinticuatro horas y quiero estar resplandeciente. Sandra me ha asegurado que Robert está en Nairobi, luego mi ropa será la habitual aquí, aunque pienso ponerme lo más bonito que tengo. Saco mis pantalones de lino anchos —le encantan—, el cuerpo con tirantes cruzados por la espalda, mis bermudas con vuelta y mis camisas de estilo masculino. Plancho el vestido de botones; con este modelo todo es cuestión de desabrochar los botones adecuados… Limpio mis botas de campo, por si acaso, cepillo los dos sombreros, el salacot y el panamá, meto en una bolsita de seda algunos de mis collares de semillas de colores, y, por supuesto, el vestido de tirantes finísimos con el que bailé por primera vez con él en el porche de la casa de Sandra sin saber todavía quién era.

Me he dado una ducha calentita, aunque hubiera sido mejor que fuera fría, y salgo en albornoz a la terraza con una copa de Rioja en mis manos. No me entra la comida, no puedo cenar, pero este suave líquido me serena. No suelo beber en casa, pero

esta es una noche especial. Debe ser, o puede ser, la última noche
sin él.

Al día siguiente, de nuevo los rayos de sol en mi cara me despier-
tan. Me levanto nerviosa, mejor dicho, histérica, y todavía sobre
la almohada empiezo a pensar en lo cerca que podría estar el
mayor acontecimiento de mi vida.

Qué distintos son Robert y Pepe. ¿Cómo he llegado a querer
a los dos siendo tan diferentes? Pepe tan glamuroso, tan extrema-
do, tan rápido, tan pasional, y ¡tan hipócrita! Y Robert tan romántico, tan detallista, tan entretenido, tan entregado y tan sincero.

De repente suena un aviso en mi teléfono. He recibido un
whatsapp y es de Robert. Me muero de los nervios. Lo primero
que alcanzo a leer sin abrirlo es: «Esta tarde a las seis te recojo en
tu casa —por Dios, estoy atacada—. Estaremos varios días, ropa
para otras setenta y dos horas, las mismas que hemos esperado para
estar juntos. Serán tres días sin nadie, iremos en el *jeep*. ¿Te animas?
¡Te quiero!».

¡Me quiere! ¿Que si me animo? ¡Me va a dar un infarto!

Y comienza mi carrera en la búsqueda de la perfección.
Quiero estar radiante, impresionante. Tengo ganas de llorar de
felicidad. Por lo que le conozco, sé que lo que ha preparado no
será normal. Él todo lo planifica, le gusta la intriga y le encanta
sorprender, y es perfecto, y yo quiero estar perfecta también.

Deprisa, me doy una ducha y me lavo el pelo, me lo recojo
en una toalla y me pongo una mascarilla en la cara para mejorar
el brillo de mi piel. Me seco la melena, ¿lisa o con ondas? Mejor
lisa, como siempre. Lo de «iremos en el *jeep*» me da la pista de
que estaremos en el campo, ¿quizás en la sabana, en alguna reserva? Ya me lo había insinuado Sandra. Pues ropa ideal de safari en
la maleta y... ¿camisón o picardías? ¿O mejor nada? Las dos
cosas: mi camisón ideal de piel de ángel y el picardías de panta-

loncito corto y bodi de encaje. Robert es tan elegante que prefiero ir con lo mejor. Por favor, que no me falte de nada. Si a algo estoy obligada es a que me vea espectacular. Seguro que es lo que espera de una diseñadora que quiere triunfar en el mundo de la moda.

Y mientras pienso esto, aparecen en mi mente mi madre, mi hermana y Pepe. ¿Qué será de ellos? ¿Estarán juntos Rebeca y Jose, como ella le llama? Mi madre, si es así, estará feliz. Poco a poco me doy cuenta de que en realidad mamá no me quiere y que con el traumático conflicto decidió demostrarlo en toda su crueldad. Qué triste no poder compartir mi alegría de hoy con ellas.

Pues ahora mismo llamo a mi hermana, a mi auténtica hermana.

—Sandra, ¡me ha escrito un whatsapp! Me recoge hoy a las seis, en un *jeep* —ella ríe al otro lado del teléfono—. Muero de los nervios.

—Tranquila, tranquila. No sé qué decirte. Me emociona oírte. Me hace tan feliz que estés así…

—Sandra, quiero que sepas que seré tu mejor hermana, nunca habrás tenido a nadie tan agradecida ni a nadie que te admire tanto. Dale un beso al pequeño John, ya le echo de menos y solo hace tres días que no le veo.

Colgamos. Supongo que a Sandra esto le estará haciendo revivir su noviazgo con John. Tiene que ser agridulce para ella. Una mujer tan adorable, con tanta clase y vivir sola en una granja llena de recuerdos…

Ese mediodía no como nada. Imposible enfrentarse a algo sólido; solo bebo y bebo agua o zumo de limón. Siempre tengo sed, pero quiero estar sobria y lúcida. Quiero recordar cada minuto, cada segundo, cada palabra. Robert es un mago en crear situaciones especiales, pone tanto amor en sus detalles que te hace sentir la mujer más afortunada del mundo.

Me visto con mis pantalones anchos de lino blanco y un cuerpo en el mismo tono. Un cinturón de cuero me ajusta el talle y un *choker* de abalorios de colores por toda joya. Gafas de pasta gruesa de carey, muy chic, y sandalias bajas de ante beis. La melena suelta, unos polvitos de terracota de Guerlain, mi barra de labios de Chanel, mi perfume preferido, por supuesto mi sombrero panamá y, *voilà!*

¡Ya son las seis! Y con puntualidad inglesa, nunca mejor dicho, suena el teléfono y es él.

—Estoy abajo. ¿Subo y te ayudo o te espero en el coche?

Temblándome la voz y respirando hondo consigo decirle:

—No, no, bajo yo, no hace falta, solo llevo un maletín.

Y eso hago. Llamo al ascensor, bajo hasta la entrada y, nada más abrir la puerta, le veo apoyado en el *jeep* con su pantalón beis, camisa y chaqueta blanca, guapísimo. Al verme, sube a recogerme antes de bajar las escaleras. Desde luego, su educación es exquisita.

Cuando por fin estamos juntos, me mira de arriba abajo con sus increíbles ojos azules y, sonriendo, me dice:

—Eres mucho más bella de lo que recordaba. Pero qué suerte tengo, por Dios. —Y, dejando el maletín en el suelo, me besa como nunca antes lo había hecho, levantándome entre sus brazos. Y yo muero en ese momento. Tanto deseo y tanta tensión se desbordan en un solo segundo. Los dos, creo, sentimos lo mismo. Estamos auténticamente enamorados.

Bajamos de la mano las escaleras, me la aprieta con fuerza; me mira y yo a él. Entramos en el coche, vamos los dos solos. Ni seguridad ni cazador blanco ni equipaje suyo por ningún lado ni cajas con víveres. Nada. El coche reluce por su limpieza.

—Pero, Robert, ¿adónde vamos? ¿No llevas equipaje?

—Por supuesto que no. No lo necesito —me sonríe. Qué directo… ¿Qué querría decirme con eso?

—Bueno, pues si me lo llegas a decir, tampoco habría traído yo nada. —Y nos reímos con ganas. Comenzamos a vivir una experiencia única para nosotros, comenzamos a vivir, en realidad, nuestro noviazgo. Robert y yo aún no hemos hecho nada solos, excepto la cena en casa, que aunque casual fue la que determinó que ahora estemos juntos.

Conduce muy rápido. Le gustan los coches y se nota que conoce bien estas carreteras y caminos. Yo me recuesto en él y me abraza con su brazo libre. Vamos sin capota, a toda velocidad, como dos adolescentes en pleno cortejo, pero es que así es como nos sentimos: dos adolescentes, de treinta y dos ella, y él cercano a los cuarenta, pero disfrutando de nuestro primer paseo juntos, libres, enamorados…

Le miro de vez en cuando, Robert me sonríe. Yo no puedo ni hablar. Es demasiado guapo y atractivo, y cada vez estoy más feliz y nerviosa.

—¿Sabes una cosa? —me dice—. Quizás este sea el viaje más importante de mi vida. Bueno, quizás no, seguro que lo es.

—Robert, estoy muy nerviosa.

Él me acerca con su brazo, me aprieta más a su cuerpo.

—Yo también y mucho. Estoy deseando llegar, volver a mirar tu preciosa cara, abrazarte…

—¿Y cuánto nos queda? —pregunto, y río a carcajadas. De vez en cuando tengo esas salidas tan naturales que a él le encantan.

—Cada vez menos. Estamos a diez minutos de nuestro destino.

A nuestro alrededor la sabana africana nos envuelve con su enorme fuerza. Su tierra roja, sus maravillosos árboles, su excitante fauna, todo hace que este momento sea extraordinario. Tengo la mente en blanco, solo pienso en él y en lo que vamos a vivir.

Robert me coge la mano, la besa y me dice:

—Querida, ya estamos cerca, muy cerca. Todo lo que vas a ver lo he hecho para ti, es por ti. Porque te lo mereces y porque con ello quiero que comprendas que te quiero con toda mi alma, que al conocerte he sentido lo que nunca había sentido y que sé, seguro, que quiero estar contigo siempre, siempre.

Y, ante mis ojos, impresionante y reposando sobre los árboles, una especie de fabulosa carpa, abierta, sin paredes, aparentemente decorada por dentro. Aprecio a lo lejos un sofá, una mesa, lámparas de techo y también lo que podría ser una habitación. Y todo sobre una plataforma de madera que se sostiene sobre las ramas, lo que le proporciona unas vistas de la sabana inigualables.

—Pero, Robert, ¡¿qué has hecho?! No parece real. No sé qué decir.

—No digas nada, dame la mano y sube conmigo. Este es tu palacio en medio de la sabana, solo para ti y para mí. Espero que te parezca bien. Sé que tienes mucho gusto y me ha costado conseguir que todo esté como te mereces; la decoración no es mi fuerte —y me mira con tanto amor...

—Pero, pero...

Sin subir todavía las escaleras, me abrazo a él, aprieto mi cabeza en su pecho, quiero sentirle muy cerca, pegado a mí. Escucho su corazón tan «taquicárdico» como el mío, también está nervioso como yo, qué maravilla. Él me abraza más todavía. Estamos así mucho tiempo. Creo que a los dos nos ha pasado por la mente, como en una película, lo poco que nos conocemos y lo mucho que nos queremos. Es tan especial la situación... Es un hombre diferente a todos, se nota que ha vivido mucho y sabe lo importante que son los detalles para conseguir la felicidad.

—Robert, te amo, te amo como nunca lo he hecho. Nunca he sentido nada parecido.

Nos volvemos a besar apasionadamente, nos queremos muchísimo. Enseguida Robert dice, casi dando un salto:

—Oh, subamos ya, subamos, que se pone el sol, llega el atardecer. Este es mi momento, quería estar a esta hora contigo aquí. Será nuestro primer anochecer juntos en la sabana y no lo olvidaremos nunca, te lo puedo asegurar.

Subimos deprisa y por fin puedo ver lo que Robert ha llamado «mi palacio». No tengo palabras para describir lo que mi amado rubito ha hecho por mí. Sobre la plataforma de madera, un salón encantador con un sofá de piel al lado de una aparente terraza sin barandilla, alfombras, una pequeña mesa de comedor redonda, flores en los jarrones, frutas tropicales cuidadosamente colocadas, lámparas indirectas a los lados del sofá, una pequeña cocina y detrás de una cortina semitransparente de lino blanco, una imponente cama con cuadrantes blancos, como a mí me gusta. No puedo mirarlo sin sonrojarme, pero también respiro aliviada. Deseo estar con él, es seguro el hombre de mi vida, un hombre inesperado y una suerte inmerecida.

Robert está pletórico, ve que me gusta y, sobre todo, que me ha dejado hechizada.

—Robert, pero ¿qué clase de hombre eres? ¿Cómo he tenido la suerte de encontrarte y sin nadie a tu lado? Porque estás solo, ¿no tendrás a nadie en la recámara? Ahora no podría soportarlo. —Para mí eso sería un auténtico trauma.

—No, querida —ríe—. También he pensado yo lo mismo alguna vez: ¿cómo es que a ti no te persigue un ejército de valientes dispuesto a luchar por ti?

Robert me abraza, nos besamos. Es un comienzo tan emocionante y romántico, bajo la luz del atardecer en el Masái Mara, que esa intensidad solo se puede creer si se ha vivido, y creo, vamos, estoy segura, solo soy yo la privilegiada.

De repente me doy cuenta: no se ve a nadie.

—Robert, ¿estamos solos?

—Completamente, tú, yo y los animalillos de la selva.

—Pero qué me dices… ¿No tenemos vigilancia?

—Por supuesto que no. Yo soy tu vigilante y tu cazador blanco y tu novio, y tu enamorado.

Está feliz, exultante. Me encanta verle así, no le conocía tan expresivo y natural. Le gusta enseñarme cada rincón del nido de amor que ha construido para nosotros. Y llegamos al dormitorio. Abre las cortinas y coge mi mano, la besa y no dice nada con palabras y todo con su mirada. Los dos esperábamos este momento casi desde el primer día, pero Robert tenía que hacerlo de la manera más romántica e increíble. Después, exclama, como para relajar la situación:

—Mira, morenita. —De la mano me lleva a la *toilette*—. Espero que te guste, aunque todo esto es demasiado femenino. Creo que todo lo que puedas necesitar lo encontrarás. He tenido asesoramiento, ya te imaginas de quién, claro.

—Oh, Sandra, mi Sandra… Cómo quiero a Sandra, Robert.

Me quedo perpleja. Allí hay una bañera blanca sostenida por cuatro patitas doradas desde la que se puede ver, mientras te bañas, la inmensidad de la sabana, sin cortinas, auténticamente flotando sobre la naturaleza. Impresionante. Y un lavabo, un espejo grande, muy grande —Sandra sabe que para mí es imprescindible—, toallas y albornoz, perfume, colonias, cepillo…

—Robert —me acerco a él corriendo y le abrazo y le beso—, ¿estás seguro de que soy yo la elegida para vivir esto? Creo que ya no podría vivir sin ti.

—Mi vida, estoy segurísimo. Pero si me enamoré de ti el primer día que te vi en el jardín de casa mirando y hablando a los macacos de los árboles, ¿lo recuerdas? Eras una auténtica monada, valiente y a la defensiva, muy graciosa. Un contraste muy fuerte para un hombre con sensibilidad. Fuiste como un dardo en mi corazón.

—Pues, Robert, tras ese encuentro volví a mi cuarto, quiero decir al de la princesa Diana, y me acurruqué entre las almohadas…, había sentido palpitaciones al hablar contigo y eran nuevas sensaciones para mí. Eso estaba muerto en mí desde hacía tiempo y me sentí renovada.

Y él, con la sensibilidad que le hace tan especial, me abraza y me dice:

—No te preocupes, no te voy a preguntar nada que no quieras que sepa. Yo te quiero como eres aquí, en este momento, y en la terraza de tu sencillo apartamento, y en tu taller de costura en el suburbio más pobre de Nairobi. ¿Te parecen pocos motivos para quererte? Y, además —rompe a reír—, eres tan bella que no puedo dejar de mirarte ni un minuto.

Maravillada y sin poder contener alguna lagrimita, me voy al lavabo. Sé lo que nos esperaba, pero Robert lo hace, seguro, distinto al mundo mundial. Abro mi maletín y saco el vestido de finísimos tirantes y escotazo en la espalda, ese con el que no se puede llevar nada debajo porque se notaría. Me ducho rápido —dejo el baño en las nubes para el día siguiente—, me rocío de crema todo el cuerpo, me recojo el pelo en un moño bajo, algo deshecho, me visto, me pongo unos pendientes grandes dorados, mis polvitos en las mejillas, mi rojo de labios, el perfume y salgo descalza a su encuentro.

Le encuentro esperándome al fondo de la carpa, sentado en el sofá, con la tenue luz de las lámparas y ya sin su clásica chaqueta. Robert siempre lleva camisas de lino, y esas arrugas naturales del tejido le hacen aún más interesante. Se levanta para recibirme y, cogiéndome de la cintura, me dice:

—No nos sentemos todavía. Espera, ven conmigo.

Nos acercamos a un tocadiscos de los antiguos, quiero decir de vinilo, y comienza a sonar el concierto para clarinete de Mozart, el famosísimo de *Memorias de África*. Me lleva al centro del salón y empezamos a bailar, abrazados, muy juntos. Nada a nuestro alrededor, solo las copas de los árboles y el ruido de algún pájaro al moverse.

—¿Sabes qué te digo? —me susurra al oído —, tengo auténticos celos de Robert Redford, creo que siempre te ha gustado y que estás aquí por esa película.

Me río y le beso una y otra vez.

—Si os llamáis igual, y sois rubios los dos, y guapos, guapísimos, y supereducados. No seréis el mismo, ¿verdad?

Estamos como en una nube. La música nos envuelve con esa fuerte melodía en una noche cerrada y solitaria.

Robert me lleva entonces al dormitorio. Cierra las cortinas y no enciende ninguna luz. Por la transparencia del fino lino, se ilumina la estancia con la luz de las lámparas del salón. Y de frente, mirándonos el uno al otro, solo tiene que empujar suavemente los dos tirantes de mi vestido hacia abajo y, como un telón de teatro, cae al suelo en un vuelo sensual. Me observa con dulzura y de nuevo me abraza. Yo le ayudo con su camisa, estamos por primera vez cortejándonos. Es algo divino, creo que sobrehumano. Robert, pasional y ardiente; yo, pasional y entregada. Un dúo perfecto, fogoso, erótico y muy, muy romántico. En un momento dado, sobre la cama de suaves y blancas sábanas, Robert me susurra al oído:

—Mi vida, quédate quieta, muy quieta. Escucha el silencio que nos envuelve. Estamos solos, completamente solos. Te amo, nunca he sentido esto con nadie.

Mientras le escucho, por mis mejillas vuelven a resbalar unas suaves lágrimas, y él besa cada una de ellas.

—Yo no lloro, no me sale, pero lloraría. Nunca pude imaginar ser tan feliz —exclama.

Y seguimos en ese lecho tan blanco como exótico. No queremos separarnos ni un centímetro, quizás ni un milímetro. Todo es nuevo para los dos, es nuestra primera vez, nunca habíamos estado juntos antes y no queremos estar ni un minuto separados.

A la mañana siguiente la luz del amanecer ilumina con sus rayos nuestros rostros mientras dormimos. Me despierto creyendo que estoy en mi apartamento, como siempre me sucede. Y veo a Robert a mi lado, con el torso desnudo, muy rubio. Está fuerte y musculado. Me abrazo a él y pongo mi cara sobre su hombro, Robert se despierta y vuelve su cuerpo hacia mí. Nos miramos, sonreímos, nos besamos.

—Hola —le digo bajito al tiempo que acaricio su cara.

—Hola, amor mío.

—Hola —repito mientras continuamos sonriéndonos muy cómplices.

—¿Cómo has dormido, mi vida? ¿Eres feliz? Porque yo soy el hombre más feliz del mundo.

Le miro y le acaricio la cara de nuevo. Le beso. Y juntos, abrazados, sin hablar, nos volvemos a querer, esta vez bajo el sol naciente del Masái Mara, en las faldas del Kilimanjaro.

—¿Nos quedamos así todo el día, tumbados y muy juntos? —me pregunta mientras me hace cosquillas en la espalda—. ¿O quieres que veamos el increíble amanecer?

Y con un respingo nos levantamos —en eso somos iguales, nos chifla la naturaleza—, nos ponemos nuestros albornoces, yo le abrocho el cinturón, él me peina con sus manos mi revuelta melena, y nos sentamos en el suelo de la plataforma, con las piernas en el vacío, los árboles a nuestros pies y viendo el sol más naranja y bello que nunca pude imaginar.

—Robert, me quedaría toda la vida aquí, junto a ti.

—Claro que sí, y lo haremos, pero, pequeña, también espero que nos quede mucha vida divertida y única. Esa vida es la que quiero ofrecerte y disfrutar junto a ti. Una existencia apasionante que, estoy seguro, sabremos gozar juntos. Yo he vivido mucho, quizás demasiado, trabajando en Inglaterra y aquí, viviendo sin freno, sin raíces, sin compromiso. Ahora puedes imaginar lo que eres para mí. Que una mujer inteligente, bellísima y comprometida me quiera como me quieres tú me tiene emocionado. Casi, he de decirte, había perdido la esperanza de encontrarte, pero la vida fue generosa conmigo y nos cruzamos en mi casa, y de manera tan fortuita como simpática. Fue como un milagro.

Le miro emocionada, le observo como quien mira a alguien especial. Es guapo y me pone la piel de gallina cuando se expresa así, y comprendo que desde el principio me necesitaba de verdad. Le acaricio la cara y le beso suavemente, luego le abrazo. Ya no hay más palabras. A los dos nos apetece vivir juntos esta experiencia. Kenia nos une, y mucho, y sin duda estoy con el hombre de mi vida.

Desayunamos en la pequeña mesa redonda. Lo primero que tomo sólido en más de veinticuatro horas, mejor dicho, de cuarenta y ocho. Por debajo de la plataforma vemos pasar un facocero, cebras preciosas y saltarinas gacelas. El lugar es increíble. Decidimos ir a dar una vuelta por la sabana, ver animales en su estado natural, buscar alguna pareja de leones… Excitante.

Me pongo mis bermudas y mi camisa ancha anudada a la cintura, mis botas de campo con calcetines largos y el salacot, mis polvitos en las mejillas y brillo en los labios. Sí, aunque esté en plena sabana, siempre, siempre me gusta estar bien. Cuando Robert me ve ríe a carcajadas.

—Eres tan ideal… Me encantas. En diez minutos te has convertido en una perfecta cazadora. No se puede estar más atractiva, aquí, en medio de la nada.

A Robert le gusta la ropa y a mí eso me halaga; siempre se fija y alaba lo que me pongo.

Bajamos las escaleras que unen nuestro nido con la tierra y subimos al *jeep*. Juntos en el coche, el uno al lado del otro, ya sabiendo cómo nos hemos querido, cómo somos capaces de querernos, es todavía más especial este momento. Nos miramos de otra manera, nos reímos y sonreímos por tonterías, estamos en pleno romance y los dos queremos vivirlo a tope.

Robert conoce este lugar como la palma de su mano. En el camino me va contando su vida allí, junto a su hermano, desde niños, con sus padres, pasando los veranos en su preciosa granja. Sus travesuras en la sabana y los riesgos que alguna que otra vez tanto él como John corrieron de adolescentes.

En cada rincón tiene una anécdota. Su trabajo en las plantaciones, su búsqueda de animales heridos para ayudarles a sobrevivir, sus estudios de verano en Nairobi… Han sido muchos años allí, esa es su casa, su hogar y, desde luego, el lugar que le hace feliz.

—Robert, pero hasta ahora has vivido en Inglaterra, ¿verdad?

—Bueno, más desde que John no está. Antes venía mucho más a menudo, pero desde que mi hermano murió me da pena todo, hasta ver a Sandra viviendo sola en la inmensidad de África. A los dos nos gustaba seguir haciendo lo mismo que cuando éramos niños, nos interesaba de igual manera la conservación de la granja y su desarrollo. Las plantaciones dan mucho trabajo y la gestión de la recogida y el cobro de las cosechas es, en estas tierras, casi un milagro. Y, lo más importante, yo le ayudaba a llevar adelante su lucha contra la caza furtiva del elefante. Por eso, cuando me he enterado de lo de Philippe, quise estar aquí con vosotras, no tengo ninguna duda de que él ha tenido todo que ver en su fatal desenlace. Es un hombre despreciable, corrupto y traidor.

Le cojo la mano y, ahora, se la beso yo. Le duele mucho todavía hablar de esa muerte tan absurda.

Y así pasan veinticuatro, cuarenta, sesenta horas maravillosas, emocionantes, llenas de pasión. Llegamos casi al final de nuestras setenta y dos horas en nuestro nido de amor. Decidimos hacer una cena a la luz de las velas. Ponemos la mesa con todo lujo de detalles. Él me ayuda y me hace gracia —nunca ha vivido momentos tan cercanos a lo habitual como es poner una mesa—: la vajilla, de porcelana inglesa, cristalería de cristal tallado transparente y un vino de Rioja en homenaje a nuestra primera cena en mi apartamento. Robert no se ha olvidado de nada. Tenemos rosbif, ensaladas, frutas… Hemos logrado hacer un menú divertido y apetecible, aunque desde luego lo que no hemos hecho es engordar. Apenas hemos comido. Beber es otra cosa, pero comida, muy poquita, no era el momento.

Como a los dos nos gusta el protocolo, nos vestimos para la ocasión. Robert se pone chaqueta, pañuelo en su bolsillo superior y zapatos ingleses de piel labrada. Yo, esta vez, y tras darme un relajante baño a la luz de las estrellas, con alguna vela encendida y sobre la copa de los árboles, me decido por la llamativa falda larga tan keniana y el cuerpo sin tirantes blanco que llevé a la fiesta de la Embajada, con los que Robert todavía no me ha visto. Por supuesto, descalza.

Le impresiono cuando salgo del dormitorio. Y es que estoy resplandeciente. Cada vez me gusta más sorprenderle.

—Eres una diva, y tan sexi…

Me mira y sonríe con esa cara de aventurero inglés de principios del siglo XX. Al oírle me pongo a reír, me ha recordado a mis masáis riéndose con la palabra sexi. Robert me pregunta por qué me río así, se lo comento y le cuento más cosas de mi vida en Nairobi. Comienzo a abrirme al hombre que amo con locura. Son muchas cosas que contar y no sé por dónde empezar.

—Silencio, mi vida. No sigas. Lo hablaremos en otro momento. Ahora está anocheciendo, nos quedan solo unos minutos para ver cómo desaparece el sol.

Cogiéndome de la mano me acerca al borde de la plataforma de madera. Bajo nosotros, los árboles, quizás también, por qué no, un león con su leona entregándose al cortejo del amor. Robert me besa y se pone de rodillas. Yo no sé qué hacer, temo lo que va a pasar, no hay otra opción. Me pongo a temblar y me estremezco.

—No tiembles, solo dame tu mano si quieres pasar el resto de nuestra vida juntos. —Se levanta y me mira—. Nos conocemos desde hace poco, pero te he esperado toda la vida. No necesito saber nada más de ti, te quiero por lo que veo, por lo que tengo delante de mis ojos, por lo que escuchan mis oídos cuando me hablas, por cómo atiendes a los demás, por cómo te quieren Frank, Moury y el pequeño John, y por cómo les quieres tú. Por lo bella que eres y el fuerte atractivo que ejerces sobre mí. ¿Quieres pasar el resto de tu vida conmigo? En fin, ¿nos casamos? —pregunta con entusiasmo mientras me mira lleno de emoción.

Y me pone un precioso solitario en el dedo anular, el dedo que se considera que está en directo contacto con el corazón. Brilla tanto y es tan grande que me da hasta apuro mirarlo. El poco sol que queda en el horizonte lo hace resplandecer aún más. Qué momento tan mágico, tan de película, tan absolutamente romántico.

Nos abrazamos, no tengo palabras. Nadie a nuestro lado, nadie va a venir a importunarnos en el momento más importante de nuestras vidas. No sé qué decir.

—Robert, quiero estar contigo siempre, siempre, pero qué poco me parece solo una vida. Querría estar dos o tres junto a ti.

Él, feliz, me levanta con sus brazos. Empieza a dar vueltas y mi falda vuela y mi pelo revolotea. Nos reímos como dos niños. Ponemos música, bailamos con las velas encendidas. Miro mi anillo una y otra vez. Mi brillante es el más grande que haya visto nunca.

—Robert, no me lo quitaré nunca, nunca. Este anillo es como si te llevara a ti conmigo. Pero yo no te he traído ningún regalo, estoy desolada.

—¿Que no me has hecho ningún regalo? —ríe—. Mi vida, nunca me podrás regalar nada mejor que lo que hemos vivido estos tres días y lo que vamos a vivir a partir de ahora. Será casi imposible igualarlo. Por cierto, ¿no quieres contárselo a alguien que, creo, no puede esperar?

—Sí, por favor, a Sandra, a Sandra.

—Es que sé que está esperando tu respuesta. Estaba tan nerviosa como yo. Te quiere de verdad y te necesita muchísimo. ¿La llamamos?

Y eso hacemos. Sandra llora con un llanto sin límites. No podía parar. No lo está pasando bien y esta es una enorme alegría para ella.

—Bueno, señora Brown —le digo después de comentarle la romántica aventura que hemos vivido—, se despide de ti la futura señora Brown. —Y reímos como locas, y Robert me aprieta contra él con tantas ganas, con tanta alegría, que cuando cuelgo con Sandra ni nos sentamos a cenar en la preciosa mesa.

—¿Lo dejamos para luego? —me dice mirando la cena que nos espera.

—Por supuesto.

21

Volvemos a la granja al día siguiente. Nada más levantarnos abandonamos nuestro nido de amor con la promesa de volver cada año, por esas mismas fechas, a rememorar y celebrar nuestro aniversario de compromiso. A Robert le gusta la idea. En el fondo es un romántico empedernido y no lo quiere disimular.

En el coche Robert me habla ya de boda. Quiere que sea pronto, ¿para qué esperar? Yo estoy exultante y totalmente de acuerdo. No somos unos niños y estamos los dos seguros de lo que queremos.

—Estoy absolutamente convencido. Lo supe el mismo día que te encontré en casa. Si supieras el efecto que solo tu presencia hace en los hombres... —Sus palabras me sorprenden. No tengo ni idea de ese efecto tan impresionante, aunque siempre he notado que no les dejo indiferentes—. Eres una mezcla explosiva. Inteligente, emprendedora, fuerte, independiente y desamparada también..., y bellísima. ¿Cuántas veces te lo habré dicho ya?

Y reímos. Conduce con una sola mano. Con la otra me abraza y me acerca cada vez más a él.

Llegamos a casa de Sandra. Ella y el pequeño John nos esperan en las escalinatas, y Matú, y Frank y Moury. Todos sonrientes, nos saludan desde lejos. Ya saben lo que ha sucedido. Ellos son también felices por nosotros. Nos reciben con la famosa limonada fría, santo y seña de la casa. Sandra está mucho más que emocionada. Me mira y me abraza.

—Por fin, amiga mía, siempre juntas, ya siempre juntas. ¿Eres feliz?

—Ni lo imaginas, Sandra. O sí, quizás tú seas la única que puede saber más o menos lo que siento, porque John y Robert se parecían.

Sandra hace un gesto de afirmación, triste y pensativa.

—Sí, lo imagino, querida. Viví algo parecido. Son increíbles. Hombres con sensibilidad y entregados, además de muy apasionados.

Abrazadas, entramos en la casa. De nuevo, ese salón me vuelve a impresionar por su distinción colonial.

—Querida, me temo que ahora esta casa será más tuya que mía.

—Pero ¡qué dices, Sandra! Ni se te ocurra decir semejante estupidez.

—Es la verdad. Esta casa es de Robert, solo de Robert. Yo estoy aquí disfrutando de una especie de usufructo, y estoy feliz, pero la casa era de sus padres y ahora, lógico, solo de Robert… ya que murió nuestro hijo —dice con voz entrecortada.

—Me niego a escuchar semejante aberración. Esta es la casa de una gran señora, la gran señora de Nairobi. La que mejor recibe, la que mejores fiestas da, y ahora, si me admites a tu lado, yo te ayudaré en lo que necesites, pero solo eso. Y, amiga querida, prométeme que nunca, nunca más dirás nada sobre esa insólita y absurda interpretación.

Volvemos a reír y a comentar cómo ha sucedido todo. Sandra conocía los detalles de la organización, pero ninguno de la ejecución. Mientras le explico algo, no todo, me mira y exclama, y abre los ojos incrédula, o suelta un ¡oh! lleno de romanticismo y admiración.

—Querida, ¿piensas comunicárselo a tu familia, a tu madre y hermana? No he dejado de pensar en eso.

—Yo también lo he pensado. No lo he podido hablar con Robert. Él no ha querido que le comentara nada de mi pasado, es tan cielo que dice que solo me quiere por lo que ha visto de mí aquí, en Kenia, que lo demás no le importa. Es un hombre increíble.

—Qué bonito, querida, qué enamorados estáis.

—Lo estoy Sandra, como nunca imaginé que me sucediera. Después de lo de Pepe…

—Bueno, lo que hagas, bien hecho está —me dice refiriéndose a mi familia.

Nuestra vida empieza a ser una auténtica yincana. Robert quiere celebrar la boda cuanto antes. Se ha empeñado en que me quede a vivir en la casa, en el cuarto de Diana, y él en el suyo, pero nuestros encuentros, lógicamente, son pasionales y diarios, no podemos ni queremos evitarlo.

Por las mañanas voy al taller a trabajar. La nueva colección cada vez gusta más y mis amigas kenianas se han convertido en las mejores artesanas. Ya son, todas ellas, magníficas costureras, con un instinto de la armonía bastante especial.

Amelie, Julia y sus hermanos mayores acaban de empezar las clases en el nuevo colegio. Frank, cada mañana, les lleva a la ciudad y allí, uniformados, bajan del coche, nuestro cuatro por cuatro blanco que compramos juntos, con sus mochilas, como niños de familia bien, que es lo que son. Moury no para de trabajar y hemos contratado ayuda para cuidar a sus hijos más pequeños. La vida progresa alrededor de esta familia tan humana y fabulosa.

—Señorita, tú casar pronto, ¿verdad?

—Sí, Frank, creo que sí.

—¿Y ser bueno el señor Robert?

—Ser buenísimo. No te preocupes, Frank, no le tendrás que matar. —Y nos reímos con ganas.

Y así, entre unas cosas y otras, empezamos a dar forma al que
será mi vestido de novia. Siempre he soñado con ir bastante
romántica, una novia casi medieval. Los vestidos estilo sirena me
gustan para fiestas, pero no para bodas.

Sandra no para. La ceremonia se va a celebrar en su casa, en
la de Robert, y se ha puesto manos a la obra para organizar el
banquete más sofisticado que nunca se haya conocido en la zona.
Ya hemos hecho la lista de invitados. Vendrán de Inglaterra, de
Nairobi y otros lugares africanos. Políticos, nobles y compañeros
de trabajo y de juergas de Robert. De España he apuntado a
algunos amigos, al igual que a mis amigas londinenses con las
que tan buenos recuerdos tengo, pero ¿y mi familia? No sé qué
hacer.

Robert y yo nos hemos convertido en una pareja divertida,
entretenida, compenetrada, y vivimos felices en la granja. Nos
escapamos por el campo en cuanto podemos. Nos acercamos al
lago y nos sentamos a hablar, a conocernos más y más. Hemos
ido a ver el salto de los ñus en el río y a buscar parejas de animales haciendo el amor, nos hace gracia ver cómo se quieren los
demás. Algunas noches, en el porche, ponemos música y bailamos
juntos, muy juntos; nos encanta la misma música. No podemos
pedir más. También se ha empeñado en que conozca cada restaurante de la ciudad que merezca la pena. Todo es nuevo con
él y es una vida llena de contrastes. Llevo ya cerca de dos años
aquí y no he salido casi nada. De mi apartamento al trabajo y del
trabajo a casa de Sandra, y ahora, en estas veladas en la ciudad,
aprovecho para sorprenderle con mis *looks* más sofisticados. Y le
encanta.

En una de estas noches, en el porche de la casa, con un copa
de champán en la mano, le comento mi difícil situación familiar.
Es complicado para mí revelárselo.

—No te preocupes, querida. Hazlo poco a poco. No me lo
cuentes si te hace sufrir. A mí no me importa.

—Es que lo tienes que saber. Si no te lo cuento no conocerás todo de mí, no sabrás cómo soy del todo ni por qué soy así ni por qué estoy aquí. Sobre todo, la parte más dolorosa de mi vida.

Entonces, él me abraza con dulzura y, tras besarme, me dice:

—Soy todo oídos. Cuéntamelo todo.

Comienzo, episodio a episodio: mis sensaciones de falta de cariño de mi madre tras la pérdida de mi padre; mi vida de trabajo extremo, mis amigas, las *socialites* inglesas y la juerga extrema en Londres hasta que conocí a Pepe; el apasionado y falso romance —le disgusta, lógico, se lo noto en su cara—; la tragedia que vivimos Rebeca y yo por la traición tras saber no solo que estábamos enamoradas de la misma persona, sino que él lo sabía, y, para rematar, que Rebeca se había quedado embarazada. También la dura y fría reacción de mi madre contra mí haciéndome responsable y, por supuesto, la ruptura total con ellas tras decidir que no querían volver a verme, lo que hizo que abandonara mi casa y viniera a Nairobi a comenzar otra vida, desesperada, sin aliento.

Robert no puede creerlo. Le parece casi ciencia ficción, o más bien, una película con un guion malo y asombroso. Me mira anonadado y me aprieta la mano cuando mi relato se pone más increíble.

—Santo cielo, no es posible… ¿Estaba con las dos a la vez? ¿Y no te imaginaste nada? ¿Y ese miserable sigue vivo? Y te hacen responsable a ti…, pero ¿de qué? ¿Cómo has podido aguantar todo eso tú sola, aquí, casi desterrada a la fuerza? —Todas esas preguntas salen a borbotones de su boca. Lógicamente, no puede creerlo.

—¿Comprendes ahora por qué considero a Sandra mi hermana, y a ti, enamorada como estoy, el hombre más importante de mi vida? Después de lo vivido, esto también me parece un milagro. Te miro a los ojos y los veo transparentes, sinceros. Me alegra tanto tu mirada, entre el deseo y el amor…

Robert todavía no sale de su asombro.

—Y ahora, claro, no sabes si invitarlas o no, pues supongo que en el fondo las quieres, las echas de menos.

—Exacto. No sé si comunicárselo, si invitarlas o pasar de ellas por lo que me han demostrado desde hace tanto tiempo: que no les importo nada. No han contestado a mis llamadas ni a mis whatsapps. No sé nada. Es un rechazo absoluto por parte de las dos.

—Pero algo más ha tenido que pasar. Lo de tu hermana es injusto, pero lo podría entender. Pero lo de tu madre es, a todas luces, inverosímil. Una madre nunca deja así a una hija. Y, por cierto, ¿dónde está ese tipo, ese tal Pepe o Jose?, que se va a enterar de quién soy yo —exclama, aunque acto seguido afirma sonriendo, mirándome con ternura—: Bueno, mejor le voy a dar las gracias. Muero al pensar que podrías estar ahora con él y no conmigo.

—Oh, Robert, es que eres, eres… —Y me siento en su regazo y me acurruco, los dos en el mismo sillón, y nos besamos de nuevo. Me ha gustado contárselo, me he quedado tranquila porque ha entendido por qué estoy en Nairobi, lo que me obligó a romper con todo, por qué nunca le había hablado de mi familia. Y ahora, en sus brazos, me siento feliz, protegida, es una sensación nueva y deseada. Me encanta vivir en la granja junto a él, he olvidado las grandes ciudades y no echo de menos sus atractivas noches, no hay nada comparable a nuestros atardeceres después del trabajo y nuestros paseos por la sabana. Es una vida tan distinta, tan maravillosa, que sin duda estoy entregada sin reparos a él y a mi futuro.

En ese momento llega Sandra; no para organizando la boda. Yo, como es natural, le he dejado hacer lo que quiera, confío plenamente, pero es que, además, le está dando la vida.

—Parejilla, da gusto veros aquí, relajados y con una copa. ¿Os parece que os acompañe y hablemos de vuestra celebración?

—Sí, Sandra, sí, hablábamos de eso precisamente. Le acabo de contar a Robert algunos detalles de mi dramón familiar; la verdad es que ya me parece como un serial. No he querido profundizar, no se lo merecen, pero me estaba preguntando si invito a mi madre y a mi hermana. Sé que lo tendría que hacer, pero me da miedo que, de nuevo, me contesten con la indiferencia o que me amarguen la boda.

—Lo sé, querida, lo sé. Qué mal te lo están haciendo pasar, pero si quieres mi opinión, yo sí lo haría. Tú te tienes que quedar tranquila y pensar en hacer las cosas bien. Si otros las hacen mal, pues peor para ellos.

Robert asiente con la cabeza y pellizcándome la barbilla exclama:

—Sí, pequeña, hazlo. Y no te preocupes, yo estoy contigo y Sandra también, y no nos hace falta nadie más. Si no vienen, pues que no vengan.

Tienen razón, debo hacerlo, pero imagino la contestación, o mejor dicho, la no contestación.

Entonces beso a Robert y acaricio la cara de Sandra.

—Me voy a la habitación, si no os importa, voy a escribirles, pero me remueve tanto, tanto, que prefiero estar sola. ¿Me disculpáis? Volveré para la cena.

Robert se levanta. Siempre lo hace cuando llego o cuando me voy. Es una demostración más de su exquisita educación, quizás para algunas es algo machista, pero a mí me encanta verle recibiéndome así.

Cuando llego a la habitación me pongo a llorar con tristeza. El hecho de contarle todas esas injustas vivencias a Robert me ha dolido y me ha vuelto a humillar como persona, como mujer y como hija. Ya no quiero nada a Pepe, por supuesto. Si tengo que ser sincera, hasta le tengo una lógica aversión. Cuando le vi aquí, el día de mi desfile, me dio lástima, pero al recordar aquellos episodios no puedo por menos que aborrecerle con toda mi alma, con la misma intensidad con que le quise.

Me siento en el pequeño escritorio de estilo inglés que decora esta preciosa habitación que ya es casi mía. Saco papel y bolígrafo, no quiero enviar un email, prefiero que reciban la invitación de la boda junto con una carta escrita de mi puño y letra. Hace mucho que no escribo a nadie. Robert y yo no estamos teniendo un noviazgo a distancia, siempre estamos juntos, y con Pepe, como me prohibió escribirle whatsapps o mandar fotografías —ahora todos sabemos por qué—, no tuve nunca la oportunidad de poner negro sobre blanco mis sentimientos.

Cojo una de las hojas que Sandra tiene en los cajoncitos del escritorio junto a sobres del mismo tono con la dirección de la granja en el reverso. Sandra es perfecta, cuida al máximo todos los detalles. Me pongo a mirar la página en blanco, no sé ni qué decir ni cómo empezar. Tampoco sé si esa carta la van a leer dos personas, mamá y Rebeca, o tres, también Pepe. No tengo ni idea de si él ya forma parte de la familia, si han bautizado al niño con celebración familiar, si veranea mamá con ellos, en perfecta armonía los cuatro. En fin… Lo que estoy pensando no es una película de ficción, debe de estar muy cercano a la realidad, y aunque ya no me duela —soy tan feliz con Robert…—, la injusticia no se asimila nunca, cuesta mucho olvidar.

Queridas mamá y Rebeca:

Sé que os extrañará mi carta y, sobre todo, escrita de mi puño y letra. Sé que para vosotras va a ser todo inesperado, pues supongo que no os han llegado noticias mías ya que no habéis querido conocerlas al no contestar ni mis emails ni mis whatsapps.

Desde que tuve que abandonar Madrid por la falta de vuestro cariño y hasta de misericordia con mi situación, mi vida ha cambiado de forma radical. Me encuentro viviendo en Nairobi, dejé mi trabajo en banca privada y me he convertido, con enorme ilusión y mucho trabajo, en una especie de diseñadora de culto con colecciones especiales donde he intentado unir el estilo cómodo y sofisticado europeo con la fuerza y el color tribales.

He vivido sola hasta ahora. Tengo un pequeño apartamento que es casi más una oficina que una casa, y un taller donde cortamos y cosemos los diseños que cada noche imagino y creo sobre el papel.

Tras vuestra drástica decisión de apartarme de vuestro lado, tuve que echarle valor a la vida. Nunca comprenderé qué os pasó por la cabeza para no poder sentir nada de compasión. Rebeca, ¿de verdad creíste que me enamoré de Pepe sabiendo algo de vuestra relación? ¿Creéis que sabía que Pepe y Jose eran la misma persona? ¡Alucinante!

Pasado el tiempo y obsesionada por encontrar una explicación, he podido intuir algunas de las causas que nos llevaron a este fatídico desenlace. Rebeca, tú, siempre tan intimista y poco comunicativa, nunca me hablaste de Jose ni me enseñaste ninguna foto ni me lo presentaste, además de que nunca quisisteis venir a Londres a conocer a Pepe cuando tantas veces os lo pedí. Solo os decidisteis a venir a casa, felices y exultantes, para darme la noticia de que esperabas tu primer hijo.

La ausencia de cercanía y no compartir nuestras vidas hizo que el desastre fuera gravísimo. Desde luego no creo que esto que nos sucedió pase en muchas ocasiones, pero me hubiera gustado que por lo menos hubierais respetado mi parcela de sufrimiento y, sobre todo, hubieseis reconocido mi total inocencia en mi actuación. El mayor responsable, por supuesto, es él, y en algo también nosotras por nuestra falta de cercanía y hermandad.

He sufrido mucho, ha sido muy duro, pero hoy me gusta comunicaros en esta carta que ya tengo aquí a mi familia. Una familia numerosa que me quiere, que me ayuda, que me hace reír, con la que puedo llorar; una familia comprometida, trabajamos juntos y reímos, y hasta bailamos si hace falta.

Empezaré por presentaros a mi única hermana, ¡por fin encontré a mi hermana! Se llama Sandra y tuve la suerte de conocerla en el aeropuerto el día que, sola y destrozada, cogía mi avión hacia esta tierra desconocida. Ella lo es todo para mí. Mamá, sé que no te va a afectar mucho pues nunca me lo has demostrado, pero Sandra de vez en cuando también suple el cariño de la madre ausente.

Además, están Frank y Moury, un matrimonio keniano con ocho hijos y con los que trabajo de sol a sol. Ellos son mis pies y mis manos, sin ellos

nunca habría conseguido nada. Son fieles, cariñosos, trabajadores y nos que-
remos. No son todavía mis socios, pero dentro de poco les invitaré a participar
en la empresa. Se merecen todo. Y junto a ellos, en mi taller, otras seis costu-
reras kenianas forman el resto de mi plantilla, que pronto, espero, aumentará,
pues las colecciones están gustando muchísimo.

Y para el final, para los últimos párrafos de esta carta, que a lo peor es
la última que os escribo en la vida, he dejado lo mejor. Se llama Robert, es
mi amor, es mi vida, mi consuelo y mi fuerza. Él sí que es todo para mí. Me
quiere y me lo demuestra a diario, no hay nada oculto entre nosotros, es edu-
cado, guapísimo, atractivo, divertido… Como veis, estoy absolutamente ena-
morada.

Si le queréis conocer, si queréis ver cómo vivo con mi nueva e increíble
familia, tenéis la oportunidad ahora. Nos casamos aquí, en Kenia, y por
supuesto nos gustaría que nos acompañarais si así lo consideráis. Cualquier
cosa que decidáis os pido por favor que me lo comuniquéis cuanto antes. En
un whatsapp, en una carta —la dirección está en el reverso del sobre—, pero,
por favor, no me contestéis con la indiferencia del silencio.

Tu hija y tu hermana

Me levanto y me tumbo en la cama, me tapo la cara con las almohadas, típico en mí, para pensar bajo la oscuridad de las sábanas.
Me he quedado a gusto al escribirlo, pero también apenada, no
puedo alejar de mí esa sensación. Ya está todo dicho. Ellas, tras
leerla, decidirán lo que quieren hacer, ahora o nunca.

En ese momento entra Robert por la puerta. Sin decir nada,
se tumba a mi lado y levanta las almohadas para verme la cara. Se
ríe, me hace cosquillas, unos mimos en las mejillas para desdrama-
tizar el momento y me abraza fuerte, muy fuerte. Es lo que más
deseaba; solo quiero estar con él. Me quita suavemente la blusa, yo
le ayudo con su camisa, somos insaciables… Y sabe hacerme feliz.

Ya en la cena los tres hablamos sin parar de los preparativos
y, por supuesto, no volvemos a mencionar el dichoso tema.

—¿Ya sabes cómo va a ser tu vestido? —me pregunta Sandra.
Miro a Robert y me río.

—Más o menos sí. Quiero que te enamores más de mí ese
día y que te encante el vestido. —Ríe pícaramente mientras le
miro—.Y quiero que me encuentres romántica pero también sexi,
y que pienses que soy elegante y atractiva.

—¡Pero si todo eso ya lo eres! No creo que tengas que hacer
mucho para conseguirlo. En este momento yo te veo elegante y
siempre, siempre, sexi, demasiado atractiva y romántica. Eres una
auténtica monada. El día de la boda, cuando te vea acercarte a mí,
sentiré que soy el hombre con más suerte del mundo. Estoy
deseando que seamos ya el señor y la señora Brown. —Y mirándome me coge de la mano y, de nuevo, me la besa.

—Bueno, bueno, que yo también estoy en la mesa —exclama
Sandra riendo—. Bien, vosotros no os preocupéis por nada, man-
dad las invitaciones y solo decidme cuántos seremos.Yo me ocu-
paré del resto.

Robert y yo vivimos el día a día como una prueba más de que
nuestra próxima unión va a ser un éxito. Los planes diarios después
de nuestros respectivos trabajos son cada vez más sorprendentes y
apetecibles, y nos une con fuerza el amor a la granja y a África.
Siempre que podemos nos adentramos en la sabana para buscar
elefantes y contar las nuevas crías recién nacidas. En la reserva
Masái Mara existe una especie de guardería para pequeños elefantes abandonados y nos acercamos a darles el biberón, a jugar con
ellos, a mimarlos un poco. Robert se implica mucho en este tema
siguiendo la estela que dejó su hermano, y mientras, yo, por fin,
puedo vivir mi particular *Memorias de África*, la película que con
su estigma hizo que me decidiera por este maravilloso destino.

Y a Robert se le acumula el trabajo. Abandonada ya definitivamente Inglaterra, se ha volcado en este lugar.Yo lo ayudo con

los números y las estrategias de crecimiento de la granja —en realidad, esa era mi verdadera profesión antes de venir aquí—, le gusta y le asombra cómo, con lógica rapidez, le aconsejo en las inversiones. Hemos logrado hacer un buen equipo, lo pasamos bien trabajando y nos divertimos mucho exponiendo y debatiendo las ideas de cada uno. Siempre terminamos riendo y besándonos. Es un no parar.

A veces montamos a caballo, él siempre al galope y yo, como mucho, al trote, por esos preciosos parajes más o menos cercanos a la casa. Irse lejos no es adecuado por la peligrosidad de los animales, pero siempre le gusta rozar el límite, llegar a lo prohibido, le recuerda lo que hacía con su hermano. A Robert le encanta el riesgo, conducir a gran velocidad, la cercanía de lo desconocido, y siempre que puede me lo demuestra, y a mí eso también me atrae, me electriza, le admiro por ello, aunque me da cierto temor. Tengo miedo a perderle, a que por una tontería el sueño en el que vivimos se dé la vuelta y se convierta en tragedia. Robert se ríe cuando le cuento mis temores y me anima a seguirle. La vida así es más divertida y África tiene mucho para disfrutar.

Aunque no hablamos mucho de ello, los tres esperamos con inquietud la fecha del juicio. Robert habla con el abogado para ver cómo va el proceso, pues nos aterra la idea de que coincida con la fecha de la boda. Nadie sabe nada con seguridad, pero un magistrado amigo de la familia nos ha comunicado que la vista será, más o menos, unos veinte días después de la ceremonia. Robert también ha querido unirse a nosotras en este desagradable conflicto jurídico y ha presentado una querella por presunto homicidio en contra de Philippe, con lo cual, estaremos los tres sentados en el banquillo de la acusación.

De Philippe sabemos que sigue gozando de libertad provisional después de su denuncia personal contra nosotras por acoso con armas de fuego y tras pagar una importante fianza. Estamos enfrentados y nuestros abogados estudiando el caso minuciosamente, aunque ya se ha demostrado su enriquecimiento con la venta de marfil y su grave implicación en la caza furtiva de elefantes. En este país, y en estos momentos, el ministro de Turismo y el de Vida Silvestre están intentando conseguir condenar con pena de muerte a los cazadores furtivos de animales en peligro de extinción. El abogado, por tanto, nos da muchas esperanzas de que se hará justicia. Philippe no saldrá indemne, puede ser que hasta con cadena perpetua, y su compañera de negocio, la tal Camille, tampoco. Han sido muchos años de *dolce vita* a costa de la muerte de estos preciosos y valiosos animales, fingiendo ser una gran persona, culta, de elevado estatus económico y que vivía en Kenia por placer y como retiró tras su exitosa carrera profesional en Inglaterra. Pero la vida de nuevo nos ha sorprendido. Si Philippe es condenado de esta manera, va a ser más por caza furtiva que por homicidio. Tremenda la vida y sus increíbles capítulos, aunque a nosotros lo que más nos importa, lo que nos merece la pena, ha sido su confesión sobre la muerte de John. Es lo que necesitaba Sandra.

Cada mañana Robert me acompaña al taller, después él se va a la ciudad a reuniones, sobre todo al Ministerio de Agricultura y Desarrollo, pues está preparando bastantes reformas en la granja y los trámites para conseguir permisos aquí son muy lentos. Cada día, cada vez que me dice adiós, siempre me increpa con la misma pregunta. A Robert, de todo lo que hago, lo que no le entra en la cabeza es que esté trabajando en el sitio más peligroso de Nairobi.

—Pero ¿de verdad tienes que seguir aquí? Cualquier día tenemos un disgusto grande. Que sepas que yo no me quedo tranquilo. Cada día me da más miedo, esto es muchísimo más peligroso que galopar por la sabana o lo que dices que te da miedo a ti.

—Tú no preocupar —le contesto en el inglés básico de Frank, riéndome—, yo matar a quien quiera hacer daño a señorita.

—Ya, ya, no me hace gracia. ¿Y si a quien hacen daño primero es a Frank y vosotras os quedáis solas frente a ellos? Vamos, no lo quiero ni pensar... Esto se tiene que arreglar de alguna manera, y rápido.

Robert tiene razón. El suburbio de Mukuru es un lugar donde la drogadicción y la delincuencia juvenil están a la orden del día, pero quizás por estar junto a Frank y Moury las bandas nos han respetado siempre, o por lo menos hasta ahora. Aquí solo hemos encontrado cariño y simpatía. Tal vez por la buena relación que tienen con ellos ni nos han mirado mal ni nos han tocado ni nos han robado nada. Pero las mujeres sufren mucho, tienen una carga enorme con sus hijos en las miserables chabolas que habitan y, al verlas, me siento mal por no poder ayudarlas más, por no ser un activo en sus vidas.

—Sandra —le digo al llegar a casa tras el trabajo en el taller—, creo que ya es el momento de sacar adelante nuestra Fundación Baobab. ¿Te apetece todavía? No sabes cuánto podríamos ayudar a tantas mujeres en sus problemas diarios. No tienen ni posibilidad de llevar a sus hijos al médico. Sus niños padecen enfermedades sin que les atiendan profesionales. En pleno siglo XXI viven en el límite sanitario, bueno, mejor dicho, sobrepasado el límite, aquí, a nuestro lado, a unos cientos de metros de nuestra casa.

—Tienes razón, por supuesto, estoy deseando empezar, pero con lo de vuestra boda no me atrevía a meterte en tantos problemas.

—No, claro —río—, lo primero es lo primero, y no quiero que nada me quite la ilusión que tengo. Si supieras lo feliz que me siento... Por cierto, quiero que John jr. sea mi paje en la boda. ¿Te gusta la idea?

—Me encanta. Por favor, qué mono va a estar con su traje de gala. Seguro que se va a sentir importantísimo, como un príncipe. Le va a encantar.

—Y he pensado que mi padrino sea Frank. Todavía no le he dicho nada, pero como tú serás la madrina de Robert, no podrás llevarme al altar, que es lo que a mí me gustaría. Frank ha sido el hombre de mi primera vida en Kenia. ¿No crees que se lo merece?

—Por supuesto. Creo que no hay nadie mejor. ¿Se lo has comentado a Robert? A él le puede chocar. No es el padrino que a lo mejor hubiera imaginado —dice riéndose.

—No, pero él me da carta blanca. Es tan cielo que dice que lo que yo haga estará bien, y estoy segura de que no tengo a nadie más apropiado para llevarme al altar que Frank.

—Te doy toda la razón. No cabe duda de que va a ser una boda curiosa y única.

—Y una boda por amor, mucho amor, muchísimo…

Ya hace días que hemos mandado las invitaciones. En total, a cerca de doscientas personas, aunque creemos que solo vendrán unas ciento veinte. Todavía no tenemos respuesta de nadie, queda casi un mes, pero de mi madre y mi hermana esperaba que la contestación fuera rápida.

Cada día, como hacemos todos, miro el WhatsApp, pero no para ver nuevos pedidos de ropa, sino para comprobar si me han contestado por esta vía. También los *emails* los abro con la incertidumbre de saber algo de ellas, pero tampoco. ¿Será posible? ¿Van a tener la desfachatez de no decirme nada, de no desearme felicidad? Bueno, mejor no pensarlo. Robert siempre me dice que lo que tenga que pasar, pasará, y que no les dé tanta importancia, que ya he aprendido a vivir sin ellas, y que lo prefiere así porque me quiere para él solo. Desde luego, es para comérselo.

La casa, si ya es bonita de por sí, está recibiendo mimos y cuidados que incluso la están dejando más maravillosa. Sandra me ha dicho que prefiere que los dos días anteriores me vaya al apartamento para que cuando llegue a la fiesta previa a la boda todo me sorprenda. Y así lo voy a hacer.

Le he pedido a Moury que esa noche duerma conmigo y que Frank nos venga a recoger para llegar de nuevo a la granja juntos el día de la boda. Les emociona pensar que van a participar de manera tan cercana en los preparativos y le he implorado a Frank que sea mi padrino, previa explicación de lo que es ser padrino de boda. Le he dicho que tendrá que ponerse muy elegante, que yo le voy a pedir un traje de su talla a España. No lo puede creer, casi llora.

—Señorita, ¿tú estar segura de querer que yo sea tu padre?

—Pero, Frank, no serás mi padre —me río—, pero harás de mi padre. Eres la persona que más me ha ayudado, y ya está decidido: tú serás mi padrino y tú, Moury, vas a ir espectacular. Tenemos que hacer tantos vestidos que no nos va a dar tiempo a cumplir con la entrega de los pedidos. Están también los vestidos de tus niñas, que quiero que me lleven la cola. Uf, no podemos parar un minuto.

Y así, día a día, hora a hora y sin parar, vamos dando puntadas a todos nuestros *looks*. Moury se ha decidido por un color azul Klein que le sienta de maravilla. Todavía es joven y muy bella. Enormes ojos y una boca tan llamativa que hace darse la vuelta a cualquiera. A Amelie y Julia les empezamos a hacer unos sencillos vestidos largos de color rosa suave, de etérea gasa, y como detalle, una bonita corona de flores adornando sus preciosas melenas.

Y mi vestido… Oh, mi vestido… Está quedando tan, tan precioso. Desde muy niña veía a mi madre leer la revista *¡Hola!* y comentar cada foto de las preciosas bodas reales. Recuerdo cada detalle de la boda de Lady Di. La diadema, su peinado, el velo, su sonrisa… Y la de Máxima de Holanda, y la de Mary de Dinamarca. Crecí con esos detalles inalcanzables, pero que a las niñas nos llenaban el corazón de pájaros y mariposas. Y ahora, por arte de magia, voy a ser yo la protagonista de una ceremonia por lo menos tan romántica como cualquiera de esas.

—Robert, Sandra, ¿dónde estáis? —exclamo al llegar a la casa.

—Querida, acércate aquí, al jardín, estamos decidiendo algunos temas.

Les veo a los dos sentados en la mesa, con papeles en la mano, pintarrajeados, con nombres, números…, el galimatías lógico de un evento importante. Robert, desesperado y haciéndome gestos como diciendo: por fin has llegado, que esto se acabe.

—Oh, qué suerte, no tengo que hacer nada de eso. Es lo bueno de no tener familia ni casi invitados. —Y beso con fuerza la cara de mi rubito preferido—. ¿Sabes, Robert? Estás muy, pero que muy guapo hoy. —Los tres nos echamos a reír. Somos ya un trío bien avenido y divertido.

—Y tú, cada día más loquita, vida mía. —Y cogiéndome con fuerza me sienta sobre sus rodillas. No podemos estar separados más de dos centímetros, somos muy empalagosos. Pero es que Robert es mucho Robert, y cada día más.

—Sandra, Robert, tengo que hablar con vosotros, y no para que me deis una opinión, sino para que me ayudéis y me animéis a hacerlo.

Los dos se extrañan y hasta se preocupan.

—Mirad, llevo pensándolo desde hace tiempo. Tú, Robert, me quieres, ¿verdad?

—¿Qué pregunta es esa? Por supuesto, muchísimo. ¿Eso es lo que te preocupa?

Sandra no puede parar de reír, nos ve como dos tortolitos atontados.

—Pues como yo te quiero con toda mi alma y para toda la vida, y quiero vivir aquí contigo y con Sandra y con el pequeño John, he pensado vender mi apartamento de Madrid, la única propiedad que tengo, y construir cerca de aquí un nuevo taller, más grande y más profesional, para que ya no te preocupes más por que trabaje en el suburbio. Y también, al lado, construir la primera sede de la Fundación Baobab, cuya presidenta es y será Sandra Brown. ¿Qué os parece? Así trabajaremos una junto a la otra.

Se quedan mudos. Robert, que me tiene sobre sus rodillas, apoya su cabeza sobre mi hombro y me besa el cuello a la vez que me abraza con fuerza. Sandra se levanta y nos abraza a los dos. Es un momento muy emocionante.

—Por fin podré hacer algo de provecho en la tierra que tan bien me ha acogido y con la gente que tan bien me ha tratado.

—Es precioso, estoy conmovido. Eres una mujer llena de sorpresas y tan, tan emotiva, pero creo que no deberías desprenderte de tu propiedad. Lo podemos hacer igual entre nosotros, querida.

—No, Robert, esto lo quiero hacer yo. Es mi manera de asentarme y agradeceros todo. Yo ya no quiero nada que no esté junto a vosotros, así que me traigo Madrid aquí, a vuestro lado.

Sandra está emocionada y calla.

—¿Y la señora presidenta no tiene nada que decir?

—Pues que eres una maravilla. Que bendito el momento en que coincidimos en el aeropuerto y que te quiero, hermanita.

Robert me coge de la mano y, disculpándose con Sandra, me lleva a mi cuarto. No hay palabras, no tenemos nada que decirnos, pero esa cama con dosel, en la que una noche la princesa Diana descansó entre su viaje y el safari, es testigo del amor más romántico, pasional y verdadero que, estoy segura, nunca antes vio.

22

La llamada esperada suena, por fin, en el teléfono de Robert. Es nuestro abogado. Ya hay fecha del juicio. Nos convocan a las partes del proceso quince días después de nuestra boda. No está mal del todo. El viaje de novios será más corto de lo planeado, pero así terminaremos pronto con esa pesadilla que nos tiene en vilo.

—No me importa nada, Robert —comento—, yo ya estoy en plena luna de miel.

—Pues no es así, nuestra luna de miel la estoy organizando para que sea fabulosa. Para mí es algo deseado desde hace mucho tiempo. Date cuenta de que ya soy un cuarentón y que, aun sin pareja y sin poner cara a mi acompañante, la he preparado más de una vez en mi mente y me gusta cumplir con las tradiciones, vivirlas y saborearlas.

—Eres el cuarentón más cañón que he conocido nunca. Esta tarde, por favor, vamos de nuevo a ver las parejas salvajes de la sabana, y me vuelves a contar lo que hacen, sus costumbres, su cortejo, su emparejamiento…, su fidelidad o sus descaradas infidelidades. Me fascina escucharte, rubito cañón.

A Robert le encanta cuando le llamo así, y a mí me hace mucha gracia.

De repente, dice:

—Mi vida, me molesta preguntarlo, pero ¿sabes algo de tu madre y de Rebeca? ¿Las conoceré por fin en la boda?

—Ya, Robert, no me extraña que te lo preguntes, pero lo mismo me pregunto yo. No sé nada todavía. Ni *emails* ni whatsapps ni, por supuesto, carta. Creo que de esa familia me vas a conocer solo a mí.

—Fabuloso, pues mejor así, ya te lo digo siempre. Prefiero no compartirte con nadie, así serás solita para mí. Ese es el sueño de cualquier hombre enamorado —exclama como para hacerme reír, y en realidad lo consigue. Ya no me importa, sé que no vendrán, pero hay que tener valor para ni siquiera contestar. Voy creyendo, como dice Robert, que existe algo oculto que las hace no quererme y que desconozco.

Por fin llegamos a la semana anterior a la ceremonia de nuestra boda. Sandra está exhausta, pero muy, muy bella. Ha adelgazado de nuevo, no me gusta ese detalle, aunque con tanto trabajo y nervios puede ser lo lógico.

Matú, cada tarde, ensaya con su séquito de cuerpo de casa y camareros contratados los pasos a seguir para servir el cóctel y la cena. A Robert y a mí nos hace ilusión casarnos todavía de día para ver el anochecer ya siendo marido y mujer. ¡Qué increíble, marido y mujer!

Los suelos se han arreglado y renovado su brillo; las paredes del porche, encaladas de nuevo, y por dentro Sandra ha dado al salón un tono de pintura color garbanzo muy suave que aún lo hace más distinguido y acogedor. El chéster permanece igual y su piel envejecida por el tiempo le imprime clase y glamur a la zona de la chimenea. Cuántas conversaciones se habrán mantenido en ese lugar, al calor del hogar, y cuántas declaraciones de amor, y también rupturas… Siempre he pensado que estos sofás, que viven con las familias de generación en generación, son observadores y guardianes de las experiencias más íntimas de quien los ha disfrutado. Aquí, entre sus cojines de cuero, Sandra y yo hablamos por primera vez en la intimidad. Aquí me enamoré locamente de la vida en esta granja africana y, como si de un milagro se tratara, aquí parece que me sentaré con Robert para ver pasar nuestra vida de pareja y en familia. Dentro de nada entraré a formar parte de las experiencias guardadas entre las grietas y arrugas de esta maravillosa piel.

Robert me ha dicho que lleve en la maleta para nuestra luna de miel ropa de calor, trajes de baño y vestidos de noche. No me dice adónde iremos, pues le gustan las sorpresas, pero disponemos de poco tiempo por el dichoso juicio, así que supongo que será cerca.

Hemos tenido que anular el viaje a Inglaterra en el que Robert quería presentarme a los amigos que no podrán venir a la boda y, sobre todo, a las personas que trabajan para él. En eso Robert y yo coincidimos mucho. Nos gusta hacer piña con nuestros equipos de trabajo y les cogemos verdadero cariño. Quien más siente que no venga es su gente de la campiña y de la casa de los Cotswolds.

Para nuestro viaje de novios me voy a esforzar por llenar mi maleta de glamur y de todo lo que me haga más chic. He comprado en la ciudad —me ha llevado Sandra a las mejores tiendas de Nairobi— unos biquinis que son la bomba, muy estilo años cincuenta, muy Grace Kelly en la película *Alta sociedad*. Sé que a Robert le van a encantar. También he comprado algún vestido largo de noche, tampoco se trata de ir siempre vestida con mis diseños tan *sport*. Me probé un Alberta Ferretti, de gasa semitransparente y muy vaporoso, con la espalda al aire, en un color verde esmeralda impresionante. Ese vestido tenía que ser mío. Sandra me ha animado a todo, dice que será un momento único y para recordar, y tiene razón. Ahora siento también mucha pena por ella. Tan buena persona y, en el fondo, tan sola. No ha superado todavía la muerte de John y, encima, su terrible enfermedad no le ha dado opción de olvidarse de todo y comenzar a pasarlo bien. Muy al contrario, ha tenido demasiado tiempo para pensar.

Robert siempre me dice que eran una pareja espléndida y muy unida. Que trabajaban en la granja juntos y que desde muy jóvenes decidieron vivir aquí para estar más unidos todavía. Viajaban, por lo visto, por todo el mundo, pero su centro neurálgico era la granja, además de la casa de los Costwolds, que visitaban cada año. Su única pena y lo único que ensombreció su felicidad fue la dificultad para tener hijos. Me cuenta Robert que fueron numerosas las veces que Sandra estuvo en tratamiento; pasaba semanas en reposo, y terminaba perdiendo el bebé en los primeros meses del embarazo.

Pero un día, por fin, dieron la noticia a todos de que el bebé que esperaban estaba sanísimo, en perfecto estado. Sandra, por lo visto, era una mujer pletórica de alegría. Donde duerme el pequeño John ahora era la habitación que decoró para su niño. Trajeron muebles ingleses y juegos de cuna bordados de Madrid, la emoción era desbordante. Contrató también una *nanny* para el cuidado del pequeño y, por precaución, no salía de casa ni se montaba nunca en el *jeep*. Y casi a punto de llegar al final del embarazo, la vida, que a veces es tragedia, hizo que la desgracia se presentara con la muerte de John. Sandra no pudo con todo, está claro, y perdió a su bebé en el sexto mes de gestación.

Ella no me ha llevado nunca, pero Robert y yo sí hemos ido juntos a rezar al lugar donde descansa el bebé junto a su padre. No quiero ni pensar por lo que tuvo que pasar, pobrecita. Creo que lo mío con Pepe se queda en una terrible experiencia, pero con final feliz, por lo menos para mí. Para Sandra, ahora, su vida es la vida de John jr., un niño que en nada le puede recordar a su marido, pero le habla y le traslada tantas experiencias de «su padre» que seguro terminará pareciéndose a él en sus virtudes y en su educación.

Me cuenta Robert que, en esos días, la vida de la viuda de su hermano era la oscuridad y el aislamiento. No quería ver a nadie, ni hablar ni comentar lo ocurrido. No salía de su habitación y, por más que intentaban animarla o acompañarla, ella solo quería estar sola. La entiendo. ¿Qué te pueden aportar los demás si ya no tienes junto a ti a lo que más querías, si has perdido de golpe a los dos personas por las que vivías? Por muy independiente que seas, que Sandra lo es y lo ha demostrado siempre, los sentimientos son los que te hacen levantarte cada día, y el amor, por supuesto, lo único que hace que la vida te merezca la pena.

Sandra se quedó sin nadie y fue entonces cuando a la mujer de Matú, el mayordomo, se le ocurrió decirle que había un niño que se había quedado sin mamá y que necesitaba ayuda —ella se refería, al principio, a ayuda material— para sobrevivir. Sandra entonces quiso ir a conocerle y ver cómo vivía. El niño ahora es nuestro pequeño John y cuentan que Sandra volvió con él en sus brazos, envuelto en una sabanita no demasiado limpia, con su primera sonrisa en sus labios y, por fin, con su rostro lleno de esperanza. Todos se dieron cuenta de que ese niño sería el que iba a curar a Sandra de su dolor. Le cuidaba, le lavaba y dormía a su lado todos los días. Algunos pensaron que había enloquecido, pero quien la conocía bien sabía que no estaba sustituyendo a sus seres perdidos, sino que estaba trasladando todo el manantial de amor que tenía a alguien necesitado.

John jr. es ahora su hijo, no pudo ser el de John, pues solo le pudo adoptar ella, y aunque no lleva sus apellidos, este niño es el alma de la granja y crece cada día como lo habría hecho el hijo que perdieron Sandra y John.

Estamos ya muy nerviosos. A Robert y a mí nos quedan solo dos días para separarnos antes de volver a vernos el día de la boda.

—Robert, no quiero separarme de ti. Me voy a sentir muy sola.

—Pero por fin va contigo Moury al apartamento, ¿verdad?

—Por supuesto, si no, no me echas ni con agua hirviendo de aquí —le digo mientras le acaricio su rubia melena. Robert tiene el pelo un poco largo, lo justo para ser todavía más interesante—. Es que estoy muy nerviosa, como desazonada.

—Estás hecha un lío, pero yo también, pequeña. Tú lo que eres es un cielo y yo te voy tranquilizar. Ven, siéntate aquí conmigo. Vamos a escuchar la noche tú y yo solos, aquí en el porche. Cuántas veces habré pensado estar así con la mujer de mi vida, y cuántas veces imaginé cómo sería, qué rostro tendría… ¿Sería alegre y simpática? ¿Seria y distante? Y ahora te tengo en mis brazos y ya sé que tienes el rostro más bello que nunca pude pensar.

Oh, por favor, ¿se puede pedir más a la vida?, pienso mientras me acurruco en su regazo.

En ese momento llega Matú.

—Señor Robert, señorita, hay un hombre que viene a ver a la señorita.

—¿A mí, Matú? ¿Estás seguro? ¿No será a la señora Sandra?

—No, no. Ha dicho que a usted, seguro.

—¿Y ha dicho su nombre?

—Sí, pero yo solo recordar Pepe, aunque su nombre era más largo. Yo lamentarlo mucho.

Me siento de golpe en el sillón, me quedo en blanco, no puedo creerlo. Miro a Robert y noto que le está sentando fatal, lógico.

—Robert, no te preocupes, no le dejaré entrar. Le recibo yo en la puerta y ya está.

—De ninguna manera. Él te viene a ver a ti, pero al que va a ver es a mí, si no te parece mal.

—No, Robert, esto lo tengo que arreglar yo. Es mi problema, pero no te preocupes, estoy bien.

—No me preocupo, mi vida, pero iremos los dos. Sé que es tu problema, pero ya también es mío, francamente me preocupa, y mucho, que esté cerca de ti.

Le sonrío. Me parece natural, Robert me quiere y no piensa dejarme sola con él ni un minuto. Me agarra de la mano, muy fuerte, me besa y salimos hacia donde se encuentra la persona que nunca, nunca, supuse que se atrevería a volver a este lugar.

Nada más llegar al jardín de la entrada ya veo al trasluz su silueta. Siempre ha sido un hombre atractivo, simpático y, además, muy buen conversador, pero como ya no le quiero, le veo de otra manera.

Mientras nos acercamos a él, me empiezan a temblar las piernas; voy a estar con los dos hombres de mi vida, juntos, por primera y, espero que también, última vez. Robert se da cuenta de mi temblor, pero no le incomoda, me abraza con un brazo por la espalda y, mientras me sujeta así, nos acercamos a él.

—Hola, Pepe. Te presento a Robert Brown, mi prometido —digo con un hilo de voz.

Robert no le da la mano, pero le saluda con la cabeza al tiempo que coge mi mano y la besa, como para confirmar nuestra preciosa relación. Pepe lo capta, no es nada tonto, al contrario. Yo ardo en deseos de saber qué le ha traído hasta aquí, hasta tan lejos.

—Encantado de conocerte, Robert, y enhorabuena, eres un hombre con suerte, con mucha suerte.

—Lo sé —dice Robert, de nuevo besándome la mano.

—Quería hablar solo contigo —dice mirándome—, pero entiendo que tu prometido esté aquí a tu lado. Yo también lo habría hecho.

Permanezco callada, no entiendo nada, pero me dan ganas de decirle que él no estuvo a mi lado cuando tenía que haber estado.

—Sí, Pepe, a mi lado está la persona a la que quiero con locura y con la que me voy a casar dentro de cuatro días. —Muy fuerte decirle esto, pero es la verdad—. Tu visita es, por llamarlo de alguna manera, inesperada y asombrosa.

—Lo sé, pero no podía dejar de venir a decirte, en persona, que siempre sentiré en el alma el sufrimiento que te causé. No me importa que lo oiga Robert, casi mejor, pues así le confirmaré lo que él ya sabe: eres la mujer más increíble que he conocido.

Robert se incomoda, se pone derecho, yo le agarro el brazo como para pedirle que se relaje, que le deje hablar.

—Bien, ¿qué te ha traído hasta aquí, Pepe, o Jose? ¿Cómo prefieres que te llame? —le digo volviendo a insistir en el drama que él solito organizó.

—No, por favor, no me recuerdes ese suceso tan terrible y canalla de mi vida. Ya lo estoy pagando bien, no te preocupes. También he venido a decirte que tu hermana Rebeca y yo nos hemos casado la semana pasada. Que me he visto involucrado más de lo que hubiera querido en esa relación, sobre todo por la convivencia con nuestro hijo, y que tanto tu hermana como tu madre, al enterarse de tu matrimonio, se pusieron como locas y todo fueron prisas para celebrar nuestra forzada boda antes que la tuya.

No puedo creer lo que estoy oyendo, y no por la boda en sí, sino por las prisas. Y continúa hablando.

—Del Pepe que conociste ya no queda casi nada. Me he convertido en otra persona, traumatizado por haberte perdido y por no haber podido recuperarte. Me he resignado a vivir una vida poco atractiva. Solo el pequeño Alberto, sí, le hemos puesto el nombre de tu padre, me da alegría y fuerzas.

Entonces Robert, que es un auténtico señor, con una educación y un saber estar que me está demostrando con creces, exclama:

—Pues enhorabuena. Te deseamos toda la felicidad, como la que tenemos nosotros.

Me alegran esas palabras, se las merece, pero me da bastante pena, casi le veo como un pobre pelele.

—¿Y sabes si vendrán a nuestra boda? —le pregunto—. No han tenido ni la educación de contestar a mi carta y a nuestra invitación.

—No, no van a venir. Eso lo sé seguro. Por eso he querido venir hasta aquí. Para mí no es un plato de gusto lo que estoy haciendo ni ver con mis ojos lo que estoy viendo, pero con lo que te hemos hecho sufrir, yo en particular y ellas en general, pensé que no tenías que volver a aguantar sus caprichos y su envidia desmedida. No sé qué les pasa, pero no es normal cómo se han portado contigo.

—Bueno, precisamente tú no puedes juzgar si se portan bien o mal —exclamo—, aunque ahora tengo que agradecértelo, y mucho. Gracias a tu vil manera de tratarme y a la distancia de mi familia conmigo, decidí venir a «suicidarme» a Kenia, y, por el contrario, he encontrado la vida y el amor. —Y abrazo y beso a Robert en los labios, delante de él, demostrando así a mi prometido que es el único al que amo.

Pepe baja la cabeza, es una escena fuerte de aguantar, pero se la ha ganado.

—Tienes razón, aunque me duele el alma al veros, te mereces ser feliz. Robert —dice mirándole a los ojos—, perdona mi presencia, pero no podía dejar de hacerlo. He llegado hasta aquí para pedir perdón a tu prometida, fui un desastre de persona. El fuerte amor que sentía hacia ella me confundió, me dio miedo perderla, no gestioné bien la situación. La boda con Rebeca la he tomado como una obligación para remediar en algo todo el desastre que he hecho en tu familia. No nos tendremos que volver a ver si no queréis. Ellas ya te han demostrado que no quieren estar cerca de ti.

Robert, entonces, exclama:

—Pepe o José, comprende que no te invite a entrar en casa. No eres bien recibido, aunque, desde luego, por mi parte agradezco tu sinceridad y tus deseos de felicidad. Querré y cuidaré a mi prometida como la quiero hoy, con todo mi corazón. Y diles a las que deberían ser mi suegra y mi cuñada que se están perdiendo la posibilidad de disfrutar de la persona más maravillosa y valiente que he conocido, pero que se lo agradezco también, así será solo para mí.

Y sin darle la mano, ni yo, por supuesto, un beso de despedida, nos damos la vuelta y nos dirigimos, de la mano, de nuevo a casa. A nuestras espaldas oímos cómo el coche que le ha traído hasta la granja se pone en marcha y se aleja. Robert y yo entonces nos abrazamos con más fuerza que nunca. Ninguno de los dos tiene ya ninguna duda: ha sido una auténtica declaración de amor delante del único que podía hacerle dudar a Robert. Aunque, todo hay que decirlo, he tenido la sensación, y Robert creo que también, de que su presencia se ha debido a un último intento de volver conmigo. Si no ha sido así, no entenderé nunca tanta distancia recorrida para un perdón que bien podría haber pedido por carta.

—Mi vida, no quiero comentar nada, pero te das cuenta de que ahora ese señor, al que por poco tumbo de una bofetada, ganas me han dado, es nuestro cuñado. Muy fuerte la historia de tu familia. Es alucinante. Y todavía no conozco ni a mi suegra ni a mi cuñada.

—Ya, pero deja de decir «tu familia», por favor. Mi familia ya eres tú, es Sandra, el pequeño John, Frank, Moury y sus hijos, ¿no te parece? Para mí la palabra familia ha cambiado mucho de significado. ¿No has oído lo que piensan de mí en Madrid? Familia es quien te quiere, quien te escucha, quien te ayuda. Yo todo eso lo tengo aquí. Y luego, además, tengo un amor —y le sujeto la cara con mis manos—, un amor verdadero que me enloquece —y se ríe mientras digo estas palabras—, que me hace reír y me hace temblar, al que me gusta escuchar sus cuentos en la sabana y ver cómo trabaja en la granja, un amor que me encanta cómo me mira, cómo me acaricia, cómo me besa y cómo me abraza.

Robert se cae de espaldas, literalmente, del gusto con la retahíla que acaba de oír.

—Señora Brown, ¿se viene a la cama con el señor Brown?

—Pre-señores de Brown, mejor dicho —exclamo—. Pero ¿qué dejarás para el día de la boda para la señora Brown si ahora estamos juntos?

—No te preocupes por eso, habrá mucho más, y te gustará.

Riendo nos vamos a mi habitación, que, mejor dicho, era la de Lady Di. Estoy deseando cambiarme a nuestra parte de la casa tras la boda para que esta maravilla de dormitorio vuelva a recuperar la identidad que yo, parece, he robado.

23

Robert Brown es el segundo y más pequeño de los hijos de un matrimonio noble inglés emparentado, como la mayoría de los de su estatus social, con importantes personajes cercanos a la monarquía inglesa. Nació en Londres, en el St. Mary's Hospital, donde vienen al mundo los príncipes y los nobles más nobles de la capital británica, y, por supuesto, donde la princesa Diana dio a luz a sus dos príncipes.

Creció entre algodones, pero siempre bajo la férrea y también liberal educación inglesa. Internado en Eton, compartió apartamento con compañeros de familias nobles; los chicos ingleses viven desde muy pronto separados de los padres, muy distinto a nosotros, los españoles.

Todo lo que sé de él lo sé por Sandra, que le quiere como a un hermano y, por lo tanto, no es objetiva, pero también por mi amiga Rowina. En cuanto ella y Lily recibieron la invitación a nuestra la boda, me llamó exultante, pues le conocía, y quizás demasiado bien.

El serio y responsable de la familia era su hermano John. Con él nunca había dudas de qué estaba haciendo y dónde estaba. Dicen que siempre hacía lo correcto y en el sitio adecuado. Robert era distinto, más juerguista, enamoradizo y muy poco comprometido. Dedicado a rentabilizar sus propiedades, con éxito y con fama de casanova.

—Pero ¡que te casas con Robert Brown! —exclama Rowina por teléfono—. Por Dios, tengo un ataque de nervios desde que he recibido tu invitación.

—Sí, Rowina, y estoy como loca.

—No me extraña, yo también lo estaría. Es el hombre más deseado por todas tus amigas, y por las desconocidas también. ¡Es tan atractivo!

—Lo es, y mucho —río—. Yo todavía no me lo creo. Es tan adorable y tan romántico...

—Sí, claro, romántico contigo. Estará enamoradísimo, no lo pongo en duda, pero es que has tenido la suerte de encontrarlo en el momento adecuado. Robert era un ligón empedernido.

—¿Tanto?

—Tanto no, mucho más. Pero ¿no ves lo guapísimo que es? Pues quítale veinte años y pon a su alrededor a jóvenes veinteañeras dispuestas a cualquier cosa por tenerle.

—Pero, Rowina, ¿hay algo de lo que me tenga que enterar? Ahora me está preocupando lo que me dices, pues conmigo desde el principio ha sido y es una persona adorable, detallista, con mucho ingenio, también tranquilo y para nada el hombre que describes.

—Bueno, supongo que ha cambiado, también es mucho mayor y, por supuesto, quiere decir que en ti ha encontrado a su media naranja. ¿Y que si sé algo de lo que te tengas que enterar? Pues no, pero te aseguro que cuando vengas por aquí muchas de las que te querrán conocer estuvieron antes con él.

—¡Pues no quiero ir! Me horroriza pensar en algo así.

—¿Y crees que Pepe era solo tuyo? Te buscas hombres muy atractivos, querida, pero que muy atractivos. ¿Qué pasó con él? Parecíais la pareja ideal, nos teníais enamorados a todos.

—Pues algo difícil de contar, casi cruel y, por supuesto, inesperado, pero en resumen te diré que se portó como un canalla y que el final fue duro y muy triste.

—Vaya, cuánto lo siento. Sabes que Lily bebía los vientos por Robert, ¿verdad?

—Francamente, no. Pero también por Pepe, ¿recuerdas en tu casa aquel día? Es especialista en meterse en medio de las parejas, así que no me extraña nada lo que me cuentas.

—Sí, lo recuerdo, qué mal momento pasamos. Lily es muy intensa, pero también está deseando llegar ya a Nairobi y verte. Todavía no cree posible que te vayas a casar con Robert.

—¿Y por qué no? ¿No creéis que estoy a la altura? Me está pareciendo un mensaje un poco despectivo, quizás.

—Pero, querida, no te ofendas. Robert te ha conocido y ha caído cautivado del todo. Siempre hemos dicho que menos mal que te marchaste de Londres, a pesar de lo que te queríamos. Todos nuestros maridos o novios bebían los vientos por ti. Hacéis, seguro, una pareja maravillosa, pero es que a Robert le conocemos de toda la vida y ni siquiera sabemos cómo es posible que hayáis coincidido.

—Bueno, si es así lo entiendo.

—Además, cuando vengas con él a los Cotswolds vas a ser la mujer más invitada, más admirada y también más criticada. Todas te examinarán de arriba abajo, pero como eres perfecta, querida, no te tiene que preocupar nada. Y te aviso, la casa que tendrás aquí es un auténtico castillo. Es la residencia más bonita de la zona. Allí se han dado las fiestas más fabulosas que se recuerdan. Llegó a ir la reina Isabel un par de veces, y Carlos y Diana fueron sus invitados habituales. Eso por decir algún nombre conocido. No hay nadie en Inglaterra que no haya querido estar allí como invitado. Eran célebres sus cenas, sus partidos de croquet, sus paseos a caballo… En fin, una vida de cuento, de película. Ahora serás la señora del castillo y tu marido, un príncipe.

—¿Y estuvo comprometido con alguna mujer? Sandra, su cuñada, me dice siempre que no quiso tener ninguna relación larga.

—Pues es cierto, sus relaciones fueron cortas pero muy intensas. De quien sí estuvo enamorado fue de la hija de los duques de Bristol. Una monada de niña con la que le fue difícil vivir un noviazgo normal. Era muy joven y le gustaban tanto las fiestas y divertirse que terminó mal. Tuvo muchas adicciones, el alcohol y las drogas se convirtieron en sus amigos más íntimos. Robert sufrió mucho.

—No tenía ni idea de ese capítulo de la vida de Robert. Ni Sandra ni él me han hablado nunca de ella.

—Carol, que así se llamaba, un día dejó de vivir, de respirar, en el dormitorio de su casa de Londres. Pero, bueno, ya no sigo hablando más. ¿No te lo ha contado él? A lo mejor no ha podido, creo que le dejó marcado. Pero lo que sí te digo es que nos hemos quedado impresionados con tu boda y que estamos deseando llegar allí para darte un abrazo y comprobar ese apasionado amor que os va a llevar al altar. Londres está dividido en dos, querida: los que hemos tenido la suerte de ser invitados y los que se han quedado con las ganas de ir a Nairobi… Solo hablamos de vosotros.

Desde luego, Rowina no ha querido profundizar y ha estado muy simpática, pero yo me he quedado preocupada. ¿Por qué Robert no me ha comentado nada? No sé, estoy un poco desanimada después de esta conversación, ya no veo a Sandra tan sincera, ahora me produce desconfianza. Y pienso hablarlo directamente con él.

Cuando vuelve del trabajo, ya le estoy esperando en el porche y, según sale del coche, tan atractivo y con las botas llenas de barro, le pido por favor que me acompañe a dar un paseo.

—Claro, pequeña, pero dame un beso primero. Qué es eso de recibirme sin mi abrazo preferido…

—Robert, ¿quién fue Carol? —le pregunto sin rodeos.

A Robert le cambia la cara. No le gusta la pregunta, pero la acepta con calma. Es un hombre sereno. No se parece en nada al que me ha descrito Rowina. De nuevo, como hace siempre, me coge mi mano y la besa.

—¿Quién te ha hablado de ella? ¿Rowina?

—Pues sí... ¿Es que creías que no me iba a enterar por mis amigas? En cuanto ha recibido la invitación me ha llamado y, naturalmente, me ha contado todo.

—Pues tienes que hacerme caso a mí, solo a mí. Carol fue también una mujer importante en mi vida, pero éramos muy jóvenes, muy locos, nada parecido a ahora.

—Bien, pero ¿por qué me lo has ocultado todo? Eso es lo que no entiendo.

—Ya te habrán dicho que murió, ¿no?, y te habrán contado por qué, supongo. Pues yo no hablo de ella porque es un capítulo muy doloroso de mi vida, pero no por el hecho de no estar con ella. Te quiero a ti mucho más y de una manera mucho más increíble. Lo peor fue ver cómo sus adicciones fueron minando nuestras vidas. Cada día era una locura diferente. Si estaba colocada, perdona por la palabra, éramos exultantemente felices. Cuando tenía mono, de nuevo disculpa, vivíamos en un infierno. Nuestros padres eran muy amigos, se conocían de toda la vida, y ni que decir tiene que nos querían casar desde que se enteraron de que salíamos. Carol era una buena chica, mimada y caprichosa, sin duda, pero la dinámica de nuestra sociedad la atrapó en su peor versión. A mí siempre me quedará la duda de si hubiera podido hacer más por ella. Por eso no me gusta hablarlo, no hay nada más.

—Pero, Robert, has estado muy enamorado de ella, ¿verdad? —y le abrazo. Por primera vez conozco a otro amor de mi amor. Siempre me han hablado de su falta de compromiso y a lo mejor solo ha sido un hombre marcado por el dolor de un amor perdido.

—No te preocupes, querida. Te quiero con toda mi alma. Tú eres la mujer de mi vida, no tengas ninguna duda. Si no te he hablado de ello es porque quiero borrarlo del todo, fue un drama durísimo y delicado. Nuestras respectivas familias se separaron, se enfadaron. Por eso, yo me volví un poco loco. No quería saber nada de nadie y solo deseaba divertirme sin pensar en nada. Ahora que soy un hombre volcado en nuestra relación e inmensamente feliz, pienso con pena que he sido también poco comprensivo con mujeres que, seguro, sentían algo por mí. Me convertí en un hombre frío, nunca irrespetuoso, pero para nada aconsejable. Que te hayan dicho que nunca me he comprometido no quiere decir que no haya disfrutado con mujeres bellas e increíbles, pero es que era muy joven cuando viví ese drama. No pude gestionar bien ni la muerte de Carol ni el rechazo de sus padres ni el dolor de los míos. Vamos, que tuve que marcharme a Francia, allí no podía seguir, todo eran recuerdos, insinuaciones, malos entendidos... Un auténtico infierno.

Robert y yo volvemos a casa. No vamos a gusto ninguno de los dos, se nota que la confesión de ese capítulo de su vida le hiere y le incomoda. No debo tener dudas, aunque me habría gustado que me lo hubiera contado él mismo, no Rowina. ¿Tendrá algo más que ocultar?

Al día siguiente, cuando veo a Sandra, no hace falta decirle nada.

—Lo siento, querida, yo estaba deseando contártelo, pero Robert me dijo que prefería que no lo supieras. Sufrió mucho con esa relación, sus padres también, y hasta John tuvo que intervenir para poner un poco de orden. Mucha gente echaba la culpa a Robert, dudaban de su amor hacia Carol, insinuaban que por su culpa ella empezó con la droga y el alcohol. Fue una época terrible que todos borraron de su vida. Nadie, nunca, hablaba de ello. John me lo contó cuando nos casamos, pero me pidió que nunca comentara nada con sus padres ni con su hermano. Se puso en duda su amor y se pensó que fue él el culpable de su inestabilidad, pero en realidad Carol fue víctima de otras amistades que la envolvieron en esas adicciones. Robert cambió mucho, se fue a estudiar Ingeniería a Francia, a París, y se convirtió en un *bon vivant*. Todas las mujeres le deseaban y adulaban; él se entretenía, pero no se comprometía. Creo que ahora, contigo, es el auténtico Robert. La persona que le gusta ser y la que quería ser, un hombre enamorado, detallista y dedicado a su familia y a su trabajo en Kenia. Por eso a John le preocupaba tanto, eso sí que te lo había comentado. Tenía miedo de que nunca superara lo sucedido. Pero contigo está como loco, totalmente entregado. Nunca le he visto así. ¿Me perdonas, querida? Solo he cumplido con una súplica de mi cuñado. Te puedo asegurar que a Carol no la recuerda con amor ya, lo que pasa es que no fue fácil superar la tragedia ni para él, ni para sus padres, ni para el círculo de amigos en general. A veces nos dijo a John y a mí que lo que no se perdonaba era lo que habían sufrido sus padres. Date cuenta de que tuvieron que romper con amistades muy importantes para ellos.

Evidentemente, los dos, Robert y yo, tenemos un estigma emocional. Quizás por eso estamos tan entregados, tan enamorados de nuestro amor. Por eso nos cuidamos tanto, nos mimamos. Por lo menos, eso es lo que quiero pensar.

Por la mañana salgo de la habitación ya con mi pequeño maletín. Al fondo, en la mesa del jardín, desayunan Sandra, Robert y el pequeño John, que ríe en brazos de mi rubito preferido. La imagen me encanta. Pronto tendremos nosotros un niño. Creo que le hará ilusión.

—Buenos días, familia, ¿cómo habéis descansado? —Y, sin dejarles casi contestar, digo—: Oh, Robert, te estaba viendo desde el fondo con John jr. en brazos y me ha parecido que vas a ser un padre maravilloso. —Me acerco más a él—. ¿Vas a querer ser papá pronto?

Robert me mira riendo y, también, algo ruborizado.

—Por mí seremos papás el primer día, así que prepárate. Me has querido comprometer con la pregunta, pues aquí tienes mi respuesta: estoy deseando ser padre y desde que te conocí, todavía más. Ya es hora, ¿no os parece? Yo no he empezado la conversación, eh, has sido tú. Así que lo dicho, seremos papás enseguida.

Estamos muy nerviosos y se nos nota.

—Bueno, pareja —ríe Sandra—, sois incorregibles. Siempre os estáis retando en este *reality* de vuestro noviazgo. Qué divertidos y explosivos sois.

—Pues yo tengo una pena enorme —digo mientras me acerco a Robert y le beso su melena—, me tengo que ir ya. Me habéis echado de esta maravillosa casa y no podré estar con vosotros estas cuarenta y ocho horas. Para mí va a ser muy largo y aburrido. Vosotros, con todo el lío, vais a estar mucho más ocupados y divertidos.

—Sí, tienes razón, pero la novia tiene que deslumbrar, radiante, desde el mismísimo momento en que baje del coche.

—Oh, qué cerca lo tenemos ya. Y para la fiesta de la noche anterior, ¿a qué hora tengo que estar aquí? Menos mal que tenemos ese cóctel para los invitados, así te podré ver y contar lo que te he echado de menos.

—¿Lo ves, Sandra, como es un cielo? —dice Robert—. ¿Creíste alguna vez que iba a tener esta suerte? Mira que he tardado años, pero creo que ha sido porque lo mejor estaba por llegar.

—Pues si quieres que te diga la verdad, el mismo día que la conocí pensé en ti. No es que lo tuviera claro, pero al verla tan desvalida y tan atractiva, pensé que podíais estar bien los dos juntos.

—Pues diste en la diana, pero a mí no me dijiste nada de él hasta bien pasados los seis primeros meses.

—Ya, es que nos teníamos que conocer. Tú te metiste de lleno en el trabajo de tu taller, pasaron muchas cosas y, además, Robert dejó de venir a vernos. Ha vuelto porque te conoció a ti,

si no, seguiría con la vida liberal y sin compromiso que le ha
hecho famoso en toda Inglaterra.

—Cierto, pero ya no me volveré a ir.

Sandra y yo nos despedimos con un fortísimo abrazo.

—Adiós, cuñada, hermana querida. Ponte muy guapa en la
fiesta y en la boda, que eres la madrina. Y adiós rubito de mi alma.
No quiero dejarte, no me quiero ir, esto es muy cruel…

—Te acompaño al coche —propone Robert, y me abraza
con mucho cariño y hasta con pasión—. Recuerda, mañana reci-
birás un paquete en tu apartamento. Ábrelo con cuidado y, por
favor, llámame después. ¿De acuerdo? No lo olvides.

—Claro, pero ¿qué has hecho ahora, maravilla de prometido?

—Nada, ya lo hablaremos.

Está claro, ya ha hecho otra de las suyas. Robert volverá a
conseguir que el día previo también sea inolvidable por sus detalles sublimes, estoy segura.

Moury y yo subimos a mi apartamento y, por supuesto, nos
acompaña nuestro fiel compañero Frank. Quizás volveré algún
día a este lugar, a mi primera casa en Nairobi, donde viví mis
primeros miedos y también mis primeras sensaciones de hogar.
Pero ya no será para quedarme.

Robert y yo estamos terminando las obras en la casa de la
granja donde viviremos a partir de la boda. Sandra me está ayudando a decorar las habitaciones y, aunque yo tengo mi propio
estilo, ella tiene tanta clase que cada vez que me aconseja poner
alguno de los muebles maravillosos que hay en la casa desde luego acierta. Me está encantando experimentar con papeles pintados
a juego con las telas, creo que darán una calidez especial; he
enmoquetado en color beis el suelo de la habitación y del vestidor,
en contraste con la oscura madera tropical del resto de las habitaciones. Está quedando tan acogedor que creo que voy a conseguir,

de nuevo, tener mi propia nube, el lugar donde al entrar sienta que estoy en el cielo.

Robert y yo nos hemos quedado con un ala de la casa. Dos habitaciones, dos cuartos de baño y un saloncito o cuarto de estar con salida directa a la sabana. La tierra roja será el suelo que pisemos cuando nos levantemos. Me parece un sueño. Ya me imagino levantándome antes que Robert y dando un paseo por los alrededores, sola, descalza, viendo amanecer, con las acacias delineadas en el horizonte. Algún mono me saludará al verme y seguro que los pájaros dormidos en las copas de los árboles emprenderán su vuelo al oírme pasar por debajo. Idílico, emocionante, casi increíble. Después, volveré a la habitación, besaré a Robert para despertarle y me volveré a meter en la cama con él.

—Moury, qué emociones tan fuertes. Pensar que será mi última noche aquí, después de lo que he vivido… No puedo creerlo todavía. Recuerdo cuando llegué por primera vez, lo poco que me gustaba el color amarillo, el miedo que me daba vivir aquí sola y lo mucho que me ayudó Frank, tu Frank, nuestro Frank. —Reímos las dos—. Qué suerte he tenido.

—No, señorita, suerte nosotros y señor Robert. Usted ser buena, muy buena. —Se ríe mientras habla.

—No, Moury, buena tú, y Frank y tus hijos, los ocho que tenéis. Mira, ahora que hablo con vosotros, ya que Frank todavía está aquí, quiero comunicaros algo nuevo que voy a hacer. Ya lo sabe Robert y también la señora Sandra. Voy a buscar un terreno cerca de la granja y vamos a construir allí un nuevo taller y una casa para vosotros y vuestros niños, así seguiremos todos juntos. ¿Qué os parece? Además, lo voy a hacer yo, pues estoy vendiendo mi casa de Madrid y con ese dinero podré construir lo que necesitemos. El taller nos va muy bien y es el momento de profesionalizarlo más. Tú, Frank, serás nuestro hombre importante. —Sonríe y se tranquiliza—. Y tú, Moury, adjunta a la dirección en diseño y moda. ¿Os gusta la idea?

—¿Y nosotros vivir allí con nuestros hijos? ¿Tener casa nueva?

—Por supuesto, casa nueva con habitaciones y cocina y baños, como os merecéis.

No pueden creerlo.

—Pero, señorita, tú arruinar del todo.

—No, yo no arruinar. Yo vender una casa de España y hacer aquí otra. Va a ser maravilloso teneros cerca. Además, también haremos la Fundación Baobab, para ayudar a mujeres necesitadas en esta zona. Moury, tú serás el espejo en el que se puedan mirar todas ellas, una mujer como tú, madre de ocho hijos, sin preparación, que ha llegado a lo que has llegado...

—Oh, señorita, tú ser increíble, y Robert también, ¿verdad? Si no, yo matarle, desde luego —vuelve a insistir Frank.

Moury y yo pasamos el día haciendo paquetes, maletas. La mayoría de los muebles se los doy a ella para su casa. Llamo a mi abogado de Madrid para ver cómo va la venta del apartamento, si hay ofertas y cuál es la mejor. A Frank le encargo que, por favor, a mi vuelta del viaje de novios ya tenga escogidos varios terrenos para decidirnos. Y que busque quién puede construir el taller, que hable con algún constructor de Nairobi, que lo quiero hacer pronto.

La idea de vender mi apartamento madrileño y romper del todo con mis raíces ya no me duele. Pensar que además ese dinero va a servir para dar trabajo a mujeres desamparadas y para una fundación, también para ellas, me llena de alegría.

Nos hemos puesto a organizar mi maleta de luna de miel. Lo primero que meto son mis biquinis y trajes de baño. Robert y yo todavía no hemos ido juntos a ninguna playa, como mucho al lago, donde un día fui con Sandra. Todo me parece emocionante y nuevo. Somos una pareja especial que no ha disfrutado de cosas normales juntos. Lo que más hemos hecho es el amor, y eso desde luego es la mejor base para una relación. Por lo demás, nuestra convivencia está asentándose de una manera tranquila y muy africana: yo en mi taller, con mis diseños, mis pedidos, mis tintes, sorprendida por lo creativa que me he vuelto y entusiasmada por dar empleo a los demás, y él trabajando en y para la granja. Está pensando quitar las plantaciones de té, pues se está demostrando que perjudican a los animales salvajes. Por lo visto, la proliferación de estos cultivos está diezmando el terreno y el agua, y restando intimidad a los auténticos pobladores de la sabana. Robert, defensor a ultranza del ecosistema de la zona, lo está estudiando y creo que se decidirá por darle a la tierra la labor que el Creador le encomendó.

Y reviviendo nuestra historia de amor, he pensado que en mi maleta no puede faltar mi fabuloso vestido de Alberta Ferretti, muy sensual, escotazo, y vaporoso, también, desde luego, con ciertas transparencias. Pareos, gafas, sombreros… Todo muy europeo. Robert y yo nos vemos siempre con atuendos de campo, de granja, de trabajo, y aunque yo les doy siempre un toque personal, quiero que en nuestra luna de miel conozca también a la otra yo, a la europea, a la madrileña, a la londinense.

Por supuesto, he cogido lo más importante, una caja de piel negra con una estrella dorada grabada en la tapa. Aquí guardo como un tesoro el reloj de mi padre, que con tanto cariño me regaló antes de morir y que con tanto amor he cuidado siempre. Aquel momento tan triste fue como una despedida anticipada, y me juré que solo lo llevaría puesto la persona que se lo mereciera, que me quisiera y al que yo quisiera de verdad, y si no, lo llevaría yo misma.

Es un precioso Rolex Daytona de oro, tan espectacular como simbólico para mí. Papá era un dandi y un ser lleno de amor, preocupado por mí en especial, pero también por todos. Creo que Robert se lo merece con creces, y además no se lo espera. En algunas cosas se parecen tanto…

Y, por fin, el momento del neceser, algo increíble. Moury no se puede creer todas las cremas que tengo y que uso siempre, no se esperaba eso de mí viendo como ve que soy una curranta y que como mucho, aunque a diario, me pongo mis conocidos polvitos y mi *gloss* para los labios. Nos divertimos las dos probando alguna crema, nos ponemos una mascarilla en la cara y en el pelo. Moury se ríe como una niña, supongo que es su primera mascarilla y, seguro, su primer y único *day of aesthetic care*. Desde luego, es una persona que se lo merece todo, si no es por ella ahora me vendrían a la cabeza todos mis malos pensamientos: las ausencias y deslealtades, mi trabajo de futura gran financiera abandonado por causas ajenas a mi voluntad… Londres, sin Pepe, al principio de vivir allí, fue genial: diversión, trabajo y juerga en el mismo cóctel. Londres con Pepe…, prefiero no recordarlo. Pero Kenia con Robert, Sandra y mi familia keniana no tiene comparación con nada, estoy viviendo un sueño.

Ya con el equipaje preparado, Moury y yo nos ponemos un *gin-tonic* para salir a la terraza y ver por última vez mi maravilloso horizonte del amor. Sentadas ante ese atardecer, le cuento lo vivido con Robert allí mismo. Entiende ya mi inglés y yo imagino casi siempre lo que ella me quiere decir.

Moury ríe sin final, creo que el *gin* le está haciendo un efecto excesivo, y me hace mucha gracia. Somos dos grandes amigas. En mi fuero interno pienso en cómo es la vida: he pasado de lady Rowina a lady Moury. En estas dos mujeres, tan distintas, tan diferentes, se puede resumir el cambio en mis dos últimos años, y eso por ahora, pues me queda por vivir lo mejor: vivir con Robert, mi atractivo rubito.

Moury se queda dormida muy pronto. El cóctel le ha sentado de maravilla. Como puedo, la llevo a mi dormitorio y la acuesto a un lado, pues esta noche vamos a dormir las dos en la misma cama. Es una noche casi de meditación, como la previa a unas elecciones, el llamado día de reflexión. Y al quedarme sola en mi pequeño salón, en ese sofá al que un día di color con unos cojines vistosos y étnicos, me pongo a pesar en mi vida como en una película. Tengo treinta y dos años y algunas experiencias bastante especiales que seguro pocas mujeres han vivido.

Enfrentarse a que el hombre que amas es el mismo hombre que ama tu hermana y el padre de tu futuro sobrino es muy duro y excesivamente fuerte. Recuerdo cómo me faltaba el aire para respirar, la opresión en el pecho, la agitación de mis manos, incrédula y dolorida. Fueron días, meses y sensaciones tan irracionales que a veces me doy cuenta de que no recuerdo lo que hice ni lo que dejé de hacer esos días. Me convertí en una autómata en el trabajo y en un despojo humano cuando volvía a casa. No era capaz de dejar de llorar ni acertaba a comprender todo lo que nos estaba pasando. Ahora, seguro, soy una persona más dura, quizás con más experiencia en el dolor, pero estoy como una niña ante mi fabuloso amor y ante mi próxima boda.

Con el impulso característico en mí, busco en mi móvil una preciosa foto de Robert y mía en los días que estuvimos los dos solos en la tienda, en la sabana, y otra foto de mi mano con el maravilloso anillo con el que nos comprometimos, y escribo un escueto mensaje: «Mamá, Rebeca, este es Robert, vuestro yerno y cuñado. En algo más de veinticuatro horas ya seremos marido y mujer, lo estoy deseando. Aquí, en la foto, estamos en un idílico lugar de Kenia donde me pidió matrimonio. Somos felices, muy felices, y ya no necesito nada más que lo que tengo, que es muchísimo. Si alguna vez os ha preocupado algo qué sería de mí, ya podéis olvidarlo. Ahora Robert y yo nos cuidaremos y nos amaremos aquí, en la tierra que nos ha unido. Os deseo todo lo mejor y también felicidad. Yo ya la he encontrado, y además muchísima. Y, por cierto, el reloj de papá se lo regalaré a él, tienen mucho en común, son dos grandes personas».

¿Es patético el mensaje? ¿Revanchista quizás? Me da igual. Quiero que conozcan a Robert, que le pongan cara, que vean lo atractivo que es, su sonrisa, cómo me abraza. Quiero que las dos, o quizás los tres si Pepe es partícipe de todo, comprueben que ya he superado sus desaires y la falta de cariño, su frialdad. En este momento soy una mujer distinta, fuerte, y aunque no busco la revancha, sí me apetece presumir de marido y de felicidad. Y sin más doy a la flecha azul de «enviar» en mi WhatsApp, y como un cohete va de Nairobi a Madrid. Si son buenas personas, que ya lo dudo, las recibirán como buenas noticias. Si no…, allá ellas.

Y llega la mañana y el rayo de sol que siempre entra por mi ventana nos ilumina a Moury y a mí. Qué poco me queda.

—Moury, despierta, despierta, que estamos en alarma roja. No sé qué hacer, estoy muy nerviosa.

Moury se despereza y se levanta sonriendo por mi estado de ansiedad.

—Quiero probarme el vestido contigo por última vez. A ver si tenemos que hacer algún cambio. Estoy de los nervios.

—Primero desayunar café y luego pensar y hacer.

Pobrecilla. Para ella no es lo mismo que para mí. La entiendo perfectamente: vísteme despacio que tengo prisa.

—De acuerdo, tienes razón. Comprendido.

Desayunamos mientras esperamos a la peluquera, que me hará las uñas y me peinará para la fiesta de la noche.

—Moury, vamos a ver mi vestido enseguida pues tú también te tienes que ir a casa y preparar los vestidos de las niñas. Quiero que vayan ideales.

—Claro, estar guapísimas. No preocupar.

Esta familia me encanta, para ellos la norma es siempre «no preocupar».

Me quito el camisón y, directamente, me pongo el vestido que con tanto mimo hemos cosido y diseñado. Es un precioso modelo muy romántico, un poco medieval, con escote y corte debajo del pecho. El cuerpo y las mangas son de una gasa finísima transparente sobre el vestido de crepé en un blanco total. Algo de cola, no demasiada pero suficiente para que al andar se arrastre por el camino al altar, y un velo muy fino sujeto a una corona de flores naturales blancas que están todavía por llegar.

Me lo pongo y me encanta. Es tan, tan romántico… Además, el escote no es ñoño, sino lo contrario, muy abierto, casi palabra de honor, y a pesar de llevar mangas largas, como son transparentes, todo resulta muy elegante y atractivo a la vez. Moury mira bien la espalda para ver si queda bien unida al cuerpo, y que las mangas y el escote se ajusten bien.

—Estar preciosa, como una princesa. Parece una princesa de verdad.

Y tiene razón, me veo muy bien, muy lady Ginebra en la película *El primer caballero*, con Richard Gere. Siempre he pensado en ese estilo y lo tenía bien grabado en mi mente.

Ya más tranquila, me lo quito, lo dejamos en la percha y colgado en alto. Me encanta, ya estoy mucho más segura.

De repente suena el timbre de la portería y me avisan de que me suben un paquete. Seguro que es el de Robert.

—Moury, no te vayas todavía, que ya ha llegado el paquete que me envía Robert. Espera y lo abrimos juntas.

Cuando abro la puerta veo un bulto casi de mi altura envuelto en un precioso papel blanco con un enorme DIOR serigrafiado. Alrededor, una gran cinta de raso blanco y una enorme lazada. Es impresionante, demasiado grande. Pero ¿qué habrá hecho ahora este hombre? Dior…, qué maravilla.

Moury y yo lo desenvolvemos sin esperar un minuto, en cuanto el repartidor lo deja en mi pequeño salón. La caja es blanca, impoluta, y al abrirla, colgado en una preciosa percha de terciopelo negra, vemos un vestido fabuloso con corpiño y falda de numerosas capas de tul en un tono azul empolvado, ni azul bebé ni azul nube, pero seguro que me va a transportar al cielo.

—Oh, Moury, qué preciosidad. Es para esta noche. Voy a estar espectacular. —Y muevo la cabeza y mi pelo de un lado a otro. No puedo creer lo que estoy viviendo. Con Robert, la vida, además de un sueño, es una continua sorpresa.

Me lo pruebo enseguida. Me está perfecto. El corpiño superajustado, escote palabra de honor, me presiona y me hace un tipo impresionante. Las numerosas capas semitransparentes de la falda se mueven con tanta delicadeza que parecen plumas al viento, dejando entrever mis piernas por la liviana transparencia. En la caja también hay unos zapatos a juego, no falta detalle. Robert, que hubiera querido regalarme el vestido de novia, como se hace en España —yo me empeñé en ir vestida de mí misma—, me ha sorprendido con este traje de princesa. Muy fuerte cómo voy a aparecer en la fiesta.

Prendido del escote y con un lacito azul, un sobre con una tarjeta:

Te espero esta noche, amor. No veo el momento de verte llegar y tenerte de nuevo junto a mí.

Robert

Creo morir. Me siento de golpe en el sofá. Me pongo a pensar en él, imagino su preciosa cara y su atractiva mirada. Robert me enamoró enseguida. Desde nuestro primer y casual encuentro supe que era un hombre lleno de atractivos. Su mirada no es común, no te deja indiferente. Cuando te mira no sabes si te está analizando, si te está cortejando, si te está examinando, o todo a la vez.

Al principio, no fue una persona de demasiadas palabras, las justas, pero con sus ojos y su sonrisa lo decía todo, te envolvía en una especie de red que hacía difícil dejar de observarle. La atracción nos unió enseguida, aunque Robert, con su especial manera de hacer las cosas, alargó el cortejo. Con su trato refinado y romántico, yo caía una y otra vez en sus redes, parecía que participábamos en el juego del amor, hasta que, por fin, decidimos los dos ceder a lo obvio. Bueno, él, porque por mí hubiera sido, seguro, todo más rápido. Mi inconsciencia y la rapidez de mis sentimientos me habrían empujado a sus brazos mucho antes de cuando finalmente ocurrió.

Y pienso en la noche que me llevó a ver los animales en mi horizonte romántico, y en la carpa más fabulosa del mundo, donde me pidió matrimonio, y en cómo con su mirada me hizo sentirme la mujer más bella del planeta. Es increíble... Y ahora, este vestido maravilloso llegado desde París.

—Señorita, yo no ver nunca nada parecido. —Moury me despierta de mis pensamientos.

—Claro, Moury. Dior es la firma de alta costura más importante del mundo, junto con Chanel. Dior hace soñar en una noche como la de hoy. Es un vestido único.

—¿Y qué ser alta costura? ¿Nosotros no ser alta costura?

—Nosotros ser más o menos costura, pero alta costura es ser extraordinario, realizado por las mejores manos y los mejores diseñadores del mundo. Este vestido está hecho solo para mí. Es de encargo, muy valioso. Son diseños muy cotizados, tardan meses en hacer cada uno de los modelos de la colección. Robert, desde luego, me ha vestido de princesa.

Entonces me acuerdo que me dijo que le llamara por teléfono y le pongo un whatsapp: «¿Hablamos, cariño, o esperas a ver a tu princesa de azul esta noche? Estoy tan impresionante con él... Tengo ganas de llorar de emoción. Creo que no me lo merezco». Me contesta al segundo; sabía que ya lo había recibido y esperaba mi reacción: «No conozco a nadie que se lo merezca más. Estoy de los nervios por verte vestida con él..., y sin él, claro. ¡Te amo!».

Muy fuerte, muy fuerte... Es absolutamente ideal este hombre. Pero qué he hecho yo para merecer esto...

Lo primero que pienso es coger de la maleta el reloj de mi padre y llevárselo esta noche. Quiero que tenga ya algo mío, personal y muy valioso para mí. Lo saco y lo pongo al lado de los zapatos, para no olvidarlo en el último momento.

Llega la peluquera y comienza a hacerme la manicura. Luego me da masajes en las piernas y los brazos, después me lava el pelo, me coloca una mascarilla… Todo es maravilloso. Y mañana, de nuevo, tendremos que hacer lo mismo para la boda.

Moury se marcha a su casa y yo me quedo ultimando todos los detalles. Tengo que estar resplandeciente, hoy me van a conocer los amigos y familiares de Robert. De mi familia no vendrá nadie, solo un primo y su mujer. Impresionante. ¿Quién es el culpable de tan fraccionada familia? Empiezo a pensar como Robert: aquí hay algo más.

Las horas pasan deprisa y el mecánico de Sandra va a venir a recogerme sobre la seis y media de la tarde. Lo que más nos gusta es ver anochecer y queremos estar con todos nuestros invitados a las siete en punto para la llegada de ese momento.

Antes de empezar a vestirme, miro de nuevo el WhatsApp, a ver si mamá me ha contestado algo. Ni la foto que les mandé ni el brillante les ha podido dejar indiferentes, pero nada de nada. Las dos señales azules de haberlo leído allí están, pero sin respuesta. Vale, perfecto, soy Cenicienta. No tengo a nadie, soy huérfana y hoy y ahora viene a buscarme la carroza del príncipe para llevarme al baile de su palacio. Perfecto. Pues de princesa me voy a vestir y voy a deslumbrar a Robert y a toda su familia. Estoy loca por llegar allí, a sus brazos, y olvidarme de todo lo tóxico que hay en mi vida.

Y así comienzo a maquillarme, aunque la peluquera ya ha hecho casi todo. Yo solo me retoco con mis polvitos preferidos y me doy algo más de brillo en los labios. Me pongo el vestido. Es tan maravilloso, tan perfectamente hecho, que mi cuello, por el escote tan bien armado, parece más fino y alargado, como de cisne. Mi pelo, recogido en un precioso moño bajo, se perfila a mi espalda, y la falda, tan vaporosa, parece volar. Es casi imposible que un hombre con un teléfono haya podido encargar esto a París y acertar. Sandra, seguro, como siempre, le habrá aconsejado de maravilla.

Después me coloco unos pendientes largos, de oro blanco con brillantitos que siempre uso en mis fiestas —no soy muy de joyas—, y mi fabuloso anillo de pedida. ¿Para qué más? En joyas, casi siempre, menos es más, y esta es la mejor ocasión para que mi anillo de compromiso brille por encima de todo.

De repente suena el telefonillo. Es el mecánico de la granja. Le pido unos minutos y, sin demora, cojo el reloj de mi padre, miro con cariño mi salón y mi dormitorio, casi a modo de despedida, y salgo del apartamento rumbo a mi nueva vida.

24

El mecánico me espera frente a las escaleras del edificio. Cuando me ve noto su asombro. Yo me siento como una nueva Grace Kelly, en moreno, claro. El vestido es algo Hollywood, pero muy refinado, muy francés también.

—Buenas noches —me dice sonriendo.

—¿Qué tal? ¿Están ya los invitados en la casa?

—Han llegado ya algunos, señora. Pero el que la espera nervioso es el señor Robert. No quiere que nos retrasemos, y me ha dicho que conduzca con cuidado, despacio, que vaya usted muy cómoda. —¡Qué mono! Está tan nervioso como yo—. Si me permite, señora, le tengo que decir que está usted espectacular.

—Oh, por supuesto que se lo permito, mil gracias. Es un precioso halago, es lo que quiero en un día como este.

—Pues lo ha conseguido.

Y ya en silencio ponemos rumbo a la granja. Las manos me tiemblan y el corazón se me sale del pecho. Somos dos personas adultas y estamos como dos niños, llenos de ilusión y de amor, y por unos segundos pienso en la suerte que me ha llevado hasta aquí. Ni en mis mejores sueños hubiera podido imaginar una boda tan exótica y glamurosa en un lugar tan bello y con una persona tan especial.

Por fin cogemos el caminito recto hacia la casa. De nuevo vuelvo a leer el cartel de «Ya has llegado», ese mensaje que tanto

me gustó el primer día que vine y que ahora podríamos ampliar-
lo diciendo: «Ya has llegado para quedarte». Qué maravilla, cómo
puede ser la vida... Y al fondo empiezo a ver las lucecitas que
envuelven el tejado de la casa y las copas de los árboles. En la
terraza vislumbro que Sandra ha colocado una preciosa carpa blanca abierta por los lados y que en su interior ya hay invitadas vestidas de llamativos colores. Es un sueño, una auténtica
preciosidad.

En ese momento el coche comienza a entrar en la zona de
gravilla blanca que rodea la casa y es cuando veo a Robert, que,
vestido con esmoquin de chaqueta blanca y pantalón negro, baja,
impactante, las escaleras para recogerme. Es tan atractivo, tan seguro de sí mismo, tan guapo, que a veces pienso que oculta algo y
que cuando me entere será mi final.

El chófer abre la puerta, y al tiempo que Robert me alarga
su mano, miro hacia arriba y veo su cara de felicidad, de amor, de
asombro, y veo también a gente observando desde la balaustrada
del porche. Qué momento tan mágico para una mujer.

—Por fin estás aquí. Eres un espectáculo. Te quiero, pequeñaja.

Salgo del coche y nos besamos apasionadamente. Aquí no hay
disimulos ni queremos ser más prudentes de lo que nos apetece.
Un fuerte aplauso nos despierta del ensimismamiento del deseado
encuentro. Y riendo, miramos hacia arriba saludando, felicísimos,
abrazados. Qué instante tan fantástico.

—Robert, dime que me quieres, ahora, a solas todavía, antes
de subir las escaleras.

De frente, sujetándome la cintura, me mira con tal ternura y
tanto amor que ya me lo está diciendo. Acerca su boca a mi mejilla y al oído me susurra:

—Te adoro.

De nuevo nos abrazamos, y de nuevo otro aplauso. Creo que
resultamos ya empalagosos, pero nos da igual. Después, más rela-

jados, Robert se dedica a observarme de arriba abajo. Ríe a carcajadas mientras yo doy una vuelta hacia un lado y hacia el otro enseñándole el precioso Dior que me ha regalado.

—Eres la mujer más bella del mundo —me dice al oído, y, de verdad, así me siento en este momento.

Al llegar al porche, se nos abalanzan los invitados. Reconozco a duras penas a algunos, pero yo busco a Sandra y al pequeño John. Por fin los encuentro. Ella, que sin duda es la más bella, también es la más discreta, la más señora. Nos abrazamos emocionadas. Últimamente Sandra está más llorona, no sé si por recordar más a John, espero que sea por eso.

Moury, Frank, Amelie y Julia me rodean mirando mi vestido como quien ve a la protagonista de una película. No me tienen que decir nada. Entre nosotros ya está todo dicho. Robert, entonces, me coge de la mano y me lleva al centro de la carpa y comienza a presentarme, con tremendo orgullo y muy enamorado, a sus amigos más íntimos ingleses. Sus caras demuestran asombro y todos le dicen qué afortunado es.

—Pues lo mejor de ella es su interior, es tan fantástica…. —responde exultante.

Robert está pletórico, y yo deseando abrazarle de nuevo. Y entre tanta gente, por fin veo a mi primo y a su esposa. Mis únicos familiares. A su alrededor están también mis amigas inglesas y yo quiero estar con ellos, es lo más cercano a tener allí familia.

—Oh, Pablo, por fin te encuentro.

—Pero, prima, estás impresionante. Nunca pude imaginar que estaríamos en un lugar tan increíble como este y que alguien de nuestra familia fuera la protagonista.

—Robert, te presento a mi primo Pablo y a su mujer, María. Ellos han sido los únicos valientes que se han trasladado hasta aquí para estar con nosotros. Son primos por parte paterna.

Robert besa la mano de María y abraza entusiasmado a Pablo.

—Mil gracias por venir. Es un día muy feliz para nosotros.

—Pablo, ahora no puedo, pero luego hablaremos. Si necesitáis algo me lo decís, y espero que disfrutéis de esta maravillosa noche.

Después, Rowina, su marido, Lily, Christine…, todos me rodean, me adulan, y la verdad es que están impresionados.

La puesta de sol va a comenzar y Matú y su séquito sirven copas de champán. Robert, de nuevo de mi mano, fuerte y muy seguro, levanta su copa en el centro de todos y dice con entusiasmo:

—Hoy brindamos por una mujer increíble, bellísima, ya la veis, maravillosa, simpática, atrevida, fuerte y sexi. Mañana será mi esposa, pero casi lo es desde el día que la conocí. Me robó el corazón en una sola noche, con un sabroso gazpacho en su pequeña terraza y con un horizonte muy lejano —ríe y me mira—. Es la mujer de mi vida y espero, con el alma, saber hacerla feliz. Todos me conocéis, sabéis que nunca he estado así, pero ella se lo merece todo y yo se lo voy a dar.

Levanta su copa y yo me acurruco en sus brazos, nos besamos de nuevo. Está siendo la noche más bella jamás imaginada. Entonces comienza la música, los camareros pasan las bandejas con sabrosos canapés, cócteles, refrescos…

—Sandra, pero qué belleza todo. Cómo has adornado la casa, qué flores en la balaustrada… Pero, sobre todo, hoy de nuevo estás divina. No hay nadie como tú.

—Pero qué dices, querida. Si pareces sacada de una novela, o de una película.

—Sí, estoy entusiasmada. Qué impresionantes los detalles de Robert y qué bien le diste mis medidas. Me está perfecto, de maravilla.

—Mira, me gustaría que me acompañaras a mi habitación. Solo será un minuto. ¿Puedes?

—Por supuesto, claro, qué intriga, pocas veces me llevas allí.

Entramos en su dormitorio. Siempre me ha gustado. Es tan acogedor como ella misma. Sandra ha sabido captar lo mejor de la tierra de su marido y lo ha mezclado de manera magistral con la serenidad española y la fuerza de África. Una preciosa cama de matrimonio con dosel le recuerda los felices días vividos allí con John. El sofá, de flores, muy inglés, pero la *chaise longe* es de lino blanco, al igual que una butaca al lado de la cómoda de caoba. Esos son detalles más europeos.

—Querida, no te voy a entretener nada, no quiero ni lagrimitas ni lamentos. No puedes decir que no. —Y abriendo uno de los cajones de la cómoda, saca una pequeña bolsa de ante negro con unas iniciales en dorado. Al abrir sus finas cintas, me muestra en sus manos una bellísima diadema de oro blanco y brillantes. Me quedo asombrada—. Ahora tú eres la señora Brown, la que tendrá que lucirla. Por supuesto, mañana es el día en que te la tendrás que poner. Yo también la usé en mi boda, y ahora te toca a ti.

—No, por favor, Sandra, me he hecho una corona de flores que me encanta, y esto es demasiado para mí. Sabes que no soy tan sofisticada…

—No digas nada. La tienes que llevar, de verdad, Robert me lo ha pedido. Yo me la puse con mucho orgullo. Es de la familia de nuestros maridos y para ellos es todo un honor. Significa y refleja la historia de su apellido, y tú, además, eres la mujer más idónea para llevarla. Mañana te hará más bella si cabe.

No cabe la protesta. Y lo entiendo. Es una preciosidad, delicada, no muy grande, pero muy vistosa. Me va a favorecer muchísimo.

—Me siento muy honrada, Sandra, pero mañana mismo volverá a tu dormitorio y a tu cajoncito. Tú eres la señora Brown. Y yo también —río—, pero tú la primera.

Me tumbo de golpe en la cama, feliz.

—Sandra, tírate aquí conmigo, estamos solas y vamos a reírnos. Mañana me caso, uhhhhh… Te quiero mucho mucho.

—Qué loca tan divina eres.

En ese momento escuchamos unos gritos y un alboroto. No es normal. Nos incorporamos y nos quedamos petrificadas. ¿Pasa algo o nos lo estamos imaginando? Y las dos, como con un resorte, nos ponemos de pie y salimos corriendo hacia el porche.

Cuando llegamos vemos a Philippe amenazando a Robert. Ha bebido, no cabe duda, pero da miedo ver lo que puede llegar a hacer. A su lado, Rowina, que aparenta conocerle de siempre, le coge del brazo mientras Robert le amonesta con indignación. Aterradas, nos acercamos. Yo enseguida me agarro del brazo de Robert y, sin dudarlo, exclamo:

—Philippe, por favor, márchate de esta casa.

—Claro, ya está aquí la señorita inteligente y atractiva que se ha hecho propietaria de las personas y los objetos de esta casa. Les ha lavado el cerebro a todos. Lo quiere todo para ella y parece que dentro de unas horas lo va a conseguir.

—Philippe —le dice Robert—, si vuelves a hablar así de mi prometida te irás, pero con mucho más que un adiós. Estás a tiempo todavía.

—Tu prometida, como tú la llamas, es la causante de mi desgracia y quiero que todo el mundo sepa de quién estamos hablando, de una mujer que parece un pajarillo herido y que ha hecho todo con frialdad para conseguir lo que tanto deseaba: esta granja, dinero, poder y algo de amor.

Robert entonces le coge del cuello de la chaqueta, casi le levanta del suelo, y hablándole a la cara le espeta:

—Ahora mismo le pides disculpas. ¡No te lo consiento!

Y mirando a todos los allí reunidos, fuera de sí, Robert, todavía con Philippe cogido del cuello, grita:

—Este señor, por llamarle de alguna manera, es un contrabandista de marfil y un cazador furtivo de elefantes. Además, con seguridad, es el auténtico responsable de la muerte de mi hermano y un ser infame que nos ha querido confundir siempre comportándose, cínicamente, como una persona correcta y educada.

—Dándole un fuerte empujón, le tira al suelo en el centro del porche, donde estamos celebrando nuestro compromiso—. Eres un ser deleznable y así también lo confirmará el juez. No os preocupéis, pronto sabréis todo lo que él sí ha hecho por dinero y poder.

Sandra ha llamado a la seguridad de la granja y enseguida se lo llevan casi a rastras. Está bebido, es un desecho humano, pero qué daño ha querido hacernos.

Sandra, Robert y yo nos vamos al salón. Ha sido muy desagradable.

—¿Estás bien, querida? —me pregunta cariñosísimo Robert.

—Por supuesto, pero indignada.

Entonces, Robert me besa, da un cariñoso abrazo a Sandra, que está asustada, y, cogiéndome de la mano, nos acercamos a la orquesta y les pide una canción. «Moonlight Shadow», de Mike Oldfield, comienza a sonar y Robert y yo empezamos a bailar en el centro de la terraza como si nada hubiera pasado. Nos movemos al unísono, nos encanta bailar juntos. Mi falda vuela mientras Robert me lleva en sus brazos, y nos miramos, reímos… Ya somos un precioso matrimonio. Sabemos que vamos a ser felices. Somos felices.

Los invitados, de nuevo relajados e impresionados, se ven envueltos por el romanticismo que traslada nuestro baile. Robert y yo nos apretamos la mano y él me sujeta con fuerza por la cintura. Es nuestro primer baile de la noche y estamos demostrando que, además de muy enamorados, estamos juntos en lo bueno y en lo malo.

—Mi amor, cuánto siento lo que ha pasado. ¡Le mataba ahora mismo! Semejante traidor, por no llamarle asesino, queriendo destrozar nuestro día. ¿Sabes qué te digo? Me dan ganas de llevarte ahora mismo a un lugar en el que estemos solos los dos. No podemos, pero es lo que haría. Todos estos me sobran. ¿Tú estás bien? —Y me besa de nuevo, y con tanta ternura…

Al poco tiempo, Rowina, Christine y Lily se acercan a mí exultantes.

—Pero, querida, la que has organizado —dice Rowina—. Eres maravillosa, una auténtica *crack*. Que dos hombres se peleen por ti en pleno siglo XXI es muy difícil. Qué fabuloso momento hemos vivido.

—No seas frívola. Solo había un hombre en esa pelea, y ese era Robert, el otro es una alimaña, un traidor y algo mucho peor... que me callo.

—*Oh, my God!* Qué peliculón. Las que organizas siempre... Mira que comentábamos que tú eras especial, que tenías a todos los hombres pendientes de lo que hacías en Londres, de si venías y cómo venías... Pero esto, esto... ¡es maravilloso!

—Rowina, tú siempre tan loca. Me haces reír a pesar de lo ocurrido. Soy tan feliz con él...

—¿Más que con Pepe?

Vaya, tuvo que nombrarle.

—Te rogaría que no lo mencionases esta noche. Ya te dije que fue algo muy traumático. Mucho más de lo que crees. Te lo contaré, aunque ni hoy ni mañana es el día. Pero sí, más que con Pepe.

—Perfecto, querida, te entiendo, aunque estoy deseando saber qué te pudo hacer ese hombre tan caballeroso y atractivo.

Mientras, Lily bebe y bebe un cóctel con muy buena pinta, y parece que le gusta.

—Siempre has estado con los más guapos —comenta Lily con un hilo de voz por la bebida.

—No, Lily. Este sí que es el más guapo, el más atractivo, y todo un hombre, un señor.

—*Oh, my God*! —repite Rowina—. Estás absolutamente enamorada. —En ese momento les enseño mi anillo, y de su boca salen las lógicas exclamaciones—. Y qué Dior llevas, querida. Es un sueño, y aquí, en África. Me estoy enamorando de él yo también.

Y Christine apostilla:

—Yo pensé en Robert para convertirle en mi cuarto marido, pero está claro que no tuve éxito, y eso que fui bastante insistente. No era un hombre enamoradizo, me pareció muy exigente y poco proclive al compromiso. Pero desde luego me habría encantado a mí también ser la señora Brown.

—A él ni tocarle, ni mirarle, ¿eh? —les digo mientras las cuatro nos reímos—. Bromas ninguna, que os conozco; y tú, Lily, ya me lo hiciste pasar muy mal una vez en Londres. —Y vuelven las risas. Estamos felices de volver a encontrarnos.

En ese momento veo a mi primo.

—¿Me perdonáis, chicas? Voy a ver a un familiar.

—Por supuesto, todavía queda mucha noche.

—Portaos bien. No hagas de las tuyas, Lily.

Entonces me acerco a Pablo y María, que se divierten mirando el espectáculo de la celebración.

—Pablo, qué numerito habéis tenido que ver. Me da mucha rabia, cuánto lo siento, pero ya sabes, siempre puede aparecer el aguafiestas profesional.

—No digas eso. Nos hemos quedado hipnotizados, tampoco sabíamos qué hacer, pero se ha arreglado bien. ¿Quién era ese tipo?

—Pues un envidioso miserable. Además de cosas peores.

—Tú has estado fantástica encarándote a él, vestida como estás, tan fabulosa.

María afirma con su cabeza y dice:

—Sí, estás increíble. ¿De dónde es este vestido? ¿Es uno de los que tú haces?

—Oh, no, qué más quisiera. Yo hago ropa muy *casual*, con estilo, pero nada que ver. Este es un Dior, regalo de Robert.

—Estamos impresionados, prima. ¿Te vas a casar con un multimillonario? Bueno, claro que lo es, no tenemos más que ver dónde vas a vivir. Qué emocionante.

—No es multimillonario, pero sí muy generoso. Esta casa la ha heredado de sus padres y trabaja mucho para mantenerla en estas buenas condiciones. Se pasa el día en la granja, en las plantaciones, protegiendo la zona. Está haciendo un fabuloso trabajo, aclamado por todos, muy eco y sostenible.

—¡Oh! —exclama María—. ¡Pero qué suerte! ¿Y cómo no han venido ni tu madre ni Rebeca?

Me quedo helada, sin saber qué decir, pero es Pablo el que habla:

—Nosotros no sabemos mucho de ellas, quiero decir que nunca las vemos. Se han separado mucho de la familia. Sé que Rebeca se ha casado con el padre de su hijo, pero por lo que me han dicho la cosa no va muy bien, parece como si hubiera sido una boda forzada. Bueno, ya sabes cómo son en la familia, demasiados chismes para mí. Tú lo sabrás mejor. Pero lo que sí sé seguro es que se relacionan poco o nada, y por lo que veo, contigo tampoco mucho. Tú siempre has sido más nuestra, más de padre.

Me impresiona que me diga que la relación de Rebeca y Pepe no va bien. ¿Es que este hombre me va a perseguir siempre? El hecho de que ya no sienta nada por él no quita para que se me remuevan las entrañas. Creo que el perdón llega antes de que desaparezca el amargo recuerdo del sufrimiento, y aquel desgarro vital todavía puedo sentirlo.

—Pablo, María, ¿habéis cenado bien? ¿Necesitáis algo? No os he visto bailar y es maravilloso hacerlo a la luz de las estrellas. A mí esta tierra me tiene enamorada. Primero fue África la que me cortejó y después Robert el que me enamoró. Y aquí estoy.

—Y feliz, se te ve muy feliz.

—Felicísima. ¿A que Robert os ha encantado?

—Es guapísimo —dice María— y superelegante. Estoy alucinada. Parecéis dos actores de película.

En ese momento me doy la vuelta y veo a Lily agarrada del brazo de Robert. Le habla y le sonríe, y echa su cabeza hacia su hombro. Vamos, que lo está haciendo de nuevo. Pero ahora es distinto. Robert se va a casar conmigo, lo está deseando y gritándolo a los cuatro vientos; en cambio, cuando sucedió con Pepe en casa de Rowina, todo fue tan distinto, tan raro, tan cruel… Allí empezó el final.

—Lily, ¿puedes dejar a mi futuro marido? Te he dicho que te portaras bien. —Le sonrío a la vez que la separo.

Robert se carcajea, está feliz y también asombrado de la naturalidad con la que lo he encajado.

—Te he impresionado con mi frialdad, ¿a que sí? Pues es que esta noche ya no me la va a destrozar nadie más. Por favor, ¿me acompañas a mi cuarto, bueno, al de Diana, un momento?

—Claro, por supuesto.

Encantado, me abraza por la espalda y nos introducimos por el pasillo del patio donde nos esperan nuestros amigos los macacos. En esta ocasión los dos nos quedamos mirándoles, muy juntos, sonriendo.

—¿Te acuerdas de que en este sitio fue la primera vez que nos vimos? Me hiciste tanta gracia cuando me dijiste que te ibas a «tu cuarto»… Estuve a punto de decirte: «Será a mi cuarto y esta es mi casa», pero me gustó continuar con la confusión. Estuviste genial y tan ideal… Aquí ya me enamoré perdidamente de ti.

—Ven —le digo, y le llevo de la mano. Abro la puerta de la preciosa habitación y le doy la caja con el reloj de mi padre.

—Ábrelo, por favor. Es para ti y es lo más valioso que tengo y tendré en mi vida.

Robert ve el precioso Rolex Daytona.

—Pero, mi vida, qué has hecho… Si esto es una auténtica joya…

—Lo es, pero lo es más porque fue el reloj de mi padre y el que él mismo me regaló antes de morir. Le dije que solo lo usaría el hombre que se lo mereciera. Por eso ya es tuyo, Robert. ¿Me dejas que te lo ponga?

—Espera, antes quiero besarte. Te quiero tanto... Eres una mujer llena de talentos y de detalles. Siempre consigues emocionarme.

Y, por fin, estamos juntos, solos unos minutos, pocos, pero maravillosos. Le coloco el reloj en su muñeca. Le queda perfecto, parece hecho para él. Guarda el que lleva puesto en un cajoncito de la cómoda y me dice:

—Nunca me lo quitaré. Espero estar a la altura de la persona que te lo regaló, al que también querías muchísimo. Lo llevaré con mucho orgullo.

—¿Te gusta? Es precioso, ¿verdad? Durante estos años en que lo guardaba como mi auténtico tesoro, siempre pensaba cómo sería el hombre que lo acabaría llevando en su muñeca, y ahora te tengo aquí, conmigo, delante de mis ojos, y no puedo creerlo.

—Pequeña —me dice cogiendo mi cara con sus manos—, esta noche dormirás aquí. No puedes volver a tu casa. Después de lo que ha pasado con Philippe, estoy intranquilo, y supongo que tú también. Lo he hablado con Sandra y está de acuerdo. Pero no te preocupes, no apareceré por aquí en ningún momento de la noche, no te veré antes de la ceremonia —dice divertido—. ¿De acuerdo?

—OK, lo entiendo. ¿Ha sido muy desagradable?

La fiesta ya está llegando a su fin. Mañana, a mediodía, celebraremos nuestro matrimonio Robert y yo.

Me acuesto en mi habitación con mi vestido de novia y mi corona de flores colgados en el dosel de la cama. Hemos mandado traerlo todo de mi apartamento una vez que decidimos que mejor dormía en la granja. También mis maletas para la luna de miel y lo que había empaquetado para traer a la casa donde viviremos Robert y yo después de nuestra boda. Desde luego soy una novia que viene con muy poco, quizás lo más llamativo sean mi lámpara y la alfombra de cebra, que creo que van a quedar ideales en estas habitaciones tan divinas que estamos decorando para nuestra vida aquí. Y por supuesto mi vajilla, mi cristalería y mi cubertería de plata, mi gran y única joya.

Me quito mi precioso vestido y lo cuelgo en el armario. Es la primera vez que me he vestido y me he sentido como una princesa. Me lavo la cara con todos los potingues que ya me han traído del apartamento y me pongo crema nutritiva. Mañana tengo que estar resplandeciente…, y estoy agotada.

25

Amanezco con el sol de la mañana de Kenia. No hay nada como esta sensación. Desde el primer día fue algo que me atrapó.

Al darme cuenta de lo que me espera, me siento enloquecida por la falta de tiempo y la ansiedad. Tengo que ducharme, desayunar, la peluquera y maquilladora… Frank, mi padrino, tiene que venir aquí antes junto con sus niñas, mis damas de honor.

El pequeño John está en casa, con él no hay problema, ni con Sandra ni con Robert, mi rubito cariñoso. El sacerdote, pues nos casamos por la Iglesia, no se retrasará. Es el que se ocupa de unas tribus masáis y el que nos acompañó cuando fuimos a ver a las mujeres que ahora trabajan con nosotros. Nos conocemos mucho y poco a poco hemos entablando una relación muy humana, solidaria, muy bonita.

Todo está preparado y seguro. Sandra habrá puesto un altar, con muchas flores, precioso. La llamo por teléfono. No quiero salir de la habitación.

—Sandra, si te parece bien, mejor no salgo de aquí. No quiero encontrarme con Robert ni con ninguno de vosotros. Deseo que todo sea sorpresa, como si llegara de mi casa. ¿Te parece que me traiga Matú una bandeja con un té y tostadas?

—Por supuesto, querida. Me parece fantástico. ¿Has dormido bien?

—Pues creo que sí, de un tirón, pero ahora estoy muy nerviosa y algo desazonada. No sé por qué, pero estoy intranquila.

—Yo lo imagino, creo que me pasaría igual. El que no venga ni tu madre ni Rebeca debe ser para ti muy triste. Pero acuérdate de tu padre, que te quería con locura, y de Robert, que te adora, y de mí, que ya somos hermanas. Te entiendo bien, pero has conseguido tanto que quizás no podías tenerlo todo.

—Bueno, tal vez tengas razón. Lo más importante es que Robert y yo nos queremos.

—Pues, hala, a desayunar y a vestirte. Estoy deseando ver a la novia más bella de África.

Ya más animada, llamo a Frank. Elemental recordarle todo.

—Buenos días, Frank. ¿Tienes tu chaqué preparado?

—¿Tener qué?

—El traje que te compré en España, el que te tienes que poner hoy. Y los zapatos nuevos también.

—Sí, sí, señorita, yo tenerlo todo. No preocupar.

—Pues, por favor, vístete de manera impecable y cuando llegues a la casa entra por la puerta del jardín de mi habitación y yo te pongo la corbata y te doy el último toque. Tú no conoces todos los detalles de este traje tan protocolario.

—OK, señorita. No preocupar. Yo ir a tu cuarto por el jardín, oK.

—Y tus hijas también. Tenemos que salir juntos desde aquí. No lo olvides.

Y ya hechas estas llamadas, empiezo a encontrarme mejor. Lo primero de todo, me pongo mi anillo de compromiso. Lo dejo cada noche en la mesilla y no lo quiero olvidar. Es un diamante tallado, fuerte, grande, brillante, y pienso que es igual que Robert. Él es también así, fuerte, brillante, único.

Quizás pudiera parecer que la vida al lado de Pepe habría sido más pasional, más explosiva, porque una relación basada en un fin de semana cada quince días a la fuerza es así. Fue una relación sin la dificultad de la cotidianidad, de la convivencia, aunque hay que reconocer que Pepe era un gran seductor. Robert y yo, en cambio, hemos empezado la casa por los cimientos y, casi desde el primer día, comenzamos a convivir en la misma casa, cada día hemos cenado juntos y nuestros maravillosos encuentros en la habitación también han sido diarios.

Y con estos pensamientos lógicos antes de la boda, me siento en la silla de la habitación, abro el cajoncito de la cómoda donde sé que hay hojas y sobres de la granja y comienzo a escribir:

> *Nairobi, 2 de septiembre*
>
> *Queridísimo Robert:*
>
> *Mi vida, mi rubito preferido, mi amor, por fin dentro de solo un par de horas ya seremos marido y mujer. Quiero que sepas que hoy, cuando nos encontremos en el altar, llegaré a tu lado completamente segura y con el compromiso de hacerte feliz, tanto como tú me haces feliz a mí. La vida no me ha sido demasiado fácil, sobre todo a nivel sentimental, por eso lo que siento en estos momentos lo valoro todavía mucho más. Seguramente viviremos muy bien, sin penurias materiales, en esta belleza de casa y haciendo, ojalá, preciosos viajes que nos unirán todavía más, pero quiero que sepas que contigo, por cómo eres, solo por cómo eres, me hubiera ido igual sin nada, sin fortuna ni bienes, como yo vine aquí. Lo mejor que tenemos somos nosotros dos y vivir juntos va a ser apasionante.*
>
> *¿Que a qué viene todo esto?, te preguntarás. Pues a que ¡VAMOS A SER PAPÁS!*
>
> *Sí, vida mía, esta noche no tendrás que esforzarte mucho (¡ja!), nuestro niño ya está en camino y vamos a ser tú un papá maravilloso y yo una mamá emocionada. En marzo, para la primavera, le tendremos en nuestros brazos. Lo sé desde hace algunas semanas, y ahora solo lo sabemos tú y yo.*
>
> *No me contestes, no hace falta. Sé que te veré en breve, por fin, al final de la alfombra, en el altar, esperándome, pero quería que solo los dos (que ya*

seremos tres), cuando nos demos el «sí, quiero», compartamos este momento. ¿No te parece una maravilla?

Te quiero con locura.

Oh, qué emoción… Le va a dar un síncope, pobrecito, pero es que lo tiene que saber antes de la boda.

Llamo por teléfono a Matú, ya que no quiero dejar mi habitación, y le entrego el sobre. Para Robert Brown, en mano.

—Matú, déselo usted mismo y, por favor, dígale que lo lea inmediatamente, que no necesito contestación y que nos vemos enseguida. —Y le sonrío con picardía.

Unos minutos después de dar el sobre a Matú, empiezo a sentirme por fin tranquila. Solo pensar en la sorpresa que le estoy dando ahora mismo… Ya habrá abierto el sobre, se habrá sentado de golpe en su cama y se habrá caído de espaldas. Todavía recuerdo cuando me dijo que me preparara, que quería ser padre desde el primer día de nuestra boda.

Emocionada, me voy a la ducha. Debajo del agua es donde más me relajo, me lleno de buenas vibraciones y expulso las malas. Me lavo el pelo de nuevo mientras la espuma recorre mi cuerpo. Qué de vueltas ha dado mi vida y qué privilegiada soy. Me quedo con la mente en blanco, no quiero pensar en nada, solo relajarme, respirar hondo, en silencio, sola. Me gusta mucho también estar sola.

Por fin me pongo mi precioso vestido blanco, no he engordado nada por el embarazo, quizás solo un poco más de pecho, y eso me queda bien. Me he dejado el pelo suelto, mi melena esta vez está recta, con ligeras ondas por delante y muy bien peinada, por encima de los hombros. Robert siempre me dice que le recuerdo a Marion Cotillard. Qué superpiropo. Me encanta esa actriz.

La peluquera sujeta con maestría la preciosa diadema de la familia sobre mi pelo, y desde ahí, como en cascada, cae el fino velo de seda que se mueve con solo respirar. Es etéreo, blanco, casi transparente, y llega hasta el final de la cola del vestido.

El ramo es una maravilla realizada con flores de uno de los árboles más típicos de Kenia, el tamarindo español. Su nombre es lo que ha hecho que Robert me haya obsequiado con ese detalle. Sus flores son como pequeñas orquídeas salvajes rosas y blancas. El conjunto con el vestido es precioso. Me parezco tanto a lady Marianne o lady Ginebra… Ay, Robert, qué detallista eres, cómo te voy a querer a partir de ahora. Todavía más.

Por fin, por la puerta de mi habitación que da al jardín aparece mi padrino, Frank Mwaingi, disfrazado de caballero español, con el chaqué que le he comprado en Madrid, los zapatos relucientes y la corbata sin anudar a lo largo de su pecho. En realidad no le pega nada, pero a mí me emociona verle así, tan elegante y nervioso por hacerme feliz.

Las niñas, al verme, se ponen a chillar y exclamar lo fabulosa que estoy. Ellas son las mejores damas que nunca pude soñar. Son como sobrinas mías, casi hijas, y en los dos años que llevo aquí las he visto crecer y hasta las he educado a mi manera en muchas cosas.

Después le anudo la corbata a Frank, le doy un beso en la mejilla, otro a sus hijas y me miro por última vez al espejo. Me encuentro guapa, atractiva, romántica, estoy perfecta y feliz, deseando ver a Robert.

Al fondo ya empezamos a oír a gente en movimiento y los primeros acordes de la música del cuarteto de cámara y del coro que nos van a acompañar en la ceremonia. Ahora sí que estoy de los nervios.

Es la una en punto, hora del comienzo. En la puerta de mi dormitorio alguien llama con los nudillos. Frank abre y Matú le avisa de que ya está todo en orden, que nos esperan. Oh, por Dios, ojalá los nervios no me traicionen y pueda disfrutar de todo como hemos preparado y querido. Respiro hondo dos veces, bueno, mejor tres, y salimos por el jardín, Frank y yo del brazo, y Amelie y Julia llevándome la cola del vestido y del velo.

Solo unos pasos nos separan de la alfombra preparada para llegar al altar. Hacemos un giro a la derecha y de frente vemos la maravillosa cascada de flores blancas sobre enredadera verde que Sandra ha colocado como pérgola. ¡Impresionante!

El pequeño John, al verme, se pone delante de mí, él es mi paje, se ríe y me besa en la pierna, y sobre la alfombra adornada con numerosas florecillas blancas empezamos a desfilar ante la mirada de todos nuestros invitados. Me siento guapa, feliz, muy mujer. Al fondo, y ya muy cerca, me espera Robert, el bellezón de marido que voy a tener en breves minutos. Me hace gracia lo distinto que está con su chaqué gris, por supuesto hecho a medida, como el del príncipe de Gales. Muy inglés, elegantísimo.

Me sonríe, y mucho, yo solo le miro a él, a pesar de que Sandra, a su lado y vestida con un precioso traje Chanel rosa, casi malva, me saluda con su mano y se aferra al brazo de Robert como para no desmayarse. Es un momento único. Las dos hemos luchado mucho juntas y hoy ya vamos a ser familia de verdad.

Robert se adelanta hacia mí. Aparentemente por nervios, no puede más, y todos ríen al ver su ansiedad o sus prisas. Frank, que va derecho como una vela, le ofrece mi brazo y Robert me coge y me besa en los labios, fuerte, no se quiere separar, y acercándose a mi oído me susurra:

—Eres la mamá más espectacular del mundo. Estoy que exploto de felicidad, todavía no lo puedo creer. Te amo.

Yo también exploto de felicidad. En la muñeca izquierda de Robert veo el reloj de mi padre. Reluciente, magnífico. Mi padre está conmigo también, como si fuera mi padrino, aquí, en el altar, a mi lado, le siento y le quiero más que nunca.

Sandra se acerca y me besa, yo le sonrío con mucho amor, pues la quiero de verdad. Y es el sacerdote el que, finalmente, rompe el embeleso que hemos creado entre los tres al pie del altar.

La ceremonia está resultando preciosa, emotiva, romántica. Robert mira mi cara y mira mi tripita. Está como loco. Creo que ha sido una buena idea decírselo unos minutos antes de la boda. Esta celebración está siendo muy fuerte en sensaciones y emociones.

Y por fin somos declarados marido y mujer.

Nos besamos, nos abrazamos, no nos separamos, y noto que, con disimulo, Robert acaricia mi vientre. Los dos nos miramos, es nuestro secreto, y nos besamos de nuevo. Sandra me felicita y me dice que mi vestido es impresionante y que la diadema y el velo son de tal belleza que la conmueven. Somos tan felices…

Los invitados, está claro, se emborrachan de estas sensaciones y explotan con sus aplausos en el momento en que el sacerdote termina la ceremonia. Robert y yo miramos nuestros anillos, ya estamos casados, para toda la vida. El fotógrafo no deja de tomarnos imágenes: solos los dos, de la mano, junto a Sandra y John jr., luego con Frank, como padrino, y finalmente con Moury y las niñas, una foto supongo que impresionante, sobre todo para el que no conozca mi vida aquí ni sepa quién me ha ayudado y quién me ha apoyado en todo; por ejemplo, para mis amigas inglesas y para mis primos. ¿Qué estarán pensando? Ellos no saben nada de Frank y su familia, les parecerá bastante chocante.

Todos nos abrazan y nos dan la enhorabuena, y entonces Robert me sujeta del brazo y me dice:

—Señora Brown, ¿me hace el honor de acompañarme? Quiero besarla ahora mismo. Nos esperan en los jardines para celebrar que una pareja se acaba de casar enamoradísima.

Yo le miro y le sonrío, es una persona preciosa. Un hombre interesante, guapo y romántico no es muy habitual. Sujeto con fuerza su brazo y empezamos a recorrer juntos la alfombra con las flores blancas mientras el cuarteto de cámara interpreta una de nuestras canciones preferidas, «Wedding Day», de Bee Gees. Entonces me acerco y le digo muy bajito:

—Si es niño se llamará Robert, como tú, y será igualito a ti, rubio, alto, guapísimo… —Veo que ríe con emoción, tiene ya cuarenta años y es su primer hijo. Tiene que estar como loco. Ha sido, desde luego, el mejor regalo.

—Pues si es niña será tan bella como su madre, morenita y con ojazos verdes, y una sonrisa conquistadora que tendrá a su padre loco perdido. Y, por supuesto, se llamará como tú, Aurora.

Y en ese momento, cuando acaba de decir mi nombre, sin saber qué está pasando, a lo lejos, al fondo, vemos a Philippe que con un rifle en sus manos nos grita enloquecido mientras los invitados se aterrorizan y huyen de nuestro lado.

Robert grita:

—Philippe, por favor, ¿qué vas a hacer? ¡Qué haces! ¡Tranquilízate! Todo lo arreglaremos ahora.

—No te preocupes por ti, esto va por ella —contesta desafiante hacia mí.

Entonces suena un disparo y en el silencio sepulcral oímos hasta el silbido de la bala. Robert se pone delante de mí para protegerme, a mí y a nuestro hijo. Yo chillo y mi marido, el hombre al que tanto quiero, cae fulminado a mis pies, como si de un desmayo se tratara. La camisa está totalmente ensangrentada, le ha dado en el pecho. Mi cerebro es incapaz de reaccionar y con mis manos le cojo la cara mientras le beso y le digo:

—Te quiero, Robert, por favor, no te mueras, no te vayas.

Creo que él me mira, no estoy segura, pero en su cara no veo dolor, está inerte, no sé si vive todavía. Me siento junto a él en el suelo y veo mi precioso vestido de novia cubierto con su sangre. Es lo más espeluznante que se puede vivir. Y pierdo el conocimiento.

Despierto en la cama del cuarto que iba a estrenar junto a Robert esa noche. Son las habitaciones que hemos redecorado para nuestra vida familiar y es también la cama en la que Robert ha dormido esta noche, donde seguramente se sentó al enterarse de que iba a ser papá. Sandra está a mi lado, tumbada conmigo, con su mano coge la mía. Al mirarme a los ojos no reacciona, pero la veo triste, muy triste. Me acaricia el pelo y solo me dice:

—Tranquila, tranquila.

—Sandra, ¿qué ha pasado? Hoy es mi boda, ¿verdad? Es que no sé muy bien qué nos ha pasado. ¿Dónde está Robert? ¿Por qué no está aquí conmigo? Estoy en camisón, ¿y mi vestido de novia?

Me miro las manos y veo los dos anillos, el de pedida y el de matrimonio. Oh, menos mal, estamos casados. Y en ese momento me toco la tripa instintivamente, no noto nada todavía, pero parece que todo es normal.

Sandra se da cuenta.

—Aurora, ¿estás embarazada?

—Sí, Sandra, Robert lo ha sabido hoy mismo, y no te lo hemos querido decir a ti para compartirlo los dos solos en la ceremonia. Tú ibas a ser la primera en enterarte. Pero, por favor, dime dónde está Robert. Es que me está pareciendo que he vivido una pesadilla, me están viniendo imágenes muy confusas.

—Oh, querida, Robert y tu esperáis un bebé... No puede ser, no puede ser...

—¿Cómo que no puede ser? ¿No te alegras? Robert y yo estamos como locos. Si es chico se llamará como él y si es niña se ha empeñado en que se llame como yo.

Y es en ese momento cuando empiezo a recordar lo que nos ha pasado. ¿Philippe nos disparó?

—Sandra, ¿Philippe nos disparó? ¿Disparó a Robert o lo he soñado? Es que ya no sé qué estoy pensando...

Sandra me coge en sus brazos y se abraza fuerte a mí, en la cama. Se pone a llorar mientras dice mi nombre.

—Mi pequeña Aurora, querida, querida. —Y llora.

Yo no puedo creer lo que está pasando, pero la realidad es que Robert no está con nosotras. No está a mi lado el día de nuestra boda. Y empiezo a volverme loca, loca de verdad.

—Sandra, dime que no es cierto. ¿Dónde está mi vestido de novia? ¿Dónde está mi marido? —grito con fuerza.

Y Sandra solo dice mi nombre y me abraza y me acuna. Empiezo a pensar que todo ha sido real, que Philippe ha conseguido lo que quería y que yo soy la viuda de Robert sin haber vivido ni un solo día como su esposa.

Mi desgarro es muy superior a lo que pueda nadie sospechar. No puedo respirar, el pecho me estalla y me duelen las entrañas.

—Oh, Sandra, me quiero morir, me quiero morir. ¿Qué nos ha pasado? Era el hombre de mi vida, era mi amor, el padre de mi hijo, y hoy es el día de nuestra boda. ¡Sandra, ¿dónde está Robert?! —chillo con todas mis fuerzas.

El doctor entonces entra en la habitación. Sandra le dice que estoy embarazada y que, por tanto, no puede darme tranquilizantes.

—¡No quiero tranquilizarme, quiero morirme! —grito desafiante a la vida.

—¿Y tu hijo? ¿Quieres que muera también? —me dice Sandra con fuerza—. ¿Quieres que te pase como a mí?

Entonces pongo las manos en mi vientre, lo acaricio y lloro acurrucada, como abrazándolo. No quiero perderlo, quiero tenerlo en mis brazos, que sea niño y se llame Robert.

—Oh, Robert, Robert, te quiero, ven conmigo, no me dejes.

26

Robert ha dejado en mí un vacío enorme. Era tan cariñoso y protector, era bello, atento, pasional, me quería con el alma, y yo a él. Su cuerpo desprendía algo precioso y poético.

Ya descansa con su hermano, John, y el bebé de Sandra en la montaña cercana a la granja, donde a veces fuimos a rezarles él y yo sin que nadie lo supiera. Robert se fue con el reloj de mi padre en su muñeca, eso me gusta, lo merecía. Yo ahora llevo en la mía el que Robert se quitó en mi habitación, el suyo.

Ahora vamos allí Sandra y yo, las dos juntas, con John jr. y mi pequeño Robert todavía en mi vientre, porque ya me han dicho que va a ser niño, que tiene salud y que es muy grande, como su padre.

¿Por qué nos ha sucedido a Sandra y a mí lo mismo? ¿Por qué somos viudas de dos hermanos asesinados por el mismo hombre? ¿Mi vida esta estigmatizada por la hermandad? Mi hermana Rebeca y yo tuvimos un mismo amor, y John y Robert, hermanos también, murieron por la misma persona. Francamente, creo que estoy destinada a la tragedia. Pero me revelo, no quiero que mi pequeño viva con una madre que cree que la felicidad no se puede alcanzar.

Va pasando el tiempo y nuestra vida todavía es muy difícil. No logro superar su ausencia y aunque Sandra se desvive haciéndome compañía, yo solo le echo en falta a él. Pienso en el vestido azul de Dior que me regaló, con la tarjeta pendiendo de un lacito donde me decía que me amaba; en el enorme brillante que tengo en mi dedo anular y en el momento en que me lo puso en aquella casita levantada en los árboles de la sabana; en lo que se reía conmigo cuando le decía alguna incongruencia; en lo que disfrutaba mientras me contaba lo que hacía en la granja y lo orgulloso que estaba de mi trabajo. En nuestra maravillosa unión cuando hacíamos el amor, a diario, en cualquier momento. Robert me adoraba y me lo demostraba siempre.

Frank y Moury se están encargando de las obras del nuevo taller, de su casa y del despacho de la fundación. Yo no quiero saber gran cosa de los diseños nuevos y hemos quedado en que, en principio, repitan la colección anterior pero en distintos colores. Ya veremos qué pasará más adelante.

Mi vida transcurre en las habitaciones que habíamos preparado para nosotros. Ahí me he hecho una especie de mundo en el que me imagino junto a él. El armario está con su ropa; ¡cuánto me va a costar quitarla! A veces recuerdo que la reina Victoria de Inglaterra, durante más de cuarenta años tras morir su marido, seguía colocando, al pie de la cama, la ropa que su esposo se ponía a diario.

La foto de nuestra boda, en un bonito marco de plata, preside la cómoda inglesa que tanto le gustaba a Robert. Estamos espectaculares, de la mano, muy sonrientes, yo con mi precioso y romántico vestido y la diadema de brillantes de su familia. Él como el más atractivo lord inglés. Nos mirábamos, estábamos en una nube. Y la maleta de nuestro viaje de novios sigue aquí, sin abrir. Lo único que me consuela es que murió con la enorme ilusión de ser padre por primera vez. No hay más que ver la foto para saber lo feliz que era.

Sandra es mi sombra y se está esmerando en preparar la *nursery* del niño, en la que no faltará de nada. Ha buscado una niñera y le ha pedido al doctor que esté pendiente de nuestras llamadas. Le horroriza que nos pueda pasar otra tragedia, como a ella.

Pero yo sé que mi bebé va a nacer, porque Robert murió para salvarnos a los dos. No puede ser de otra manera. Tengo que cuidarme para dar sentido a su muerte, aunque fuera un sinsentido. Él se puso delante de mí, me protegió, y protegió a su hijo, y se fue sin ningún dolor. Me dicen que no pudo enterarse de nada, que para él el día más feliz de su vida será eterno. Bueno, no es un consuelo, pero quizás me pueda ayudar.

Al mes de mi boda y de mi tragedia recibí una carta de mi madre. En principio no quise abrirla. A ella y a mi hermana las había anulado de mi mente y de mi corazón, no me interesaba ninguna de las dos. Pero Sandra insistió en que la leyera.

Querida Aurora. Hija mía.

Vergüenza siento por cómo te hemos tratado Rebeca y yo, pero mucho más yo que soy tu madre.

Intentaré explicarte los motivos, aunque, en la desesperación que vivo ahora por lo que estás sufriendo, comprendo que han sido frivolidades, envidias y conjeturas equivocadas sin explicación alguna.

Tu padre y yo no fuimos una gran pareja, no estuvimos muy enamorados. Éramos muy distintos, él el agua y yo el aceite, pero vivíamos bien y, con su buen carácter, la vida era agradable.

Naciste tú y llenaste nuestras vidas de felicidad. Conseguimos una cotidianidad tranquila, metódica. Yo te cuidaba y te disfrutaba. Él trabajaba con mucho éxito, era tan inteligente como tú, y cuando llegaba a casa solo quería estar contigo, le obsesionabas, le gustabas y se sentía muy orgulloso de tus avances.

No sé qué nos pasó, seguramente la culpa la tuve yo por sentir celos, enfados o, simplemente, por falta de amor por mi parte. Él fue siempre encantador y muy paciente, pero, y aquí viene lo que podría justificar lo injustificable, conocí a otra persona con la que me pareció que podía ser más feliz. A los pocos meses de ello me quedé embarazada de él. Sería tu hermana.

Tu padre supo que no era suyo, pues ya no teníamos relaciones, pero su calidad humana y su honorabilidad le hicieron aceptar a Rebeca como a una hija, y yo no tuve el coraje de marcharme y dejarle para siempre.

No fue fácil. Él se volcaba contigo, tú eras de verdad su hija y, además, eráis muy parecidos, y yo lo hice con Rebeca, a quien le inculqué las cosas que a mí más me gustaban. Y aunque a los ojos de los demás nuestro matrimonio era normal y tranquilo, la realidad es que fueron creciendo en mí resentimientos en su contra, pues le hacía responsable de no estar con el hombre que me había hecho feliz, y a la vez en contra tuya, tanto que me hicieron casi olvidar que también era tu madre.

No es ninguna excusa lo que te estoy contando, es la difícil realidad en la que, ahora veo, te he hecho vivir injustamente. Esto no se lo he contado a tu hermana. Te lo cuento a ti para intentar que entiendas algo de mi terrible comportamiento en estos últimos años. Salió lo peor de mí, y creo que hasta el daño que te provocaba a veces me consolaba. ¡Estoy tan arrepentida!

No pido tu perdón ni que me entiendas, pues tú has demostrado ser una gran persona, nada que ver conmigo. Eres igual que él, íntegra, valiente y con valores muy definidos. Y cuando sucedió lo de Pepe, Rebeca reaccionó terriblemente mal y no quería saber nada de ti, decisión que, como bien sabes, apoyé hasta el extremo. Tan drástica he sido contigo que tu hermana llegó a comentarme que no entendía cómo yo, siendo tu madre, no te llamaba o no te iba a ver a Kenia. Siempre me recordaba que a ella no le importaba, que lo comprendía.

Ahora me encuentro mayor y estoy enferma, y no sé si me dará tiempo a ser perdonada por ti; por tu padre, desgraciadamente, ya es imposible. Ahora solo quiero que sepas que moriré, seguro, pensando en el daño que te he hecho y en lo que estás, además, teniendo que sufrir.

Una persona tan bella por dentro y por fuera como tú no debería haber tenido una madre como yo. Solo te digo que hasta mi último día rezaré para que tu sufrimiento por la pérdida de Robert no dure eternamente. Qué buena pareja hacíais. Lo vi en la foto que nos mandaste y que, por orgullo, no contesté.

No me despido con un te quiero, no me creerías, pero sí con un ¡perdón, hija mía!

Cerré la carta, se la di a Sandra para que la leyera, pero de mis ojos no cayó ni una lágrima. Es un tema superado y que sigue sin tener explicación para mí. Yo ya tengo otra familia, y ahora auténticamente mía. El pequeño Robert llegará dentro de poco a nuestro mundo y me voy a empeñar en que sea feliz aquí, en Kenia, en el lugar que su padre adoraba y donde yo me enamoré de él.

Poco a poco me he ido incorporando al trabajo, me esfuerzo en que la vida siga, y eso hacemos Sandra y yo, y Frank y Moury: trabajar, trabajar, trabajar. El taller, por fin, lo hemos estrenado. Es precioso por dentro y muy keniano por fuera. Ya damos trabajo a veinte mujeres, las colecciones gustan y nuestros pedidos crecen.

La fundación, que ya no se llama Baobab, sino Fundación Robert Brown, es lo que más nos llena a Sandra y a mí. Pasamos días y noches con las tribus masáis para saber con más detalle qué es lo que las mujeres nativas necesitan para su vida diaria y para sus niños. Eso es lo que más me gusta. Sus costumbres ancestrales no nos dejan mucho espacio para inmiscuirnos en la defensa de sus derechos, pero darles dignidad y, a algunas, trabajo comienza a ser un aliciente que las empodera y del que disfrutan. Por algo hay que empezar, y esta es sin duda la mejor manera. Ellas tiñen como nadie nuestras telas, y los abalorios y la bisutería que hacen con ellas han llegado a tener gran éxito y reconocimiento, vendiéndose ya por todo el mundo. Si Robert lo viera...

Y así pasamos los días. Yo me cuido mucho y Sandra me cuida más, pero la verdad es que el embarazo va fantástico, sin ninguna molestia. Mi niño está conmigo y no se quiere ir de mi lado. Pero, claro, por la fuerza de la tragedia, el pequeño Robert tiene vida propia desde antes de nacer. Le hablo, le lloro y le río. Es lo más cercano a mi marido, es suyo y mío, y eso será para siempre.

Llegó el día. Todo ha ido bien en el hospital, el doctor me ha atendido y los temores de Sandra han desaparecido. Tener a Robert junior en mis brazos es una mezcla tal de amor, de alegría y de profunda tristeza que no paro de reír y de llorar. Me recuerda tanto a su padre que es doloroso mirarle. Rubito, largo y muy blanco de piel. Perfecto, sanísimo. Por fin parece que algo he hecho bien. Cómo le hubiera gustado a Robert verle y tenerle en sus brazos. Le imagino, orgulloso, enseñándoselo a todo el mundo, como hizo conmigo al comienzo de nuestra relación. Me duele tanto no tenerle junto a mí…

¿Será que nunca voy a poder ser feliz o será que he sido tan sumamente feliz que un año vale por toda una vida? No me siento desgraciada, lo que siento, y muchísimo, es que Robert no haya disfrutado con su hijo y conmigo. Esa es mi desgracia.

A veces pienso que Robert, al conocerme, y habiendo vivido ya antes unos años algo frívolos y plenos, había diseñado una vida de ensueño para los dos. Cada detalle, cada proyecto, era para conseguir la perfección en nuestro amor, pero no contó con que los finales son insospechados y la vida, o en este caso la muerte, es caprichosa e injusta.

Sandra, aparentemente y sobre todo según los médicos, ha superado la enfermedad. Sus revisiones ya son cada doce meses y ni toma medicinas ni tiene que hacer nada especial. Sus responsabilidades se han multiplicado, y de vivir ella sola con su niño ha pasado a la convivencia conmigo y el pequeño Robert, y, por supuesto, con Frank, Moury y su familia, que, aunque no viven con nosotras, están siempre cerca deseando ayudar además de trabajar.

Con el tiempo, estoy viendo que mis opiniones en moda y solidaridad empiezan a tener mucho más peso en la sociedad de Nairobi de lo que nunca hubiera imaginado. Muchas son las entrevistas que me hacen en periódicos y revistas, y siempre, siempre, estamos invitadas a todas las fiestas importantes de la ciudad, pero ni a Sandra ni a mí nos apetece todavía empezar con eso de nuevo. Nos está gustando anclarnos en nuestra realidad, no salir de ella…, por ahora.

Ha pasado un año desde la inauguración de la fundación y ya tenemos muchos colaboradores y *sponsors*. Nosotras mismas controlamos en qué se invierte cada dólar y los avances que tanto mujeres como niños van consiguiendo. El trabajo nos gusta, es muy personal, y nos hace convivir con el día a día real de Kenia. Los ancianos de las tribus son ya nuestros admiradores, nos reciben con alegría; damos trabajo, medicinas y llevamos al médico a quien lo necesita. Todo es muy cercano, casi familiar, y, aunque sus costumbres son todavía machistas, a nosotras nos respetan y nos dan nuestro lugar.

La vida es entretenida, en ocasiones divertida y siempre asombrosa. Esta tierra me ha cautivado y mi compromiso de vida, sin duda, está aquí.

Y un día me llegó el primer y único whatsapp de mi hermana Rebeca en más de cuatro años. Increíble su total distanciamiento. Me comunicaba que mamá había fallecido y que en sus últimas palabras había hablado con pena y cariño de mí.

Sandra y yo decidimos ir al funeral a Madrid, con nuestros niños. Siempre he dicho que hay que hacer lo que el corazón te dicta, y eso hemos hecho. Los cuatro estamos ya aquí. No me he acercado a nuestra casa, no he querido volverla a ver, tampoco a Rebeca ni hablar con ella. Solo nos hemos visto durante el funeral, de banco a banco: en uno, Rebeca, Pepe y su hijo, Alberto; en otro, enfrente, nosotros, Sandra, John jr., mi pequeño Robert y yo dándole la mano.

No dejamos de mirarnos, y durante la misa he recordado con cariño que éramos las mejores hermanas y lo que llegué a cuidarla por ser la pequeña. Es verdad que su hijo se parece a mí. Qué caprichosa es la vida, y mucho más si, como sé ahora, y como me dijo mi madre, el niño no es nieto de papá y se llama como él, Alberto. Increíble. Si lo supiera Rebeca… Pero yo ya he decidido no decirle nada, no contarle la infidelidad de mamá y su llegada al mundo. A papá no le hubiera gustado.

Al terminar, Pepe se acerca a mí. Le adelanto la mano, no quiero que me bese. Lo acepta. Acaricia el pelo rubio de Robert y me dice:

—Tienes un niño precioso. Se parece muchísimo a su padre. Aurora, cómo sentí lo sucedido, no os lo merecíais, ni tú ni él. Solo quiero que sepas que tu hermana Rebeca y yo nos hemos separado. Nuestra unión no funciona. Tenemos un lastre enorme, pesado e insalvable, y aunque no lo quieras oír, yo sigo siendo el mismo y mis sentimientos, por supuesto, también. Cada día pienso en lo mal que lo hice, en que seguro que podía haberlo gestionado mejor…

—Gracias, Pepe —le interrumpo. Le vuelvo a dar la mano y, junto a Sandra, me doy la vuelta. Es, de nuevo, un adiós, aunque Pepe aparece y desaparece tantas veces que no se sabe si será la última vez que nos veamos.

Robert jr. crece muy sano, guapísimo, como su padre. A pesar de no llegar todavía a los dos años, ya apunta maneras de ser alto y con mucha personalidad. Me recuerda tanto a mi rubito preferido… Maldigo el día en que yo misma no terminé con Philippe en plena sabana. Al hombre vil que acabó con la vida de dos maravillosos hermanos se le condenó a cadena perpetua sin posibilidad de revisión, pero todavía Sandra y yo nos sentimos responsables de la muerte de Robert. Si no hubiéramos descubierto la relación de Philippe con la muerte de John obligándole a declararse culpable aquel día, posiblemente nunca habría sucedido nada y mi marido y yo ahora viviríamos enamorados y disfrutando de nuestro pequeño.

Sandra se acusa a ella misma por pedirme que le intentara descubrir. Yo me acuso a mí misma por haberlo hecho. Es una realidad muy dura de aceptar la que las dos estamos viviendo. La vida es caprichosa y ha hecho que dos mujeres que se encontraron por casualidad en un lugar inesperado se hayan fundido en una enorme amistad y tengan una vida en común preciosa, dura, cruel e increíble.

Poco a poco parece que nuestra existencia se hace monótona y normal. Sandra y yo siempre juntas, aunque cada día voy más al taller a diseñar y cortar mis nuevas propuestas. Crecen el trabajo y el éxito. Mientras yo coso o me intereso por los números de mi empresa, Sandra, en la casita de al lado, en la fundación, hace lo mismo pero con los proyectos y números de las donaciones.

Volvemos a vivir, sin duda, pero la casa todavía no ha vuelto a encender sus luces ni a vestir sus mesas de gala. Necesitamos más tiempo para incorporarnos a la sociedad, aunque yo le suelo decir a Sandra que es la reina de África y que sus súbditos necesitan de sus celebraciones, a lo que ella me contesta que yo soy la reina de Nairobi y que todo súbdito que me vea caerá rendido frente a su verdadera reina. De vez en cuando aparece de nuevo nuestro sentido del humor.

La mujer a la que tantas veces y en plan de broma le dije: ¿te quieres casar conmigo?, se ha convertido en lo más parecido a mi pareja. Juntas hemos conseguido crear con nuestros hijos una familia. Las dos, viudas y terriblemente solas, hablamos a nuestros niños de sus padres con devoción y pasión, y yo, cada año, en la fecha del aniversario, llevo a mi hijo a la cabaña que Robert construyó para mí y donde me pidió amor eterno en el atardecer más maravilloso del mundo.

Sentados el niño y yo en esa tarima, con los pies en el aire, como hice con su padre, le enseño este o aquel pájaro que va hacia la reserva, o el kudú que, con su majestuosidad, salta de repente coronado por su altísima e increíble cornamenta. A Robert le habría gustado hacerlo y estará feliz de que yo lo haga.

Sé que le amaré siempre y sé que él me amará siempre, pero ¿me acostumbraré a estar sin él? ¿Seré capaz de vivir solo con su recuerdo? Le echo tantísimo de menos…

Por ahora, con el pequeño Robert, Sandra y John jr. hemos creado una original familia en esta maravillosa casa que, sorpresas de la vida, ahora es de mi hijo, y yo disfruto del usufructo. No necesito más, espero que Sandra tampoco y que sigamos juntas y comprometidas con la granja y con sus gentes, y sobre todo espero que nadie vuelva a cruzarse en mi camino. Con lo vivido y mis recuerdos tengo bastante. Pienso que el amor que me dio Robert en un año fue mayor que el que muchos de los mortales viven en toda una vida. No sé si será para consolarme, pero a mí me sirve y lo creo de verdad.

¡Por qué no recordé que *Memorias de África* tenía un triste final cuando elegí Nairobi para vivir mi particular historia…! No importa, sé que acerté. Lo que he vivido y lo que he sentido no lo cambiaría por nada. Y, además, seguro que seguiré en África. Como dijo alguien, aunque en este momento no recuerdo quién: ¿cómo podría protegerme de la ternura o de la crueldad del amor?

La felicidad. ¿Alguien la conoce?

Playlist

L a música, para mí y de siempre, es uno de los placeres más importantes de la vida. Escucharla, cantarla, bailarla, vivirla... Creo que somos más felices los que cantamos y bailamos que los que no lo hacen, y por eso y porque mi protagonista tiene, lógicamente, algo de mí, la música y el baile también tienen un capítulo importante en esta novela.

No hay amor sin alguna canción que nos recuerde y nos haga revivir esos intensos momentos, ¿verdad?, pues la reina de Nairobi también tiene sus melodías especiales, las que la han acompañado en los grandes acontecimientos de su vida.

Por eso, aquí os traslado las canciones con las que nuestra «reina» vivió los momentos más fascinantes y álgidos de sus relaciones. Si las escuchamos tras conocer a nuestra protagonista, o mientras estamos leyendo el relato de su vida, viviremos con más intensidad el amor, el desamor y el apasionamiento de una joven ejecutiva que da la vuelta a su existencia por amor.

«Dream a Little Dream of Me», The Mamas & The Papas
«Fly Me to the Moon», Frank Sinatra
«Massachusetts», Bee Gees
«Requiem», Mozart
«La Primavera», Vivaldi
«Help!», The Beatles

«Moonlight Shadow», Mike Oldfield
«It's a Beautiful Day», Michael Bublé
«Wedding Day», Bee Gees
«Take this Waltz», Leonard Cohen
«Concierto para Clarinete», Mozart, BSO *Memorias de África*
«Out of Africa», John Barry

Agradecimientos

A Carmen Fernández de Blas, directora editorial de La Esfera de los Libros, que me animó para seguir escribiendo esta mi primera novela que, con absoluta inseguridad, le di a leer todavía sin terminar. A Berenice Galaz, editora, quien con suma paciencia me ha aconsejado en todas mis inquietudes como novelista principiante.

A Cristina Morató, mi admirada escritora y amiga, que me apoya en esta nueva ilusión de mi vida. Y, de nuevo, a todos los míos, que con cariño me han comprendido y apoyado ante mis dudas y ansiedades tras decidir lanzarme a esta aventura.

Y, por supuesto, a todas las mujeres y hombres que os habéis animado a leer esta novela de amor, desamor, traición y superación, escrita con auténtica humildad.